Über dieses Buch Eine Vielfalt von Anregungen – französische und italienische Literatur, kunsthistorische Studien, Presseberichte – verarbeitete Heinrich Mann zu einem kulturkritischen Panorama der italienischen Aristokratie, die in einem glanzvollen Maskenspiel das Bewußtsein ihres zunehmenden Verfalls zu betäuben sucht. Im zweiten Band der Trilogie *Die Göttinnen oder Die drei Romane der Herzogin von Assy* läßt Heinrich Mann die Herzogin Violante nach ihrer Flucht aus Dalmatien ein neues Leben in Venedig beginnen. Als Schutzherrin aller Künste (Minerva) sammelt sie Artisten aller Disziplinen um sich und gibt sich jeglicher Schönheit hin. Die prachtliebende Schwärmerin scheitert wie die freiheitsliebende Diana in Dalmatien. Der Autor schrieb über *Die Göttinnen* 1910 in einem Sonderdruck: »Jetzt bin ich neununddreißig Jahre alt und sehe hinter mir den Weg, der, durch sechs Romane hindurch, von der Behauptung des Individualismus zur Verehrung der Demokratie geführt hat. In meiner *Herzogin von Assy* habe ich einen Tempel errichtet für drei Göttinnen, für die dreieinige, freie, schöne und genießende Persönlichkeit. Meine *Kleine Stadt* aber habe ich dem Volk erbaut, dem Menschentum.«

Der Autor Heinrich Mann, geboren 1871 in Lübeck, begann nach dem Abgang vom Gymnasium eine Buchhandelslehre, 1890 bis 1892 volontierte er im S. Fischer Verlag, Berlin, gleichzeitig Gasthörer an der Universität; freier Schriftsteller; 1893 Paris-Aufenthalt, bis 1914 längere Italien-Aufenthalte, später München, ab 1928 Berlin; 1931 wurde er zum Präsidenten der Sektion Dichtkunst der Preußischen Akademie der Künste zu Berlin gewählt. Die Verfilmung seines Romans *Professor Unrat* (unter dem Titel ›Der blaue Engel‹ mit Marlene Dietrich) machte ihn weltberühmt. Februar 1933 erzwungener Ausschluß aus der Akademie; Emigration nach Frankreich (Paris, Nizza), dann über Spanien und Portugal 1940 nach Kalifornien. 1949 nahm er die Berufung zum Präsidenten der neu zu gründenden Deutschen Akademie der Künste zu Berlin/DDR an. Heinrich Mann starb 1950 in Santa Monica/Kalifornien. Seine Urne ist auf dem Dorotheenstädtischen Friedhof in Berlin/DDR beigesetzt.

Die wissenschaftlichen Mitarbeiter an diesem Band
André Banuls, Jahrgang 1921, Professor für Germanistik an der Universität des Saarlandes; Forschungen und zahlreiche Veröffentlichungen zur Neueren deutschen Literatur; *Heinrich Mann. Le poète et la politique* (Paris 1966), *Thomas Mann und sein Bruder Heinrich* (Stuttgart 1968), *Heinrich Mann* (Stuttgart 1970), *Goethe an Cornelia. Die dreizehn Briefe an seine Schwester* (Hrsg., Hamburg 1986), *Phantastisch zwecklos? – Essays über Literatur* (Würzburg 1986).
Peter-Paul Schneider, Jahrgang 1949, Dr. phil., Wiss. Mitarbeiter am Deutschen Literaturarchiv/Schiller-Nationalmuseum, Marbach am Neckar; zuvor Wiss. Assistent für Neuere deutsche Literaturwissenschaft an der Universität Bamberg (1977–1983). Veröffentlichungen zum 18. Jahrhundert (Mitherausgeber der *Friedrich Heinrich Jacobi-Brief-Gesamtausgabe*) und zu Heinrich Mann (Herausgeber der ›Mitteilungsblätter des Arbeitskreises Heinrich Mann‹, jetzt des ›Heinrich Mann-Jahrbuchs‹ (zusammen mit Helmut Koopmann).

Heinrich Mann
Studienausgabe in Einzelbänden

Herausgegeben von Peter-Paul Schneider

Textgrundlage:
Heinrich Mann: *Die Göttinnen oder*
Die drei Romane der Herzogin von Assy
Berlin und Weimar: Aufbau-Verlag, 3. Auflage 1985
(= Heinrich Mann: Gesammelte Werke
Herausgegeben von der Akademie der Künste der DDR
Redaktion: Sigrid Anger
Band 2. Bearbeiter des Bandes: Manfred Hahn)

I Diana (Fischer Taschenbuch Bd. 5925)
III Venus (Fischer Taschenbuch Bd. 5927)

Heinrich Mann

Die Göttinnen oder Die drei Romane der Herzogin von Assy

II
Minerva

Mit einem Nachwort von
André Banuls
und einem Materialienanhang,
zusammengestellt von
Peter-Paul Schneider

Fischer Taschenbuch Verlag

Ungekürzte Ausgabe
Veröffentlicht im Fischer Taschenbuch Verlag GmbH,
Frankfurt am Main, Oktober 1987

Lizenzausgabe mit freundlicher Genehmigung
der Claassen Verlags GmbH, Düsseldorf
Die Erstausgabe erschien 1903 im Albert Langen Verlag, München

Umschlaggestaltung: Max Bartholl
unter Verwendung des Gemäldes
›E. L. Kirchner, Bildnis Gerda II‹ (1914)
(Von der Heydt-Museum, Wuppertal)

Gesamtherstellung: Clausen & Bosse, Leck
Printed in Germany
1680-ISBN-3-596-25926-6

Inhalt

Minerva 11

Nachwort 273
Zur Entstehungs- und Überlieferungsgeschichte . . 281
Materialien 287
Zeitgenössische Rezensionen (Bibliographie) 349
Zeittafel 353

Minerva

Che son fatti dei gorghi d'ogni abisso,
Degli astri d'ogni ciel!...

Ada Negri

Und wessen Herz Vollendetem geschlagen,
Dem hat der Himmel weiter nichts zu geben!

Platen

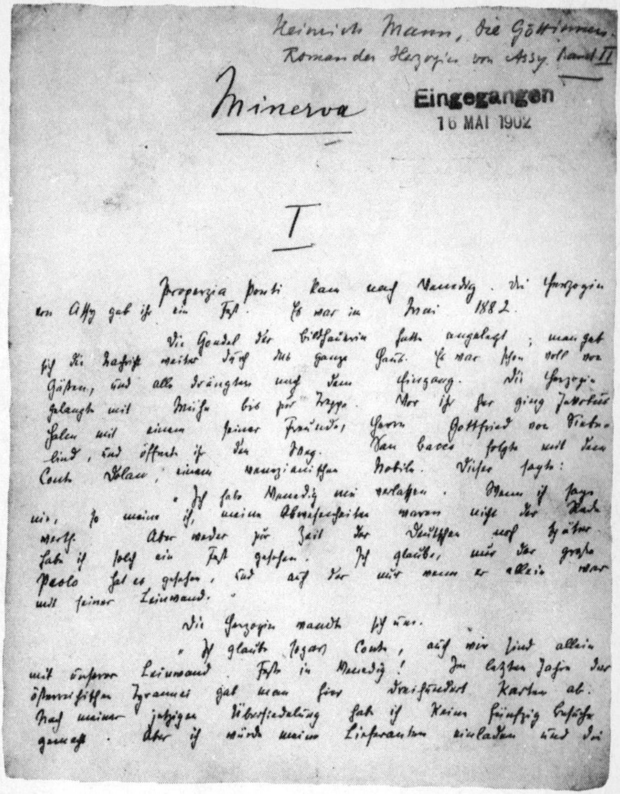
Heinrich Mann, die Göttinnen. Roman der Herzogin von Assy Band II

Minerva

Eingegangen 16 MAI 1902

I

Properzia Ponti kam nach Venedig. Die Herzogin von Assy gab ihr ein Fest. Es war im Mai 1882.

Die Gondel der Bildhauerin hatte angelegt; man gab sich die Nachricht weiter durch das ganze Haus. Es war schon voll von Gästen, und alle drängten nach dem Eingang. Die Herzogin gelangte mit Mühe bis zur Treppe. Vor ihr her ging Jakobus Halm mit einem seiner Freunde, Herrn Gottfried von Siebenlind, und öffnete ihr den Weg. San Bacco folgte mit dem Conte Dolan, einem venezianischen Nobile. Dieser sagte:

„Ich habe Venedig nie verlassen. Wenn ich sage nie, so meine ich, meine Abwesenheiten waren nicht der Rede werth. Aber weder zur Zeit der Deutschen noch später habe ich solch ein Fest gesehen. Ich glaube, nur der große Paolo hat es gesehen, und auch der nur wenn er allein war mit seiner Leinwand."

Die Herzogin wandte sich um.

„Ich glaube sogar Conte, auch wir sind allein mit unserer Leinwand. Feste in Venedig! Im letzten Jahr der österreichischen Tyrannei gab man hier dreihundert Karten ab. Nach meiner jetzigen Übersiedelung habe ich keine fünfzig Besuche gemacht. Aber ich würde meine Lieferanten einladen und die

Die erste Manuskriptseite von *Minerva*
in der Handschrift Heinrich Manns

I

Properzia Ponti kam nach Venedig. Die Herzogin von Assy gab ihr ein Fest. Es war im Mai 1882.

Die Gondel der Bildhauerin hatte angelegt: man gab sich die Nachricht weiter durch das ganze Haus. Es war schon voll von Gästen, und alle drängten nach dem Eingang. Die Herzogin gelangte mit Mühe bis zur Treppe. Vor ihr her ging Jakobus Halm mit einem seiner Freunde, Herrn Gottfried von Siebelind, und öffnete ihr den Weg. San Bacco folgte mit dem Conte Dolan, einem venezianischen Nobile. Dieser sagte: »Ich habe Venedig nie verlassen. Wenn ich sage nie, so meine ich, meine Abwesenheiten waren nicht der Rede wert. Aber weder zur Zeit der Deutschen noch später habe ich solch ein Fest gesehen. Ich glaube, nur der große Paolo hat es gesehen, und auch der nur, wenn er allein war mit seiner Leinwand.«

Die Herzogin wandte sich um.

»Ich glaube sogar, Conte, auch wir sind allein mit unserer Leinwand. Feste in Venedig! Im letzten Jahre der österreichischen Tyrannei gab man hier dreihundert Karten ab. Nach meiner jetzigen Übersiedelung habe ich keine fünfzig Besuche gemacht. Aber ich würde meine Lieferanten einladen und die Hotels von ihren Gästen entleeren, um meine Säle damit zu füllen!«

»Aha!« rief Dolan. »Jeder Mann nur ein Palettenklecks für unsere Leinwand.«

Ein zartes Rosa huschte über seine altjüngferliche Haut. Er war klein, kahlköpfig und bartlos, und sein Gesicht war schmächtig, fast dürftig. Mit schwachem Kinn und einer Nase, lang und beweglich, wiegte es sich auf einem weichlichen Halse; er tauchte kümmerlich, unschön und nackt aus den zu weiten Kleidern. Ein Kenner und Genießer von Formen und Farben, wie Dolan einer war, mußte bitterlich unzufrieden sein mit alledem. Aber sein schmaler Mund lag süßlich nach oben gezogen und von selbstgefälligen Fältchen umstanden, und die Augen blickten schwarz unter fallenden Lidern hervor und bis hinter die Stirnen, menschenfeindlich und dabei glücklich.

Herr von Siebelind zog ein Bein nach, und auch seine Stimme schleppte.

»Gar zu üppig!« seufzte er. »Ich leide darunter.«

Jakobus betrachtete ihn. Seine rote, braun punktierte Stirn schwitzte unter dem weißblonden Haar. Die Augen fuhren rötlichbraun und blank umher, nach der schweren goldenen Blätterdecke: sie rauschte unter den Lichtgarben der Kerzen, – nach den Köpfen wilder Tiere inmitten hängender Kränze: sie funkelten und drohten, – nach den Wänden voll großer, kühler oder begehrlicher Leiber: sie herrschten über jeden, der sie ansah.

»Sie haben wieder einen schwachen Augenblick«, sagte der Maler. »Trotzdem wird man Ihnen eines Tages in diesem Hause eine Gedenktafel setzen, mein lieber Siebelind. Es wäre nicht ganz so köstlich, wenn Sie nicht ganz so findig wären.«

Und er streifte mit der Hand eine nackte schreitende Figur; sie erhob sich vor der violetten Stickerei eines Pfauengefieders.

»Bloß diese Fama?« sagte Siebelind. »Zeigen Sie mir gefälligst auch die nackte Judith hier gleich gegenüber: eine lebendige Gotteslästerung. Zeigen Sie mir den nackten Knaben, der Ball fängt, den nackten Gaukler, der auf den Händen steht, das nackte Weib auf dem Rücken dieses unflätigen Centauren... Das alles und noch mehr habe ich aufgestöbert in den staubigsten Winkeln, am Fuße von

Brückenpfeilern, in sechs Stockwerken und unter der Erde. Kolossale Findigkeit, sehr recht, mein Lieber. Ich bin findig wie ein Staatsanwalt bei mir zu Hause oder wie ein Konsistorialrat. Keine Nacktheit verbirgt sich vor mir! Mit gekniffenen Lippen gehe ich auf sie los. Sie, bester Jakobus, der Sie die Nacktheiten lieben, entdecken nicht die Hälfte von denen, die sich mir in den Weg stellen: denn ich hasse sie.«

Herr von Siebelind schnarrte, reizbar und männlich. Er ermöglichte seine Bekenntnisse durch eine Färbung von weltmännischer Ironie. Jakobus lachte ihn an.

»Sie sind gottvoll, – aber sehr brauchbar.«

Die Gaffer und Schwätzer stießen sie hin und her. Sie gelangten endlich auf Zickzackwegen des Gedränges die ersten Stufen hinab, zu dem Absatz, wo die Treppe sich teilte. In zwei majestätischen Steinflüssen, eingedämmt in breite Rampen, flach und ruhig und bekleidet mit dem Prunk der Teppiche, sahen sie sie hinunterziehen. An dem weiten Altan, der die hohe Halle beherrschte, lehnten sie, die Herzogin in der Mitte, zwischen spiegelnden Säulen aus Malachit, die mächtig wuchteten auf den Marmorrükken großer Löwen.

Herauf und hinunter bewegte sich die Menge, und mit ihr, die Geländer entlang, stiegen in die Tiefe der Halle hinein die Statuen aus Bronze. Durch die Mitte des ungeheuren Vestibüls hindurch führte sie ihr Tanz und bis an das Tor, wo Properzia stand. Sie stand im roten Mantel, und ihre Geschöpfe reckten nach ihr die Arme.

Sie dankte ihnen keinen ihrer Grüße. Ihr Blick strich, langsam und vereinsamt, über das Gewimmel von Menschen. Es umflüsterte sie neugierig und floh sie vor Achtung. Die Herzogin sah es von oben; sie sagte sich, daß Properzia mit der Angst eines verwaisten Lebens kämpfe. »Mortœil hat sich verlobt, und sie kommt, um ihr Unglück zu genießen.«

Sie winkte der Künstlerin, die es nicht bemerkte, und ging ihr entgegen. Die andern blieben zurück. Der Conte Dolan hob sich auf die Fußspitzen und klatschte in die Hände. Er rief über die Brüstung, und seine Stimme war überraschend tief und voll.

»Frau Properzia, setzen Sie sich dort drüben an die Seite der weißsamtenen Dame, die angesichts des Meeres thront unter einem goldenen Baldachin. Die gefesselten Mohren werden auch Ihnen huldigen, Frau Properzia.«

Die Fremde erhob ihren traurigen Blick zu den glühenden Fernen, voll andächtiger Krönungen, kniender Feiern im Duft von Frühlingslandschaften, wo auf weißen Terrassen, unter geschwungenen Brokatzelten eine goldblonde Königin zärtlich über die Welt erhöht ward von harten, dunkeln Kriegern, und zwecklos thronte, weil sie schön war. Jenseits der zufälligen Menschenmasse, und mit ihr vermischt, erwärmte eine zweite Menge die Halle: ein gemaltes Volk prachtvoller und edler Genießender, in Säulengängen, an den statuenumsäumten Zinnen von Palästen, auf den Söllern luftiger Glockentürme, im vollen Blau gebadet und überflutet von Strömen Lichts. Properzia sah, daß die Feste sich endlos fortsetzten in eine freie Welt der Freude hinein. Die Stimmen der Lust, die das Haus durchschwärmten, die glücklichen Gebärden, die es schmückten, sie gehörten den Gemalten. Mit ihren hellen Gewändern, ihren zuversichtlichen Mienen und ihren starken Handlungen berauschten sie die Gäste. Alle Gesichter glänzten vom Widerschein ihrer Lebensfülle. Properzia bestaunte sie mit dumpfem Neid. ›Ich war niemals wie ihr‹, dachte sie. ›Aber was ist jetzt aus mir geworden.‹

Dolan rief wieder aus der Höhe: »Frau Properzia, nehmen Sie doch die Hand jenes mageren Pagen und lassen Sie sich zu dem Helden führen; er schaut von seinem Sockel auf Sie, er kennt Sie, Frau Properzia!«

Sansone von Assy setzte den Fuß auf die kunstreich gegossene Kanone, für die er die Stadt Bergamo dem König von Frankreich verkauft hatte. Sein Standbild ragte am Gestade, und um ihn zu bewundern, schwammen die Götter des Meeres auf Delphinen herbei. Starkfleischige Genien umflatterten ihn schmeichlerisch, Nymphen küßten sein Postament, und mit vollen Backen blies der Ruhm in die Tuba. Alles auf Erden und im Himmel wurde in Atem gehalten von diesem Heros. Nur die Pagen, ganz eingewickelt in die wollüstigen Gewänder der Frauen, die sich anschmiegten an den erzenen Mann, achteten seiner nicht. Diese Pagen waren schön wie der Tag und süß geängstet von den Lockungen, an die sie sich verloren. Properzia sah nur die Pagen in ihrer glücklichen Heimlichkeit. Ein brünstiges Bedauern erhob sich in ihr und machte sie schwach.

In diesem Augenblick stand die Herzogin vor ihr. Die Frauen umarmten und küßten sich. Sie schritten die Treppe hinan und durch die Säle. Herr von Siebelind wendete sich noch einmal zurück nach der Halle, nach den Frauen, die geschmückt, und den Männern, die heiter waren. Er sagte langsam: »Jawohl, viel zu üppig. Ich wollte, die Kanone, auf der der Held sich spreizt, ginge los, oder von den schönen Damen käme unerwarteterweise eine nieder.«

»Aber Sie sind...«, rief Jakobus. »Ja, wozu denn?«

»Nur damit man des Unglücks nicht ganz vergißt, und des Leidens.«

»Sind Sie ernst?«

»Nur so ernst, wie man unter Freunden ist, die sich gern verblüffen«, schnarrte Siebelind, ganz Kavalier.

Vor ihnen her ging die Herzogin mit Properzia. Sie wurde von Dolan und San Bacco geleitet und ließ sich Platz machen von dem Herrn von Mortœil; er schritt voraus und führte die junge Clelia Dolan. Das Brautpaar flüsterte:

»Sie ist gekommen. Sie hat Sie nicht entbehren können, Maurice. Sie müssen sehr stolz sein.«

»Zweifellos. Sie ist unbequem, aber ehrenvoll. Und Sie, Clelia, stört das nicht?«

»Warum? Auch mich macht es stolz. Die große Properzia Ponti liebt meinen Verlobten – denken Sie nur.«

»Und eifersüchtig –«

»Eifersüchtig: keiner von uns, mein Lieber, hat das Recht, es zu sein. Es steht nicht im Vertrage. Sie wissen, warum wir ihn schließen. Papa will Sie zum Schwiegersohn, weil Sie einen guten Namen tragen, reich sind und besonders weil Sie ihm die Faustina mitbringen, seine liebe Faustina. Sie heiraten eine Venezianerin, denn Sie sind mit Ihrem Vaterlande, wie es jetzt aussieht, nicht einverstanden. Sie möchten aus Widerspruchsgeist sich selbst immer vornehmer vorkommen. Vor der Demokratie flüchten Sie in den stillsten und ablehnendsten Adelswinkel, den Sie finden konnten, in einen Palast am großen Kanal. Sie haben den meinigen gewählt, und ich habe nichts dagegen... Sie wollen doch hiervon nichts leugnen?«

»Sie sind zu klug, Clelia.«

Sie blieben stehen. Es war in einem weiten, wimmelnden Saal, wo sich Gruppen bildeten zum Tanz. Unsichtbare Spieler setzten ein mit hellen Weisen. Aber von der Galerie, die droben die Wände umzog, kam ein Rauschen winkender Fächer. Die schönsten Frauen in langen Reihen beugten sich weit hinüber, klatschten in die Hände und riefen: »Es lebe Properzia!«

In der Mitte des Raumes erhob sich jener bronzene Jüngling, der den Kopf in den Nacken preßte und die Arme in die Höhe stieß. Sie spannten sich mit der Brust, den Lenden, den Beinen und den stürmisch auf den Zehenspitzen vom Boden sich abschnellenden Füßen zu einer einzigen bebenden Linie, die ein unsäglicher Drang war zum Licht. Properzia wußte es gar nicht, daß sie neben ihrem freiesten Werke stand. Man sah sie in seinem Glanze und begeisterte sich. Sie neigte zum Dank den Kopf, lässig und ohne Freude. Die Herzogin lächelte glücklich.

»Ist das schön?« rief sie. »Dieser Saal ist golden. Hier blühen die goldenen Arabesken aus dem vollen, in den goldenen Puttenfriesen drängen sich die gewaltsamen Kleinen, goldene Halbmonde scheinen hernieder, und die heldischen Spiele, Jagden und Taten der Großen umkreisen uns im Sturm der gewölbten Glieder. Die ungezähmte Truppe der Nymphen entstürzt dem Dickicht, sie möchte aus dem Schweigen des Bildes heraustoben; in mächtig verzerrte Münder ist ihr Geschrei gebannt. Die Kühnheit, auf ihren Löwen gestützt, greift nach dem Füllhorn des Überflusses. Der siegreiche Gladiator prahlt und frohlockt. Der Tragöde, die Maske in der Hand, schäumt von der Kraft des Göttlichen, das aus ihm redet. Auf den Balkonen starren die goldenen Eroberer, Helden, Befreier, und goldene Wälder schießen um sie her in die Höhe, in das keusche Mondlicht hinein, das Diana heißt. Denn dies ist der Saal der Diana.«

Properzia sagte plötzlich: »Die Diana dort oben, Herzogin, sind Sie.«

Mortœil, Siebelind und Clelia Dolan fingen an zu lachen.

»Die Diana ist ja blond.«

»Jakobus, Sie wissen, wer die Diana ist«, versetzte Properzia.

»Ich habe nur die Diana machen wollen«, sagte Jakobus, und errötete. »Vielleicht habe ich eine Diana gemacht, die in den Körper der Herzogin von Assy hineingestiegen ist.«

»Vielleicht doch«, sagten Dolan und San Bacco. Sie sahen sich zweifelnd um.

Die Herzogin erklärte:

»Vielleicht war ich es. Jetzt bin ich es gewiß nicht.«

Und sie ging weiter. Properzia war in den Anblick eines alten, müden Mannes versunken; ein in Nacktheit strotzendes Weib drückte ihm den Kranz aufs Haupt.

»Wie spät!« sagte sie vor sich hin. »Er war vielleicht voll vergeblicher Leidenschaft. Und sie kommt jetzt, wo er sie nicht einmal mehr begehren kann.«

Jakobus entgegnete ihr:

»Er ist ein großer Meister und empfängt seinen Lohn.«

Aber sie schüttelte den Kopf. Ihr mächtiges Auge, streng, gewölbt und schwer beweglich, brütete auf dem schlanken Rücken des jungen Mortœil. Er neigte die Stirn zu Clelias blondem Haar. Es häufte sich in großen Knoten über ihrem zerbrechlichen Nacken. Sie wehte dahin, weiß, leicht, unhörbar und duftig wie Blütenstaub. Properzia trug schwer und mühsam. Herr von Siebelind sagte zu seinem Begleiter: »Sie hat alle höhere Würde über den Zaun geworfen; nun fliegt der gemeine Anstand hinterher. Ihr Geliebter verlobt sich, sie reist dem Brautpaare nach, und in der Menge, die der berühmten Frau zujubelt, sieht sie nur das kleine Mädchen, das ihr den Mann stiehlt.«

»Es ist ein großer und grausiger Anblick«, sagte Jakobus.

»Es ist kläglich und unglaublich schamlos. Aber es ist recht wohltuend, weil es wieder einmal die Nichtigkeit des sogenannten großen Menschentumes vorführt.«

»Wenn Ihnen das wohltut... Mortœil selber scheint ganz einverstanden damit. Ich habe gesehen, wie er ihr hinter dem Rücken der Kleinen Augen zuwarf.«

»So ein geliebter Mann!«

Siebelind feixte vor Haß.

»Meinen Sie, ahnungsloser Kunstjünger, daß er Lust hat, seine feine Stellung aufzugeben, die Stellung des kalten Herrn, der eine von Europas berühmten Frauen mit ihren Anträgen abweist?«

»Sie glauben, er verschmäht sie?«

»Aus Ehrgeiz, mein Lieber. Denn von einem, der Properzia nicht haben will, spricht man länger als von einem, der sie gehabt hat. Und dabei – muß ich es Ihnen sagen? – hätte er eigentlich Lust nach ihr.«

»Sie sind mir unheimlich, Siebelind. Sie haben in Liebesdingen das zweite Gesicht.«

»Ich... ach... ach...«

Siebelind schwitzte, seine braunen Augen wanderten, voll heller Pünktchen, ratlos umher, und seine Stimme klang nach geheimem Händeringen. Plötzlich nahm er sich zusammen und schnarrte: »Massenhafte Erfahrungen, Verehrtester. Als ich noch jung und schön war, selbstredend.«

Und er lachte albern.

Die Wände des Saales, wo sie jetzt standen, bedeckte milchiger Marmor, von rosigem Rauch durchzogen und unterbrochen durch flache Pilaster mit gläsernen Mosaiken in Silber und Blau. In seiner Mitte rundete sich ein kleiner Brunnen aus blauem Stein. Eine geigende Muse spielte sich im Wasser der Schale, und ihren silbernen Rand umtanzten zarte Amorinen. Der Saal war fast leer von Menschen. Die Herzogin sagte zu Properzia: »Diesen Saal liebe ich, er ist silbern. Die Götter planen über uns an der Decke; ihre Füße stützen sich auf die marmornen Kapitäle. Die Göttinnen, in silbernen Helmen und mit großen, hellen Brüsten, liegen auf durchsichtigen Wolkenkissen mitten im tief leuchtenden Himmel. Sie sind schimmernd blond und weiß, gütig, mit schmalen Knien und juwelenreich. Die Götter, schwarzlockig, schlank und die Augen voll schöner Wünsche, bleiben immer Jünglinge; aber ihre Seelen werden immer reicher. Die Jugend der Göttinnen ist ewig im Aufblühen. Götter und Göttinnen sind weich, neugierig und wechselnd. Ihr Mund lächelt allem zu, was duftet, klingt und prangt. Die Räucherpfannen rauchen sinnenvoll. Eine silberne Luft gießt hier der Friede aus. In den Falten der blaßblauen und silbernen Fahnen zwischen den Säulen träumen stille Siege. Es sind die Siege der Minerva. Denn dies ist ihr Saal.«

Properzia sagte: »Die Minerva dort oben, Herzogin, sind Sie.«

Die übrigen sahen hin; keiner widersprach. Jakobus erklärte: »Die Minerva, Herzogin, ist jene Frau, die ich malen wollte, damals, als ich im Hotel zu Rom Ihr Porträt machen sollte. Sie glichen ihr damals nur in kostbaren Augenblicken, und auch heute haben Sie sie noch nicht eingeholt. Aber Properzia sieht es schon jetzt, daß die Minerva Ihr künftiges Bildnis ist.«

»Auch ich sehe es«, bestätigte Dolan und legte den Kopf auf die Schulter. »Herzogin, Sie werden die Göttin einholen.«

»Ich hoffe, sie wartet auf mich«, sagte die Herzogin.

Als sie den Rücken gewendet hatte, schnitt Siebelind eine gequälte Grimasse und murmelte: »Die Göttin da oben ist allerdings von geradezu ruchloser Schönheit, das empfindet überhaupt niemand so stark als ich. Aber Gott sei Dank haben Menschen niemals so silberblasse Schultern, und nie zerstäubt darauf das Haar in solchen rotgoldenen Flocken. Durch diese Hemden aus Spinneweb und durch diese vor Weichheit zergehenden Seiden gleiten keine menschlichen Finger. Menschliche Sinnlichkeit ist unmöglich so beschwichtigt, glücklich und ohne Kitzel. Es wäre auch geradezu empörend.«

Er brach ab. Clelia Dolan sah ihn mißtrauisch an und entfernte sich von ihm. San Bacco trat einen Schritt näher und fragte kampflustig und von oben herab: »Sagen Sie mal, mein Lieber, warum äußern Sie eigentlich solche Dinge?«

Siebelind fuhr zusammen; er machte ein männliches und spaßhaftes Gesicht.

»Ich? Ja, man soll doch nur was sagen…«

Die Gesellschaft wurde getrennt. San Bacco und Dolan verschwanden in einem Kreise von Bekannten. Clelia und Mortœil gingen weiter, dem dritten Saale zu. Properzia machte einen Schritt hinter ihnen her, aber die Herzogin erfaßte ihren Arm.

Auf der Schwelle begegneten die Verlobten einer großen blonden Frau, die sie begrüßte. Dann kam sie herein und gesellte sich zu der Herzogin. Sie war üppig und gelassen, ihr tief ausgeschnittenes Kleid prunkte mit gestickten Kränzen. Das gesunde Fleischrot ihres Gesichts durchbrach den Puder. Es lösten sich von ihrer Erscheinung die seltensten Düfte, ein Klingeln und Blitzen von Brillanten und eine ganze Wolke gleichmütiger Herausforderungen. Die legte sich um die Männer und benahm ihnen den Atem.

»Lady Olympia! Welche Überraschung!« rief die Herzogin.

»Nicht wahr, süße Herzogin, ich bin lieb? Ich komme von Smyrna herbei, weil Sie ein Fest geben.«

»Aber ob Sie es meinen Festen zuliebe länger als vier Wochen in Venedig aushalten?«

»Wer weiß. Ein Freund erwartet mich in Stockholm. Süße Herzogin, ich bin glücklich bei Ihnen. Ihre Räume befördern die Stimmung; hier fühlt man sich leben. Dieser Saal, Herzogin, steht Ihnen am besten, Sie haben ihn sich klug zur Residenz erwählt. Ah! nicht jeder verträgt den Wohlklang, der hier in der Luft liegt; er beeinträchtigt die aufgeregten Reize. Es ist hier leer, wie Sie sehen. Ich meinerseits bleibe, weil ich Sie liebe, meine Schöne.«

»Verweilen Sie unbesorgt, Lady Olympia. Ihnen schadet weder die Wüste noch das Eismeer. Warum sollten Sie nicht auch im Licht meiner Minerva verführerisch bleiben.«

»Oh, ich liebe Ihre Minerva, und dem Künstler, der sie gemacht hat, möchte ich die Hand schütteln.«

Die Herzogin sagte zu Jakobus: »Lady Olympia Ragg will Sie kennenlernen.«

Er trat heran.

»Lady Olympia, hier ist Jakobus Halm.«

Die große Frau faßte den Maler bei der Hand; es sah aus, als ergriffe sie von ihm Besitz.

»Ich beglückwünsche Sie. Sie müssen eine Menge Schönes zu verschenken haben. Ihre Farben machen solche Lust auf Genüsse. Man wird begehrlich – auch nach dem, der soviel verheißt.«

»Na also«, murmelte Herr von Siebelind, der unbeachtet beiseite stand. »Deutlicher kann sie gar nicht mehr werden.«

Er blinzelte von unten. Ekel und Neid zerrten seine Miene hin und her. Plötzlich machte er kehrt und entfernte sich. Sein steifer Fuß schleifte nach, und um in dem weiten hallenden Saal die Zuschauer darüber zu täuschen, setzte er auch den anderen auf den Boden, als sei er lahm. In der Ferne kamen ihm drei junge Damen entgegen; er musterte sie gierig. Wie sie sich näherten, sah er gleichgültig weg. Sie lachten, und er biß die Zähne zusammen.

»Der soviel verheißt?« wiederholte die Herzogin. »Aber, Lady Olympia, er verheißt ja nicht: er gibt. Wände und Decken hat er erfüllt mit einem Leben ohne Ermatten. Was verlangen Sie noch?«

Lady Olympia erklärte, zuversichtlich lächelnd: »Oh, für mich sind die schönen Sachen nur Versprechungen.«

»Und was versprechen sie Ihnen, Mylady?« fragte Jakobus, mit spöttischer Betonung, und im geheimen so beunruhigt, daß er zitterte. Sie betrachtete ihn.

»Wir werden sehen. Ich empfinde die Kunst sehr stark,

mein Freund. Ich bin sogar eine Ästhetin, beruhigen Sie sich. Ich trage schwere Ringe…«

Sie zog einen Handschuh ab und hielt ihm ihre Finger hin. Er roch das parfümierte Wasser, mit dem sie gewaschen waren.

»…und einen Haufen Breloques am Fächer«, ergänzte sie. »Ich liebe phantastisch geblümte Seidenkleider und fühle mich imstande, mit Lilienstengeln in den Händen den Omnibusdampfer auf dem Großen Kanal zu betreten. An Bildern finde ich viel Geschmack, und sie beleben sich mir, – sobald ein Mann mich in Stimmung versetzt. Das ist ganz unerläßlich, mein Freund. Ich verstehe keine Kunst ohne Liebe.«

Jakobus schlug die Augen nieder und bereute es. Properzia Ponti nahm ihm die Antwort ab.

»Ich aber«, äußerte sie langsam laut und dennoch abgeschlossen in tiefes Sinnen, »ich habe immer Kunst geschaffen, glaube ich, weil ich von der Liebe nichts erhoffte – aus Nichtachtung, ja, aus Feindseligkeit.«

Die Herzogin versetzte: »Und ich liebe die Bilder, weil sie mich beglücken. Ich bin mit den Bildern allein. Ich kenne nur sie, sie nur mich.«

»Weil Sie Pallas sind.«

Lady Olympia lächelte überlegen.

»Übrigens werden Sie sich bekehren. Sie, Frau Properzia, haben sich schon bekehrt. Nebenan prangt das Relief der Frau Potiphar, die ihrem Kleinen den Mantel abzieht…«

Die Herzogin dachte: ›Und einige Schritte weiter steht ein Weib, das der Potiphar sehr ähnlich sieht, und das in ihre große, liebestolle Brust einen Dolch senkt.‹

»Sie waren sehr jungfräulich, Frau Properzia«, so schloß Lady Olympia. »Jetzt aber schaffen Sie Kunst, weil Sie lieben.«

»Weil ich unglücklich bin«, sagte Properzia.

Die glückliche Frau nahm Properzias Arm.

»Kommen Sie zu sich. Verzeihen Sie mir, ich spreche Ihnen von Ihren Geheimnissen. Ist es meine Schuld? Noch nicht zwölf Stunden bin ich in Venedig und kenne schon Ihre Geschichte, Frau Properzia.«

»Da meine Leidenschaft wie aus einem Kessel, der zu lange geheizt ist, überall am Wege zischend hintropft, so darf mir jeder sagen, er habe mit dem Kleide darüber hingestreift.«

Die drei Frauen saßen auf den silbergrauen Lederkissen der Marmorbank, die sich an den Brunnen lehnte. Zu ihren Häupten geigte lautlos die Muse, in stillem Jubel kreisten die Amorinen. Der fallende Strahl plätscherte, auffordernd zu lauschen und zu empfinden. Jakobus stand vor den Frauen, die Hände auf dem Rücken, und sah zur Decke, mit überlegter Teilnahmslosigkeit.

»Warum sind Sie unglücklich?« fragte Lady Olympia, liebevoll über Properzias Schulter gebeugt. »Weil Sie einen Mann lieben? Nein, meine Arme, sondern weil Sie nur den *einen* lieben. Wären Sie nicht auch unglücklich, wenn Ihr Meißel immer nur an *einem* Stück Stein arbeiten müßte? Wieviel flüchtiger als Stein sind die Männer, und wieviel zerbrechlicher! Wir sollten, schon aus Menschenfreundlichkeit, einen Mann nie länger behalten, als wir ein Bild betrachten. Die Männer sind hübsche Insekten mit bunt bestaubten Flügeln und sonst noch ein paar erfreulichen Eigenschaften. Sie dürfen an den Blumen, ich meine an uns, nur nippen, weil sie nicht viel vertragen, und auf alle Fälle weiß man nie, ob sie den Tag überdauern.«

Die Herzogin lehnte sich zurück und atmete tief.

»Ich meinerseits lebe gern unter Starken. Es befriedigt mich, zu wissen: sie werden noch dastehen, wenn ich verschwunden bin. Darum halte ich mich zu den Kunstwerken.«

»Die Kunstwerke«, erwiderte Lady Olympia, »haben höchstens den bunten Staub auf den Flügeln, aber es fehlen ihnen die anderen erfreulichen Eigenschaften, an denen ich hänge.«

Jakobus hatte begonnen, sich vor den Frauen hin und her zu bewegen. Dabei sah er über die große Blonde, sooft er an ihr vorbeikam, angestrengt hinweg; aber ihre Worte, die er zu verachten trachtete, durchstürmten ihn begehrlich und ängsteten ihn. Plötzlich blieb er stehen, starrte Lady Olympia an und sagte: »Mylady, Sie haben offenbar eine Schwäche für Schwindsüchtige.«

Damit war seine Kraft erschöpft, und er ward rot. Sie erklärte achselzuckend und ohne Hohn: »Ich spreche einfach nach den Erfahrungen, die ich immer aufs neue mache, von Tripolis bis Archangel. Es mag an mir liegen, aber noch kein Mann hat sich mir gewachsen gezeigt. Dabei vermeide ich es nach Möglichkeit, einem ernstlich zu schaden, – eben weil ich eine Menschenfreundin bin. Aus diesem Grunde halte ich mich, wie Sie wissen, an keinem Orte länger als vier Wochen auf. Frau Properzia, merken Sie es sich: so lebt man glücklich.«

Properzia erhob ihren langsamen, dunkeln Blick, ohne zu begreifen. Aber Jakobus half sich. Er brach in ein Gelächter aus wie ein Gassenjunge.

»Wir würden uns nicht verstehen, Mylady!« rief er aus. »Ich liebe den langen Dienst und die nachhaltigen Belohnungen!«

Er ermutigte sich an dem Anblick der Herzogin.

»Riesenwerke schaffen auf das Geheiß einer einzigen Frau. Ein ganzes Leben lang ihr nachfolgen an jedes Wasser und zu jedem Stück Glas und jedes ihrer Spiegelbilder auffangen ...«

Er brach ab, denn er merkte, daß er zu ernst war. Dieser Blonden, die nur aus Fleisch war, etwas Gefühltes zu erwidern, das war eine Entweihung.

»Ich habe Mortœil versprochen, die Quadrille ihm und Clelia gegenüber zu tanzen«, sagte er.

Lady Olympia lächelte gütig.

»Mortœil ist ja gar nicht beim Tanz.«

Er beachtete sie nicht mehr.

»Es ist hier schwül geworden«, bemerkte er noch, verneigte sich tief und ging.

Lady Olympia erklärte gleichmütig: »Wundervoll kühl ist es.«

Sie reckte sich, streckte einen Arm über die marmorne Lehne und hielt die Hand unter die überfließende Schale. Diese Hand trug keine Juwelen, sie schimmerte machtbewußt und nackt. Die regnenden Tropfen schmückten sie mit feuchtem Geglitzer.

Die Ballmusik taumelte bunt vor die Füße der drei Frauen. Einige Paare kamen vorbei, mit glänzenden Augen; sie suchten in den Klängen nach Lust. Als der Saal wieder verlassen lag, fragte Lady Olympia, und gähnte dabei: »Dieser Jakobus errötet merkwürdig leicht. Und doch ist er sichtlich einer von den Männern, die mit uns gar keine Umstände machen.«

Die Herzogin meinte: »Oh, sein Zynismus ist nur obenauf. Er hat ihn handhaben gelernt. Im Grunde, glaube ich, ist er ein Weicher, – wenn er auch scheinbar das Leben eines Unbedenklichen geführt hat.«

»Schon? Er ist sehr jung.«

»Weil er mager ist wie ein Knabe und ebenso weiche Haare hat, und weil sein bewegliches Gesicht alle Erlebnisse mitspielt und keines behält? Trotzdem muß er ungefähr fünfunddreißig sein, und hat manches hinter sich.«

»Welches Ursprungs ist er?«

»Ich weiß nicht. Er ist in Europa überall zu Hause, wo es eine Künstlerboheme gibt. Als ich ihn mir in Rom aus einem fünften Stockwerk herunterholte, hatte er schon im

Piano nobile gewohnt. Er ist lange auf und ab gestiegen, mit Frauen und durch Frauen, glaube ich. Als Zwanzigjähriger hat er das Glück gehabt, der Sbrigati zu gefallen.«

»Der Lona Sbrigati?«

»Sie war noch eine unentdeckte kleine Schauspielerin. Jakobus verdiente nichts und lebte von ihr. In einem schwierigen Augenblick, oder als er sie nicht mehr brauchte, entließ er sie brutal. Erst seitdem soll ihre Stimme das tragische Timbre gewonnen haben.«

Properzia Ponti senkte den Kopf und legte die Hand vor die Augen.

»Dieser Zug nimmt Sie weiter nicht ein gegen Ihren Freund?« fragte Lady Olympia. »Süße Herzogin, ich bewundere Sie.«

Die Herzogin sah überrascht auf.

»Warum denn? Da es seine Werke sind, die leben wollen, – wie sollte er sich bei den Leiden der anderen aufhalten. Übrigens haben ihn seine galanten Abenteuer nichts von seiner seelischen Unschuld gekostet.«

»Meine große Seelenkennerin!«

»O nein! Ich frage niemals, wie es in fremden Seelen aussieht; ich fürchte zu sehr die unsauberen Antworten. Viel lieber begnüge ich mich mit Verkleidung, Oberfläche, Spiel, und lasse allen Seelen ihre Schönheit gelten, die eine geschickte Hülle angelegt haben. Die Schönheit aber, der wir ohne Enttäuschung bis auf den Grund der Seele gehen können, sie gehört nur den Kunstwerken und den seltenen Menschen, die vollkommen sind wie sie.«

»Und Jakobus?«

»Wenn er nicht selbst eine tief unschuldige Seele hätte, wie hätte er das dort malen können!«

Und sie sah im Saal umher, mit Blicken voll unangreifbaren Vertrauens. Lady Olympia erkundigte sich: »Und woher wissen Sie seine alten Geschichten?«

»Er hat sie mir erzählt.«

»Er hat... Und das macht Sie nicht nachdenklich?«

Die Herzogin lächelte.

»Auch dabei ist er rot geworden.«

»Süße Herzogin, Sie sind zum Erschrecken harmlos.«

»Frau Properzia«, sagte die Herzogin sanft und mit Schmerz. »Lassen Sie sich nicht wieder fallen.«

Sie hob ihr den Kopf empor. Lady Olympia vermutete: »Sie werden doch auch den für unschuldig erklären, Herzogin, der das da angerichtet hat?«

»Nein, Frau Properzia, Sie müssen es ihm anrechnen, und ihn weniger lieben!« sagte die Herzogin. »Wenn er böse ist, so verteidigt er damit keine Werke. Im Gegenteil, er zerstört die Ihrigen, Properzia. Sie sollten ihn verachten als einen sinnlosen Übeltäter.«

»Ich möchte ihn hassen«, sagte Properzia, »weil er so fein ist und so künstlich... Aber darum liebe ich ihn ja«, murmelte sie, mutlos. Sie raffte sich auf: »Ich hasse nur das leichte, schmeichlerische Geschöpf, das ihn heiraten will... nicht, weil sie ihn mir raubt – er ist mir ohnedies verloren –, aber ich fühle, sie wird ihn betrügen.«

»Merkwürdig!« rief Lady Olympia. »Ich fühle ganz dasselbe! In jedem Falle aber betrügt ihn der Vater noch vor der Tochter. Dieser kleine glatte Alte hat noch jeden hineingelegt, den ihm das Schicksal überantwortet hatte. Er wird dem eigenen Schwiegersohne den Beweis seiner Meisterschaft nicht schuldig bleiben. Was mich anbetrifft, ich habe in meinem Londoner Hause einen Hermes stehen, der echt sein sollte, nach dem Urteile von Kennern, die ihn im Palazzo Dolan untersucht haben, ehe ich ihn kaufte. Seltsamerweise versicherte mir später einer dieser Antiquare, mein Hermes sei eine recht tüchtige Kopie; der echte befinde sich noch immer am Großen Kanal.«

Die Herzogin berichtete: »Ich habe keine Büste gekauft, obwohl sie mir angeboten wurde. Aber fast wäre der ganze Palast mein eigen geworden.«

»Sie irren sich«, erklärte Lady Olympia. »Eher wäre er vor Ihren Augen in Rauch aufgegangen. Nie hätte der alte Hexenmeister Ihnen erlaubt, ihn zu beziehen.«

»Nach allem, was ich seitdem erfahren habe, muß ich es fast glauben. Ich denke gern an meinen ersten Besuch. Ein weißhaariger Kammerdiener, dem ich unbekannt war, führte mich umher, geheimnisvoll, leise und ein bißchen betreten. Er zog von den großen Bildern die Vorhänge weg, mit Beschämung fast, als ob er mir gestattete, seine Herrschaft durchs Schlüsselloch zu belauschen. Er sprach von den Statuen, als ob sie es hörten, mit schwachem Erröten. Das hölzerne Konterfei des Dogen aus dem Hause Dolan und die riesenhafte Laterne seiner Galeere, die zwei oder drei Dutzend Porträts des Kardinals der Familie, die Glaskästen mit den Hüten, Kappen, Mänteln, Soutanen, roten Strümpfen des Kirchenfürsten und seine eingerahmten Manuskripte entzückten den greisen Diener und betrübten ihn. ›Was für große Erinnerungen!‹ rief er schwach. ›Und davon muß ein so berühmtes Haus leben! Es hat nichts weiter!‹«

»Er hat alles das so oft wiederholt«, bemerkte Lady Olympia, »daß er wohl schon längst selber daran glaubt.«

Die Herzogin erwiderte: »Ich habe den alten Mann später noch öfter aufgesucht und ihn fast geliebt – eben deshalb, weil ich mir einbildete, er spiele aus dem Stegreif und mir zu Ehren. Leider weiß ich jetzt, er gibt seine Rolle aller Welt zum besten. Von der steinernen Flucht der Säle, durch die er mich geleitete, zweigte eine Reihe kleiner Gemächer ab. Ganz an ihrem Ende stand eine schöne weibliche Büste, eine Römerin. Ein junges Mädchen, hell gekleidet, umhalste sie. Sie schmiegte sich an den Sockel und schlug an seinem Rande einen Pergamentband auf. Es war, als Abschluß der langen und kahlen Perspektive, ein überraschendes und süßes Bild.«

»Clelia stellt immerfort Bilder. Ich glaube, sie tut es unbewußt.«

»Ich sehe sie gern. Damals ging ich sehr erfreut der sanften Erscheinung nach. Hinter mir raunte, wie ich näher kam, der Diener: ›Die arme junge Herrin, sie ernährt den Vater. Manchmal, wenn eine reiche Dame hier ein Stück kaufen möchte, gibt unser Fräulein Clelia es her, obwohl der Vater sie töten würde, wenn er es wüßte. Doch wie wäre hier sonst zu leben? Ja, auch diese Büste gibt unser Fräulein her, sobald jemand sie nach ihrem vollen Werte zu schätzen weiß.‹ Das junge Mädchen flüsterte, ohne sich umzuwenden: ›Meine liebe Faustina! O nein.‹«

Die Herzogin brach ab. »Frau Properzia, ich bitte Sie, was haben Sie?« Aus Properzias weitgeöffneten Augen quollen zwei große Tropfen. Sie traten langsam und zitternd, wie vor Angst, aus ihrer dunkeln Pforte. Die Weinende bat: »Quälen Sie mich nicht zu sehr. Diese Faustina hat mir gehört. Sie ist unter meinen Augen ausgegraben worden; ich liebte sie sehr und dachte, mich nie von ihr zu trennen. Dann habe ich sie Herrn von Mortœil geschenkt, weil er sie einmal um sich selbst drehte und dazu meinte, sie sei gut gemacht.«

»Gut gemacht!« rief die Herzogin. »Ein antiker Kopf soll gut gemacht sein? Ja, wer hat denn die Hand gesehen, die ihn geformt hat? Ist sie nicht lange mystisch geworden? Das Leben der Statuen hängt zuletzt nicht mehr von uns Menschen ab. Sie haben ihre Geschlechter und Ahnen gleich uns, und jede von ihnen ist einziger und freier und ewiger als wir.«

»Ich weiß nicht«, sagte Properzia. »Aber das war sein Urteil. Ich schenkte ihm die Faustina und bat ihn, sie so zu lieben, wie er mich nicht lieben könne. Aber als er sich verlobte, gab er sie dem Grafen Dolan.«

Die Herzogin legte ihr den Arm um den Nacken, sie sprach ihr dicht in die feuchten Augen hinein.

»Trösten Sie sich, meine liebe Properzia. In Ihrer Geschichte sind nicht Sie die Verschmähte. Wenn Faustina dem Herrn von Mortœil anvertraut hätte, wer sie ist, – er würde sie mit sich umhergetragen haben bis auf sein letztes Kissen. Aber er durfte nichts empfinden bei ihrem Anblick. Sie hat ihn nicht würdig befunden. Sie ist an ihm vorübergegangen, er vermochte sie nicht festzuhalten, der arme Blinde. Bemitleiden Sie ihn!«

»Bemitleiden Sie die ganze Gesellschaft!« verlangte Lady Olympia, rot vor Entrüstung.

»Dieses Mädchen! Keine junge Engländerin wäre solcher Unehrlichkeit fähig. Sie tut, als betrüge sie den Vater. Er sei alt und schwachsichtig, hat Ihnen der weißhaarige Schuft von Diener gesagt; er bemerke nicht, daß nachgemachte Gegenstände in seinen Sälen die echten ersetzt hätten. Die Contessina bitte nur um vier Wochen Frist, um die Kopien anfertigen zu lassen.«

»Das waren die Worte, die ich hinter mir brummen hörte.«

»Und nach vier Wochen hätte man Ihnen das schon längst vorhandene falsche Exemplar ausgeliefert, und das echte hätten Sie bezahlt. Der Conte betreibt das Geschäft schon lange und vermöge des Witzes mit dem Kinde, das den Vater liebevoll hintergeht, erzielt er die höchsten Preise. Er ist ein Trödler, der mit Knochen und Haaren seiner Ahnen handelt.«

»Aber er tut es mit Leidenschaft«, behauptete die Herzogin. »Das fühle ich deutlich, sooft ich mit ihm zu tun habe. Ah! man mag mir viel Komödie vorspielen, aber die Empfindung für Kunstwerke erheuchelt niemand vor meinen Augen! Die Gegenstände der Kunst und der Erinnerung, die Dolan verschachert, er liebt sie gleichwohl, er liebt sie trüben, verbissenen, grillenhaften Herzens, wie er sein Kind liebt. Hat er es nicht dem künftigen Gatten seiner Tochter zur Bedingung gemacht, er müsse mit Clelia den Palast am Großen Kanal bewohnen und dürfe nie ohne des Vaters Erlaubnis die Tochter auf Reisen führen? Nun also, auf seine schönen Sachen ist er geradeso eifersüchtig. Zwar befällt ihn oft die Sucht, mit ihren Reizen eine begehrliche Flamme anzuzünden in den Augen der anderen. Sie sollen darum feilschen, von ihnen träumen und sie zu stehlen trachten. Aber es ist ihm einfach versagt, sich wirklich von ihnen zu trennen. Sie lassen ihn nicht los. Er *muß* sie fälschen. Ich fühle das.«

Lady Olympia stellte entschlossen fest: »Er ist ein Betrüger.«

Aber die beiden Frauen gewahrten plötzlich, daß sie allein waren. Properzia trat gerade auf die Schwelle des dritten Saales.

Seine Öffnung war weit, und im Banne der nackten, verschlungenen und trunkenen Körper, deren Reigen ihn einfaßte, sah man die Menschen, die diesen Raum besuchten, allesamt werben, Gewährung lächeln und, versunken in den Genuß heimlicher Schauer, zitternd schweigen oder aufgeregt lachen. Mortœil stand plaudernd vor seiner Braut; sie legte den Kopf, schmachtend und lieblich, an einen Wandspiegel, behangen mit gemalten Girlanden. Die schillernden Vögel, die das Glas durchflogen, kreisten um den Widerschein von Clelias heller, lockerer Haarmasse.

Mortœil traf einer von Properzias Blicken. Er stutzte, zuckte die Achseln und sah weg. Aber gleich darauf ging er ihr nach, mit einer raschen Entschuldigung. Wie seine Braut verdutzt den Kopf aus dem Nacken hob, stand schon Jakobus Halm bereit, der umhergeirrt war. Er führte das junge Mädchen zu einem üppigen Ruhesitz, auf ein verwikkeltes Prunkmöbel aus Gold und Purpur. Es war zu breit zum Sitzen, man lag darauf. Über ihnen an der Mauer genoß eine starke Bacchantin die Wut ihrer entfesselten Glieder.

Properzia stellte sich mit Mortœil vor den marmorn umrankten Ausgang zur Terrasse. Sie sagte: »Sie sind gekommen, Maurice, Sie sind mir gefolgt, einfach weil mein Blick es verlangte. Also denken Sie noch an mich! Leugnen Sie es doch nicht, auch Sie leiden.«

»Es ist ja begreiflich«, erklärte der junge Mann. »Ich bin nicht mehr der Liebhaber der großen Properzia.«

Er lächelte verlegen und spöttisch.

»Ich komme mir gesunken vor.«

»Weiter nichts!«

»Clelia liebt mich nicht. Ich bin gewohnt, geliebt zu werden.«

»Sie sehen es. Brechen Sie mit ihr!«

»Was singen Sie mir da? Ah, Sie sind eine stürmische Frau!«

Sein freches Gekicher regte sie auf.

»Wir gehören zusammen. Brechen Sie mit ihr!«

»Aber, meine Liebe...«

»Sofort! Sonst betrachten Sie mich als verloren!«

Und mit einer schweren Gebärde zeigte sie ihm die große Statue jener Frau, die sich erdolchte. Gerade vor ihnen wuchtete sie scheinend weiß auf dem Hintergrunde des in Nacht verlorenen Wassers der toten Lagune. Sie wendete das Gesicht fort und legte es unter den einen ihrer Arme, aus Furcht vor dem anderen, der ihr den Tod gab – aber Mortœil wußte dennoch, es war Properzia. Er erschrak, seine Phantasie begann zu arbeiten, und plötzlich spürte er seine schmächtigen Begierden.

›Welch ein Weib!‹ sagte er sich. ›Es muß ein Vergnügen sein, sich von ihr zerdrücken und ausleeren zu lassen... Wir haben ja solche liebenswürdigen Instinkte... Nein, alter Freund, den Kopf hochhalten! Aber sie schlechthin verlieren, ohne sie gehabt zu haben und mich ohne Vorbehalt an ein junges Mädchen verschenken, das solches Geschenk sehr wenig zu schätzen weiß – es wäre gar zu hausbacken. Ein bißchen Romantik wollen wir doch noch mitnehmen. Es sei!‹

»Properzia«, seufzte er, »wie lange gehöre ich nun schon Ihnen. Ich bin nach Petersburg gegangen, weil Sie so bestimmten, und Jahre darauf zurückgereist, weil Sie zur Heimkehr Lust hatten. Man kennt mich nur in Ihrem Gefolge, aber wenn auch alle mir zutrauen, es gehöre mir Ihr Schlafgemach, so bin ich in Wirklichkeit nur in Ihrem Vorzimmer zu Hause. Ich spiele vor mir selbst eine lächerliche Rolle, und mein Leben vergeht in lauter Angst, die anderen könnten es merken. Denn was die anderen auch denken: Ich habe Sie doch nie besessen.«

»Es mußte so sein, Maurice. Oder vielmehr, ich glaubte, es müsse so sein. Jetzt frage ich: warum?«

»Sie haben leicht fragen. Was konnte ich tun. Eine Properzia verführt man doch nicht. Man bittet sie nicht einmal. Im Anfang habe ich es getan; ich kam mir grotesk vor. Sie sagen, was Sie wollen. Sie nehmen sich den Mann, den Sie wollen: Sie sind Properzia Ponti.«

»Ich kann mich nicht hingeben, ich kann nicht fordern. Ein geheimes Stück von mir verbietet mir das, eine alte Angst, die von einem Jugendtage her in mir liegengeblieben ist. Nein, ich wollte überwältigt und geraubt werden gleich der Geringsten.«

»Ich verstehe Sie. Ich analysiere Ihr Wesen ganz ausgezeichnet. Sie sind die keusche Walküre, ah! Aber wenn ich doch nicht konnte – in seelischer Beziehung, meine ich. Sie sind mir zu mächtig, Sie schüchtern mich ein.«

Er dachte: ›Sie ist ungeheuerlich. Ich hocke auf ihrer Leidenschaft wie ein Äffchen auf einem Kriegselefanten. Ich gucke ungemein stolz in die Runde und riskiere meinen Hals den Gaffern zuliebe, die mich beneiden.‹

Inmitten seiner Scherze aber überwältigte ihn ihre Brunst. Sie stieg schwer und ihr selbst eine Pein in ihr auf und rüttelte an ihr und an ihm. Er fühlte ihre seelischen

Umarmungen, so fest und unentrinnbar, als fielen schon ihre Glieder her über ihn. Er fürchtete für die Glätte seines gestärkten Hemdes und für das Gleichgewicht seines Gemüts.

»Wir begehren uns!« rief Properzia, mit der Hand auf der Brust. Mit gedämpfter Stimme, rasch und inständig redete sie weiter: »Wir wollen uns doch endlich einfach lieben! Wir haben uns immer in einem künstlichen Garten gesucht, wie der dort unten.«

Und sie wies über die Terrasse weg auf den seltsamen freien Platz hinab, dessen hoch und blitzend umgitterter Rand bespült ward von dem leisen Wasser.

»Dort ist der Rasen aus grünem, feuchtem Stein, die Bäume sind in bemaltes Holz geschnitten, pyramidenförmig oder rund. In dem gläsern klingelnden, dunkelgrünen Laube funkeln kleine Früchte aus blutigrotem Jaspis. Die Blüten sind aus Elfenbein und die Blumen aus Porphyr. Ich will eine Rose aufheben, da ist sie aus lauter winzigen Steinsplittern zusammengesetzt. So trügerisch ist jede liebe Regung, nach der ich in Ihrem Herzen greife, Maurice. Alles in unserer Liebe ist viel zu glatt, kühl, überlegt, verschlungen, vielfach: gerade wie hier im künstlichen Garten. Sollen wir uns nicht doch noch dort finden, wo es nach Erde riecht, sollen wir uns nicht einmal im Leben ins Gras werfen, wo wirkliche Nesseln uns brennen und warme Erdbeeren sich an unseren Lippen zerdrücken?«

Mortœil sah sich um, erhitzt, verwirrt und in dunkler Sorge wegen des Schauspiels, das er den Lauschern etwa böte. Aber Clelia entdeckte er nicht, und alle, die er sah, waren mit sich selbst beschäftigt. Die Götter an den Wänden leerten Schalen voll Rausch und Begierde über alle. Aller Blut wallte auf. Sie horchten darauf, wie es kochte, und ließen sich betäuben und entzücken. Mortœil hörte wie aus der Ferne Properzias Stimme.

»Geh! Brich deine Verlobung!«

Da drehte er sich um und ging.

Er fand Clelia auf den dicken Purpurkissen des verschnörkelten und vergoldeten Liegestuhles. Sie nistete nur darauf wie ein verflogenes Vögelchen während eines Sturmes, leicht, weiß und pochenden Herzens. Jakobus Halm drang auf sie ein, er redete aufgeregt, seine roten Lippen lauerten dicht über ihrer hellen Brust und fielen immerfort auf die kleine schwache Hand nieder, die ihnen wehren wollte. Clelia gebrauchte den Fächer als Schutz gegen den Bedränger und wußte es zu verhindern, daß er ihn zerbrach. Ihre Haltung war im Grunde sehr maßvoll und ihre Glieder überwacht. Sie stellte ein Bild, dessen Benennung lautete: »Eine Stunde der Selbstvergessenheit« – aber sie war keineswegs hingerissen.

Mortœil nahm, was er sah, ganz ernst. Bleich und gerade trat er an das Paar heran und weckte es aus seiner Versunkenheit.

»Ihr Betragen, mein Fräulein, ist vielversprechend.«

Clelia war kaum verlegen.

»Ich verspreche Ihnen überhaupt gar nichts«, erklärte sie.

»Mit Ihnen, mein Herr, habe ich später zu tun«, bemerkte Mortœil. Jakobus sah erst zu Boden, dann, sich besinnend, über den anderen weg in die Luft, und schlenderte weiter, ohne sich zu beeilen.

»Was machen Sie denn, Maurice?« fragte das junge Mädchen leise. »Sie verstoßen ja gegen unseren Vertrag; er verbietet, eifersüchtig zu sein.«

»Es steht nicht in unserem Vertrage, daß Sie mich lächerlich machen dürfen.«

»Es ist ja nur ein Künstler. Nehme ich Ihnen Ihre große Properzia übel?«

»Das ist etwas anderes. Übrigens habe ich keinen Grund, eifersüchtig zu sein, da ich ja nicht in Sie verliebt bin – glücklicherweise.«

»Sie suchen wohl nach einer Beleidigung?«

»Ich verbiete Ihnen nur, Ihren ungeordneten Trieben vor aller Welt nachzugeben, solange Sie meine Braut sind.«

»Ich könnte ja aufhören, es zu sein. Was meinen Sie?«

»Das war's, was ich sagen wollte.«

»Also abgemacht.«

Und sie entfernten sich nach zwei Seiten.

Mortœil erblickte sich plötzlich, einigermaßen verstört, in der Mitte des Saales, ganz allein. Properzia befand sich draußen auf der Terrasse, eingezwängt in einen Kranz plappernder Bewunderer, denen sie den Sinn der erdolchten Frau aufklären mußte. Der junge Mann sah unschlüssig nach ihr aus, ihre Figur erschien ihm plump.

›Wozu habe ich denn Clelia fortgeschickt?‹ fragte er sich, jäh ernüchtert. ›Dieser wandelnden Säule zuliebe?‹

Es ward ihm ganz kalt.

›Was habe ich denn da gemacht? Mit so einem verbrauchten Theaterrequisit –‹

Er betrachtete die weiße Statue mit Augen, gelb vor Gehässigkeit.

›– ist es dieser dicken Alten gelungen, mir Angst und Begehrlichkeit abzunötigen – mir mit all meiner Skepsis! Bin ich nicht lächerlich?‹

Er sah sich argwöhnisch um.

›Oh, sicher findet man mich schon lächerlich.‹

In diesem Augenblick kam Lady Olympia auf ihn zu, träge und mit aufforderndem Lächeln. Sie gab ihm im Vorübergehen einen Fächerschlag und sagte: »Betrachten Sie sich als vorgestellt. Sie sind heute nacht mein Geliebter.«

Er blieb stehen. Drei Schritte weiter schaute sie nochmals nach ihm um, immer mit derselben gleichmütigen Genußsucht in ihrem Lächeln. Er erfaßte auf einmal die Lage und folgte ihr, ringend nach gemessener Haltung. Dabei überzeugte er sich, daß die Herzogin ihnen zusah.

Er holte Lady Olympia ein und flüsterte ihr im Nacken: »Wo? Wann?«

»Meine Gondel wartet«, erwiderte sie.

Sie verschwanden durch die Reihe kleinerer Gemächer, die die Flucht der Säle begleitete.

Die Herzogin blieb ganz vereinsamt im Saal der Minerva. Sie wollte spotten, aber ihre Lippen verzogen sich schmerzlich. Denn aus dem letzten der Säle schlug es ihr entgegen, wie der Atem eines ungeheuren Glutofens. Sie preßte die bloßen Schultern mit Kraft gegen den Marmor der stillen Bank; er war geziert mit den Reigen lieblicher Geschöpfe, die ihr Fleisch kühlten und liebkosten. Sie drückte den Kopf in den Nacken, den Mund nach oben geöffnet, nach der silberklaren Luft der Götter, die an der Decke strahlten und feierten. Aber sie hörte es drüben singen und wüten, das schwere dunkle Blut, das dort Menschen und Götter irr und selig machte.

Bei der Ernte und im Genuß, unter Reben, im durchsonnten Schatten, glänzten nackte, strotzende Menschen, ohne Scham und ohne Not. Breite Weiber mit saftigem Fleisch und geröteten Gesichtern lehnten sich satt an ihre Männer; die waren stark, ockerrot und nackt und bekränzt mit Weinlaub. Junge Mädchen, geschmeidig und fleischig, gebräunt und vom Wein durchpulst, zerdrückten mit den Spitzen ihrer Brüste die Trauben in der Butte. Hinter ihnen drängte und lachte der tüchtige Bursche, der sie nehmen durfte. Bacchus, fett, weinrot, lallend, wakkelte im Triumph durch das Gewühl der vom Rausch gefällten Leiber. Auf Widderfellen sich rekelnd, woran noch die Köpfe hingen, und zugedeckt mit den Haaren wilder Tiere, von Traubensaft überquellend und zur Liebe gereizt, lüstern sich betastend und ganz ineinander verfleischt, spendeten sie mit nassen Mündern ihrem Besieger ein letztes Evoe. Bacchantinnen tollten, unzüchtig feixten Satyre. Jünglinge mit Tigerfellen über der Schulter bliesen lockend die Doppelflöte, und Mädchen boten ihnen den Pinienapfel. Ein Mann zerbiß sich mit einem Centauren um ein Weib, das auf ihm ritt. Ein brauner Faun spielte Kindern zum Tanz. Sie sprangen begehrlich den Klängen nach, Mohnkränze glühten in ihren schwarzen Locken, am Boden brannten zerplatzte Granatäpfel. Tauben verbluteten neben Rosen. Es wurden Hermen entschleiert vor erwartungsvollen Jungfrauen. Die rote Luft wogte von brünstigen Geheimnissen – aber unter denen, die von ihr kosteten, tat keiner eine Frage. Sie jagten nicht nach Träumen gleich den Anbetern von Freiheit und Größe im Saale der Diana, sie feierten nicht die Schönheit wie im Saale der Minerva die Geweihten der Kunst. Sie waren im Banne ihrer Sinne und genossen das Fleisch. Atemlos, in zehrender Sucht, ohne aufzublicken, und nichts wissend außer dem Pulsschlag ihres Blutes, frondeten sie der Göttin, an die sie für immer verkauft und verloren waren, der abwesenden Göttin, deren Bild sich nirgends zeigte, weder an der Decke noch auf den Wänden, noch in der Mitte des Estrichs. Aber die Herzogin sah sie herniederfahren, unerbittlich, nie gesättigt und stets siegreich. Es war Venus. Ihr gehörte jener Saal.

Die Menge der Gäste drängte die Treppe herauf. Sie kamen aus der Halle, vom Büfett, und waren erhitzt und geräuschvoll. Die Herzogin erhob sich. Der Raum hatte sich gefüllt, sie ward eingeengt von Unbekannten. Da sagte neben ihr eine schnarrende Stimme, im militärischen Befehlshaberton:

»Ich bitte um Platz für die Frau Herzogin von Assy!«

Und Herr Gottfried von Siebelind schloß sich ihr an als ihr Kavalier. Im Gehen redete er: »Herzogin, Sie haben uns hier unter den Schutz von Göttinnen gestellt, und nicht alle sind gütig. Überzeugen Sie sich, was dort drüben die Böse für Unheil gestiftet hat. Properzia, unsere unermeßliche Künstlerin, hält Wacht vor der Terrassentür, vereinsamt, verraten und ganz aus Stein. Der Dolch sitzt ihr schon ebenso tief im Busen wie ihrer geschmacklosen Statue. Auch die junge Clelia gewährt ein trauriges Bild – aber immerhin nur ein Bild. Sie beansprucht nicht, tragisch genommen zu werden. Nach dem Auftritt mit ihrem Verlobten besaß sie noch ihre ganze Gemütsruhe. Aber ihr Erlebnis war bemerkt worden, um sie her flüsterte man. Da wandelte sie, betrübt und zart, zu einer edlen Vase, mit einem Tanz von Figuren. Sie stellte einen ihrer fehlerlos geformten Arme auf den Sockel und legte das Gesicht in die Hand, mit gemessenem Schmerz. Freundinnen umstanden sie. Sie bot sich der allgemeinen Bewunderung dar als klagende Nymphe, im Kreise der feuchten Genossinnen und neben einem überlaufenden Tränenkruge.«

»Herr von Siebelind«, äußerte die Herzogin, »Sie beobachten boshaft, aber einleuchtend. Als Sie mich soeben antrafen, war ich beinahe beängstigt durch die Vorfälle, von denen Sie sprechen. Mit denselben Vorfällen wollen Sie mich jetzt belustigen. Ich bin bereit.«

»Also Clelia spielt unglücklich«, so fuhr er fort. »Denn Jakobus bekümmert sich nicht mehr im geringsten um sie. Er streift planlos umher und stöbert nach Lady Olympia. Ein gefälliger Nächster wird ihn belehren, sie habe mit Herrn von Mortœil das Fest verlassen; darauf wird er erbleichen. ›Sie hat mich mit Clelia gesehen‹, wird er sich sagen. ›Ich habe ihr vorgeführt, wie ich werbe, wenn ich begehre. Ist nun dies die Antwort darauf?‹«

»Vorzüglich!« rief die Herzogin.

»Und man hält das für Liebesdramen!« sagte er unsicher und mit belegter Stimme. Seine braunen, rotgesprenkelten Augen blinzelten sie an, von unten und ohne Festigkeit. Er zog den Fuß hörbar nach, seine Stirn schwitzte, und in der käsigen Haut lagen die gelblichen Punkte so klar, als seien sie erhöht. Die Herzogin merkte plötzlich: ›Ach! Er ist kein harmloser Plauderer!‹

Und ihr Unbehagen kehrte verdoppelt zurück. Sie versetzte ablehnend: »Ich meine allerdings, wir sehen hier mehreren Liebesdramen zu. Clelia ist eine sehr sympathische Heldin…«

»Sie ist duftig, die Kleine, finden Sie nicht? Weil ihr Kopf sich unter großen, weichen, blonden Wellen versteckt, nimmt man kaum wahr, wie ausgearbeitet und feinzügig er schon ist. Noch umträumen wir sie mit Mädchenzauber – sie selbst träumt sehr ungern –, und durch den Goldstaub, den wir eigenhändig um sie herstreuen, erkennen wir noch nicht das Gesicht des alten Wucherers mit seinem grausam abschätzenden Blick und seinen sachverständigen Falten. Aber, Herzogin, glauben Sie es mir: sie ist die rechte Tochter des glatten, unbarmherzigen Trödlers, der Dolan heißt. Den Hang zum Erraffen, Festhalten und Nutzbarmachen, den er an altem Kram betätigt, sie hat ihn ererbt. Aber sie wird Besitz ergreifen von Menschen!«

»Woher wissen Sie…«

»Sie windet sich, lieblich und spielerisch, an Jakobus hinauf und umklammert ihn. Er merkt es noch kaum. Hier, unter dem aufreizenden Schmuck dieser Säle, wo die große Kunst aus Jakobus herausgebrochen ist, wie aus Daphnes Fingern die Lorbeerzweige, hier will sie ihn einfangen. Für sie ist das ein Rechenexempel. Und gleichzeitig mit dem großen Künstler will sie den Geliebten der großen Künstlerin rauben, und heiratet Mortœil. Man sagt, die Verlobung sei zurückgegangen. Beruhigen Sie sich, sie wird einfach nochmals geschlossen werden. Das ist Clelias zweites Exempel. Aber man bildet sich ein, das alles seien Liebesdramen!«

»Sie haben recht, solange Sie sprechen. Aber wenn wir jedem jungen Mädchen ihre reichen Flechten abschneiden und von ihrem armen Wesen das bißchen Goldstaub wegwischen wollten – gestehen Sie wenigstens, daß das traurig wäre.«

»Es wäre redlich, wie die Aufdeckung eines Betruges. Schönheit ist unsittlich«, erklärte er, bissig und gramvoll.

»Vergebung!« stieß er gleich darauf im Kavalleristenton hervor. »Man ist ja nicht von Holz. Solch allerliebster Schelm hat ja unzweifelhaft auch ... Als ich noch jung und schön war ...«

Sie betrachtete ihn, als sähe sie ihn zum erstenmal, diesen Popanz, der abwechselnd greinte und schnarrte, diesen forschen und kläglichen, seltsam verwandlungsfähigen und unheimlich tiefen Fremden. Er war gebügelt, gescheitelt, parfümiert und in jeder Einzelheit von letzter Neuheit. Aber der erste beste Vorübergehende besaß die Macht, ihn den Kopf senken, die Hand an die Stirn führen und von seinem Wege abweichen zu lassen. Herausfordernd und behindert hinkte er dahin, eine musterhaft angezogene Gliederpuppe, die es verdroß, daß nur andere über ihre Muskeln verfügten und nicht sie selbst.

Sie gingen zwischen den engen Pforten, die ihnen hier und da die Menge öffnete, immer weiter: durch den Saal der Diana, die Treppe hinab und in die Halle, und zurück bis an die Schwelle des Venussaales. Sie kehrten abermals um. Siebelind sagte mit einem verschleierten Blick nach den Liebesgöttern und ihren Günstlingen: »Jaja, das hält man für Liebesdramen!«

›Welche krankhafte Hartnäckigkeit!‹ dachte die Herzogin.

»Vor anderthalb Jahren, im Oktober«, so sprach Siebelind weiter, »starb in Rom eine arme Frau, die viel geliebt hatte, eines elenden Todes. Sie kannten, Herzogin, die Contessa Blà. Es gibt Männer, die, mit aller Zärtlichkeit geboren, ihre Sehnsucht in unsichtbaren Tränen ersticken müssen. Wenn die Frauen ahnten, welch Schatz von Gefühl in der Brust eines Ungeliebten versenkt liegt, sie würden... ihn ungeliebt lassen. Die arme Blà hat sich einem glücklichen Herrn geopfert, den das weiter nicht wunderte, und der die Liebe der Frauen geradeso munter auf den grünen Tisch warf wie das Taschengeld, womit sie ihn versahen. Am selben Tage – bemerken Sie dies wohl, Herzogin – war beim Fürsten Torlonia großer Rout, und Fräulein Clelia Dolan verlobte sich mit Herrn von Mortœil. Den grauen, mit scharfen Steinen besäten Weg, den die Blà soeben mit einem Seufzer verlassen hatte – zur selben Stunde beschritt ihn Properzia Ponti. Die Schicksale schließen sich mit unheimlicher Pünktlichkeit aneinander, zu einer wuchtigen Kette; sie umspannt uns immer enger, und schließlich verfangen wir uns darin, einer nach dem andern. Sie, Frau Herzogin, haben noch Zeit. Sie sind Diana gewesen, jetzt sind Sie Pallas. Der dritte Saal liegt noch in wüsten Träumen und wartet auf Sie. Venus ist noch abwesend.«

»Was reden Sie? Woher wissen Sie?« murmelte die Herzogin, und sie kämpfte mit einem unvernünftigen Grauen. Noch bevor sie sich besonnen hatte, fragte sie: »Wer sind Sie?«

»Ich? Oh, ich...«, machte Siebelind, und er zog sich innerlich ganz zusammen vor Scham und dem quälenden Drange, sich interessant zu machen.

»Ich komme nicht in Betracht«, seufzte er. »Da haben wir Clelia; sie ist herrschsüchtig und nichts weiter. Daneben Properzia; sie ist von einfältiger Begehrlichkeit und kennt keine Scham. Der junge Mann gehorcht verschiedenen Zugfäden; bald zieht Properzia an seiner Eitelkeit und seiner Ruhmsucht, bald Clelia an seinem praktischen Sinn und seinem Snobismus. Er wird so lange zwischen der berühmten Frau und dem reizenden Mädchen hin und her pendeln, bis alle drei ungewöhnlich unglücklich werden. Niemand wird wissen, warum, und man wird sich einbilden, das sei ein Liebesdrama. Aber es ist nur ein gesellschaftlicher Vorgang, wie eine Ordensverteilung oder ein Leichenbegängnis. Die Dramen, Herzogin, spielen hinter verschlossenen Türen, in der Brust der Ungeliebten. Ah! An den Schwellen der Säle, wo die Sinne schäumen, sich vorbeidrücken, kalt vor Verachtung und im Herzensgrunde die irre Hoffnung, eine mitfühlende Hand könnte winken, und dabei entschlossen, diese unmögliche Hand mit Strenge auszuschlagen. Die gedankenlosen Glücklichen hassen und sich festbeißen in ihren ahnungslosen Seelen, und wissen, daß man auch nur sein möchte wie sie, und sich seiner Triebe schämen, und stolz sein auf seine Scham, und entnervt von unfruchtbaren Gelüsten und ganz lahm vor Neid und aufgeweicht von hochmütigem Selbstbedauern. Von dem schaurigen Atem *solcher* Dramen sind sie niemals angeweht, die lauten Herrschaften, deren Gefühle im Ballsaal tanzen!«

Die Herzogin war empört und angewidert. Sie fragte von oben herab: »Wodurch habe ich Ihnen Mut gemacht zu solchen Vertraulichkeiten?«

Er erwiderte mit leidender Hartnäckigkeit: »Ich *muß* das alles sagen. Auch *meine* Stimme muß gehört werden, gerade hier, inmitten all dieser Malereien und Tänze, unter so vielen harmlosen Genießern.«

Sie schwieg und meinte im stillen: ›Warum schweife ich eigentlich schon seit einer halben Stunde mit diesem Verunglückten im ganzen Hause umher?‹

Es ward ihr auf einmal unerträglich. Sie sah sich nach Hilfe um, aber in der beweglichen Masse, die sie auseinanderdrückten und die hinter ihnen immer wieder zusammenfloß, glitten nur Unbekannte vorbei. Es schien ihr, daß diese Masse sie hoffnungslos einsperrte mit ihrem beunruhigenden Begleiter.

›Niemand unterbricht seine hassenswerten Reden, denn man sieht, wie ich lausche. Kann ich anders? Er vergewaltigt meine Aufmerksamkeit, dieser Ausgestoßene des dritten Saales. Ist's nicht, als begleiteten mich, indes er neben mir hinkt, von dorther alle die beängstigenden Stimmen, das irre Schwatzen, das Stammeln und verwahrloste Lachen? Sie gelangen zu mir durch das Schallrohr seiner ausgehöhlten Brust, verzerrt, getrübt und wie Krankenluft beklemmend. Der schwache Herzschlag dieses dürftigen Menschen leitet bis an mein Gehör den siedenden Puls all jenes entfesselten Blutes.‹

»Wer sind Sie?« fragte sie schließlich nochmals, fast wider ihren Willen.

»Herzogin sollten es vergessen haben? Gottfried von Siebelind, von den Ziethen-Husaren. Leider nicht mehr aktiv. Accident mit Pferden, Karriere vor der Zeit unterbrochen.«

Plötzlich plauderte irgendein Herr ihrer zusammengewürfelten Gesellschaft ihr etwas vor.

»Ich weiß«, sagte sie lachend. »Sie haben mir bei der Einrichtung dieses Hauses die dankenswertesten Gefälligkeiten erwiesen. Sie lieben es, im Gespräch Ihrem Partner eine recht unglückliche Meinung beizubringen von Ihrer Person. Sie wollen eben um jeden Preis anders sein als die andern. Darum habe ich Grund zu fragen, wer sind Sie? Also, seit dem Accident mit Pferden...«

»Seitdem verwalte ich unsern Familienbesitz.«

»Wo liegt er?«

»In Westfalen. Dort lebe ich unter lauter knorrigen Menschen. Können Sie sich vorstellen, wie mir zumute ist?«

»Die Familie von Siebelind... ich besinne mich, wo ich von ihr gehört habe.«

»Familie von Siebelind klingt famos. Leider ist das nur façon de parler, wenn ich mich selber meine. Es gibt nur mich.«

»Alle gestorben?«

»War nicht nötig. Haben nie gelebt. Mein Vater – ich enthülle Euerer Hoheit ein Stück deutscher Geschichte – war eine Art August der Starke, der regierende Fürst von Himmelreich-Blindekuh. Durch Vermittlung der Tochter seines Hofapothekers verhalf er mir zum Leben. Ich bin sozusagen ein Kind der Liebe, mithin von Hause aus schön und vom Glück erkoren, wenn man es jetzt auch nicht mehr sieht.«

Er erzählte es von unten herauf, versteckt und wichtig. Sie sagte abgewendet: »Ich mag niemand sich selbst verspotten hören. Es beschämt und quält mich.«

»Ach! Ich glaubte, es sei eine Genugtuung für die andern... Aber natürlich nicht für die Herzogin von Assy...«

Sie befanden sich in diesem Augenblick oben auf der Galerie, die die Halle umspannte. Wie sie nebeneinander an der Brüstung lehnten, sah sie in seinem Frack etwas blinken.

»Sie sind dekoriert? Ein weißes Kreuz in blauem Felde?«

»Eine Sittlichkeitsmedaille, Herzogin. Das Abzeichen eines Bundes zur Bekämpfung der Unsittlichkeit.«

»Soll heißen, der Liebe?«

Er bekannte gedämpft: »Ja.«

»Aber da Sie ja ein... Ungeliebter sind.«

»Ich bekenne mein Schicksal. Ich bin ein Bekenner.«

»Das ist hoch anzuerkennen, besonders da es Ihnen schwer wird. Gestehen Sie, wer gefällt Ihnen besser, Clelia oder Properzia? Mir schien es fast, Sie lieben alle beide?«

»Alle drei«, erklärte er.

Ehe sie es verhindern konnte, ergriff er ihre Hand und preßte seine Lippen darauf. Sie waren unangenehm heiß.

Und plötzlich war er verschwunden. In der nächsten Minute sah sie ihn bereits drunten in der Halle auf einen Kreis von Damen loshinken, steif und mit Willensanstrengung. Dicht vorm Ziel schwenkte er ab und sah gleichgültig weg, unter dem Spott der auf ihn gerichteten Lorgnons.

›Warum ist er geflohen?‹ fragte sich die Herzogin. Gleich darauf wußte sie den Grund: sie sah San Bacco auf sich zukommen. Er ging in einem Schwarm junger Mädchen, die sich an ihn hängten, ihn einhüllten in das leichte Geflatter ihrer Spitzen, Blumen und Haare, und ihm vertraulich ins Gesicht lachten mit ihrem frischen Atem. Sie liebten ihn, denn sie fühlten, daß der Blick, mit dem er sie bewunderte, von Zweifeln frei war, und daß der alte Ritter eine keiner Enttäuschung zugängliche Verehrung hegte für jedes hellstimmige Wesen im Schmuck langer Flechten, im Lichte unschuldiger Augen und in der Anmut schmaler Schultern. Sie ließen ihn erzählen von seinen Feldzügen, und sie belohnten ihn mit ihrem zärtlichen Gezwitscher, mit einem hingehaltenen weißen Handschuh, auf dessen Innenseite er seinen Namen kritzeln mußte, und mit Kotillonorden.

Er versicherte der Herzogin feurig, ihr Fest sei wundervoll geglückt.

»In Ihren Sälen, Herzogin, sind die Frauen schöner als sonst, und sie machen Ihre Säle schöner. Hier ist alles Pracht, edler Geist, Freude daran, den andern ein schönes Bild zu bieten. Und ich komme aus dem Parlament, wo die dürftigen Herzen mit Bosheit durchtränkt sind. Ehe ich dorthin zurückkehre! Bei Ihnen atmet man! Vom Kanal bis zur Lagune spielt die Frühlingsluft durch Ihr Haus und trägt jeden verbrauchten Atemzug aus den Mündern fort.«

Jakobus kam aufgeregt herbei und sagte: »Die beiden sind wieder da. Hätten Sie das für möglich gehalten?«

»Wer?«

»Lady Olympia mit Mortœil. Sie haben eine, wie es

scheint, genußreiche Gondelfahrt gemacht, jetzt wollen sie tanzen. Properzia darf zusehen, Arm in Arm mit Clelia. Ich finde, sie gehen etwas weit.«

»Auch Properzia soll tanzen, ich werde sie bitten!« rief San Bacco, die Wangen gerötet und lebendig wie ein Knabe.

»Ich werde nie dulden, daß man die große Frau beleidigt!«

»Wie wollen Sie's verhindern, Marquis? Übrigens ist sie nicht aufzufinden. Nun verlangt also Lady Olympia in ihrer Quadrille nach einem Gegenüber. Ich suche ein ihrer würdiges, Mortœil auch.«

»Der Schlingel!« murrte San Bacco. »Herzogin, Sie sollten ihn von einem Ihrer Gondoliere in sein Hotel bringen lassen!«

»Und Lady Olympia?«

»Sie ist eine Dame.«

»Kommen Sie, Jakobus«, sagte die Herzogin. »Wir wollen den Herrschaften gegenüber tanzen.«

Sie lachte herzhaft, und ihr Lachen schien alles zu verjagen, was von dem Geraune eines unzulänglichen Asketen in der Luft um sie her noch hängengeblieben war.

Sie gingen. Die Herzogin äußerte: »Lady Olympia hat Sie aus der Fassung gebracht, geben Sie's zu?«

»Was ist da zuzugeben«, erklärte Jakobus. »Wir haben ja das Tier in uns, nicht wahr, das auf so einfache Lockungen hört. Ah! Solch ein Weib weiß das! Welche Unverschämtheit im Grunde! Und was für ein melancholischer Triumph! Ich ging mit so reinen Empfindungen in diesen Sälen umher, ich genoß meine eigene Blüte, von der diese Wände berankt sind, und sagte mir, daß ich Ihnen, Herzogin, zu Ehren blühe. Da kommt dieses Weib und zeigt mir, daß sie Macht hat über mein Tier. Ich kann es nicht leugnen, aber ich fühle mich unhöflich behandelt.«

»Also aus Eitelkeit... Aber Sie ziehen die Sache doch

nur hinaus. Sie denken ihr nicht im Ernst zu widerstehen, wie? Also warum machen Sie's nicht gleich ab? Jetzt wären Sie schon damit durch und vollkommen beruhigt – wie nun Mortœil statt Ihrer.«

»Ich konnte nicht. Sie, Herzogin, standen dazwischen und verleideten mir das Vergnügen.«

»Das tut mir leid... Sollten Sie mich lieben?«

Er erschrak. Er errötete so tief, daß das braune Gold seines langen, geteilten Kinnbartes ganz blaß ward.

»Nein, nein! Was für eine Frage! Wodurch habe ich...«

»Durch gar nichts. Beruhigen Sie sich. Dann hindert Sie also nichts, Lady Olympia zu lieben.«

»Erst recht nicht!«

Sie langten an und begrüßten die Wartenden. Lady Olympia war schlechter gepudert als vorher. Sie hatte feuchte Augen und süß belebte, glückliche Bewegungen. Mortœil war ziemlich blaß; er begegnete den neidischen und höhnischen Blicken mit schneidender Kälte. Die Musik begann sogleich, und während sie mit Mortœil und seiner Dame den Reigen schlangen und lösten, setzte Jakobus das Gespräch mit der Herzogin fort. Er sprach laut von Lady Olympia und sah ihr dabei gerade in die Augen. Sie lächelte gleichmütig. Seine Gebärden wurden immer hastiger.

»Wer liebt denn eine Lady Olympia?« sagte er. »Lady Olympia ist ein üppiges Bild, ich habe vergessen, sie im Saal der Venus anzubringen als Liebesjägerin, rot, breit, blond, den Kopf zurückgeworfen, so daß der Hals sich bläht, und lachend mit feuchten Lippen. Man wälzt sich mit ihr ins Gebüsch und läßt sich nehmen. Dann geht man, und behält im Auge noch eine Zeitlang den Glanz von ihrem roten Fleisch. Sonst nichts. Sie ist ein Bild, und auf Bilder verstehe ich mich zu gut. Die liebe ich nicht.«

»Nun, glücklicherweise bin auch ich ein Bild. Bald stellen Sie mich an eine Saaldecke als Diana oder als Minerva, bald in den Salon zu Paris als Duchesse Pensée. Welch seltsamer Name, wie kamen Sie dazu?«

»Jenes Bildnis sind nicht Sie, Herzogin, es ist Ihr Gedanke – der Gedanke jener Minute, als Sie in meinem Atelier zu Rom vor die Pallas des Botticelli hintraten. Ich sagte Ihnen schon, ich würde Ihre Seele aus jener Minute zurückholen, sobald ich Sie aus den Augen verloren hätte.«

»Warum lassen Sie mich das Bild niemals sehen. Ich möchte es besitzen.«

»Es ist verkauft... an eine deutsche Dame.«

»Wer ist sie?«

»Die Tochter eines rheinischen Industriellen... Ich habe sie geheiratet.«

»Was sagen Sie da?«

Das En avant deux führte sie auseinander. Lady Olympia nahm Jakobus' Hand und wiegte sich mit ihm in der Mitte des Vierecks von Tänzern. Sie sagte: »Sie sind unhöflich, mein Kleiner, aber ich bin Ihnen nicht böse. Sie gefallen mir nun einmal. Übrigens werden Sie mich für das alles bald um Verzeihung bitten.«

»Nur zu bald«, erwiderte Jakobus.

In der Pause zwischen zwei Teilen der Quadrille wiederholte die Herzogin: »Was haben Sie gesagt? Sie sind verheiratet?«

»Und ich bin stolz darauf«, erklärte er. »Bedenken Sie, unmittelbar nach dem Erfolge, den ich mit Ihrem Porträt hatte, verheiratete ich mich mit einem jungen und reichen Mädchen, das in allem ungefähr das Gegenteil von Ihnen ist. Nein, Herzogin, ich liebe Sie nicht.«

»Sind Sie darüber immer noch nicht beruhigt?«

»Das Beunruhigende liegt darin, daß ich Sie zu oft male. Sie sind kein einfaches Bild wie Lady Olympia. Ah, die ist mit einer einzigen Leinwand abgetan für alle Zeiten! Aber Sie, Herzogin, Sie kommen mir fast vor wie einer meiner

Träume. Wie gesagt, Sie beunruhigen mich immer aufs neue. Ich sehe Sie niemals endgültig.«

Sie mußten sich trennen.

»Ich hoffe trotzdem, Sie sind nur ein Bild«, versetzte er noch.

»Ich auch«, entgegnete sie.

Wie sie wieder zusammentrafen, erklärte er: »Ich liebe nämlich nur dort, wo ich wenig sehe, und wo es für mich keine Kunst gibt. Meine Kunst will ich stark, streng, unpersönlich und von weichen Gefühlen unabhängig. Die Liebe... Soll ich Ihnen erzählen, wo ich am meisten geliebt habe?«

»Tun Sie es.«

»Ich sollte irgendwo in Rußland Jagdbilder malen und ging jeden Morgen auf dem Wege zu dem Pavillon, der mir als Atelier diente, an einem eingefriedeten Stück Park vorbei. Nadelholz und Sträucher waren in die graue Mauer eng eingefaßt, wie ein dicker Strauß. Ein dunkler Laubgang führte zu einem Brunnen, wo täglich eine weiße Gestalt sich regte. Ich sah nur einen Streif von einem weißen Gesicht und das Gleiten von zarten Gliedern. Und ich stand jedesmal lange, mit den Fingern um die Gitterstäbe, und spähte die sich verengende Perspektive hinab, nach der Seele im Park, wie ich jenes Wesen nannte. Es umkreiste den Brunnen, und ich fühlte das so, als umkreiste es vergeblich meine eigene Seele. So hab ich nicht wieder geliebt.«

»Das haben Sie also nicht gemalt?«

»Es war eben nur Gefühl. Es war kein Bild – wie Sie, Herzogin.«

Sie machten sich die große Verbeugung, und der Tanz war aus. Die Herzogin ließ die andern allein.

»Was meinen Sie, mein Kleiner«, fragte Lady Olympia den Maler, der verlassen dastand. »Sind Sie gezähmt?«

»Augenblicklich weniger als vorher«, erklärte er. »Ich bedauere es lebhaft.«

Sie nahm Mortœils Arm und befahl abermals ihre Gondel.

Jakobus schlenderte gesenkten Kopfes umher und sann: ›Warum habe ich ihr erzählt, daß ich verheiratet bin. Bei nächster Gelegenheit werde ich versichern, daß es irrtümlich geschah, und daß ich mich scheiden lassen werde. Sie wird sagen – oh, ich kenne sie –, es sei recht so. Eine Frau schade meiner Kunst, ich gehöre ganz meiner Kunst. Und da die *ihr* gehört... Ja, sie soll ihren Willen haben – und die andere auch, die mich so unhöflich bei meinem Fleisch anfaßt, in dem Augenblick, wo ich am meisten Seele zu sein glaube und an die Seele im Park denke. Ah! Die Hand, die sie mir beim Tanze gereicht hat! Lady Olympia ist schon allzu stolz auf die Macht ihres Leibes, aber zu gewisser Stunde werde ich ihr dennoch gestehen, wie ich ihre Hand malen würde: in dem Augenblick, wo sie den braunen Kopf eines Knaben streichelt, der unter ihrer trägen Liebkosung zittert und keucht, oder wie sie die zerrupften Blätter einer dunkeln Rose hinausstreut in einen schwülen Wind... Wo sehe ich dagegen die Hand der Herzogin? Auf der bilderreichen Wölbung einer köstlichen Vase. Sie gleitet an den Profilen der Figuren entlang. Die Mänade taumelt, die Nymphe lacht, und ein Widerschein ihres ewigen Prangens fällt auf die vergängliche Hand.‹

Niemand hatte Properzia das Haus verlassen gesehen. Endlich fand die Herzogin sie in dem künstlichen Garten über der Lagune, die Arme hinaufgereckt an dem hohen, dunkel blitzenden Gitterportal. Es sah aus, als hätte sie vergeblich daran gerüttelt und sei mit mutlosen Händen hängengeblieben in den weiten, verschlungenen Zweigen aus Eisen, zwischen den blauen Pinienäpfeln und den Lilien mit gelben, starrenden Blütenstengeln, und im Banne des weißen Greifen droben auf der Spitze.

Die Herzogin berührte ihre Schulter und führte sie zurück, durch eine Reihe verschwiegener Zimmerchen, bis an das andere Ende des Hauses. Im Kanal lagen die Gondeln unter der Brücke und zwischen den schwarz und blau gestrichenen Pflöcken; jeder von ihnen trug eine Herzogskrone. Sie stiegen ein und glitten davon, ohne einen Laut. Die letzten Festflammen erloschen im schwarzen Wasser. Die Paläste wuchteten schattig; blendend ins Mondlicht sprangen die Balkone. Die steinernen Masken starrten ihnen nach, von den Bögen der Portale herab; die stiegen mit müden, ausgewetzten Stufen in die Kanäle. Verlassene Steinbänke hingen über der traurigen Flut an den Fassaden. Die gebräunten Marmorquadern prunkten nächtlich, und aus den eisernen Quadraten der Fenster winkte ihnen die Hand des Schweigens. Über einen weiten, bleichweißen Platz ritt geräuschlosen Hufes ein erzener Reiter. Er war, mit grellem Angesicht über die Schulter weg drohend, entsetzlich und schön, das Abenteuer dieser Nacht: sie kniete vor ihm.

Hart glänzender wilder Lorbeer raschelte auf zerbröckelnden Mauern um Wappenhelme und Steinbilder. Davor schmiegten kleine Löwen den Kopf auf die Tatzen. Die Herzogin dachte: ›Über der Kunst wacht die Kraft. Die Kunst ist nie verloren.‹

Aber Properzia richtete sich plötzlich auf. Sie saß im Schatten; ihr Gesicht war ein blasser, verschwimmender Fleck auf dem schwarzen Tuch des Felze.

»Es ist, als wäre ich schon tot«, sagte sie. »Ich kann nicht mehr arbeiten. Er tötet mich. Und dabei begehrt er mich, ich weiß es. Aber er nimmt sich nicht, was er begehrt, denn er schämt sich der Natur. Oh, er ist so künstlich, und ich bin es nicht. Wenn meine Liebe vergiftete Stacheln hätte, um ihn zu reizen! Wenn ich eine herzlose und wollüstige Abenteurerin wäre oder ein eigensinniges, herrschsüchtiges Mädchen, das ihn nicht liebt. Aber ich habe nur meine einfache Leidenschaft, und die frißt sich selbst. Ich habe Anatomie gelernt und weiß, daß nach dem Tode oft der Magen sich selbst verzehrt. So ist meine Leidenschaft, denn er gewährt ihr keine andere Nahrung, – und es ist, als wäre ich schon tot.«

Die Herzogin erwiderte nichts, sie dachte: ›Properzia ist lächerlich und großartig. Wie konnte sie mich nur beängstigen? Ja, ihr heißer Atem ist mir, zusammen mit dem der andern, aus dem Saal der Venus entgegengeschlagen und hat mich vor sich her gejagt, erschreckt und schwach. Properzias, Clelias, Jakobus' Brunst und die von Mortœil und Lady Olympia hat mich wie ein Kapuzenmantel, heiß und rot, bis über die Ohren zugedeckt. Sooft ich ihn abschütteln wollte, drückte Siebelinds verwachsene, feuchte und zitternde Hand ihn fester... Ich war schwach. Warum habe ich Jakobus gefragt, ob er mich liebe... Jetzt würde ich ihm bedeuten, er möge gefälligst mit der Ausmalung der Kabinette beginnen. Dieser Properzia habe ich nichts dergleichen mehr zu sagen. Ich fühle, sie ist über alles hinaus. Aber ich höre auf, sie zu bemitleiden; ich fahre sie umher und bestaune sie. Ich bin zuviel hin und her getrieben zwischen Menschen, Listen, Träumen, Niedrigkeiten. Jetzt ruhe ich aus und schaue. Die drohende Größe des Colleone oder Properzias untergehende – welches Schauspiel ist glänzender? Die Seelen prangen neben den Kunstwerken, und ein Schauspiel bin ich mir am Ende selber. Wäre ich sonst nicht geradeso verloren wie diese hier? Alles, was mich überwältigen will, ich bezwinge es im Spiel. Die Sucht nach Freiheit und Größe brach über mich herein: ich spielte Diana und wußte es nicht einmal. Jetzt bin ich Minerva, sagen sie. Wissen sie, ob ich nicht Minerva spiele, weil ich ringe mit dem Fieber der Kunst? So spielte ich auf meiner Kinderinsel die süßen Gestalten der alten Dichtungen und lauschte auf das Echo von Chloes Stimme, die nach Daphnis rief.‹

Die Ruderschläge klappten unter den Brücken. Ihre Bogen überspannten schlank und schnell den engen Wasserpfad, und es nickten Büsche von einem Ufer zum andern. Sie nickten über die blaugrün beschatteten Mauern von Gärten in blaugrünem Licht, zwischen steilen, schmalen Palästen, blaugrün übergossen; Gärten mit unbewegten Wipfeln, ohne Vogelgesang und lauschend auf Brunnen, die nicht plätscherten. Der Ruf eines Gondoliers schallte herüber aus der Ferne, aus entlegenen Kanälen, wo die unbekannten Gondeln ihren dunkeln Weg befuhren, ihren glücklichen oder ernsten. Properzia horchte, irren Blickes. ›Dort gleiten sie hin‹, sann sie, ›Maurice und die Frau, die er heute liebt. Sie liegen weich ineinandergebettet... Sähe ich ihn lieber sterben!‹

Die Gärten waren nun erstickt von turmhohen Steinkästen, durch Kohlen geschwärzt, und triefend von Moder. Sie hatten kleine, hochgelegene Öffnungen und Türen ohne Brustwehr. Im Widerschein ihrer Lichter breitete sich über das Wasser, worin sie badeten, eine buntgefleckte, ölig schillernde Haut. In den Spelunken schrien die Trinker rauh, und schrill die Mädchen. Ein Gitarrenklang rollte unter dem Lärm hervor, wie eine kleine, nasse Perle. Eine Vettel mit bloßen Brüsten hing aus einem Fenster, unter den Sternen. Properzia sagte: »Wir rudern vorüber, und niemand belästigt uns. Hier trat ehemals der Trunkene, dem eines der Weiber ihr Schlafgemach öffnete, ins Leere und verschwand in diesem zähen Wasser. Ich wollte, ich wäre das Weib und beträte, mit Maurice verschlungen, das gebenedeite Schlafgemach, wo alles endet.«

Plötzlich, mit wenigen Wendungen, gelangten sie in den Großen Kanal. Die Herzogin geleitete Properzia an ihr Hotel und fuhr nach Hause. Das Fest war erloschen, der Palast stand wie ausgekohlt, schwarz, mit geringen Lichtfunken. Diener trugen ihr Armleuchter voran durch die hallenden Säle. Die mächtigen Schatten der Gemalten stürzten übereinander her von den Decken. Ein Marmor funkelte auf; der silberne Rand des Brunnens kreiste weich glänzend um die Schale, die rann und tropfte, um die Amorinen, die tanzten, um die Muse, die geigte.

In dem letzten, auf die Lagune hinaus weit geöffneten Kabinett saßen am Kartentisch und beim Wein die spätesten der Gäste: Lady Olympia, Jakobus, Siebelind, San Bacco und Mortœil. Die Herren erhoben sich, San Bacco rief: »Herzogin, Sie sind mit Angst vermißt worden. Wissen Sie es wohl?«

»Herzogin, wo waren Sie?« fragte Mortœil.

Er stellte eine unnatürliche Spannkraft zur Schau, und die Augen, die gerötet waren, fielen ihm zu. Lady Olympia legte sich wieder in den Stuhl, sie bewegte sich weich und satt.

»Sind Sie nochmals zurückgekehrt, Mylady?« sagte die Herzogin. »Auch ich war unterwegs unter dem Monde.«

Sie dachte an die blaugrünen Mauern mit den von Lorbeer umraschelten Löwen und lächelte, ganz erfrischt und heiter.

»Ich habe gesehen, wie Löwen, die sich mit Ruhm bedeckt hatten, gelangweilt gähnten, indes Löwinnen vorbeifuhren, brüllend vor Schmerz und Begierde.«

Lady Olympia blinzelte nach Mortœil hinüber; sie versetzte träge und friedevoll: »Was wollen Sie? Auch Löwen ermüden.«

II

Im Kunstkabinett, am Rande der toten Lagune, und nur durch eine Tür getrennt vom Saal der Venus, unterhielt man sich von Liebe. Die Herzogin und San Bacco gaben Jakobus recht. Siebelind widersprach ihm gereizt. Der alte Dolan grinste faltig. Mortœil und Clelia sahen sich an und zuckten die Achseln, Lady Olympia tat nicht einmal das. Properzias Blick brütete heiß und unbeirrbar auf dem Gesicht ihres Geliebten.

Dem Gespräche lauschten, von der Höhe ihrer Sockel und vor dem Wandbezug aus olivengrüner, gefältelter Seide, Florentinerinnen mit gedankenfeinen Stirnen und junge, träumerische Heidinnen. Sie waren mildweiß; von goldenen Kettchen hing ihnen über der Nasenwurzel eine Gemme. Ihre Stirnen waren gewölbt und ihr Haar wie Schleier zusammengerafft. Sie trugen den Kopf erhaben auf langen, geraden Hälsen und hielten die Augenlider gesenkt; die waren dünn zum Zerreißen. Mit hohen, schwachen Brauen und gespitzten Lippen oder halboffenen und die Zunge im Winkel, lächelten und deuteten sie, kaum wahrnehmbar und auf immer unerklärlich. Sie standen im Halbkreis hinter den Stühlen der Frauen. Jedem der Männer sah ein Knabe über die Schulter, oder ein jugendlicher Krieger. Sie waren nackt oder gepanzert, und aus ihrem gebräunten oder schwarz polierten Marmor spähte ihre Seele hervor, unschuldig und voll Verlangen. Erstarrt trotzten auf ihren hellen Stirnen die Taten, die sie nicht hatten vollbringen können.

Die Hauptwand trug die Pallas des Botticelli. Gegenüber, durch die aufgestellte Terrassentür, schmiegte sich eine zärtliche Luft; es war gegen Abend und noch im Mai. Die Lagune, schräge bestrahlt, ein riesiger Silberspiegel, schien ins Zimmer. Man sah einander auf diesem Hintergrunde von Silber. Die Kunstwerke wachten auf und leuchteten; der Sinn der Menschen belebte sich und ward begehrlich.

Jakobus wiederholte nochmals, daß die Gegenstände der Kunst weit getrennt seien von denen der Liebe.

»Es ist genug, daß ich das Fleisch mit meinen Händen anfasse und mit meinen Sinnen. Mein Herz soll es nicht berühren. Es ist genug, daß ich es male. Ich will es nicht auch noch lieben.«

»Nicht einmal, wenn es beseelt ist?« fragte Clelia Dolan.

»Ah bah! In einer Brust, die ich liebe, will ich harte Diamanten brechen und Eisklötze zum Schmelzen bringen. An ihren weichen Hügeln, um die jeder seine Hände legen kann, liegt mir so wenig wie an einer Leiche.«

Dabei richtete er auf Lady Olympia einen erbitterten Blick.

»Das klingt gewaltsam, mein Lieber«, meinte die Herzogin. »Warum tun Sie sich Zwang an?«

Siebelind, auf den niemand hörte, versicherte einem nach dem andern, mit störrischer und vergrämter Miene, auch die Kunst müsse frei werden vom Fleische. Es genüge nicht, daß sie Seele habe: die Seele solle mystisch sein, die Sinne kasteit und die Formen unterdrückt. Die Frauen maßen ihn kalt und rümpften die Nasen. Er zog unvermutet aus der Tasche ein bronzenes Figürchen, eine Badende, von einem Delphin in die Wade gebissen. Ihr vom Schreck geschlagener Körper warf große Fleischfalten. Dolan drehte sie lüstern zwischen den Fingern.

»In den Vertiefungen liegt verstaubt die alte künstliche Patina«, erklärte er. »Aber die Flächen haben sich längst mit wundervollem, natürlichem Grün überzogen... Woher haben Sie das?« fragte er übelwollend.

»Mein Geheimnis«, erwiderte Siebelind, und bot die Statuette der Herzogin dar. Sie dankte ihm.

»Reden Sie, was Sie wollen. Durch solch einen Fund stimmen Sie uns immer wieder zu Ihren Gunsten.«

»Ich habe die Schwäche«, entgegnete er. Dolan brummte: »Mein Lieber, Sie haben ein konträres Kunstempfinden.«

Properzia sprach für sich, innig und weltvergessen.

»Ach! Wie wäre es klar! Soviel wie möglich einander sehen und sich einfach lieben, ohne List und Umwege, ohne Scham noch Lüge, ohne ein getäuschtes Verlangen und ohne Gewissensbisse. Zu zweien leben und jeden Augenblick sein Herz geben. Unsere Gedanken achten, soweit wie wir hineinzutauchen vermögen. Aus unserer Liebe keinen Traum machen, sondern hellen Tag, und frei darin atmen...«

Sie brach ab, denn sie merkte plötzlich, daß alle verstummt auf sie horchten. Ihre tiefe, dunkel bewegte Stimme klang noch nach; in diesem Augenblick fand jeder Properzia schön. Lady Olympia lehnte sich zurück, schloß die Augen und machte »Ah!« Jakobus und Graf Dolan klatschten Beifall. Die Bildhauerin sah umher, ohne Verwirrung und ohne Freude.

»Ich habe nur ein Gedicht nachgesprochen«, versetzte sie. Und darauf ward sie wieder vergessen. Ihre Worte hatten jeden angeregt, und jeder ging seiner Begierde nach. Mortœil flüsterte, mit dem Munde dicht über Lady Olympias stolzer Schulter. Sie stand auf und drehte ihm den Rücken zu. Er begab sich zu Clelia und schaute, ohnmächtig und gereizt, hinter der großen Frau her. Das junge Mädchen schielte, ohne daß Mortœil es merkte, nach Jakobus. Lady Olympia bemächtigte sich des Malers.

Die Herzogin war mit San Bacco und Siebelind im Gespräch. Der ehemalige Kavallerist behauptete verstockt, er habe nie geliebt.

»Nie geliebt?« sagte San Bacco. »Ach ja, Sie werden recht haben. Man liebt immer oder nie.«

Er stand hinter der Herzogin und senkte nachdenklich den Blick auf ihr dunkles Haar. Sie hörte mit halbem Ohr nach dem Liebesgeflüster hin; es durchschwirrte von allen Seiten den Raum, gleich einem Insektenschwarm. Buntschillernd, leichtflügelig, naschhaft und planlos flatterte es an den grünseidenen Wänden hin und über die Füße des Pallas und durch die Olivenzweige, die sie ganz umrankten. Auf einmal aber ward die Herzogin aufmerksam auf das heimliche Gezisch des alten Dolan. Er redete auf Properzia ein, die gepeinigt wegsah. Er machte eine kleine faltige Greisenfaust und schlug sich damit schnell und oft unter das Kinn, auf seinen nackten Hals, der knorplig aufragte aus den zu weiten Kleidern. Der weichliche, haarlose Kopf bebte vor innerlicher Aufregung. Die große Nase bewegte sich.

»Gehen Sie nach Hause!« rief er tonlos. »Arbeiten Sie! Was wird aus unserm Vertrage! Die lange Mitte meiner Galerie steht noch ganz leer. Bevor Sie sie nicht besetzt haben – meinen Sie etwa, daß ich Sie den Lohn auch nur von ferne sehen lassen werde? Ja doch, sehen sollen Sie ihn, aber nur durchs Schlüsselloch, wie er am Ende meiner Säle steht. Und nicht einmal Ihren Tränen werde ich erlauben, durch das Schlüsselloch zu fließen!«

Sie entgegnete matt und eigenwillig: »Ich will noch hier bleiben. Lassen Sie mich. Ich leide zu sehr...«

»Sie werden noch viel mehr leiden, wenn Sie nicht sofort Ihre Arbeit aufsuchen.«

Allmählich hatten alle sich umgewandt und bestaunten den Alten: es sah aus, als verschlänge ein kleiner Dämon mit einer feurigen Drachenzunge die große Properzia. Er zitterte ganz und gar unter den Falten seiner Kleider. In seinem altjüngferlichen Gesicht mit den Wuchererzügen spitzten sich unter den hängenden Lidern, schwarz und kalt, die Pupillen. Properzia hatte sich erhoben, sie tat einen Schritt zur Tür. Aber die Herzogin trat ihr in den Weg.

»Bleiben Sie doch«, riet sie leise und leichthin. »Sie können nicht wissen, was heute geschieht. Sehen Sie nicht, daß Ihr Maurice ganz allein steht?«

»Ich bin schon zu lange hier«, versetzte Properzia. »Aber ich bleibe. Ich bin die Abgewiesene, die dem spröden Geliebten nachstellt, ohne Scham und ohne Würde – ich weiß es wohl. Aber auf dem Wege, den ich gehe, sind Würde und Scham längst unter die Kiesel getreten.«

»Unterdrücken Sie die Regungen von Verzweiflung, Properzia. Sättigen Sie auf seinem Gesicht Ihren Blick. Ich versichere Sie, daß es ihm wohltut. Er steht allein und zerbeißt sich die Lippen. Clelia hat nur Augen für Jakobus, und für Lady Olympia lebt er gar nicht mehr.«

»Für sie, seine Geliebte?«

»Geliebte? Oh, Lady Olympia ist niemandes Geliebte. Sie hat eine halbe Nacht seine Gesellschaft genossen und es längst vergessen. In seinem schwächlichen Blute wirkt der Reiz noch ein wenig nach. Lieben Sie ihn, er wird sich lieben lassen!«

Die Herzogin wollte weitergehen, aber Properzia machte eine Bewegung des Entsetzens.

»Was ist das für eine Frau! Sie wäre imstande, einen Mann zu vergessen und zu verleugnen, den sie sich gewünscht und dessen Liebe sie angenommen hat! Kann man denn das?!«

»Es wird ihr leicht«, erklärte die Herzogin und entfernte sich.

»Aber das ist ja ein Verbrechen!« rief Properzia sich zu. Sie stand abseits und verschränkte die Finger. »Wie muß man sie hassen und fürchten – und vielleicht auch lieben? ... Welch unbegreifliches Verbrechen!«

Die Herzogin trat zu denen, die mit Jakobus ein Bild betrachteten. Er hatte es ins Licht gerückt; Lady Olympia saß davor.

»Was für ein liebes, liebes Mädchen«, sagte sie zärtlich. »Von wem ist es?«

»Von einem großen Namenlosen. Wozu würden Ihnen die zwei oder drei Silben verhelfen, die einmal das Zeichen seiner Persönlichkeit gewesen sind? Sie haben ja schon alles von ihm, da Sie über sein Werk geneigt beinahe weinen. Denken Sie, dieses Mädchen wartet vielleicht schon seit dreihundert Jahren darauf, daß Sie, Mylady, es lieben. Inzwischen hat es zugesehen, wie seine Farben dunkelten und barsten, und wie das Gold des Rahmens erlosch. Es sitzt vorne, ganz allein auf dem braunen Grase, in einer weiten und strengen Landschaft und stützt den Arm auf einen Hügel. Seine warme Schulter, dem Gewande entstiegen, berührt die dürre Erde. Welche goldblasse Büste, und was für große, begehrliche Augen! Seine Stimme würde klingen wie die Stimmen der mutigen Kinder voll Lebenskraft; aber sein Lockenkopf ist gefangen in dem langsam streichenden Grau eines verhängnisvollen Himmels, – und es schweigt.«

Lady Olympia näherte schwesterlich ihr glückliches Gesicht dem schwermütigen der andern. Jakobus' Kopf war ganz nah; sie sagte ihm ins Ohr: »Ich empfinde die Kunst unglaublich stark. Die Bilder beleben sich mir... buchstäblich. Sie wissen doch, welcher Mann mich in Stimmung versetzt?«

»Ich will es lieber noch nicht wissen.«

»Also später. Sie sind prachtvoll. Seit vierzehn Tagen könnten Sie mich haben. Was Sie mir inzwischen für Vergnügen gemacht haben! Bedenken Sie, daß ich sonst nur die Arme auszubreiten brauche, und alles fällt hinein. Ihnen danke ich das Glück des Wartens. Sie lieber, lieber Mann! ... Übrigens müssen Sie verliebt sein.«

»Ich? Nein, nein. In wen denn?«

»Nun, natürlich in – mich.«

Jakobus errötete. Er suchte, lachlustig und betreten, die Augen der Herzogin, ohne sie zu finden.

Siebelind erhaschte einige von Lady Olympias Worten. Er trank sie gierig und mit saurer Miene; seine Stirn ward sehr feucht. Er unterbrach hastig das heiße Geflüster.

»Betrachten Sie doch die Contessina statt dieser rissigen Leinwand! Clelia sitzt an ihrem Tischchen aus Lapislazuli, und zwischen die etruskischen Vasen, die darin eingelegt sind, setzt sie ihren Arm wie eine alabasterne Statuette. Sie hat, ohne viel zu berechnen, ganz dieselbe Haltung angenommen wie das wehmütige Fräulein hier im Bilde. Sie schmollt und denkt: ›Die dort geraten in Ekstase über eine gemalte Haut. Warum überzeugen sie sich nicht, daß meine geradeso goldblaß ist, und daß auch ich etwas überaus Liebliches und Lebenduftendes bin auf dem grauen Himmel schwerer Ereignisse.‹«

»Schwerer Ereignisse?« fragte jemand, und man zuckte die Achseln. Aber Mortœil, der immerfort dem Nacken Lady Olympias zugesehen hatte, wie er unter einem Netz schwarzer Spitzen sich gelassen hob und senkte, ging rasch entschlossen zu der Verlassenen.

»Fällt es Ihnen im Grunde nicht auf«, meinte er, »daß wir uns hier treffen? Wir haben uns neulich in etwas übler Laune getrennt, es scheint sogar, daß wir uns gezankt haben...«

»Und daß wir unsere Verlobung aufgehoben haben«, ergänzte Clelia.

»Die Notwendigkeit muß uns wohl beiden eingeleuchtet haben.«

»Allerdings. Denn den so – bürgerlichen Ansprüchen,

die Sie an Ihre Gattin stellen würden, fühle ich mich nicht gewachsen.«

»Bürgerlich? Ich bitte Sie um alles. Ich halte mich im Gegenteil für sehr aufgeklärt. Glauben Sie wohl, daß es mich gar nicht aufregen würde, wenn meine Frau mich betröge. Ich bin der Ansicht, man muß der Frau ein wenig mehr Selbstverantwortlichkeit aufbürden. Die Schande ihrer Handlungsweise sollte nicht mehr auf den Mann fallen, sondern auf sie selbst.«

»Ach, das ist interessant.«

Sie dachte: ›– und bequem über die Maßen.‹

»Nun, das Ergebnis von dem allen«, sagte er, »ist, daß wir nicht zueinander passen.«

›Wir passen ausgezeichnet‹, dachte sie, ›und ich werde ihn bekommen.‹

»Ich sollte im Gegenteil fast denken...«, äußerte er. Er überlegte, angstvoll enttäuscht: ›Lady Olympia nimmt sich heraus, mich, der ich ihre Griffe beinahe noch in den Gliedern spüre, ganz einfach zu verleugnen. Und dieses kleine Mädchen tut so, als würde es mich nicht einmal heiraten. Bin ich denn aussätzig geworden?‹ Er bemerkte: »Recht bedacht, wüßte ich kaum noch, was wir aneinander auszusetzen haben.«

»Oh, wir wußten es neulich«, behauptete sie. »Trösten wir jetzt ein wenig die arme, große Properzia.«

»Ich danke«, erwiderte Mortœil, und sie verließen sich kühl lächelnd.

Clelia gesellte sich zu Properzia. Sie saß vor dem Kamin, zwischen den vergoldeten Figuren des Feuerbocks, die heraustraten aus der finstern Wölbung. Ihre ausgebreiteten Arme ruhten, links und rechts, auf den Schultern des Vulkan und der Aphrodite. Ihr kleiner Kopf mit der Mauer schwarzer Haare stand vorgestreckt auf starrem Halse. Der Mund war hart verschlossen und seine Winkel abwärts gezogen. Clelia fand sie grausig und schön, mit dem Schwarz der großen, tierisch keuschen Augen in dem weißen Gesicht. Sie kniete auf einen Schemel zu Füßen der Bildhauerin nieder und schmiegte sich an sie, blond und leicht. Siebelind sah es mit an und dachte: ›Welch gelungenes Bild! Eine süße Heidin mit wunderbaren Haarmassen im Nacken und die Schenkel der Schicksalsgöttin umklammernd! ... Nun wird sie Properzia versöhnen, und zwar nicht aus List, sondern weil sie sie in dieser Minute wahrhaftig liebt. Diese kleine Clelia fühlt, daß alle sie durchaus für etwas sehr Liebliches und Gütiges halten möchten – und darum wird sie es fast in Wirklichkeit. Sie sonnt sich in den Augen, die sie bewundern, und genießt die eigene Lieblichkeit und Güte mehr als alle andern. Solch Kätzchen, lüstern nach sich selber! Und nicht einmal die Genugtuung hat man, es hassen zu dürfen. Es ist zu angenehm – und zu zerbrechlich.‹

Clelia bat: »Meine große, schöne Frau Properzia, glauben Sie doch nicht, ich sei Ihre Rivalin. Nicht wahr, Sie glauben es nicht?«

Properzia wandte dem jungen Mädchen einen leeren, düstern Blick zu und schwieg.

»Ich habe ja mit Maurice gebrochen«, sagte Clelia. »Sie wissen es doch. Wir passen gar nicht füreinander. Und dann quält es mich, daß Sie ihn lieben und unglücklich sind. Als ich mich mit ihm verlobte, wußte ich es noch gar nicht.«

Siebelind spitzte die Ohren.

›Welch süßes Stimmchen‹, meinte er. ›Und sie streichelt der großen Frau die Hände und küßt sie. Wer ihr jetzt sagte, daß sie fest entschlossen ist, Mortœil zu heiraten, würde sie geradezu überraschen.‹

»Oh, ich könnte es nicht ertragen«, versicherte Clelia, »über Ihr Unglück hinweg nach meinem Glücke zu greifen! Nehmen Sie ihn sich, wenn Sie ihn haben möchten, meine schöne Frau Properzia... Ich erzähle Ihnen eine

Geschichte, in der es so zugeht, wie Sie gewiß wünschen. Hören Sie nur, sie handelt von einem meiner Vorfahren, Benedetto Dolan. Er war Trinitarier, er zerbrach die Ketten der Sklaven. Aber einmal brachte er aus der Berberei eine Sklavin mit, deren Kette konnte er nicht lösen, weil er selbst darin gefangen war. Wie hat er sie liebgehabt! Er dachte wie Sie, Frau Properzia: soviel wie möglich einander sehen und sich einfach lieben... In einem Saal unseres Palazzo am Großen Kanal schloß er sich mit ihr ein und verließ sie nie mehr. Es gab darin einen hohen, wunderbar geschmückten Sockel, auf den sie sich stellen mußte: ganz nackt, wie eine Statue; eine köstlich ziselierte Silberschale, in die sie sich legen mußte, ganz nackt, ähnlich einer Perle; und einen von erhabenen Bildern umzogenen Marmorsarkophag, auf den sie sich ausstrecken mußte, ganz nackt, gleich einer Toten.

Wenn sie auf dem hohen Sockel stand, so erreichte ihr Kopf mit den langen, langen Haaren die wunderschöne Fensterrose, die in der Mauer unseres Palazzo ist, und von der er seinen Namen führt: Dolan della Finestra. So kam es, daß man sie von draußen sah, von dem Seitengäßchen, das neben unserm Hause herläuft. Und jedesmal sammelte sich dort das Volk und verlangte, die schöne Sklavin solle hinausgeführt und ihm gezeigt werden. Der Ritter verweigerte es. Aber da man hörte, sie sei übermenschlich schön, drohte in Venedig ein Aufruhr, und die Signora schickte ihre Abgeordneten zu Benedetto Dolan: er solle seine Sklavin hinausführen. Er verneigte sich und gehorchte. Er trug sie in seine Gondel: nicht auf dem hohen Sockel, worauf sie, ganz nackt, wie eine Statue stand; auch nicht in der Silberschale, in der sie, ganz nackt, einer Perle ähnlich ruhte; – sondern ausgestreckt auf dem marmornen Sarkophag, ganz nackt, gleich einer Toten. So fuhr sie, der Ritter in seiner Rüstung ihr zu Häupten, den Großen Kanal hinab. Als sie aber an der Piazetta landeten, wo das ganze

Volk wartete, da sah das ganze Volk, daß aus ihrem Herzen ein roter Tropfen trat.«

Properzia weinte. Clelia seufzte auf, von süßer Traurigkeit beglückt – so erklärte es sich Siebelind – und ganz stolz darauf, mit all ihren kleinen, zärtlichen Handgriffen, Wörtchen und Küßchen diesen weiblichen Koloß so sehr in Bewegung versetzt zu haben, daß er zwei Tränen fließen ließ.

Inzwischen sagte die Herzogin zu Mortœil: »Schauen Sie sich einmal um nach Properzia. Sie vermeiden es, Sie wissen wohl: diese schicksalsschwere Pose, dieses versteinerte Schweigen, diese Tränen – alles ist Ihre Schuld. Wenigstens gibt man Ihnen die Schuld.«

»Ich wollte sie am Ende tragen. Das Schlimmste ist...«

»Daß Properzias riesenhafte Leidenschaft in keinem passenden Verhältnis steht zu Ihrer Person.«

Da er zusammenzuckte, setzte sie hinzu: »Ich meine es ganz ohne Kränkung. Man sieht Sie neben dieser Frau und fragt sich: Wie kommt dieser geschmackvolle junge Mann zum Empfange so wuchtiger Gefühle. Unter ihrer Last nimmt er sich ganz seltsam aus.«

»Seltsam? Wagen Sie doch das Wort! Lächerlich, wollen Sie sagen. Man findet mich lächerlich!«

Sein Schmerz brach aus. Sie erwiderte: »Ich leugne es nicht. Aber man sagt, Sie könnten es ändern. Man meint, Sie sollten der Armen einige Zärtlichkeiten gönnen, zumal man annimmt, es würde Ihnen nicht einmal schwerfallen.«

»Nimmt man das an? Man hat leicht reden. Aber ich habe die Frau satt. Sie wissen nicht, Herzogin, jahrelang habe ich eine Stellung bei ihr eingenommen, die der eines Impresario ähnlich sah. Und dabei –«

Er war entrüstet und rötete sich zart. Plötzlich biß er sich auf die Lippen. ›Fast hätte ich ausgeplaudert‹, dachte er, ›daß ich sie nie besessen habe! Welch Glück, ich beherrsche mich.‹ Er hob die Schultern.

»Sie ist älter als ich, die gute Properzia. Schön ist sie nie gewesen.«

»Wir haben sie heute abend mehrmals schön gefunden. Das Genie ist in jedem Alter schön, sooft es hervorbricht.«

»Ach, das ist einmal hübsch, was Sie da sagen. In Wahrheit, diese Frau hat Genie! Was sie vorhin gesprochen hat: ›Soviel wie möglich einander sehen‹ und so weiter, das war eigentlich sehr geschickt abgefaßt. Übrigens ist es die Prosaübertragung eines Verses von Musset. Aber sehr geschickt abgefaßt.«

Die Herzogin dachte: ›Besteht denn dieser Mensch bloß aus literarischer Eitelkeit?‹ Sie fragte: »Nicht wahr, Sie haben ein Stück geschrieben?«

»Es ist in Sankt Petersburg aufgeführt worden, vor den kaiserlichen Hoheiten.«

»Was behandelt es doch?«

»Das Stück war eine Studie der absoluten Leidenschaft in einer Frauenseele – einer Leidenschaft, sage ich, die gar nicht mit sich reden läßt, und wie's gar keine gibt. Ich hatte sie rücksichtslos analysiert und mit skeptisch beobachtenden Charakteren umstellt, wie mit ebenso vielen Reflektoren. Es war etwas sehr Amüsantes.«

»Ich kann es mir denken. Schicken Sie mir doch das Buch.«

Er verbeugte sich, aufgetaut und blaß besonnt.

»Und was Properzia anbelangt«, bemerkte die Herzogin noch, »so wissen Sie es nun: ihre übertriebenen Gefühle schaden Ihnen. Besänftigen Sie sie. Stimmen Sie sie friedlicher und glücklicher; es steht in Ihrer Macht. Dann wird man an Ihnen gar nichts Auffallendes mehr bemerken.«

Sie rief Clelia zu sich. Mortœil dachte: ›Ich pfeife auf

Clelia und Olympia, und sie sollen es sehen.‹ Er trat vor Properzia. Sie erhob sich sofort, totenblaß. Sie gingen nebeneinander bis unter die Tür zum Saal der Venus. Sie war niedrig und hatte eine breite, weite Marmorfüllung, eingelegt mit runden Emaillen. Dort wand die Sibylle einen Kranz von grünen Schlangen. Milchige Stufen geleiteten in eine goldene Landschaft. Orpheus geigte, nackt, unter einem Feigenbaum; Einhorn, Löwe und Reh standen vor ihm, im hohen Gras. Auf tief leuchtendem Blau stürzte Phaethon mit dem Wagen, im Gewühl seiner Rosse. Die Herzogin von Assy, in griechischen Gewändern, saß auf einem goldenen Stuhl, zwischen Rollen und Statuetten.

»Hören Sie, meine Liebe«, sagte er, »es besteht zwischen uns ein ärgerliches Mißverständnis. Im Grunde haben Sie mir die Geschichte hoffentlich nicht übelgenommen.«

»Nein, Maurice, ich leide nur, und ich möchte sterben.«

»Oh, oh, was für große Worte! Man stirbt nicht so rasch. Übrigens ist ja auch mir durchaus nicht wohl, ich gestehe es. Sie selbst müssen bemerkt haben, daß ich heute zu Anfang noch ganz blaß war. Ich wagte kaum, Sie zu begrüßen.«

»Sie sind blaß, Maurice, weil Lady Olympia hier ist, und weil Sie noch an Ihre Ausschweifungen denken, mit einer Frau, von der Sie nicht geliebt werden, und die Sie nicht lieben.«

»Properzia, ich versichere Sie, es ist mir unangenehmer, als Sie glauben. Ich fühle sehr wohl, daß ich neulich abend etwas verloren habe. Ich bin geradezu unglücklich.«

Er sah sie die höfliche Versicherung seines Unglücks einatmen, mit erweiterten Nüstern. Ihre Hoffnungen belebten sich.

»Wir hatten uns gerade so ausgezeichnet verständigt«, fuhr Mortœil fort. »Wir waren darüber einig, daß wir den sogenannten künstlichen Garten, wo alles Glas, Blech,

Eisen und ungenießbar ist, endlich verlassen wollten. Wir wollten uns dort finden, wo es nach Erde riecht, und einmal im Leben uns ins Gras werfen, wo wirkliche Nesseln uns brennen und warme Erdbeeren sich an unsern Lippen zerdrücken.«

»Du glaubst das, Maurice? Du begehrst das? Und der ersten herzlosen Versucherin, die dir zugewinkt hat, bist du nachgegangen!«

»Sprechen Sie nicht mehr davon, meine Liebe, es ist mir recht peinlich. Zu meiner Entschuldigung kann ich höchstens sagen: Lady Olympia ist der Sturm, der zwei Schiffe auseinandertreibt. Was ist gegen den Sturm zu machen? Übrigens hätte ich mich lächerlich gemacht, wenn ich ihr abgeschlagen hätte, um was sie bat. Sie müssen es einsehen... Nun wollen wir uns also dennoch wieder die Hände reichen.«

»Und den künstlichen Garten verlassen?«

»Zuschütten, meine Liebe, zuschütten. Ich habe ihn satt.«

Sie faßte seine Hand.

»Mein Maurice, ich bin glücklich.«

»Uns einfach lieben. Sooft wie möglich einander sehen... Sie haben das sehr gut gesagt. Es ist ganz mein Geschmack. Die brünstigen Abenteurerinnen und die gefühlsöden kleinen Mädchen werden mir wenig mehr zu schaffen machen. Ich bin eben schon vergeben. Ist das nicht klar? Was meint dazu meine kleine Properzia?«

»Es wäre zu schön, Maurice, es kann nicht dauern. Ich glaube nicht, daß es dauern kann. Hast du nicht erst heute abend wieder mit Clelia gelacht? Was hattet ihr zu flüstern?«

»Aber, meine Liebe, wenn du ruhigen Blutes wärest, hättest du ja sehen müssen, daß wir kalt miteinander scherzten. Wir sagten uns, daß wir entschieden nicht füreinander paßten, und nahmen Abschied.«

»Ist damit wirklich alles abgetan? Schwörst du es?«

»Natürlich schwöre ich es. Übrigens, um dir gefällig zu sein – es wäre ja leicht, noch ein endgültiges Wort mit dem Mädchen zu reden... Ah! Ich führe einen Schlag... Ich weiß wohl, wie ich's mache.«

Sie wurden getrennt von San Bacco und Siebelind, die aufbrachen. Dolan und Clelia gingen ebenfalls. Properzia raunte ihrem Geliebten zu: »Du hast geschworen, Maurice. Denke daran, bleibe einfach und treu, und tue keinen Schritt mehr in den künstlichen Garten. Du weißt nicht, wie das furchtbar wäre!...«

Sie stand und bebte vor ihrer eigenen Drohnung.

Dolan sagte ihr leise ein Wort, in herrischer Haltung. Sie erwiderte: »Ich gehe schon, noch ist es Tag, und ich will arbeiten. Nicht für Sie, Conte, sondern weil ich glücklich bin.«

»Sie gehen arbeiten?« fragte San Bacco. »Jetzt darf ich Sie bitten, Frau Properzia: modellieren Sie uns für den Sitzungssaal der Kammer den ›Sieg‹!«

Mortœil schlenderte durch ein paar Zimmer und summte etwas aus einer Operette.

›Allerdings, ich führe einen Schlag‹, sagte er sich mit Stolz. ›So nämlich, daß ich Clelia nochmals einen Antrag mache. Wie fein, wie geschickt: ein Zug für eine Komödie! Properzia wird mich bewundern, ich werde sie damit überraschen, nachdem ich abgewiesen bin und Clelia mich dank meiner Zudringlichkeit unwiderruflich nicht mehr kennen will. Ah! Sie kann mit mir zufrieden sein, die große Frau. Ich bringe Opfer für sie, ich begehe sogar eine gesellschaftliche Taktlosigkeit. Inmitten des halb feindseligen Plaudertones, in dem ich mit Clelia verkehre, ist ein neuer Heiratsantrag etwas schlechthin Lächerliches und Geschmackloses. Das kleine, kluge Mädchen wird das sofort merken und mir ein für allemal den Laufpaß geben.

Gleichviel! Properzia soll eine Genugtuung haben. Zum Teufel, ich bin ein redlicher Mann. Alles übrige habe ich satt, und man wird es sehen.‹

Er meinte Lady Olympia und suchte nach ihr. Aber sie war verschwunden. Sie hatte Jakobus auf die Terrasse hinausgezogen und bis vor den Eingang zum Saal der Venus. Niemand hatte es gesehen als Siebelind; er entfernte sich, von Haß gequält und seufzend vor Begierde. Lady Olympia sagte: »Der leise Wind der Lagune an einem Maiabend, das ist die rechte Luft für zwei entsagungsvolle Liebende gleich uns. Wollen wir ein wenig weinen? Knien Sie vor mir nieder, teurer Mann!«

Er lachte, verlegen und gereizt.

»Nehmen wir einmal an, unsere Wartezeit sei zu Ende.«

»Schon? Aber das wäre ja unanständig. Ich schmachte erst vierzehn Tage, wissen Sie. Und dann habe ich nichts anzubieten zum Zerbrechen und Zerschmelzen. In einer Brust, die Sie lieben, beanspruchen Sie Diamanten und Eisklötze.«

»Ich hatte das gerade in einem alten Buche gefunden. Schließlich tue ich es auch ohne das.«

»Wirklich? Und begnügen sich bei der Brust, die Sie lieben, mit der Außenseite? Einerlei, wir sollten den sonderbaren Zustand der Enthaltsamkeit nicht so schnell aufgeben. Ich kannte ihn noch nicht, kaum habe ich ihn gekostet – und wer weiß, ob er wiederkommt. Sie sehen mich wehmütig.«

»Aber ich bitte Sie um Glück.«

»Belieben Sie zu bemerken, daß nicht ich die Fordernde bin. Ich gewähre.«

Sie erhob ihre schimmernde, weiße Hand bis an ihr rosiges Gesicht und reichte sie ihm, in einem großen Bogen. Er fand ihre Gebärde königlich. Er beugte, im Blute erschüttert, ein Knie und senkte seine Lippen auf ihre blitzenden Fingernägel. Plötzlich überkam ihn das Bedürfnis, zu prahlen und seine Männlichkeit zu beleuchten. Er deutete in den Saal hinein, wo die Bacchanale und reifen Liebesfeste im Abendstrahl aufschäumten.

»Ich denke«, sagte Jakobus, »Sie werden bei mir etwas mehr suchen als die einzige Nacht, die Sie jedem gewähren. Sie wissen, wer ich bin, und daß wir das alles... diese ganzen Wände voll... miteinander durchzuschwelgen haben.«

»Machen Sie wahr, was Sie gemalt haben«, erwiderte sie gleichmütig. »Ich habe von Anfang an darauf gerechnet; Sie werden sich dessen entsinnen. Die schönen Sachen sind für mich Versprechungen...«

Sie lachte mit feuchten Lippen und legte den Kopf in den Nacken. Er küßte sie stürmisch auf den dargebotenen Hals. Sie schwankte ein wenig, riß ihn mit, und umklammert taumelten sie bis gegen die Füße der ungeheuren Frau aus Marmor, die sich erdolchte.

»Meine Gondel wartet«, erklärte sie darauf, und führte ihn an der Hand durch die Reihe der Kabinette, mit langen, elastischen Schritten, sachte und zufrieden. Sie fügte hinzu: »Als Sie heute so wütend für die Rechte der Seele fochten, da wußte ich genau, wie es mit Ihrem Fleische stand.«

Und am Ausgang: »Und bedenken Sie, wie wir ungewöhnlich glücklich sind. Denn bei all dem Liebesgeflüster, wovon es zwischen den olivgrünen Wänden heute den ganzen Nachmittag geschwirrt hat, ist wahrscheinlich weiter nichts herausgekommen als unsere Nacht.«

Im Kanal bemerkte sie, wie die Dolansche Gondel um die Ecke verschwand.

Mortœil war mitgefahren. Der Alte saß, aus Furcht vor der Feuchtigkeit des Abends, unter dem Felze; die beiden jungen Leute blieben draußen. Mortœil versetzte: »Ihr Papa hat mich zum Einsteigen aufgefordert. Überhaupt ist seine Freundlichkeit gegen mich ganz gleichgeblieben.«

»Warum nicht?« meinte Clelia. »Sie wären ihm recht gewesen als Schwiegersohn. Die Schuld liegt an uns.«

Mortœil schluckte hinunter.

»Sollten wir uns nicht eigentlich geirrt haben?«

»Lassen Sie doch endlich die Frage ruhen. Wir waren ja einig darüber, daß wir uns nicht verstehen.«

»Verzeihen Sie. Werde ich Ihnen lästig?«

»Sie setzen mich eher in Erstaunen. Brechen wir ab. Wir sind ja doch nicht imstande, über unsere Heirat ernsthaft zu reden.«

»Ich fühle mich imstande«, erklärte Mortœil.

›Warum glaubt sie mir nicht?‹ dachte er, ehrlich gekränkt, und vergaß ganz, daß er nur mit Worten spielte.

»Nun gut«, sagte Clelia, und sie lachte übermütig, »malen wir's uns also aus. Wir lehnen unsere Wappenschilder aneinander. Wir lassen Ihr bretonisches Waldschloß sich im Großen Kanal spiegeln, und der Palazzo Dolan soll sich in dem Sumpf um die Burg Mortœil herum betrachten, wie in einem toten Auge. Ich setze meinen Gatten in die Tiefe unseres Palazzo und ziehe den Schlüssel ab. Draußen würden wir uns nur die Wege durchkreuzen; Sie sind zu bürgerlich veranlagt, wie Sie wissen. Aber ich will, sooft ich über eine einflußreiche Persönlichkeit Herrschaft gewinne, für Sie sorgen. Sie sollen einen Orden bekommen. Haben Sie schon einen?«

»Ja. Den russischen Stephansorden für Bildung. Ich bekam ihn aus Anlaß meines Stückes«, erwiderte er kurz und kalt.

»Sie sollen also auch Ritter der italienischen Krone werden, was mehr wert ist. Wenn mir ein Maler zu Füßen liegt, nötige ich ihn, Sie zu malen...«

Er unterbrach ihr Geplauder.

»Hören Sie, Clelia, Sie verletzen mich ernstlich. Sie scherzen mit Dingen, die mir heilig sind.«

»Nicht böse sein«, bat sie und sah beschämt und kleinlaut aus. »Ich war leichtfertig, ich will es wiedergutmachen. Da –«

Sie streckte ihm die Hand hin, lieblich und treuherzig.

»Ich will Ihre Frau sein.«

›Um des Himmels willen!‹ hätte er fast ausgerufen. Er schloß den Mund und überlegte.

›Will ich merken lassen, daß ich hineingefallen bin? Will ich das?‹

Und inzwischen hatte er schon ihre Hand erfaßt. Sie hielten vor dem Palazzo Dolan. Trotz aller Aufforderungen des Grafen ging Mortœil nicht mit hinauf. Er blieb auf der Landungstreppe stehen und sagte sich, daß das eine schöne Geschichte sei. Er war verstört und vernahm Properzias Drohung: »Du hast geschworen, Maurice. Denke daran, bleibe einfach und treu, und tue keinen Schritt mehr in den künstlichen Garten. Du weißt nicht, wie das furchtbar wäre!«

›Was soll furchtbar sein?‹ fragte er dann und zuckte die Achseln. ›Mit der Frau ist nicht zu reden. Was kann sie tun. Und was will sie. Denkt sie mich für die Zeit meines Lebens in ihr Atelier einzusperren, wie sie's einmal, in Sankt Petersburg, schon versucht hat. Sie wird sich damit abfinden, daß ich heirate. Dies ist sogar das einzige Mittel, ihr klarzumachen, daß wir miteinander fertig sind. Sie ist so schwer von Verständnis. Übrigens kann ich ihr vorher ein paar – Freundlichkeiten erweisen, wenn sie jetzt wirklich dazu aufgelegt ist... Vielleicht auch nachher. Im Grunde bin ich zufrieden. Also man begehrt dich, mein Lieber. Du bist dir heute einen Augenblick lang ein wenig aussätzig vorgekommen. Das war ein Irrtum. Man will dich zum Gatten! Und zum Liebhaber! Auch die Olympia wird sich besinnen... Alle Lorbeeren sind noch nicht abgeschnitten, wir werden noch im Gehölz spazieren.‹

Der Gondolier wartete auf seine Befehle. Mortœil verharrte noch immer auf den alten Marmorstufen, und sah hinunter zu seinem Spiegelbild im Wasser. Er wandte sogar den Kopf zur Seite, um auch den Anblick seines Profils zu genießen.

»Narziß«, sagte er vor sich hin und zuckte nochmals die Achseln.

Zwanzig Stunden später wußten alle, daß Clelia und Mortœil sich aufs neue verlobt hatten. Die Herzogin eilte zu Properzia. Sie fand sie in ihrem hellen, weiten Atelier am Rio di San Felice, wie sie, mit Hammer und Meißel in Händen, bebend und entrückt, an der Wölbung eines ungeheuer breiten, halbrunden Reliefs hin und her eilte. Die Herzogin deutete die Bilder.

»Das sind die Liebenden in der Hölle! Das sind, in einem irren Flug, wie Stare im Winter, jene Verdammten, die Liebe vertrieb aus unserm Leben, und die nun umherwirbeln in der purpurnen Nacht, unter dem entsetzlichen Auge des Minos. Da vorn tritt er selbst prall aus dem Block, mit gefletschten Zähnen, und wirft sich den Schweif zweimal um den Leib.«

»Properzia«, bat die Herzogin, »wollen Sie mich nicht einmal begrüßen? Ich möchte Sie küssen dafür, daß Sie arbeiten.«

Aber die Bildhauerin hörte nichts. Brennenden Auges, mit zusammengepreßtem Munde flog ihr schwerer Körper von einer Marmorgestalt zur andern, und ihre zornige Hand hieb, eine Rächerin, auf jede ein, verließ sie und kehrte zu ihr zurück, als dürfe keine der bang Ächzenden in der Runde je erkalten und Ruhe erlangen.

›Ist es nicht‹, dachte die Herzogin, ›als sei Properzia selbst die höllische Windsbraut, die diese im Leben von ihren Trieben Umhergejagten nun durch die Ewigkeit hetzt? Oder ist sie der Abgrund und der Fels, an dem die Elenden der göttlichen Tugend fluchen?‹

Und inzwischen sah sie unter dem Meißel Properzias

bald hier, bald dort einen Muskel schwellen oder ein paar Lippen das Licht erreichen und aufseufzen aus dem harten, glatten Stein heraus. Der Sturm der verrenkten, brünstigen und hoffnungslosen Leiber wirbelte immer schneller, schauerlich und ohne Atem. Semiramis strotzte, Dido klagte berauschend, Kleopatra, von Lüsten entfleischt, drückte ihre Fingerspitzen auf die harten Knospen ihrer Brüste. Helena wehte dahin, weiß, kalt, unschuldig. Achill, nur der Liebe unterlegen, bäumte sich, und ihm nach sausten Paris und Tristan und mehrere noch und immer mehrere – und endlich auch sie, die zuviel von Lancelot gelesen hatten, und die beide weinten.

Properzia verweilte bei diesen beiden, und ihr Hammer zitterte. Er legte die süßen Fleischessünder einander in die Arme. Die Herzogin umfaßte von hinten ihren Kopf.

»Haben Sie wenigstens mit diesen Mitleid? ... Properzia, hören Sie auf! Sie ängstigen mich.«

»Lassen Sie mich, ich muß fertig werden!«

»Ich versichere Ihnen, daß Sie gar nichts fertig bekommen werden bei dieser rasenden Arbeitsweise. Sie sind ja feucht und kalt. Auch Ihre Hände sind kalt und schwingen doch schon stundenlang den Hammer. Für wen peinigen Sie sich so? Wer drängt Sie?«

Properzias Lippen trennten sich nicht. Ihr Blick war ganz in den Stein vergraben; er holte alle Qualen der Unterwelt daraus hervor, so tief sie sich darin verbargen.

»Hören Sie, Properzia«, rief die Herzogin. »Sie werden nicht länger auf Francescas weinende Augen losschlagen. Ich lege meinen eigenen Kopf darüber – so, nun treffen Sie mich!«

Properzia erwachte endlich. Die Herzogin entführte sie nach dem Lido. Sie fuhren bei San Niccolò den kleinen Wasserarm hinein und wanderten, von Störern fern, über Dünen und dürres Gras, bis ans Meer. Die letzten Wolken hoben sich von ihm empor, wie ein Vorhang. Es hing, am

Ende eines bewegten Regentages, ganz still, ganz besänftigt, ganz unschuldig und weißblau, senkrecht vom Himmel hernieder. Ein spinnenleichter Rosenschleier, wehte der Horizont darüber hin. Ein paar Segel flammten, vom Abendlicht getroffen, gelb auf.

Die Herzogin ging dicht am Ufer hin, auf festem Sand und über den Teppich von Muscheln, blauen, weißen, gelbroten und violetten. Jede kleine Biegung des Ufers nahm sie liebevoll mit. Properzia kam nach, schwer atmend. Plötzlich blieb sie stehen und murmelte: »Ich ersticke, wie ein ganz junges Mädchen im Frühling.«

»Diese Luft erdrosselt«, meinte die Herzogin. »Sie ist wie eine Schlinge aus Glasfäden, biegsam, weich, glänzend und sehr stark.«

Sie sah sich um. Properzia hatte mit der Spitze ihres Schirmes in den nassen Sand eilige Buchstaben gezeichnet. Eine kleine Welle, spielerisch und munter, leckte sie weg. Properzia sagte kraftlos: »So ist es. Täglich grabe ich meine Zärtlichkeiten und meine Angst in sein Herz – und täglich wird alles fortgespült.«

»Und er hatte geschworen!« sprach sie weiter. »Diesmal hatte er geschworen! Er wollte niemals mehr den künstlichen Garten betreten, worin wir uns gegenseitig soviel Leid zugefügt haben. Und gleich, am selben Abend, ist er wieder hineingegangen und hat sich seine Braut herausgeholt... Ah! Die wartete auf ihn unter den Rosen aus Stein und den Myrten aus Porzellan. Sie passen füreinander! Sie werden sich belügen, verspotten und von Liebe nur wie von einem Spiel wissen – aber sie werden sich genießen. Mich aber – oh, ich bin stolz –, mich hat er, in all den Jahren, nie besessen!«

»Wie, Properzia, Sie haben sich nie von ihm lieben lassen?«

»Oh, ich bin stolz! Ich bin ein Bauernkind aus den römischen Bergen, ich bin wild geblieben und habe nie einem Mann gehorcht... außer einem«, setzte sie hinzu, leise und durchschüttelt. »Er war zu stark.«

Sie seufzte auf. Sie fühlte in der gedankenlosen Wollust des Augenblicks ihre große Menschlichkeit untergehen. Ihr Schmerz, von tausend Hammerschlägen tagsüber gehärtet, er löste sich auf in diesem schmelzenden Maiabend, er zerteilte sich über den Himmel mit dem Sonnenrot, rann mit dem Sande die Dünen hinunter, verging in nutzloses Geplauder wie irgendeine schwache Strandwelle. Sie redete, dem Meere zugewandt. Sie sagte, wer sie war; sie verriet es dem Meere.

»Ich sehe noch das weite Feld... Es ging auf Weihnacht. Wir wollten im Kamin den Ceppo verbrennen, droben in unserm braunen Felsennest. Wir brauchten Reisig, den großen Weihnachtsklotz damit anzuzünden. Pierina und ich, wir waren hinabgestiegen in die Campagna. Wie war sie braun und endlos! Ihre dürren Borsten glitzerten vor blauer Sonne, und die Tramontana wollte sie abbrechen, wie Glas. Sie tobte darüber hin und jagte den sausenden, blauen Himmel entlang die mehlweißen Wolken, schwindelnd und wie mit Gelächter.

Da kam er und lachte auch. Er schrie schon von fern, gegen den Wind, daß er uns haben wolle, uns alle beide. Er war mager und trug den Hut im Nacken. Sein Anzug war von allen Wettern gebleicht und seine Haut gegerbt von allen Stürmen. Wir spotteten, und wir drohten mit den Messern. Wir hatten Zweige geschnitten aus den Dornenhecken beim Fluß. Wir waren groß und stark... Er fiel gleich über mich her, die Stärkere, und kämpfte mit mir. Sein Genosse, ein kleiner Schmutziger, hielt Pierina fest, bis er auch zu ihr kommen würde... Ich stach ihn mit dem Messer in den Arm. Er lachte, und schlug es mir aus der Hand. Plötzlich riß Pierina sich los. Das Wasser klatschte auf: sie war hineingerannt. ›Spring nach!‹ schrie der, der an meinem Gesicht keuchte. ›Natürlich bist du zu feige!‹ Er stampfte auf; für eine Sekunde vergaß er mich. Ich rannte zum Fluß.

Es waren nur fünfzehn Schritte. Was sah ich alles während dieser fünfzehn Schritte, und was dachte ich alles! Ich sah: Pierina fährt mit dem Strom von dannen, der kleine schmutzige Mensch wirft ihr einen Strick zu, sie nimmt ihn nicht, sie wird ertrinken. Das wirst du auch, sage ich zu mir, und renne. Er ist hinter mir und lacht. Ich sehe die Jagd der Wolken, und wie ihre Schatten über das Feld laufen. Ich denke: Diese Wolke sieht aus wie ein Sack und die daneben wie ein Lamm; ehe sie zusammengeflossen sind, liege ich im Wasser... Ich sah einen blitzenden Flug wilder Tauben. So ging er: rechts, in die Höhe, und geradeaus. Ich sah, daß der Wald, in meilenweiter Ferne, bald blau war und bald schwarz. Oh, jeden der Himmelsausschnitte zwischen seinen Bäumen könnte ich noch heute mit den Fingern in die Luft zeichnen! Davor drängt sich eine Schafherde, winzig, verloren im Raum. Ich unterscheide sogar den Hirten. Er ist wohl eine Stunde entfernt, und ich schreie, gegen den Wind, er solle kommen und mir helfen. Plötzlich denke ich: Jetzt helfen mir weder Menschen noch Gott, und lasse mich hinfallen, und er nimmt mich. Er nimmt mich lachend und geht weiter. Pierina ist drüben am Ufer.«

Die Herzogin lauschte und gedachte dabei ihrer eigenen Vergewaltigung durch den von der Anbetung der Masse strahlenden Tribunen. Sie gedachte auch alles dessen, was sie seitdem gefühlt hatte und erträumt und durchgespielt und zum Leben erweckt. Plötzlich sagte sie: »Und darauf wurden Sie eine große Künstlerin.«

»Darauf ging ich immerzu, immer weiter weg von der Heimat, und bis nach Rom. Ich ward die Magd eines Bildhauers, des Celesti. Er wußte nicht, der Arme, daß ich ihm acht Jahre später sein Grabmal meißeln würde. Bald holte er mich aus der Küche in die Werkstatt und ließ mich arbeiten. Ich wurde gelobt und bezahlt. Ich fühlte, ich sei eine. Aber wenn ich bedachte, was in meinem Grunde war, so saß es dort wie ein schwarzes, rauhes Tier. Niemand durfte davon wissen; ich aber war ihm verschrieben. Es verschaffte mir Ehre und Geld. Und wenn sie mir sagten, ich sei groß, so ward mir düster zumut, und sooft ich den Meinigen Geld schickte, meinte ich, sie zu beflecken mit Sündenlohn... Ja«, sagte Properzia, und starrte mit einem Blick, schwer vom Schicksal, der Herzogin in die Augen – »ich bin eine große Künstlerin, aber auf einem weiten Felde überwältigte mich einmal ein Landstreicher.«

Sie schwiegen.

»Und Ihre Freundin?« fragte dann die Herzogin. »Sie, die bereit war, ihre Jungfräulichkeit mit dem Leben zu bezahlen. Was ist aus ihr geworden?«

»Pierina? Sie kennen sie gewiß. Es ist Pierina Fianti.«

»Die so berühmt wurde durch den Bankerott des Marchese Pini? Eine Kurtisane! ...Die unerwartete Zukunft, die wir in uns herumtragen! Sie, Properzia, waren bestimmt, einen kleinen, lächelnden Pariser zu lieben. Sie wissen doch, daß er ein Geck ist, der nicht darüber wegkommen kann, daß seine zerbrechlichen Reize die große Properzia in Aufruhr versetzt haben?«

»Ich weiß es. Was hilft es mir?«

»Er schämt sich Ihrer, und fühlt sich doch geschmeichelt. Verstehen Sie soviel Kleinheit.«

»Ich verstehe. Was hilft es mir?«

»Er weiß nicht mehr ein noch aus. Darum heiratet er. Sie müssen ihn entschuldigen, es ist seine letzte Zuflucht vor Ihnen.«

»Ich weiß alles. Ich bin zu ihm geeilt und nicht empfangen worden. Ich habe ihm eine Karte geschickt mit der Frage, ob er wolle, ich solle mich töten. Er hat mir geschrieben, er bedauere das Mißverständnis. Er rate mir zu heiraten, oder sehr viel zu arbeiten.«

»Der Philosoph! Und bedauern Sie nicht wirklich das Mißverständnis, das dieses kluge Schattendasein mitten unter Ihre gewölbten, herausfordernden Marmorgötter verschlagen hat?«

»Ich... darf nicht. Es gibt weder Wahl noch Irrtum. Zehn Jahre lang habe ich nur diese marmornen Götter gekannt und keinen Mann. Kaum aber war Maurice auf meine Schwelle getreten, so füllte sich mein Atelier nur noch mit seinen Hermen. Ich behielt ihn einfach, ich schleppte ihn durch Europa. Er hat recht, er war nicht viel mehr als mein Impresario. Wenigstens wußte es niemand, wieviel mehr er mir war. Für mich stand er auf jedem Piedestal. Wenn er ging, verödeten alle. Wie oft habe ich ihm das Fortgehen verbieten und ihn einschließen wollen, gleich jenem Dolan, der seine Sklavin einschloß. Einmal tat ich's: in der Nähe von Sankt Petersburg, in dem ländlichen Hause am Waldessaum, wo ich für den Großfürsten arbeitete. Maurice stand allein vor seiner eigenen Büste. Ich hatte sie vollendet und mit Rosen bekränzt. Ich betrachtete ihn: mir schien es, daß alle Zärtlichkeit, die vor zehn Jahren, auf einem weiten Felde, in mir niedergestampft war, sich plötzlich aufrichtete, warm und genesen, aber voll Angst. Ich ging auf den Fußspitzen hinaus und schloß ab. Ich schlich durch alle Zimmer und immer wieder zu der verschlossenen Tür, hinter der er vor seiner Büste stand. Und ich horchte und wartete, und schwelgte in meinem heimlichen Besitz, und zitterte. Aber am Ende zitterte ich nur noch. Der Schlüssel ward glühend in meiner Tasche. Ich schob ihn ins Schloß und öffnete. Maurice drehte der Büste den Rücken zu; er saß und rauchte. Ich stammelte Entschuldigungen, die Dienerin habe abgeschlossen. Er lächelte, und ich verging vor Furcht, er könne die Wahrheit ahnen.

Heute glaube ich, er ahnte gar nichts. Er ist voll von Feinheiten und verfällt nimmermehr auf etwas so Grobes wie das, was mir einst geschah, auf dem Felde, in Wind und Sonne... Und vielleicht, vielleicht habe ich gar nichts anderes gewollt, in all meiner Zärtlichkeit, in all meiner Sehnsucht nach einfacher, immer gegenwärtiger Liebe, frei von List, Scham, Enttäuschungen – vielleicht habe ich im Grunde gar nichts anderes gewollt, als noch einmal so ergriffen und vergewaltigt werden, wie damals von einem Landstreicher... Ich habe es ihm gesagt...«

»Ihm selbst gesagt?«

»Aber er begreift nichts. Eine Properzia nimmt man doch nicht, meint er. Man bittet sie nicht einmal. Wahrscheinlich hat er recht. Und doch habe ich mit ihm schon ebensoviel gerungen wie mit dem Landstreicher. Aber wir rangen in der Seele. Ich habe ihn oftmals festgehalten, wenn er schon hoffte, mich verachten zu können. Der Großfürst hat ihm einen Orden gegeben, weil ich es verlangte – um ihn lieben zu dürfen... Er hat sich verlobt; ich war blind, als ich es ihm erlaubte. Ich habe ihn zurückerobert, und in dem Augenblick, als er keine auf der Welt begehrte außer mir, hat Lady Olympia ihm gewinkt, und er ist mit ihr gegangen. Dann ist er nochmals zurückgekehrt, ich habe ihm verziehen – und trotz seiner Schwüre holt er sich zum zweiten Male die Braut.«

»Es wäre Zeit, mit ihm fertig zu werden«, sagte die Herzogin. Die fieberhafte Sprache der blassen Frau beunruhigte sie.

»Ich werde es. Er hat mich in die Irrwege des künstlichen Gartens eingeführt. Jetzt verwickle ich ihn selbst darin. Oh, mein Gefühl war so einfach wie die Steine, an denen es sich sonst ausgelassen hatte! Ich war dumm, ich konnte nicht reden. Meine Hand zwang den Stein, er redete für mich. Jetzt weiß ich Listen, die weh tun! Ich hatte ihm ein Andenken geschenkt, das mir das herzlichste war: meine liebe Faustina – und er hat sie achtlos fortgegeben. Jetzt will ich ihm ein anderes Erinnerungszeichen hinterlassen, das soll ihm noch lange im Blute brennen!«

»Was wollen Sie tun?« fragte die Herzogin. Sie sah Properzia schwanken.

»Oh, ich weiß, was ich tun will. Ich habe etwas ausgesonnen, Sie ahnen nicht, es überbietet die schwierigsten Verführungskünste, mit denen je eine brünstige Abenteurerin einen Mann gepeinigt hat. Lady Olympia gibt sich nur eine einzige Nacht, und hinterläßt ihrem Geliebten das Bedauern, sie verloren zu haben. Aber sie *gibt* sich doch, nicht wahr, und das Bedauern wird gemildert durch einen Tropfen Genugtuung. Ich weiß aus den Pflanzen des künstlichen Gartens ein viel besseres Gift zu gewinnen... Einer stirbt sicher daran, hoffentlich wenigstens einer. Und die Büste dessen, der übrigbleibt, soll noch einmal bekränzt werden, wie damals. Er soll wieder davor stehen und sich bewundern und seinen Sieg!«

Die Herzogin nötigte sie weiterzugehen.

Vom siebenten Juni an hüllte sich die Lagune in schwere Dämpfe. Man schlich beklommen durch eine stehende, feuchte und heiße Luft. Alle Gegenstände fühlten sich schlüpfrig an. Die Riva saß voll matter Eisesser. Die Herzogin traf mit Mortœil zusammen; er sagte: »Ich hasche nach ein wenig Kühlung, bevor ich zu Properzia gehe.«

Sie bemerkte seinen Gesellschaftsanzug.

»Properzia hat Sie eingeladen?«

»Jawohl... eingeladen, wenn man das Wort gebrauchen will.«

»Ich glaube Sie zu verstehen, und ich sage Ihnen: hüten Sie sich.«

»Wieso? Vor allem befolge ich Ihren Rat, Herzogin. Sie trauen mir wohl zu, daß ich mich sonst in Schweigen hüllen würde. Aber wenn ich das Stelldichein annehme, zu dem Properzia mich ruft, so geschieht es eben, weil Sie mir geraten haben, die Gefühle der armen Frau zu besänftigen.«

»Durch eine ... Liebesnacht.«

»Die gute Properzia, wie wenig mir an ihrer Liebesnacht gelegen ist. Überdies bin ich Bräutigam ... Aber wenn ich mit meiner Verlobten die Angelegenheit besprechen könnte – es gibt nun einmal Gegenstände, die man vor jungen Mädchen nicht berührt –, jedenfalls wäre Clelia vorurteilsfrei genug, um meine Handlungsweise zu billigen. Sie würde etwas von ihren Rechten opfern, davon bin ich überzeugt, um die arme, große Properzia friedlicher und glücklicher zu sehen. Und es ist ja in meine Macht gegeben, nicht wahr, sie friedlicher und glücklicher zu machen.«

»Wie glücklich sind Sie selbst!« rief die Herzogin. »Sie haben der Properzia Ponti schon eine ganze Reihe von Bildern der verzweifelten Leidenschaft eingegeben. Jetzt erwecken Sie in ihr auch noch die Werke der befriedigten, frohlockenden Liebe. Sie Auserwählter inspirieren die größte Künstlerin unserer Tage!«

»Sie glauben?«

»Und Sie verdienen es«, setzte sie hinzu, und ihr Hohn war so vollkommen beherrscht, daß Mortœil vor Vergnügen errötete.

Einige Tage später sah sie ihn wieder, im Atelier der Bildhauerin. Es war voll von Besuchern, die das fertige Relief bestaunten, mit dem stürmischen Reigen der verdammten Liebenden. Mortœil saß allein, über seine Knie gebeugt, versunken. Er sah übernächtig aus, seine Augen waren ein wenig glasig. Oftmals stand er auf und drängte sich, mit künstlicher Spannkraft, an Properzia heran, die ihn übersah. Sie war nicht, wie sonst, eine stumme Weiserin ihres Werkes; an diesem Tage hatte sie Geist. Die zufälligen Gäste lauschten ihr, es war ihnen, als hörten sie den Marmor selbst sprechen. Sie sahen sich an, erstaunt darüber, wie sehr sie genossen. Mortœils mühsam gespitzte Bemerkungen blieben unbeachtet. Die Herzogin streifte ihn mit einem Blick; sofort wählte seine Angst sie zur Vertrauten.

»Es ist albern. Ich komme mir wahrhaftig ein wenig aussätzig vor«, stammelte er.

Er faßte sich.

»Was wollen Sie? Ein unglücklicher Tag. Properzia ist Stimmungen unterworfen.«

Aber als sie das nächstemal wiederkam, fand sie ihn unter gleichen Verhältnissen. Sie blieb bis zuletzt. Mortœil war davongeschlichen hinter den andern. Die Herzogin äußerte: »Er macht einen recht heruntergekommenen Eindruck. Was haben Sie nur mit ihm angefangen? Seine Augen sind wie heißes Glas.«

»Oh«, machte Properzia langsam – und sie ging, fieberblaß, umsichtig und gespannt, durch die weite Werkstatt, als folgten noch immer fünfzig neugierige Blicke ihren Wendungen.

»Er sieht seit neulich, seit unserer seltsamen Nacht, eine Properzia, die die andern nicht sehen. Sooft er kann, tuschelt er an meinem Ohr, und ich spüre dabei noch immer über mein entkleidetes Fleisch seine Begierden hintasten wie warmfeuchte Fingerspitzen.«

»War Ihre Nacht so seltsam?«

»Fragen Sie ihn. Er hat sich von seinem Schrecken noch nicht erholt. Ich ließ ihn kommen. Wie er den Vorhang meines Zimmers aufnahm, erblickte er mich ganz nackt, auf einem Liegestuhl, zwischen Fellen und Kissen. Ich war sehr schön. Zum erstenmal in meinem Leben fühlte ich die hohe Kunst, die ich sonst im Marmor vergrabe, in meinen Gliedern. Die Kerzen standen schräg hinter mir: Kopf und Hals lagen zurückgebogen und dämmerig. Auch der untere Teil der Beine verschwand. Aber von den Brüsten bis über die Schenkel fiel das goldgelbe Licht. Es glitzerte um mich her in der halben Finsternis von goldenen Körnchen in schwarzer Gaze. Der Goldbrokat hinter meinen Schultern brannte dunkel. Ich hatte eine Hand unter mein Haar geschoben. Der Arm zerdrückte breit seine Muskeln. Maurice unterschied die samtenen Schatten in den Achselhöhlen. Ich wandte mich über meine gewölbte Hüfte hinweg zu ihm, wie er eintrat: er hatte Furcht.

Ich wartete auf ihn, ohne ihn zu begrüßen, und beobachtete gelassen seine Schritte. Sein Atem streifte meine Brüste; ich konnte nicht verhindern, daß sie warm wurden, da sein Atem brannte. Er belebte mich erst mit seinem Atem, dann mit seiner Stimme und schließlich mit seinen Händen, die zitterten. Er war Pygmalion. Ja, ich, unter deren Händen er immer nur ein Stück weichen Tons gewesen ist, ich habe ihm die Einbildung vergönnt, als holte er sich eine Geliebte aus dem Marmor meines Leibes! Aber wie er am Ende zugreifen wollte, merkte er wohl, daß ich noch immer Stein war. Er prallte ab. Jedesmal wieder prallte er ab – und dabei verging die Nacht.

Er zeigte sich anfangs nur erstaunt: ich war so viel stärker als er. Er sprach einige Worte, die mein Verhalten mißbilligten. Ich schwieg. Dann unterrichtete er mich davon, daß er mich liebe. Ich betrachtete ihn stumm. Zum Schluß versuchte er, um sich seine Männlichkeit zu bestätigen, einen gewaltsamen Angriff. Aber er flog, ohne sich zu beschädigen, gegen die mit Teppichen behangene Wand. Darauf schleuderte er die Arme umher, blaß vor Zorn, und rannte zum Ausgang.

Aber er sprang sofort aus den Falten des Vorhangs wieder zurück. Die Tür war von außen verschlossen. Ich hatte sie verschließen lassen, ich hatte es zum zweiten Male gewagt, den Mann, den ich liebte, zu rauben und einzusperren; aber diesmal schlich ich nicht draußen mit Zittern umher. Ich saß nackt und unbarmherzig in dem leeren, weich ausgepolsterten Gemach, wo die Schwüle der Regennacht zwischen Teppichen gefangenlag. Er schritt vor mir auf und ab, den Kopf hoch und seiner Sache nun ganz sicher. ›Sie wissen, daß das Freiheitsberaubung ist?‹ fragte er, ›und daß das Gesetz Sie dafür bestraft?‹ – Aber er bekam keine Antwort. Und allmählich vergaß er sein kühles Rechtsbewußtsein und verfiel in Wut. Er drohte, mich zu entehren, mich zum Gerede der Gassen zu machen, mir die anständigen Häuser zu verschließen. Er rüttelte an der Tür und schrie: ›Öffnen!‹ Seine Stimme erstickte in den Stoffen, und er überlegte am Ende, daß es für einen Pariser im Frack ein verzweifelter Schritt sei, Hilfe herbeizurufen in dem Augenblick, wo ihn ein verlockendes Gemach gefangenhielt zusammen mit der nackten Properzia Ponti.

Inzwischen war er erschöpft, er sah sich nach einem Sitz um und fand keinen. Er kniete bei mir hin und bat, sanft und schwach wie ein Kind. Auf einmal besann er sich und lobte meinen gelungenen Scherz. Ich bemerkte, daß seine Zähne aufeinanderschlugen. Ich erlaubte seinen Händen, die flogen, keine Berührung mehr mit meinem Fleische. Und endlich wimmerte er und wand sich vor meinen Gliedern, zerstört und in Tränen. Ich wartete ab, bis er sich ein letztes Mal, verzweifelt und kaum noch begehrlich, auf mich gestürzt hatte. Er bereute es sofort und lächelte so liebenswürdig, wie nur er lächelt, und wollte wohl sagen: ›Entschuldigen Sie, ein solches Betragen schickt sich nicht für einen wohlerzogenen Mann wie mich, ich weiß es wohl; aber in was für sonderbare Lagen kann man geraten...‹ Dann ließ er sich langsam auf den Boden nieder, fröstelnd vor überreizter Mattigkeit. Die Kerzen erloschen, es ward Morgen hinter den Teppichen. Ich warf ihm eine Decke zu; es war die einzige, mitleidige Gunst, die ich ihm gewährte in dieser Liebesnacht. Kein Wort habe ich zu ihm gesprochen in dieser Liebesnacht.«

»Sie haben sich gerächt«, sagte die Herzogin. »Sie müssen zufrieden sein.«

»Ganz zufrieden«, bestätigte Properzia. »Ich brauche nichts weiter. Jetzt fragt er mich täglich, ob er seine Verlobung brechen solle. Ich erkläre ihm, es sei unnötig. Er fleht, sein Leben in meinem Dienst abnutzen zu dürfen. – Es sei zu spät, antworte ich. – Er wolle überallhin mir folgen. – Er werde bald einen Schritt zurücktreten, verheiße ich ihm, wenn er sehen werde, Properzia habe sich einen Schritt zu weit vorgewagt.«

»Alles in allem: wie ist er unglücklich!« rief die Herzogin.

»Ja! Wie sind wir unglücklich!« murmelte Properzia.

Eiliger als es erwartet war, bestimmten Clelia und Mortœil ihren Hochzeitstag. Am Vorabend in der Dämmerung erschien Properzias hinkender Diener, heulend vor Entsetzen, bei der Herzogin: seine Herrin liege im Sterben.

Die Herzogin fuhr hin. Der Kanal war voll von Gondeln. In ein Lastschiff ward ein ungeheurer Marmor geschafft: das Relief aus der Hölle. Der Graf Dolan befehligte die Arbeiter, in seinen Kleidern eingeschrumpft, faltig und herrisch.

»Ich habe es!« rief er der Ankommenden entgegen. »Ihr letztes Werk ist mein. Properzias zersprengte, herrenlose Kraft, von ihr selbst verloren gegeben – ich, ich allein habe sie noch einmal zurückgebannt. Dies Werk ist dem Nichts entrissen, worin Properzia schon untergetaucht war – und der es herausriß, bin ich!«

»Was befähigte Sie dazu?«

»Etwas ganz Einfaches«, erklärte der Greis, und in den Furchen seines Grinsens glitten Hohn und Liebe durcheinander. »Der Besitz ihrer Seele! ... Erstaunen Sie nicht, Herzogin. Properzias Seele nennt sie selbst ihre liebe Faustina. Es ist ein alter Marmorkopf, sie grub ihn einst aus der römischen Erde aus, der auch sie entstiegen ist. Sie gehört dem, der ihre Seele besitzt; und die hatte ich in meinem Palaste eingesperrt. Ich sagte zu Properzia: ›Arbeite! Bis du gearbeitet hast, zeige ich dir deine liebe Faustina nur durchs Schlüsselloch, wie sie am Ende meiner Säle steht. Und nicht einmal deinen Tränen werde ich erlauben, durch das Schlüsselloch zu fließen!‹ ... Sie hat gearbeitet. Nun mußte ich ihr nach unserm Vertrage ihre Seele zurückbringen. Sie ist drinnen, betrachten Sie sie, Herzogin! Lange wird's nicht dauern, und sie entweicht für immer.«

Der Alte wandte sich wieder zu den Lastträgern. Die Herzogin ging hinein in die verlassene Werkstatt. Einsam in der Mitte stand ein Kopf, wächsern abgeschliffen, mit zerbrochener Nase und beschädigtem Schädel. Seine Züge nahmen Abschied im Lichte des Abendhimmels; sie schienen sich strenge zurückzuziehen in den Marmorblock hinein, aus dem sie vor Zeiten erlöst waren. Sie deuchten die Herzogin keusch, groß, mit dem Glücke unbekannt, wie Properzia selbst. Sie dachte: ›Ja, das ist ihre starke und liebereiche Seele! Sie hat sie aus demselben weiten Felde auferstehen lassen, in das einst ein Landstreicher sie hineingestampft hatte. Sie hat sie einem jungen Manne dahingegeben, der sie einmal um sich selbst drehte und sie »geschickt gemacht« fand. Er schenkte sie einem alten Wucherer, und Properzia hat, um sie zurückzukaufen, von den Qualen der zur Hölle verdammten Liebenden verraten, soviel sie davon wußte. Jetzt stirbt sie. Soll ich dorthin gehen, in eines jener Zimmer, wo Neugierige das Ende von Properzias Körper begaffen? Ich will lieber hier haltmachen und glauben, daß ich allein gewürdigt werde, ihrer Seele in das schon verwischte, schon halb entwichene Antlitz zu blicken.‹

Die Tür ward geöffnet. Ein Priester, in den Händen etwas mit einem Tuche Zugedecktes, worüber er Grauen und Stolz zu empfinden schien, ging rasch über die hallenden Fliesen. Der Knabe hinter ihm schwenkte den Räucherkessel. Sie verschwanden.

Die Herzogin war in eine tiefe Fensternische getreten; sie erinnerte sich, daß sie im Dämmerlicht einer ebensolchen zu Rom Properzias erste Klagen empfangen hatte und ihre erste Liebe. Plötzlich bemerkte sie die Büste Mortœils. Seine Stirn, fein, schmächtig und ungläubig, trug eine schmale Lorbeerkrone. Auf dem Sockel lag ein Zettel; die Herzogin entzifferte ihn beim letzten Strahl.

»I' son colei che ti die' tanta guerra
E compie' mia giornata innanzi sera.«

»Ja, das ist der Sieger«, flüsterte sie. »Er mag sich nun vor sein bekränztes Bild stellen und sich bewundern und seinen Sieg. Die Unterlegene ruft ihm ihre Huldigung zu: ›Ich bin es, die so viel mit dir gestritten, und die beschlossen ihren Tag vor Abend.‹

Das ist der Sieger. Ich frage mich: Konnte die große, leidenschaftliche Frau den schwachen Spötter nicht zerdrücken an ihren Steinschultern? Und wenn die Feinheit bestimmt ist, länger zu leben als die Kraft – warum starb dann die arme Blà: sie, ein liebliches Geschöpf des Geistes, das zur unterworfenen Sache ward und zum wehrlosen Opfer eines wohlgebildeten Tieres! Ich frage mich wie damals: Woher droht solch Geschick, und wem droht es *nicht?*«

Und wie damals schauderte ihr.

Sie wandte sich zum Gehen. Draußen begegnete ihr nochmals Dolan, ein bißchen glückliches Rot auf den Backenknochen.

»Auch das noch wird mein!« rief er. »Auch der Dolch!«

»Der Dolch –«

»– mit dem sie die Tat ausführte... Sie verstehen, Herzogin, bis jetzt hält noch das Gericht die Hand darauf.

Aber ich habe ihn mir gesichert. Er ist von Riccio selbst. Am Heft befindet sich ein wundervolles Scheusal aus Elfenbein, eine Venus-Astarte mit zwölf Brüsten!...«

Es dauerte lange, bis ihre Gondel vorfahren konnte. Dann blieb sie sitzen inmitten all der andern, die den Kanal versperrten, und wartete. Es waren Frauen und Männer da aus allen Ländern; in allen Sprachen flüsterte es: »Sie stirbt.« Auf den Brücken und in den Gäßchen, schwarz und feucht vom Scirocco, drängte sich das Volk. Die Weiber hingen über den Geländern, und ihre schwarzen Tücher flatterten über dem schwarzen Wasser. Sie raunten: »Properzia stirbt.«

Aus dem Hause kam der Priester – seine Hände zitterten unter dem Tuche – und entfernte sich rasch über das schmale Ufer. Der Knabe hinter ihm schwenkte den Räucherkessel. Es vergingen noch ein paar Minuten. Und plötzlich begann in der Nähe, auf einer Kirche, ein Glöckchen zu hämmern. Es hämmerte hell und eilfertig; es erstickte in seinem geschäftigen Botenlauf die eigene Angst.

Durch die schwarze Menge auf den Brücken und in den Gäßchen lief scheues Gemurmel. Die Frauen in den Gondeln schluchzten auf. Eine junge Stimme sagte, klar und zitternd: »Properzia ist tot.«

Die Herzogin winkte zur Abfahrt, die Linke vor den Augen.

III

Sie war in den folgenden Wochen viel allein. Sie irrte umher in Venedig, und überallhin folgte ihr die tote Properzia. Sie bestürmte die bleiche Gefährtin mit Fragen, mit enttäuschten, anklägerischen und vergeblichen. Sie ging nach Hause und fand sich auf ihrer Terrasse erwartet von dem riesigen weißen Bilde der Frau, die sich erdolchte. »Ist das eine Antwort?« rief sie, müde und zornig.

Aber sie fühlte, es sei eine Drohung.

Sie betrat ihr Kunstkabinett.

›Also das war der Sinn des Liebesgeflüsters, das von allen Seiten diesen Raum durchschwirrte, buntschillernd, leichtflügelig, naschhaft und planlos. Die Begierden, Versuchungen, Listen, Liebesspiele – sie schwärmten hier, als reizende Insekten, an den Wänden hin, über die Füße der Pallas und durch die Olivenzweige, die sie ganz umrankten. Wir folgten ihnen, berückt und lächelnd. Nun sind sie, wie zum Scherz, in ein offenes Grab hineingeflogen. Wir stehen davor, wir fassen es nicht.‹

Und sie stand lange starr, den Boden betrachtend; er öffnete sich ihr.

Dann aber überkam sie wieder jene heiße Verachtung, wie für eine Verwandte, die die Familienehre befleckt hätte.

»Wie konnte es geschehen!« sagte sie zu der Unsichtbaren.

›Deine Seele gleicht der Büste, die die Stadt überdauert, worin sie aufgestellt war. Eine Medaille ist jedes deiner Worte; es wird mancher seine Zeit überleben, den du gekannt hast – wie jener Kaiser, der verschollen wäre ohne die Münze, die ein Bauer aus dem Acker wühlt. Deine Gefühle fügen sich wie Verse, stärker als Erz und langlebiger als Götter. Der widerspenstige Fels spürt auf ewig das Siegel deines Traums.‹

Sie wiederholte sich oftmals diese Worte: Strophen, gemeißelt zum Ruhme der Kunst von einem Meister, der ihr gehörte. Am Ende sagte sie sich, beruhigt und geweiht: ›Wie könntest du tot sein, da ich ja deine Hand fortwährend in meinen Geist hineingreifen fühle. Sie stellt immer neue Bilder darin auf. Er enthält weite Länder, die du bevölkert hast mit deinen Halbgöttern, verschlossen, langsam, stark und ohne Lachen – wie ich sie wünschte, und wie du sie schufest: du, eine Schöpferin!‹

Ihr Blick traf Properzias Hand; sie lag, in Gips gegossen, auf amarantenem Samt.

Sie wandte sich erblassend, als stünde Properzia selbst vor ihr, in ihrem leinenen Überkleid, und auf hohen Hakken unhörbar über den roten Läufer herbeigekommen, wie damals in ihrer Werkstatt zu Rom, als die Herzogin sie zuerst besuchte. Sie glaubte die tiefe, sanfte Stimme zu hören: »Sie sind hier zu Hause, Herzogin: ich ziehe mich zurück. Sie waren ganz bei Ihren Gedanken, und erschrecken, da Sie mich sehen.«

»Ich sehe Sie zum erstenmal, Frau Properzia. Zum allerersten Male fühle ich, was schaffen heißt, das Leben schaffen um sich her...«

Sie ward durchrüttelt, schmerzhaft fast, von Ehrfurcht.

Properzias Hand war voll und stolz. Der Daumen entfernte sich von ihr, in kurzer, gewellter Schlangenlinie. Die Finger verjüngten sich gleichmäßig nach den Spitzen, die sich aufwärts bogen.

»Wie oft habe ich dich bei nächtlicher Arbeit überrascht!« sagte die Herzogin. »Die Werkleute, die den Marmor punktiert hatten, waren fortgegangen; es war dunkel.

Du aber mochtest den Tag noch nicht beschließen, er war dir noch nicht reich genug gewesen. Du bandest dir eine kleine Laterne mit einem Riemen vor die Stirn, und so umschrittest du den Stein: auf allen Seiten trafen ihn dein Licht und deine Schläge. So wandern nun meine Gedanken in kleinen Schritten immerfort um dich herum, Properzia. Sie hämmern an dir und werden gequält von ihrer eigenen ruhelosen Flamme!«

Ihre schwarzen Flechten umrahmten die bleichweiße Hand. Ihre Lippen betasteten die Hand, die kunstreiche und hilflose, die starke und dennoch abgehauene.

Mitten im Gewühl der engen Gassen überwältigte sie zuweilen die weiße Drohung der Frau, die sich erdolchte. Einmal stand sie, schwindelnd und schwach, vor einer kleinen Kirche. Um die Tür hingen bunte Papierkränze. Sie trat ein, um auszuruhen. Es war hell und voll Blumenduft. Die Orgel spielte etwas Heiteres. Die Herzogin fühlte sich erlöst; sie erinnerte sich, wie dumpf, zerfahren, gierig und ohne Sinn draußen die Welt ihre Opfer hin und her zerrte. Die Gemeinde kniete, reglos gebückt. Leuchtenden Blicks und zitternd vor besonnener Freude, hob ein alter Priester den Kelch an die Lippen.

›Ich will es nie vergessen‹, dachte die Herzogin, als sie wieder draußen war, ›daß die Tempelhalle, in der ich lebe, um den Altar der Minerva prangt. Properzia ist von einer Leidenschaft, die fremde Züge trug, hinausgedrängt, die hohen Stufen hinab, an denen die Brandung des weihelosen Volkes sich bricht. Sie ist verlorengegangen: ich folge ihr nicht.

Das schwere, bronzene Tor wird denen, die draußen keuchen und lästern, das unerbittliche Schweigen der Masken entgegenhalten, womit es bedeckt ist. Ich wandle über die Steinplatten von der Farbe der Eulenaugen. Im Vorübergehen hole ich einen Klang aus der großen, goldenen Leier; sie lehnt am Bilde der Göttin. Auf die Räucherpfannen zu ihren Füßen breite ich Kräuter. Ich hänge zwischen den Säulen schwere Kränze auf. Die Spangen meines Handgelenks gleiten mir bis an die Schulter...‹

Sie erblickte diese Bilder unter den Arkaden, im Hofe des Dogenpalastes, wo sie oft den Schatten genoß. Der Riesentreppe gegenüber, am Ende des Torganges von der Piazza her, stand in einer Nische der Seitenfassade eine weibliche Statue. Jedesmal, wenn die Herzogin um die Ecke bog, trat sie ihr entgegen, nackt und schwarz und mit dargebotener Hand, als wolle sie eine Gefährtin zu sich emporziehen.

›Welche seltsamen Genossen seid ihr mir, ihr Statuen‹, so sann die Herzogin. ›Was birgst du für ein Mysterium, o Kunst! Bin ich nicht die letzte, zerbrechliche Tochter von Vätern, die zu stark waren? Die Väter, haben sie mir nicht längst alles vorweggenommen, ähnlich vergessenen Träumen, die schöner waren als alles, was wir ausrichten möchten? Sie haben Städte gegründet, Rassen unterworfen, Küsten beherrscht, Dynastien errichtet, Reiche befestigt: – kann ich es auch nur ahnen in all seiner Fülle, solch Leben eines Assy? ... Aber es ist auf einmal mein in all seiner Fülle, da diese Statue, angesichts der Riesentreppe, mir die Hand bietet wie einer Schwester.

Ihre Formen legen sich fest um meine Seele: ich werde wie sie, üppig und gewaltsam. Ich beginne zu leben, verschwenderisch und unbedenklich. Plötzlich öffnet sich mir der gemeißelte Wald dieses Hofes. Es sinkt wie eine Dornenhecke vor diesem Feenschlosse nieder. Die ganze Flucht der Loggien entlang schwellen die steinernen Blätter, Blüten, Fruchtkörbe; sie bewegen sich unter der Flut der stolzen Stimmen derer, die in den Fenstern lehnen. Die Riesentreppe steigen langsam, klirrend und rauschend, viele hinan, die sich nach mir umwenden und mich kennen!‹

Sie begab sich auf den Markusplatz; er brütete verödet unter der Wucht des Mittags. Die Bogengänge der Prokuratoren umspannten seinen Prunk, und wie eine Krone auf seinen heißen Kissen, blendend und heilig, lag die Kirche. Ihre fabelhaften Formen überstürzten sich, betörend grell. Ihre hundert Juwelenfarben blitzten, toll vor Pracht und grausam. Und die Engel auf dem höchsten Bogen taumelten mit goldenen Flügeln in ein brennendes Blau.

Aus dem Dogenpalast, unter den kurzen, dicken Säulen hervor, die die Herzogin verlassen hatte, trat ein Mann in spitzer roter Mütze mit goldenem Stirnband, einen langen Mantel, ganz aus Gold, um die Schultern. Eine Frau ging neben ihm, in Goldbrokat, große Märchenperlen an dem reichen Halse, und um den Leib eine goldene Kette; die fiel ihr bis auf die Füße. Es umringten sie Männer in Purpurkleidern und andere, pfauenbunte. Ihre Schleppe hoben schlanke Jünglinge, in gelben, glatten Haaren, die die Ohren bedeckten – mit einem Samtreif um den Kopf, einer kleinen Schürze über Hüften und Schenkeln, und in den halb geschlossenen Augen lauter Stolz auf die eigene Keuschheit. Und Bischöfe kamen und begleiteten das Tabernakel in ihren steifen Dalmatiken mit bemalten Goldrändern. Und Kaufleute, deren Gesichter hart und fromm waren. Und kleine Affen, in Scharlach gekleidet, auf plumpen Straußen. Und Frauen, mit Diademen in flockigen Goldhaaren, die herabrieselten über schwarze Gewänder. Sorgsam lehnten sie mit den Flächen aneinander ihre kleinen blassen Hände.

Sie zogen über den Platz. Die Falten der schweren Ornate bewegten sich kaum, die Füße der Pagen waren zu leicht, um gehört zu werden. Sie verschwanden in einem tausendfältig gebrochenen Sonnenblitz.

Und es nahten andere, kurzen, heftigen Schrittes, rauschend, geräuschvoll, gebärdenreich, Lorbeer über kurzen Haaren, und ihrer Anmut versichert und ihrer Kraft.

Ihre Finger, nervig und fein, spielten mit dem Degenknauf wie auf einer Gitarre, und formten das eben entflohene Wort in der Luft wie Wachs. Rote Narben um die spöttischen und wilden Münder, sprachen sie Verse. Und es antworteten ihnen dunkeläugige Frauen in weißem, golddurchwirktem Damast, mit roten Locken, glänzenden Stirnen und hellblütigen Wangen – und ihre Brüste, schimmernd gleich Perlmutter, prangten auf Miedern aus Hermelin. Ihre blaugeäderten Hände, schwer von Ringen, liebkosten die Köpfe von Windhunden. Sie blieben stehen – und an ihrer silberweißen und juwelenklirrenden Reihe entlang, durch einen Hofstaat von Göttinnen und Feen, schritt langsam, in schwarzem Mantel, schwarzem Barett, ergrauend und mit müden Zügen der Kaiser.

Plötzlich verwandelten sich die Göttinnen in irdische, untertänige Weiber bei dem Anblick des Alten, der bei dem Kaiser war. Sie wußten: aus seinem Pinsel kam jener Fleck auf die kaiserliche Hand, die ihn aufgehoben hatte. Und sie dachten an die vielen Stunden der Qual auf den hölzernen Terrassen hoch über ihren Palästen, wo sie von der brennenden Sonne die blonde Tinktur in ihren Haaren trocknen ließen; an die angstvollen Beratungen mit dem berühmten Apotheker, was zu tun sei für einen schönen Hals, und was für einen schönen Bauch, und was für schöne Brüste – und dann an den schrecklichen und wonnebebenden Augenblick, wo sie die prunkenden Hüllen fallen ließen vor dem Greise an seiner Staffelei. Noch immer fühlte die Stolzeste unter ihrem Staatskleide ihr Fleisch frösteln von dem unerbittlichen Blick, womit er es durchforscht hatte, als es nackt war... Aber er ging vorüber – und nun erschauerten ihre Glieder warm, als würden sie wieder einmal gestreichelt von den Tönen der Orgel, die der Geliebte spielte, während sie nackt waren.

Und sie zogen weiter, als Göttinnen, geleitet von den krummen Schwertern und den Federwedeln riesenhafter

Mohren in gelber Seide. Nach ihnen kamen zärtliche Epheben, in leuchtenden Farben, die schmalen Glieder abgezeichnet unter schmiegsamen, ganz bestickten Stoffen, die weiten Ärmel mit goldenen Spangen geschlossen, schief auf dem Ohr die rote Kappe, und die Haare darunter festgebunden mit seidenen Schnüren. Vermischt mit ihnen schritten Gepanzerte, rasselnd und düster blinkend, und die hellen Jünglinge schienen an sie geschmiedet, wie Fleisch auf Eisen.

Sie entfernten sich; ihre Kolonnen wurden verschlungen vor lauter greller Sonne. Da nahte noch ein einzelner, ein Krieger, karmoisin und samten. Von dem goldenen Knopf auf seiner linken Schulter wallte sein Mantel. Auf seiner goldenen Brust drohte und schrie eine Medusa. Unter seinem goldenen Helm drängten sich seine Locken heraus. Der Helm war spitz beschirmt, von Arabesken umschlungen, und hinten bewacht von einem silbernen Greifen.

Die Herzogin wartete in dem engen Schatten eines Pfeilers, weit drüben, am Ende des Platzes. Sie machte zwei Schritte ins Licht hinaus. Plötzlich wendete der ferne Vorüberwandelnde ihr sein schreckliches Gesicht zu. Sie erkannten sich, sie lächelten einander zu, Sansone von Assy, Condottiere der Republik, und seine späte Enkelin Violante. Er liebte sie; sie hatte, was er von den Frauen verlangte: einen gereiften Körper und einen Geist voll festumrissener Bilder. Sie konnte ihm ein Gemälde im voraus beschreiben, das farbentrunkene Triumphgemälde zum Gedächtnis seines Sieges über eine nach jahrelangen Listen greuelvoll bewältigte Landstadt. Sie konnte in dem antiken Festzuge, wo er selber Mars war, mit Helm und Speer als Pallas Athene gehen.

Sie war damals dreißig – und sie dachte an einen Tag ihres einundzwanzigsten Jahres: sie stand auf dem Balkon des Palais Assy, an der Piazza Colonna zu Zara, und schaute hinunter auf eine Prozession von Soldaten, Priestern, Hofleuten, Volk, auf Kirchenbanner, rote Zeltdächer, blitzende Uniformen und Engelsflügel an Kinderschultern. Das letzte Gebetemurmeln versiegte – und plötzlich ward es laut von Jubel, und alle Schwerter grüßten zu ihr hinauf, wie der Flug eines Silbervogels durch das Mittagslicht.

Nun ging durch einen andern Mittag, über den Markusplatz, Sansone von Assy, der stehend gestorben war, blutig und auf den Lippen einen Horazischen Vers. Er grüßte sie mit seinem langen Degen in roter, ziselierter Scheide. Über ihm bäumten sich und wieherten die erzenen Rosse auf dem Kirchenportal – und die Herzogin sah ihn nicht mehr.

Ein neues Volk großer Kinder drängte herbei, schlau und witzig wie Truffaldin, und wie Pulcinella arglos ungeschickt; gleich Tartaglia faul und gefräßig, und so ruhmredig wie Spavento. Sie spreizten sich in Spitzen, gewirkten Schlafröcken, Palastroben – durcheinander mit bunten Griechen, Türken und Levantinern, und trieben zwitschernd und lächelnd Albernheiten mit Frauen, die Verstecken spielten unter Bautta und Dreispitz und unter lächerlich fahlen Masken, mit geröteten Lippen und Lidern. Die Fächer klappten, das Gelächter perlte, der Platz war bedeckt mit Quacksalberbuden, Marionettenbühnen und den Kanzeln predigender Mönche. Unter jedem Bogen der Prokuratien winkte ein Caféhaus und girrte ein Spielsaal. Geschminkte Abbati, Gecken alt und jung, Liebhaber des Pharao und Amtspersonen, die von schlüpfrigen Reimen überflossen – alle tollten hinein, unter Knabentumult. Liebesmakler boten ihnen Edelfrauen an, und sanfte, schöne und dienstfertige Kurtisanen sich selber. Sie zogen den flüchtigen Geliebten unter die mit Marmorbildern gekrönten Arkaden; dort sah man mehr Frauen an der Erde ausgestreckt als auf den Füßen. Sie warteten am

Dogenpalast auf den Nobile, der den Rat verließ. Stattliche Äbtissinnen stritten um die Ehre, aus ihrem Kloster eine junge Nonne entsenden zu dürfen, als Mätresse des neuen Nuntius.

Ein Herr und eine Dame streiften an der Dame vorüber. Die Dame war milchweiß, und wie ein Hauch von Pastellfarbe lagen ihr die verblichen violetten Bänder in der weichen Senkung zwischen Schulter und Brust und im graublonden Haar. Sie zeigte der Herzogin schelmisch die schwarze Fliege im Winkel ihres blassen Mündchens. Der gepuderte Kavalier aus Atlas und Rosen nickte mit geschürzter Lippe seiner letzten Verwandten zu, nur eine rasche Sekunde – und Pierluigi von Assy und seine Dame tänzelten davon. Sie hatten sich lieb: es wartete ihrer eine rosengeschmückte Gondel, drüben hinter den abenteuerlichen Arabesken jenes Tempels, am Fuße rosiger Treppenstufen, im seidenen Wasser und unter der Glorie eines Himmels, der als goldblauer Baldachin die Feste beschirmte auf dieser marmornen Insel.

Aber alle, die so toll, lüstern und phantastisch dahinschwirrten, jedem Kitzel nach und jeder Chimäre – sie vergingen und zersprühten endlich, gleich dem Funkenregen des Feuerwerks am Ende aller Feste. Nichts blieb nach ihnen übrig; sie hatten alles verbraucht; das letzte Gold, die letzte Kraft, die letzte Laune und die letzte Liebe.

Die Herzogin ging allein zurück über den hallenden und himmelhohen Festsaal; er blendete heiß. Aus den Mosaiken San Marcos brach ein wildes Gefunkel. Orientalische Träume, zu Stein geworden, zu silbern wuchtenden Kuppeln und zu Inkrustationen von Malachit, Porphyr, Gold und Emaillen, blitzten sie an – wie mit lauter Dolchen. Und lange Säulengänge schritten als lichte heidnische Eroberer, mit edler Gebärde auf das Geheimnis und das Grauen los, das von Byzanz kam. Die Herzogin dachte:

›Die alten Dekorationen sind stehengeblieben. Und von dem verhallten Drama, das ihr darin spieltet, habt ihr mir ein Wort zugeflüstert. Ihr seid zu mir gekommen, ihr habt mich als eure Enkelin erkannt und mich gewappnet und geschmückt mit der Kraft und der Blüte der marmornen und erzenen Bilder, die stehengeblieben sind, als ihr verschwandet. Sie ziehen mich auf ihr Postament, als ihre Schwester. Ich bin eine eurer Statuen, die heute plötzlich die Augen aufschlägt und alles versteht, was nur ihr verstandet. Mir gehört dieses versunkene Reich, ich bevölkere es neu. Für mich rauscht das Volk eurer alten Träume über die toten Jahrhunderte herbei, und bis vor meine Füße.‹

An der Piazzetta bestieg sie ihre Gondel.

›Nicht wahr? Ihr habt meine Glieder ganz angefüllt mit eurem mächtigen Leben! Ich fühle ja, wie ich selbst unerschöpflich hinüberströme in alles, was ich sehe. Auf mein Geheiß steigen an diesem Strande, den Paläste säumen, die Brücken schimmernd auf und nieder. Jedes der reizenden Mädchen, deren grüner oder goldener Pantoffel über ihre Bogen hineilt, entsende ich von meinem Herzen. Mir scheint, ich habe ihre blumigen Mieder selber gewirkt; ihre schlanken und weichen und flaumigen Nacken hat mein Daumen modelliert, und das Blondhaar habe ich darüber hingestäubt und die Veilchensträuße befestigt an den blassen Hälsen der Brünetten. Der gebrannte Ton der männlichen Gesichter ist mein Werk.

Hinter jener blendenden und grün überbuschten Gartenterrasse bewegt sich eine junge Dame; ihr Kleid prangt in allen Tinten des Sommermittags. Ihr weißer Tüllschal weht lind und duftend um ihre Schultern. Sie ist gewandt, leicht, weit ausschreitend, flüchtig, und hinterläßt überall ein Lächeln und einen Gedanken an Glück. Ich habe sie dort hingestellt, an dieses strahlende Ufer, damit die Erde noch schöner werde, die reiche Erde, die aus mir jauchzt.

Eine Bewegung meiner Hand hat auf die Spitze jenes Dreiecks marmorner Prunkbauten die Fortuna hoch hinaufgeschnellt. Sie spiegelt sich hell in den Wellen, und ihr Widerschein fließt auf den Wellen bis in die fernsten Kanäle: der Widerschein der Fortuna.

Wenn ich drüben auf der Giudecca den gemessenen Tempel betrete, dessen glänzende Staffeln mich abholen aus der Lagune, so erhellt plötzlich seine klare, freudenreiche Halle alles, was in mir schlief. Ich schreite bebend in Spannung und Jubel des Wiedererkennens durch den zauberhaften Säulenwald, der den Leib der Schönheit gefangenhält.

Fern davon, an schattiger Wand, in der Tiefe einer Sakristei sitzt auf dem rotdurchwirkten Damast einer flachen Tribuna in dunkel- und mattblauem Faltenmantel eine Madonna. Über ihr erlischt das Gold der Kuppel. Unter dem weißen Kopftuch schimmert das blasse Gesicht, klein, rund, hochmütig erhoben. Ihre halb geöffneten Augen bekennen nichts von allem stolzen Leid. Sie blickt halb zur Seite, über die Menschheit weg, die plump ist. Der Mund ist schmal und eng verschlossen... mich aber hat er geküßt... Ich bin oftmals selber diese Madonna. Oftmals bin ich der Kinderengel, der zu Füßen einer andern stillen Königin, in hellem Bildersaal, die Viola spielt, geneigten Hauptes, ängstlich vertieft, leidend vor Glück, weil er sie besingen darf.

Ich bin der Genius am Grabe des großen Bildhauers, mit weichen Schultern, breiter Jünglingsbrust, ganz schmalen Hüften und langen, fein gewölbten Schenkeln – und ich bin die blonde, weiße, fette Märtyrerin, deren Frisur unter Perlenschnüren verschwindet, und die, aus ihrer Brokatrobe herausgerissen, den Kopf versteckt zwischen ihren emporgezogenen, üppigen und verwöhnten Schultern. Ich bin auch die rotgerockte, halbnackte Mohrin, die ihr den Dolch auf den Taubenhals setzt.

Ich atme in all den gehäuften Gliedern, den prachtvoll gebogenen, üppig verkürzten, ambrablassen und in satte Stoffe gebetteten der großen Frauen, die nackt einander die Stirn mit Sternen krönen – und der andern, die in goldenen Gewändern, weiß, übermächtig und unzugänglich, im silbernen Blau an der Decke von Prunksälen thronen. Völker staunen sie an, und sie werden umwogt von Geschöpfen mit durchsichtiger Haut und rosigen Fingerspitzen: Geschöpfen des wollüstigen Lichts.

Und ich brenne in den roten Kreuzigungen, wo lässige Brünette, mit grünen und blutigen Juwelenblitzen in den blondgefärbten Haaren, sich in schwierigen und verführerischen Stellungen um das Marterholz des Gottes drängen. Auf einem ungeheuren Schimmel bäumt sich ein Hüne: bronzene Panzerplatten pressen da und dort seine nackten Glieder. Der Bauch quillt fleischig heraus. Die scharlachnen Landsknechte würfeln mit fratzenhaftem Eifer. Ein Mann in schwarzem Eisen schwingt rote Fahnen gegen den düstern Sturmhimmel. Unheimlich hell und bunt kauern vor dem braunen Gewitter auf fernen Olivenhügeln kleine fremde Greise und Weiber. Und das Abenteuer dieses Kreuzes, keuchend unter der Lust von jähen, schweren, nächtlich fiebernden Farben, ist nur der Opiumtraum jener Greise und ihrer blauen, gelben, violetten Odalisken.

Mein Blut pulst sanft und stark in der leise atmenden Frau, die den Kopf auf den Arm bettet. Die wunderbaren Wellen ihrer Glieder ruhen zwischen den Wellen stiller Hügel. Ihr Fleisch fließt im Schlafe hinüber in das schweigende und warme Land.

In diesem selben Lande ertönen hohle, sanfte Flötentöne. Am Weiher, unter hohen, gütigen Bäumen legt eine nackte und träumerische Hirtin das Kind an ihre Brust. Der ernste junge Hirte wacht an seinem Stabe. Mein Blut kreist in den Bäumen und in der Mutterbrust. Es murmelt als Quell im Innern jener fruchtbaren Hügel. Es singt in den hohlen und sanften Flötentönen.

Die satten Lichter auf den Nacken der in Leiblichkeit Prangenden, ich fühle sie rauschen über mein eigenes Fleisch. Und ich zittere mit der scheuen, kleinen Psyche, deren harte Brüstchen die Linnen durchbohren, und die ihr Gesicht wegdrückt in den Schatten.

Ihr alle, Pflanzen und Kinder, hinausstürmende Krieger oder weiche Rastende, Flöten oder Dolche, Hetären und Madonnen – ihr über den anbetenden Händen eines Einsamen und ihr am lauten Licht und unter den Augen der vielen Ahnungslosen: ihr seid tausend und einer von meinen Tagen. Meine Stunden, die auf goldenem Wagen vorbeifahren, bringen euch alle mit. In meinem Leben, das die Kunst segnet, blüht ihr auf. Ich kenne den Rausch von etwas Unglaublichem: der Vollkommenheit. Ich ergieße mich in lauter Vollkommenes.

Was hätte mir der Himmel weiter zu geben. Die Kunst macht mich zu einer Unbewegten, Schauenden, Verweilenden. Eine Göttin legt mir mein Leben in die Hände als eine köstliche Vase, ambraschimmernd, klar, kühl und überzogen von Bildern. Ich halte sie in den Händen, meine Finger gleiten an den Profilen der Figuren entlang. Die Mänade taumelt, die Nymphe lacht, und ein Widerschein ihres ewigen Prangens fällt auf die vergängliche Hand.

Oh, ich will sie in ruhigen Händen halten, die stille Vase meines Lebens, daß keine Verletzung, kein Fleck und kein zudringlicher Hauch der trüben Welt ihren keuschen Glanz entstelle – bis an die Stunde, da ich sie dankbar und glücklich zurücklege in die Rechte der Göttin, die sie mir lieh: der immer sehnsüchtigen, immer fremden, immer von Olivenzweigen umsprossenen Pallas.‹

IV

Sie hielt ihr Leben in Händen, die nicht zitterten, sieben Jahre lang. Man kannte sie kaum. Sie war die nächste Vertraute von allem, was in Venedig versteinert oder in unerreichbaren Farben schlief und prangte. Für alles, was umherhastete, kränklich aussah und Eitelkeiten besaß, blieb sie eine Fremde. Ihr enger Kreis umschloß fast immer die gleichen Personen, und keiner davon konnte sich rühmen, einen Zugang offen gefunden zu haben zu ihren Verschwiegenheiten. Sie veranstaltete Feste, ihre Gäste gaben ihr ein Schauspiel. Sie machten ihr das Haus bunt und warm, und zwischen sich und der Herzogin von Assy empfanden sie etwas wie eine erleuchtete Rampe.

Zuweilen aber richtete sie ein herzliches Wort an Weithergekommene, die nächsten Tages weiterreisten.

Sie hatte irgendein junges Mädchen aus dem Norden über den Markusplatz schlendern sehen, selbstbewußt und ahnungslos. Acht Tage darauf fand sie sie an der nämlichen Stelle, verlegenen Gesichts und mit Schritten, die zögerten. Und wieder eine Woche später stand dasselbe Wesen am Ende des Platzes und lächelte nicht mehr. Die Angst vor dem Unfaßlichen legte sich unmerklich auf ihre Miene.

Im Hof des Dogenpalastes, vor der Riesentreppe, traf sie manchmal junge Engländerinnen, drei oder vier. Statt des ärmlichen Reiseführers brachten sie ein kostbares und schweres Buch mit. Sie öffneten den vergoldeten Pergamentdeckel; eine las, und die anderen sahen hinauf zu den Giganten. Die buntseidenen Schals fielen von ihren weißleinenen Sommerhüten über ihre gelben Locken, und da sie anfingen zu fühlen, wurden sie nahezu schön.

Die Herzogin ließ jemand ihnen nachgehen bis an ihr Hotel; dann lud sie sie ein. Mortœil und der alte Dolan machten sich hinterher lustig über die schüchternen Gestalten, die eines Abends schweigsam und mit weitoffenen Augen auf einer Stuhlecke gesessen hatten. Die Herzogin erwiderte: »Ich kenne nur eine Aristokratie: die der Empfindung. Gemein nenne ich jeden, der häßlich empfindet. Stellen Sie einen Unbekannten vor eine Madonna des Bellini; es wird sich entscheiden, von welchem Stande er ist.«

Bei der Madonna der Frari begegnete sie einst einer jungen Frau mit einem dreizehnjährigen Knaben. Sie war mager und von schlichter Eleganz; auf ihrer durchsichtigen Blässe glühten zwei Flecken zu beiden Seiten des eingesunkenen Nasenrückens. Ihre glänzend schwarzen Haare verdeckten die Hälfte der Ohren; daran hingen große, klare Brillanten. Ihre Hände waren schmucklos, bleich und zu lang, gleich denen der Heiligen. Gleich diesen klagten sie an. Und sie berührten das Kind wie die gemalte Frau das ihrige, mit ebensolcher Inbrunst und mit so wenig Kraft. Es war, als verlösche über der Fremden das Gold derselben Kuppel, ja, als bedecke der dunkel- und mattblaue Faltenmantel der Madonna auch sie. Je länger sie der Thronenden ins Gesicht starrte, desto ähnlicher ward sie ihr: hochmütig, voll eifersüchtig behüteten Leides, mit einem Munde schmal und eng verschlossen... Die Herzogin wünschte heftig, er möge für sie sich öffnen... Der Knabe hatte aschblondes Haar, halblang und in ein paar großen Locken hinaufgebogen. Zwischen seinen willkürlichen, kurzen Lippen blitzte ein feuchter, weißer Streif. Sein Mund war vor Kühnheit fast töricht. Seine Blicke eilten, blau und feurig, unter den freudig erstaunten Brauen hindurch, wie durch hohe, schmale Triumphbogen. Er war schlank und schmächtig. Eine seiner Hände, mit seltsam dünnen Gelenken, lag zur Faust geballt im Rücken. Eines seiner feinen Beine war vorgestellt, kriegerisch und dennoch gebannt. Er trug einen schwarzsamtenen Flausch mit breit über die Schultern geschlagenem weißen Kragen. Es sah aus wie die Verkleinerung einer alten Künstlertracht. Aber darüber hatte das Kind einen Säbel geschnallt.

Die Herzogin stand hinter ihm. Er wandte sich nach ihr um und betrachtete sie, mit scheuem Erstaunen. Dann sah er hastig weg. Er verhielt sich ganz ruhig, mehrere Minuten lang. Nur sein Kopf zuckte ein paarmal zur Seite. Endlich drehte er ihr, rasch und fest, noch einmal das Gesicht zu. Sie las deutlich darauf, daß sie ihm inzwischen zu einem Erlebnis geworden war – vielleicht zu einem wunderbaren. Es ging durch die Knabenaugen wie ein Blitzen von lauter Abenteuern. Sie dachte an San Bacco, wenn er seine edelsten, von aller Weltklugheit verlassenen Augenblicke gehabt hatte. Sie dachte auch der Männer zu Zara, die von den Gefahren in ihrem Dienste manchmal auf einige Stunden frei und schön gemacht worden waren. ›Jene‹, so meinte sie, ›brauchten Revolutionen und Kriege, um sich zu kurzer Begeisterung zu erhitzen. Wieviel lohnender ist es, hinter diesen Knaben zu treten. Er kennt noch gar kein Zurückbleiben hinter den höchsten Hoffnungen. Es scheint, daß er sich erinnert, wozu er geboren ist – sobald ich ihm zulächle.‹ Sie tat es. Er errötete und sah weg. Darauf ging sie hinaus. Die Mutter hing an den Zügen der Madonna und hatte nichts bemerkt.

Die Herzogin sah dieses neue Paar nun fast täglich, bei einem Kunsthändler, in einer Kirche, oder auf dem Dampfer im Großen Kanal. Die Mutter trug immer dieselbe abgeschlossene und tiefbeschäftigte Miene. Sie führte den Knaben eng an der Hand, sie ließ ihn nicht einmal los, während sie auf dem Schiffe nebeneinander saßen. Nur zuweilen, wenn das gotische Rätsel oder der maurische

Märchentraum eines Palastes überm Wasser vorbeiglitt, richtete sie dorthin einen ihrer magern und spitzen Finger, und sie sagte dem Knaben etwas ins Ohr.

Er wartete jedesmal auf das Erscheinen der Herzogin. Er war unaufmerksam für alle die gemalte und gemeißelte Schönheit, die die Mutter ihm zu verehren gab; so lange, bis er die unerhörte Fremde gefunden hatte. Er begrüßte sie stumm, mit feierlichem Stolz, und niemals ohne Erröten.

Einmal, auf einer Fahrt nach dem Lido, entfiel der Herzogin ein Buch. Der Knabe erblaßte heftig; er kämpfte einen anstrengenden Kampf; das bevorstehende Wagnis beschämte ihn, und sein Zögern erst recht. In der Hast verwickelte schließlich sein Fuß sich im Kleide der Mutter. Er kam fast zu spät; einer der Herren, die bei der Herzogin waren, hatte das Buch schon erfaßt. Sie raunte ihm zu: »Lassen Sie!« Dann hob der Knabe es auf. Er glättete die zerdrückten Seiten und hielt die Augen darauf gesenkt. Seine langen Wimpern warfen einen durchbrochenen Schatten auf die weiche Wange. Die Herzogin bemerkte die blaue Ader über seiner dünnen Nasenwurzel, und wie schwach und weiß sein Hals war. Sie nahm das Buch.

»Ich danke dir, mein Lieber«, sagte sie, als gehörte er zu den Freunden in ihrer Begleitung. »Kannst du das lesen?«

Es waren Platens venezianische Sonette. »Ja«, antwortete er und zog aus der Tasche einen andern deutschen Band. Er war bei einer Kapitelüberschrift aufgeschlagen. Der Knabe hielt sie ihr hin; sie las: »Der Freibeuter raubt die Prinzessin. Werden sie zwischen den Kanonen des Kreuzers entkommen?«

Er lief zur Mutter zurück; sie hatte nach ihm gesucht. Sie runzelte die Stirn und faßte seinen Arm sanft und fest. Dann aber sah sie hinüber, seinem Blicke nach. Und plötzlich ließ sie ihr Kind los und machte eine Bewegung mit ihrer sprechenden Hand: »Zu jener Dame darfst du gehen. Geh nur!«

Er ging aber nach vorn, an die Spitze des Dampfers, die leer stand, und setzte sich in den Wind. Die Herzogin sah sein Profil mit kurzer Lippe, leicht aufgeworfener Nase, und einer besonnten, runden Locke unter der Kappe, hochgemut und hell in die Sommerluft geschnitten wie in eine große Perle. Es ward ihr leicht, von seiner klaren Stirn alle Einbildungen und Spiele abzulesen, die ihn jetzt davongetragen hatten. ›Er ist Freibeuter‹, so erkannte sie, ›und laviert mit der Prinzessin zwischen den Kanonen des Kreuzers.‹ Dann meinte sie: ›Es könnte sein, daß ich unfreiwillig mitspiele, als Prinzessin. Wer kann wissen, zu welchem unwahrscheinlichen Abenteuer er in der Seele eines Knaben wird? Und wahrhaftig, ich möchte fast hingehen und allen Ernstes mitspielen... Wie dieser Knabe stolz ist! Seine Blicke schießen durch den Sonnenschein gleich Schwalben. Ihrer Zukunft froh schießen sie über die Lagune, über dieses für immer vom Meere abgeschnittene Stück Wasser.‹

Endlich traf sie die beiden bei Jakobus in seinem Atelier am Campo San Polo. Es war gerade niemand weiter da; der Maler machte sie bekannt mit Frau Gina Degrandis und ihrem Sohne Giovanni.

»Wie geht's denn?« fragte die Herzogin den Knaben.

»Wir sind nämlich Freunde«, erklärte sie, und sie bat die Mutter, es zu erlauben. Frau Degrandis war fassungslos beglückt. Sie wollte an die Güte dieser fremden und schönen Frau gar nicht glauben. Sie reichte schüchtern die Hand, sammelte sich im Gespräch nur langsam und verriet durch ihre scheue Anmut eine gedrückte und weltfremde Vergangenheit. ›Wer war doch das?‹ fragte sich die Herzogin schon nach fünf ihrer Worte, und sie stöberte umher unter den Bildern früherer Tage.

Jakobus legte den Arm um den Nacken des Knaben und führte ihn vor eine frische Leinwand. »Paß auf«, sagte er, und zeichnete in starken Umrissen ein paar Köpfe herunter.

»Wer ist das?«

»Ich.«

»Und das?«

»Mama.«

Die Mutter stand dahinter, angstvoll lächelnd.

»Ob er Talent hat?«

Jakobus lachte aufgeräumt.

»Bei mir hat er Talent!«

Und er spielte mit der feingliedrigen Hand des Knaben.

»Nino, gib acht«, flüsterte die Mutter, »das ist deine erste Lektion.«

Ihre Stimme versagte vor geheimer Ehrfurcht. »Ein großer Maler nimmt sich deiner an.«

»Bitte. Wir sind nicht eitel, wie, kleiner Freund«, rief Jakobus, und er warf mit Kohle eine so ausgelassene Fratze hin, daß der Knabe aufjubelte. Die Herzogin betrachtete die Mutter liebevoll und mitleidig. Sie meinte im stillen: ›Wenn dieser junge Johannes nicht aussähe wie einer seiner Florentiner Vettern vor vierhundert Jahren, und wie einer der am offensten blickenden, würde hier dann von seinem Talent die Rede sein? Wie er dasteht mit den Händen auf dem Rücken! Er verlangt gar nicht danach, den Stift in die Hand zu nehmen. Er schaut neugierig und befremdet zu, was der berühmte Maler für Kunststücke macht.‹

Frau Degrandis dachte: ›Wie lieb ist diese Herzogin von Assy – so lieb wie schön! Seit sie da ist, merkt der Meister bei meinem Kinde das Talent. Es ist, als hätte sie es mitgebracht!‹

Der Knabe nickte nach der Herzogin hin.

»Warum zeichnen Sie nicht auch die Dame?«

»Die habe ich früher gezeichnet«, erwiderte Jakobus.

»La Duchesse Pensée«, sagte Frau Degrandis mit so eifrigem Staunen, als sei die Herzogin selber das Werk von Meisterhand. Die glänzenden Blicke der blassen Frau hängten sich unermüdlich an die geschnitzten Kandelaber, die eingelegten Truhen und die mit Geschichten durchwebten Stoffe, die darauf lagen, schwärzlichrot und tragisch, wie durchtränkt mit dem Blut alter Heldenkönige. Sie rang mit jedem der Bilder, ehe es sie wieder losließ, und eilte zum nächsten, in der fiebernden Sorge, eine Schönheit zu versäumen. Ein Husten befiel sie. Sie erstickte ihn gewaltsam im Taschentuch und kehrte, die Augen noch feucht, zurück zu den gesunden, von keinem Tode bedrohten Dingen. »Bello!« sagte sie, und das Wort umarmte die Welt.

Die Herzogin erfuhr von ihr, daß sie in Venedig keinen Menschen kannte. Sie verkehrte nur mit Kunstwerken, und nur den Freunden zuliebe, die sie unter ihnen besaß, wohnte sie in dieser Stadt.

»Und Sie trachten, von den Bildern und Statuen zu erlangen, daß sie auch Ihrem Sohne gute Freunde werden, nicht wahr, Frau Gina? Nun möchte ich selber mich einschleichen unter diese stillen Freunde. Sie werden beide in mein Haus kommen, versprechen Sie's?«

Gina versprach es. Sie gab sich der neuen Freundin ganz hin, gleich in der ersten Stunde. Die Menschen hatten sie enttäuscht, gestand sie; ihre arme Sehnsucht nach Vertrauen wagte heute zuerst wieder ein Lid zu öffnen.

»Ah! Ich möchte Nino vor ihren Mißhandlungen behüten. Jede seiner Vorstellungen soll ein schönes Bild sein, jeder seiner Gedankengänge soll ins Reich der Kunst münden. Wird es gelingen, glauben Sie's, Herzogin?«

Ohne zu antworten, sah die Herzogin zu, wie der Knabe über des Malers Arm hinweg aus dem Fenster spähte. Seine Augen waren freigemut und allem Leben offen, und sein schwacher Hals durchschlängelt von bläulichen Linien. »Und dann ist er von einer kranken Mutter«, sagte Gina leise.

Die Herzogin betrachtete ihn noch immer. Auf einmal drängte es sie inständig zu verlangen: »Gestatten Sie ihm zu leben, zu leben, soviel er kann!«

»Aber warum nicht als Künstler«, setzte sie hinzu. »Nino, nicht wahr, du willst ein Maler werden. Wie wirst du glücklich sein, wenn deine Werke durch die ganze Welt deinen Namen tragen.«

Nino sah sie groß an.

»Ich möchte ihn lieber selbst durch die ganze Welt tragen«, versetzte er und ward rot.

»Und die Unsterblichkeit, mein Lieber, was sagst du zu ihr?«

Der Knabe wippte auf den Absätzen vor Stolz: »Die fahrenden Ritter sind alle unsterblich.«

»Bravo!« rief Jakobus. »Hier hast du meine Hand. Wir sind beide aus dem Hause Quichotte de la Mancha... Die Unsterblichkeit!« wiederholte er mit einem Lachen, das vielleicht bitter war. Er legte Ninos Arm in seinen und beugte sich zu ihm hin, in seinem samtenen Renaissancewams mit seidenen Ärmeln. An seinem Hals saß eine weiße Krause und auf seiner Nase eine Brille. Er sah geneigten Hauptes darüber hinweg, hart und prüfend, und immer unbefriedigt. Ein ergrauender Schopf hing ihm tief in die Stirn. Die Herzogin fragte sich überrascht, ob Nino mit vierzig Jahren nicht ähnlich aussehen werde. Sie wünschte es geradezu. Darauf bemerkte sie, daß der Maler und der Knabe die gleiche kurze, willkürliche Oberlippe hatten, und erschrak fast darüber.

Mutter und Kind verabschiedeten sich. Jakobus bat die Herzogin: »Lassen Sie mich jetzt nicht allein. Sie haben von Unsterblichkeit gesprochen und mich damit an meine Torheiten von ehemals erinnert.«

»Welche Torheiten?« fragte sie, und ließ sich nochmals

nieder, auf einen wurmstichigen Sessel mit blankgescheuerten Armlehnen und von edlen Formen.

»Vor allem die Torheit, den ungeheuren Traum derer vor vierhundert Jahren weiterträumen zu wollen.«

Er ging vor ihr hin und her.

»Einmal bildete ich mir ein, eine ihrer Empfindungen sei mir in den Pinsel geflossen, damals, als ich die Pallas des Botticelli malte. Jetzt zweifle ich: der eine Augenblick der Größe ist so lange her, ich möchte ihn bestätigt sehen durch einen zweiten.«

»Seien Sie doch stark! Halten Sie sich für unsterblich!«

»Ach! Die Unsterblichkeit ist ja der Lohn für etwas, was noch stärker ist als wir: für ein Werk, das unser Leben überbietet und sich über seinen Gipfel hinwegschwingt. Vielleicht ist es nur eine einzige Statuette, an die wir unsern Namen mit solchem Stolze schreiben, daß er zu funkeln scheint. Viel später nimmt dann eine Frau, die zu empfinden versteht, ein kleines, altes, irgendwo aufgetriebenes Bronzebild zwischen die spitzen Finger, liebkost die schlanken Formen, und ein wenig Staub wegwischend, deckt sie einen schon vergessenen Namen auf und spricht ihn aus. Unter dem Bilde dieser Frau denke ich mir die Unsterblichkeit.«

»Um so besser, wenn sie zum voraus wissen, wie sie aussieht.«

»Was hilft es mir. Diese Frau, die für alles Schöne empfindet, wird meine arme Statuette nie zwischen den Fingern drehen. Seit ich sie in Rom kennenlernte, ist sie immer fremder und unzugänglicher geworden. Ihre Haut hat sich seitdem mit Silber überzogen wie ein Pfirsich in einem Glas Wasser. Hinter ihren Augen steht eine stille Flamme. Ihre Schönheit ist reifer geworden und dabei kühler und hat sich beruhigt. Die Flügel ihrer feinen, großen Nase sind weniger bewegt, ihre Lippen sind schärfer umrissen und voller. Sie ist nun ganz die Pallas, als die ich sie zum voraus gemalt habe in dem mittleren ihrer Säle: – ja bloß noch Göttin. In Rom war sie menschlicher.«

»War ich menschlicher?«

»Auch noch in Venedig waren Sie anfangs menschlicher. Ich sollte damals mit einer kostbaren Abenteurerin ein wohlfeiles Erlebnis haben. Ich sträubte mich; Sie rieten mir, es rasch abzutun; Sie fragten mich: ›Lieben Sie mich etwa?‹... Ist es wahr, daß Sie so fragten?«

»Allerdings; und Sie haben mich vollkommen beruhigt, indem Sie mir die Geschichte erzählten von der Seele im Park. Sie lieben nur Seelen – ich aber bin ein Bild, wie Lady Olympia. Und Bilder lieben Sie nicht; Sie malen sie einfach.«

»Aber Sie, Herzogin, male ich zu oft. Ich gestand es Ihnen schon damals, daß Sie mich immer aufs neue reizen und bedrängen. Schon damals hatte ich meine Zweifel. Jetzt weiß ich längst, Ihr Bild verlangt nicht bloß nach meiner Leinwand... Ja, es war ein Irrtum, als ich mich vermaß, Sie nicht zu lieben!«

»Das sagen Sie?«

Sie zögerte, betroffen und unzufrieden. Dann versuchte sie zu scherzen. »Ich bin Ihnen dankbar, daß Sie den Irrtum so lange aufrechterhalten haben. Jetzt habe ich zu Ihrer Belohnung Ihr Geständnis angehört. Ich bin ja neununddreißig. und Sie...«

»Vierundvierzig. Und Sie meinen, das sei der Moment, um unbesorgt zu reden, weil alles verpaßt sei? Aber Sie bedenken nicht, daß ich seitdem kaum gelebt habe. Ich bin eigentlich noch fünfunddreißig, trotz grauer Haare. Mein Dasein ist seitdem leer geblieben und hat, wenn ich es verraten darf, auf Sie gewartet.«

»Sie vergessen Clelia.«

»Sie werfen mir Clelia vor?« rief er, unwillig und mit Erröten. Sie legte den Kopf auf die Schulter und sah ihm in die Augen, unsicher lächelnd. Er sagte: »Jetzt sind Sie unehrlich! Seien Sie ehrlich, stellen Sie sich nicht, als hielten Sie die alberne Clelia für einen Einwand gegen meine Liebe zu Ihnen!«

»Clelia hat den Herrn von Mortœil doch nur geheiratet, um sich sofort in die Arme ihres berühmten Malers zu werfen.«

»Das ist es. Ich bin ja nur ein Maler für Clelia. Sie stellt sich zwischen mich und die andern Frauen und sagt: ›Da ist er. Wollt ihr etwas von ihm haben, so wendet euch an mich!‹ Sie nutzt mich aus für ihre Machtgier. Sie liebt mich kaum.«

»Man sagt, daß sie eine Auswahl trifft unter den Damen, die sich von Ihnen porträtieren lassen wollen.«

»Ich leugne es nicht. Ich bin schwach geworden, seit ich zu nahe bei Ihnen, Herzogin, lebe – zu schwach zu all dem langen, schweigsamen Abwarten. Früher wäre ich mit so einer armen Clelia anders umgesprungen. Jetzt ertrage ich ihre einfältige Tyrannei. Es ist doch immerhin eine Fürsorge, die mir jemand erweist...Sie regelt meine Arbeitszeit und meine Verkäufe – alles. Sie ist unbändig stolz auf meine Berühmtheit. Nebenbei gesagt, besitze ich höchstens eine zweifelhafte.«

»Frau Degrandis hielt Sie noch soeben ihrem Sohne vor als einen großen Maler.«

»Die sanfte Schwärmerin! Ich bin kein großer Maler. Ich bin ein großer Damenmaler. Das ist etwas anderes... Ich bin nicht unter den drei oder vier über Europa hin verstreuten Einzigen! Ich gehöre nicht einmal zu der größeren Zahl derer, die der Schwung des Wettbewerbes zuweilen dem Gipfel nähert. Ich bin, weil ich von Ihnen, Herzogin, nicht loskommen konnte, in einer Provinzialstadt zu einem hochbezahlten Spezialisten geworden.«

Er blieb stehen, aufgerichtet in seiner altertümlichen und breiten Tracht und beschrieb mit der gespreizten Rechten eine zornige und kühne Gebärde, im Kreise hin über die Wände.

»Blicken Sie dort entlang. Zwischen den alten Meisterwerken hängen meine eigenen Bilder, und wenn Sie gutwillig sind, finden Sie sie kaum heraus. Und mich selbst, wie ich hier stehe, können Sie nach Belieben mit dem Denkmal des Moretto in Brescia verwechseln, oder mit dem des großen Paolo in seiner Heimat. Haha! Und diese Maskerade gibt mir meinen Stil, meinen bewunderten Stil! Ich habe ein eigenes Genre entdeckt, ich nenne es heimlich: die hysterische Renaissance! Moderne Ähnlichkeiten und Perversitäten verkleide und schminke ich mit so überlegener Geschicklichkeit, daß sie an dem vollen Menschentume des Goldenen Zeitalters teilzuhaben scheinen. Ihr Elend erregt keinen Widerwillen, sondern Kitzel. Das ist meine Kunst!«

Er redete immer schneidender. Seine kurzen, roten Lippen verzerrten sich. Er genoß die Geißelung, die er sich gab.

»Ich fülle alle Hintergründe mit einem braunen Gold. Die Gestalten treten hinaus in ein künstliches Licht. Etwas Altmeisterliches, sagt man, liegt über ihnen. Ich schwindele Perlmutterglanz auf ihre zerstörten oder mißratenen Gesichter und auf ihre Gewänder, die so erborgt sind wie die meinigen –«

»Oder wie die dort«, setzte er hinzu, schmerzlich, mit einem Aufschrei – und brach ab.

Der Vorhang zum Nebenzimmer hatte sich geteilt, ganz langsam, und ein Kind war lautlos eingetreten, ein kleines Mädchen, in schwerer, gepuffter Robe aus weißem Damast, mit Spitzen auf Schultern und Armen, großen Perlen an Hals und Handgelenken und einem runden, bestickten Häubchen hinten auf dem hellen Kopf. Sie stand vor der braunen Gardine; und aus der Höhe des unten verhangenen Fensters wurde die Kleine übergossen wie mit Perlmutterglanz. Sie legte die schwachweißen Händchen fein zusammen über dem Magen. In die weißblonden, seidenen Haare eingebettet, ruhte das weiche Gesicht seltsam grau. Der Mund aber war dick und rot. Und die großen dunklen Augen des kleinen Geschöpfes sahen gelassen und ohne Liebe zu irgend jemand geradeaus.

»Aber das ist ja ein Bild von Ihnen!« rief die Herzogin, »und eins, das alle Welt kennt... Bist du die kleine Linda?« fragte sie.

Das Kind trippelte zu ihr hin, es stand vor ihren Knien, immer in derselben süßen und unbefangenen Haltung. Die Herzogin küßte es neben das Auge; es bewegte keine Miene.

»Bist du die kleine Linda?«

»Ich bin das Fräulein von Halm«, erklärte sie mit feiner, hoher Stimme. Jakobus lachte zärtlich und erregt.

»Wiener Höflichkeitsadel. Aber sie nimmt ihn ernst. Sie bildet sich auf meine Größe womöglich noch mehr ein als Clelia. Ihre Mutter ist anders...«

Er sah voraus, daß die Herzogin eine Frage tun würde und redete rasch weiter.

»Bin ich nicht sehr gütig, daß ich dieses Kind bei meiner Frau gelassen habe, als wir uns trennten – dieses Kind! Ich sehe es jedes Jahr nur ein paar Tage, wenn ich nach Wien komme. Dieses Jahr aber habe ich sie mir auf Besuch herschicken lassen; denn dieses Jahr fahre ich nicht zu meiner Frau – nein, dieses Jahr gewiß nicht!... Was für spitze rosige Nägelchen!« murmelte er und beugte sich über die ineinandergeschmiegten Händchen. »Poliert und mit Glanzlichtern! Jaja...«

Er nahm einen Stuhl der Herzogin gegenüber, stützte sein Kinn ganz vorsichtig auf die Schulter des kleinen Mädchens und sprach über sie hinweg der Herzogin ins Gesicht.

»Sonst geht ja nun alles im Geleise, mit glatten Kompromissen und Geldverdienen. Aber jedes Jahr einmal hält mir dieses Gesichtel hier eine stumme Predigt. Es erinnert mich an die Zeit, da ich den unterbrochenen Traum des einen alten Meisters zu Ende träumte. Jetzt äffe ich den andern ihre Marotten nach und darf nichts wissen von ihrer Seele... Oh, wenn ich so das Zittern dieser kühlen seidenen Härchen an meiner Stirn spüre –«

Und er umfaßte von hinten beide Arme der Kleinen.

»– dann erfüllt mich plötzlich ein aufrührerischer Haß gegen die geschlechtslosen Versucherinnen, die sich von mir zu wirklichen Weibern umlügen lassen, – gegen die kupferblonden Snobdamen, denen ich verzehrende Seitenblicke einübe, – gegen die schwüläugigen Neugierigen, die mein Pinsel mit Brandmalen großartigen Lasters aufputzt...«

Seine Hände preßten die Arme der Kleinen mittlerweile zu stark. Sie krümmte sich ein wenig, gab aber keinen Laut von sich. Plötzlich ließ er sie los und sprang auf.

»Die ganze gemalte Halbwelt kranker und künstlicher Weiber sammelt sich von allen Ecken Europas her, vor meiner Tür! Sie gieren nach ihrem Maler und haben Angst vor ihm. Sie kommen schamhaft, unsicher, lüstern. Im Grunde möchten sie sich gleich entkleiden. Meine Leinwand ist ihnen wie ein Bettuch, auf das sie sich nackt hinstrecken sollen. Und ich, ich sorge dafür, daß ihre Gesichter vor Blässe und Weichheit zerfließen, üppig zurückgebogen in die blonden Locken, um die ich schwarze Kohlenränder lege, nachdem die Farben getrocknet sind. Und die Augen mache ich schwarz und das eine Lid ein wenig tiefer geschlossen und mit etwas müderen Falten. Ihre Schönheit, die ganz Europa kitzelt, sie lebt von dem Betruge meiner Kunst. Jede von ihnen weiß das und fürchtet nichts so sehr wie meine Verachtung. Ihre Eitelkeit verlangt, daß ich auch noch mich selbst täusche. Sie ertragen es nicht, aus meinem Atelier zu verschwinden, einfach als abgetane Modelle. Sie wollen etwas von sich selbst in meinem Blute hinterlassen. Jede hat, ah, das empört mich am meisten, jede einzelne hat die blöde Unverschämtheit, von mir geliebt sein zu wollen, von mir, der ich doch überhaupt nur darum ein Damenmaler geworden bin, weil eine einzige, eine einzige mir nichts anderes mehr erlaubt, weil sie mich zwingt, mein ganzes Leben lang auf sie zu warten, in jedem Wasser und in jedem Stück Glas ihr Spiegelbild aufzufangen, und immer, immer zu warten, ob sie selbst kommt!«

»Aber das ist ja ein Ausbruch!« murmelte die Herzogin. »Besinnen Sie sich doch!«

Sie saß ohne Bewegung. Das Kind nahm die Händchen auseinander, es sah sich nach dem Vater um und kehrte zu der Dame zurück, kühl erstaunt: »Warum bewundert ihr mich denn nicht?« Die Herzogin bemerkte, daß die Kleine vor ihr aufgestellt sei, wie eine Schutzwehr gegen den Mann. Mit einer Liebkosung schob sie sie beiseite.

»Ich bin bequem«, sagte sie, »ich habe keine Lust, beleidigt zu sein. Ich will es also nicht als Ausbruch ansehen, sondern als einfache Abschweifung. Wovon sprachen Sie eigentlich? Davon, daß Sie ein Damenmaler sind?«

Er fuhr sich über die Stirn und stammelte: »Jawohl... ganz recht... ein Damenmaler, das heißt eine Art männlicher Kurtisane... Hören Sie, dabei besinne ich mich auf die Geschichte einer längst verstorbenen Freudenspenderin. Im schönsten Augenblick ihrer Jugend, als sie noch keusch war, hatte sie einen vornehmen Mann gekannt, den sie nie mehr vergessen konnte. Da er ganz verloren schien, zog sie in die Hauptstadt und fing an, für große Summen sich allen hinzugeben. Sie ward berühmt, die reichen Reisenden der ganzen Welt, zu deren Sehenswürdigkeiten auch die Frauen zählten, führte ihr Weg durch ihr Schlafzimmer. Sie meinte, schließlich müßte doch auch der eine kommen. Aber er kam nie. Und dafür rächte sie sich an den andern, die sie mit ausgesuchter Grausamkeit, Tücke und Habgier behandelte.«

»Das ist ganz hübsch«, meinte die Herzogin, und zuckte die Achseln. »Aber sie hätte bedenken sollen, daß der vornehme Mann natürlich nicht zu Kurtisanen ging. Früher, im schönsten Augenblick ihrer Jugend, als sie noch keusch war – das war etwas anderes.«

Nino, der Knabe, fiel ihr ein, und sie mußte im stillen fortfahren: ›Als sie, mein Lieber, noch aussahen wie Nino.‹ Ihr Gedanke machte sie unzufrieden; sie sprach weiter, herbe und offen: »Natürlich wußte ich es, daß Sie mich lieben – seit sieben Jahren schon wußte ich es. Ihre Verteidigung hat mich damals keineswegs beruhigt. Ich habe Ihnen erlaubt, in meiner Nähe zu bleiben, weil ich sie gebrauchte, weil ich meiner selbst versichert war und Sie für geradeso vernünftig hielt, wie mich. Niemand kennt besser als Sie die ganze kunstreiche Weihe, deren ich zu meinem Glücke bedarf. Sie haben mich ja selber unter der Gestalt einer reifen und ruhigen Pallas an eine Saaldecke versetzt, noch bevor ich darauf ein Anrecht hatte. Jetzt, sagen Sie, habe ich die Göttin in Wirklichkeit eingeholt... Und jetzt werden Sie mich doch nicht wieder anders sehen wollen?... Als Venus gar?« fragte sie, gelassen lächelnd.

»Als Venus gar...«, wiederholte er lautlos. Plötzlich schoß ihm eine Blutwelle in die Stirn. Er verbarg seine Röte im Rücken des kleinen Mädchens. Er umschlang sie von hinten und führte sie langsam durch den ganzen Raum bis vor eine gewölbte Truhe. Er öffnete die kleine Schatulle aus Elfenbein und Kupfer, die darauf stand, und senkte die schwachen Hände seines Kindes hinein. Es hob sie, ernsthaft und lässig, wieder heraus, ganz beladen mit Gehängen, von Perlen überrieselt und blitzend im Feuer bunter Steinchen. Jakobus richtete sich auf und sah seinem Spiele zu, dem matten und kostbaren Spiele des kalten, lieblichen Kindes in Damast und Spitzen, das so schwer trug an seinem verschollenen und im Namen der Kunst zurückbeschworenen Prunk. Seine Wallung hatte sich beruhigt, er wandte sich und sagte: »Wissen Sie wohl, wie mir dies Kind vorkommt? Wie die sieben Jahre, die hinter uns liegen. Ist es nicht das Kind dieser sieben Jahre? Ich meine, insofern es etwas künstlich ist und luftdicht abgeschlossen, insofern es in sich selbst ruht, zwecklos und ohne viel Ansprüche an die Zukunft.«

Er hatte leise gesprochen und schwieg nun, bedrückt und mürrisch. Er dachte: ›Und dabei habe ich es nicht einmal von dir.‹

Die Herzogin dachte verwundert: ›Aber es ist nicht von mir.‹

Nach einer Weile erhob sie sich.

»Ich höre Stimmen im Vorzimmer. Man wartet darauf, daß ich gehe.«

Aus Furcht, ihr einen unvorteilhaften Eindruck zu lassen, begann er ein munteres Geplauder.

»Schauen Sie sich doch auch einmal die Kassette an; die kleine Linda bittet Sie, Herzogin, daß Sie ihren Schatz bewundern. Da, die Ketterln und die Ringerln und die Broschen und all der teure Tand; – die schönen Damen haben's hergeschenkt, daß der Papa sie noch schöner malen soll, als sie eh schon sind. Gelt? Die kleine Linda stellt ihren Kasten her wie einen Opferstock.«

Die Herzogin lachte. Er erzählte noch.

»Der riesige Smaragd ist von Lady Olympia. Und hier, das Armband mit den Opalen, kommt von der Lilian Cucuru, die ist ja jetzt beim Theater...«

Dann öffnete er ihr die Tür, und sogleich spazierte, mit kalten, pflichttreuen Gesichtern, eine Familie von Fremden herein, beim Erledigen von Sehenswürdigkeiten begriffen. Hinterher kam der Diener und überbrachte dem Maler eine Karte. Jakobus sagte: »Frau Claire Pimbusch aus Berlin. Aha, das ist die Dame, die ich malen soll. Sie kommt nur meinetwegen nach Venedig. Den Preis haben wir schon abgemacht – alles in Ordnung... Ich stehe der Dame zu Diensten.«

Feierlich, mit übertrieben hochmütiger Miene, geleitete er die Herzogin an mehreren Besuchern vorbei, durch das Schau-Atelier, wo er niemals arbeitete – einen weiten Raum mit hoher, flachgewölbter und altgolden kassettierter Decke, und mit verschlissener Seide an den Wänden, die verschwanden unter alten Bildern, tief leuchtenden oder gebräunten; mit einer gedämpften Pracht von Teppichen, auf deren Arabesken geschnitzte Tische wuchteten unter den steifen Falten brokatener Überwürfe, und Marmorkonsolen auf goldenen Füßen und voll geschwärzter, verschlossen blickender Porträtbüsten.

Sie durchschritten die schwarz und marmorn umrahmte Pforte des Gemaches, das schwer und bezaubert von Andenken alter Erhabenheit, ablehnend gegen alle moderne Gutmütigkeit, den fern herbeigezogenen Gästen eine verstummende, scheue Vorstellung aufzwang von der märchenhaften, nicht einzuschätzenden und darum beinahe furchtbaren Persönlichkeit, der sie sich nahten: von dem großen Maler.

Beim Abschied fragte die Herzogin unvermittelt: »Sollen wir unsere sieben Jahre genau heute als abgeschlossen ansehen? Wie kommen wir eigentlich dazu? Ja, es muß ein Gedenktag sein...«

»Nicht wahr?« antwortete er rasch. »Auch Sie haben die Empfindung. Ich hatte sie die ganze Zeit; auch das trug dazu bei, mich ungebührlich aufzureizen«, setzte er hinzu. – »Und eben, während wir durch das Wartezimmer gingen, ist es mir eingefallen.«

»Was?«

»Daß heute vor sieben Jahren Properzia starb.«

Sie sah ihm in die Augen, starr und ganz befangen in einem Grauen. Dann versetzte sie: »Das hätten Sie mir nicht sagen sollen«, – und ging.

Wie sie im Kanal ihre Gondel bestieg, langte Frau von Mortœil in der ihrigen an. Sie begrüßten sich flüchtig. Clelia erkannte deutlich den seltsamen Aufruhr in den klaren Zügen der Herzogin. Sofort empörte sie sich innerlich: ›Man verläßt den großen Mann, der mir gehört, nicht mit solcher Miene. Ich verbiete es!‹ Aber ihre feindselige Regung verbarg sie rasch hinter der träumerischen Lieblichkeit ihres Gesichts.

Die Herzogin fuhr nach Hause, ganz voll Angst.

›Wird denn dein Andenken niemals mild und beglükkend werden? Soll ich immer an dich, die ich liebte, denken müssen wie an eine Bedrängerin, ja, wie an eine Feindin? Du verrietest die Kunst und starbst durch Liebe. Ich weiß es, und ich weiß mich stark genug, dir nicht nachzufolgen. Warum deutest du, nach so langer Zeit, nun doch wieder schrecklich auf meinen Weg?‹

Bei der Ankunft bemerkte sie, daß sie wieder einmal mit einer Toten gesprochen habe, unablässig und mit Leidenschaft. ›Wie damals zu Rom‹, sagte sie sich, neu erschrokken, ›als ich meiner armen Bice ihren Verrat vorhielt, die ganze Nacht hindurch. Und am Morgen erfuhr ich, sie sei tot. Sie starb wie Properzia.‹

In diese Gedanken verloren, war sie bis ans Ende ihrer Kabinette gegangen. Plötzlich blieb sie stehen, verhaltenen Atems, die Hände auf der Brust. Sie sah etwas: sie meinte, es sei seit langer Zeit verschwunden gewesen, vielleicht seit sieben Jahren. Nun richtete es sich wieder auf, da hinten, am Rande der toten Lagune: die riesenhafte Drohung der weißen Frau, die sich erdolchte.

Am Abend versammelten sich die Freunde in dem Kabinett der Pallas. Die Herzogin plauderte mit Frau Gina Degrandis von venezianischen Morgenden und von dem Licht, das zu früher Stunde auf dem und jenem Engelskopf lag. Nino ging umher, artig, eine Hand auf dem Rükken. Aber auf dem Kamin entdeckte er zwei lange Stäbe aus Elfenbein; jeder trug oben das Gesicht eines Schalksnarren, in eine spitze Kappe gebunden, grinsend und mißförmig. Der Knabe hob sich auf die Fußspitzen und langte danach. San Bacco griff ihm in die nach oben gebogenen großen Locken; er drängte seinen Kopf nach hinten, sah ihm in die Augen und lachte. Er betastete seine Armmuskeln, ließ seine Hand durch die eigene gleiten und gab ihm einen der Stäbe. Den andern nahm er selbst.

»Kannst du fechten?« fragte er, und drang mit seiner Waffe auf den Knaben ein.

»Ich werde es können«, sagte der Knabe; seine Augen leuchteten. »Sicher kann ich es... seinerzeit.«

»Warum nicht gleich?«

»Gleich?«

Er lächelte; einen Augenblick sah man ihn zweifeln und träumen. Dann versetzte er fest: »Wenn Sie meinen, gleich.«

»Faß den Narrenkopf an!« rief San Bacco. »So biegst du den Arm, so streckst du ihn und parierst. Ich habe eine Finte gemacht, oben auf der Brust. Du parierst Hochquart, so – jetzt nimmst du das Florett weg und triffst mich in den Bauch. So...«

Nino folgte seinem Lehrer, ernst und glücklich.

Die Herzogin sah Jakobus abseits von den andern, schweigsam und mürrisch. ›Properzias Todestag – er wird es mir immer wiederholen, sooft ich ihn ansehe, daß heute Properzias Todestag ist‹, sagte sie sich und überwand ein Kältegefühl.

Siebelind und Clelia saßen beieinander, ohne sich viel zu sagen. Der Graf Dolan und sein Schwiegersohn de Mortœil lagen gelangweilt in Sesseln. Die Beine des Alten waren auf Schemel gebettet. Er war kreideweiß, unglaublich zusammengeschrumpft in seinen weiten Kleidern, und verriet keine Regung mehr außer im unermüdlichen Stechen der schwarzen Pupillen unter den gesenkten, faltigen Lidern.

Neben ihm auf einem Tischchen zog ein grotesker Held aus Elfenbein mit Wanst und Lorbeerkranz prahlerisch sein langes Schwert. Er blähte sich auf seinem viel zu großen bronzenen Sockel, der geschmückt war mit Szenen aus Ritterromanen und mit den verjährten, gravitätischen Lettern der Inschrift. Die Rechte des alten Dolan spannte sich um den Sockel. Zuweilen verriet sie ihren geheimen Krampf durch das leise Klappern ihrer Nägel; sie hämmerten eilig und spitz auf der metallenen Inschrift. Sie lautete links: Aspeto – Tempo, und rechts: Amor. Und Siebelind, der hinüberschielte, sagte sich, mit leidender Bosheit, daß dem schon halb erstarrten und noch unersättlichen Greise zum Warten keine Zeit und von der Liebe nicht einmal mehr das Wort bleibe.

Mortœil rekelte sich, mit beabsichtigter Schwerfälligkeit, und betrachtete seine Fingernägel. Er sagte: »Mein Gott, lieber Papa, die Figur wird Ihnen die gute Herzogin wohl überlassen. Aber offen gestanden ist mir Ihr Gelüste unverständlich. Die Arbeit mag schön sein, nur fehlt der gute Geschmack. Ich gestehe, daß ich die Abwesenheit des guten Geschmacks nicht aushalte. Ich möchte das nicht in meinem Zimmer stehen haben... Was meinen Sie?« fragte er, denn der Alte zischte etwas Unverständliches. Endlich begriff er.

»Hüten Sie sich, den Mund zu öffnen, sobald es schöne Sachen gilt!«

»Warum sollte ich schweigen«, erwiderte er. »Ich bin hier, scheint es, der einzige mit kritischem Sinn Begabte – der einzige Literat...«

Er blinzelte hochmütig auf den Alten hinab, der die Augen geschlossen hatte; er murmelte: »Es ist nicht der Mühe wert« – und kehrte zurück zu seinen Fingernägeln. Manchmal sah er spöttisch umher, als begegne er zum voraus einem möglichen Angriff. Plötzlich verfolgte er es mit einer Miene voll bösartiger Arroganz, wie San Bacco die

Füße seines Schülers stützte: er stellte sie eigenhändig auf ihren richtigen Platz am Boden. Mortœil beugte sich zu seiner Frau und zu Siebelind; er sagte halblaut: »Finden Sie nicht, daß der alte Herr dort drüben einen ganz sonderbaren Zug um den Mund hat, wenn er den Jungen bei den hübschen Beinen anfaßt?«

San Bacco hatte nichts gehört. Clelia wendete ihrem Manne mit einem Ruck die Schultern zu. Siebelind errötete und ließ gequält die Augen umherirren. Mortœil wollte sich Zustimmung bei seinem Schwiegervater holen, aber aus den Lidern des kalten Greises, unter die all sein Leben sich zurückgezogen hatte, schoß eine Verachtung hervor, spitz und hart. Mortœil schrak zurück.

»Ich bin alt geworden«, sagte gerade San Bacco zu der Herzogin, die ihm zusah. »So viele Jahre parlamentarischer Fechterkünste, und niemals ein richtiger Stoß wie der da... Brav, mein Junge – immer um dich hauen. Irgend etwas trifft man immer. Ich war schon lange nicht mehr so jung.«

Und er machte einen elastischen Sprung, um dem Angriff des Knaben auszuweichen. Die Herzogin lächelte ihm zu.

»Was machen Ihnen Ihre sechzig Jahre.«

»Sechzig? Dann würde ich mir auf den Sprung nichts einbilden. Ich bin nicht weit von siebzig.«

»Bilden Sie sich dennoch nichts ein! Dort kommt die Jugend in Person. Sind Sie es denn wirklich – Lady Olympia?«

»Ich bin es, süße Herzogin, sieben Jahre älter.«

»Jünger«, sagte San Bacco mit einem Handkuß.

»Nach so langer Trennung«, setzte die Herzogin hinzu. »Das vorige Mal, Sie erinnern sich?«

Sie lachte erregt.

»Sie kamen eigens zu meinem Feste; ich weiß nicht mehr, woher Sie kamen. Und diesmal kommen Sie...«

Sie war im Begriff zu sagen: ›Weil Properzia sieben Jahre tot ist.‹ Sie besann sich: ›Will ich mich denn ganz beherrschen lassen von dieser Erinnerung?‹

»Kommen Sie – woher?« fragte sie.

»Von Zypern, aus Skandinavien, aus Spanien – beinahe überallher!« erklärte Lady Olympia. Sie umarmte und küßte die Herzogin. Sie begrüßte Dolan und Siebelind. Die Herzogin stellte ihr Gina und ihren Sohn vor. Sie schüttelte Jakobus kräftig die Hand, mit einer fröhlichen Erinnerung in ihren vor Glück glänzenden blauen Augen. Noch immer brach ihre gesunde Röte unter dem Puder hervor. Noch immer ging sie in einer Wolke von Duft und Verlockungen.

Mortœil erhob sich erst, als sie die Runde gemacht hatte. Er führte ihre Hand an seine Lippen und sah ihr darüber hinweg in die Augen, mit neckischem Einverständnis. Dann warf er das Monokel ins Auge und sagte: »Sieben Jahre, Mylady – was hat Ihre Schönheit inzwischen alles von uns verlangt. Wir armen Männer. Unsere Anbetung ist es, aus deren Armen Sie wieder um soviel jünger hervorgegangen sind ...«

Sie betrachtete ihn erstaunt. Er sprach seine poetischen Sätze mit kalter Unverschämtheit.

»Vollgesogen«, setzte er noch hinzu, »mit griechischer Süßigkeit, nordischer Kraft und spanischem Feuer.«

»Kann sein«, entgegnete sie gelassen und hob die Achseln. »Aber nicht für Sie.«

Und sie ließ ihn stehen.

»Ist der Herr immer so geistreich?« fragte sie laut genug. »Herzogin, wer ist es denn eigentlich?«

›Ein betrogener Gatte‹, hätte die Herzogin fast geantwortet.

Sie mißbilligte in diesem Augenblick alles, was Lady Olympia tat und sagte. Mortœil flößte ihr Teilnahme ein, aber sie bedauerte es.

›Verdient er denn sein Schicksal nicht?‹ rief sie sich zu, mit Unwillen. ›Er, der Properzia sterben ließ. Ich kann ihn nicht bemitleiden – ich müßte denn eifersüchtig sein auf Clelia. Solch Gedanke – hätte ich ihn gestern überhaupt fassen können? Nein, Clelia und Jakobus haben recht, sie mögen einander gehören!...‹

›Du hast recht!‹ wünschte sie Clelia zu beteuern – und fürchtete, ihr Zittern zu verraten. Sie winkte ihr, aber als die junge Frau bei ihr saß, wußte sie ihr kaum mehr ein Wort zu sagen. ›Wenn sie mehr wäre als herrschsüchtig!‹ dachte sie, und sah sie traurig an. ›Wenn sie ihn wenigstens liebte!‹

Siebelind gesellte sich mit unverstelltem Hinken zu Lady Olympia. Er flüsterte: »Sie haben nicht gehört, was Madame de Mortœil ihrem Liebhaber, dem Herrn Jakobus Halm, soeben im Vorbeigehen zugeraunt hat: ›der Arme‹ – damit meint sie ihren Mann –, ›der Arme! Ich hätte ihm den kleinen Zwischenfall so sehr gegönnt. Er langweilt sich so bei mir.‹ ... Ist das nicht hübsch?«

»Oh! Die kleine Frau hätte gewünscht, daß ich ihren Mann ein wenig aufheitere. Hält sie mich denn für die gute Fee der Familie? Sagen Sie, warum ist Mortœil so heruntergekommen?«

»Heruntergekommen, das ist das Wort. Da sehen Sie, Mylady, was aus einem eleganten Manne wird, wenn er sich verheiratet. Sie wissen, er hat es aus Snobismus getan. Nun ist er eingerostet in seinem Palast am Großen Kanal und sehnt sich nach seinen Pariser Junggesellentagen und sogar nach dem Verbauern auf einem bretonischen Jagdschloß. Seine Frau läßt ihn gähnen, sie entschlüpft alle Tage zu ihrem großen Maler, sie badet sich frisch in dem Unerwarteten und dem Außermoralischen der vergoldeten Boheme... Mortœil weiß es ganz genau –«

»Oh! Er weiß es?«

»Zweifeln Sie nicht, er macht sich gar keine Illusionen.

Aber er hat schon als Clelias Verlobter erklärt, daß er erhaben sei über das Vorurteil, das den betrogenen Gatten der Welt zur Verspottung ausliefere. Daran erinnert er sich, und erkünstelt die Unbefangenheit des Weisen. In Wirklichkeit ist all sein Skeptizismus beim Teufel. Ich kenne ihn: er ist innerlich bitter, gedrückt, unsauber. Er nennt sich im stillen: ›der Gatte‹ und sucht – wie Sie bemerkt haben, Mylady – den Ton dieses Salons zu verschlechtern. Zugleich werden die Riten seiner Eleganz zu lauter Verschrobenheiten. Sehen Sie, er knipst Stäubchen von seinem Anzug und erzählt dabei etwas Unanständiges. Er treibt einen pedantischen Kultus mit seinen galanten Erinnerungen. Er ist ein gutes Beispiel dafür, daß für den über alles erhabenen Zweifler, für den Literaten hohen Stils, nichts so naheliegt, wie ein Trottel zu werden. Die Zwischenstufen überspringt er. Er heiratet und wird Trottel... Nur sein Snobismus bleibt und überlebt sogar seine Würde. Er könnte am Ende mit Jakobus Streit anfangen, nicht wahr, man hat wohl einen Moment der Unbeherrschtheit. Aber dann müßte er das Haus der Herzogin von Assy meiden, das Haus der größten Dame Venedigs. Und so seien Sie überzeugt, Mylady, er wird sich stets zu beherrschen wissen.«

»Oh!« machte Lady Olympia bloß, und Siebelind dachte: ›Sie ist von rührender Einfalt.‹ Er stand ein wenig gebückt vor der prachtvollen Frau, wehmütigen und hinterhältigen Gesichts, und strich sich mit seiner leidenden Hand langsam über die Hüfte.

»Vor allem hat er nicht den Mut seiner neuen Lage, dieser ehemalige Glückliche. Er fürchtet sich vor mir, der ich ein Unglücklicher von Natur und Beruf bin. Er hegt ein Grauen davor, in meiner Gesellschaft gesehen, mit mir zusammen genannt zu werden. Ich habe ihn schon in Todesangst versetzt, dadurch, daß ich ihn scherzhaft ›Herr Kollege‹ genannt habe. Es war mir ein seltener Genuß!«

Im stillen fügte er hinzu: ›Und was ist es erst für ein Genuß, du schöne, dumme Pute, dir das alles zu erzählen – Kompromittierendes über mich selbst auszuplaudern, wenn der Hörer so geistesarm ist, daß er sein Recht, mich zu verachten, nicht einmal durchschaut.‹

»Ich glaube, Sie sprechen jetzt von sich selbst?« fragte Lady Olympia. »Mein Lieber, Sie sind unglaublich geistreich. Wie seltsam, daß mir das heute zum erstenmal auffällt. Ich muß Sie früher wenig gesehen haben.«

»Kann sein. Ich entferne mich nämlich gern aus dem Bereich des bloß Sinnlichen... Sie verstehen mich nicht, Mylady? Ich bin ein Gegner der Unsittlichkeit.«

Er legte den Finger auf das Abzeichen seines Vereins.

»Oh, das ist ganz überflüssig«, meinte Lady Olympia. »Wer ist denn unsittlich? Man schont sich zu sehr.«

»Sobald sich etwas zeigt, was auf unser Geschlecht abzielt – und jede schöne Frau zielt auf unser Geschlecht ab –«

Er verbeugte sich.

»– werde ich von einer unsäglichen Schamhaftigkeit befallen. Sie macht mich stolz und quält mich.«

»Das ist wirklich merkwürdig. Sie sind ein Original. Sie würden mich also gar nicht haben wollen?«

Er dachte nochmals: ›Wie ist sie dumm!‹ Er sagte: »Nicht lieber als eine andere.«

»Nicht bloß ein Original – auch ein unverschämtes sind Sie!«

»Ich möchte nämlich alle haben«, wisperte er und schlug die Augen nieder – »weil ich noch keine gehabt habe.«

»Keine? Unglaublich!«

»Abgesehen von denen, die nicht mitzählen.«

»Und dann sind Sie so unverschämt? Merken Sie es sich: man begehrt mich!«

»Ich nicht. Es tut mir leid. Wenn ich überhaupt in Betracht käme – ich komme eben *nicht* in Betracht –, würde ich nur eine begehren, ein stolzes, auf ihre entsetzliche Reinheit unmenschlich stolzes, wunderbar abgründiges Geschöpf, das daran stirbt, wenn einer es begehrt, und das uns in seiner Wehrlosigkeit besiegt, weil es stirbt...«

»Weil es... Jetzt verstehe ich Sie, glaube ich, nicht mehr ganz, aber Sie machen mich schrecklich neugierig.«

»Worauf, Mylady?«

»Auf Sie selbst, auf Ihre Person. Ich will Sie gründlich kennenlernen. Betrachten Sie sich als –«

»Ich betrachte mich als gar nichts, Mylady«, warf er dazwischen, und hüpfte vor Schreck zur Seite.

›Das ist ihr Ton‹, sagte er sich leise, ›wenn sie einen haben will...‹ und gleich darauf: ›Weißt du denn nichts Besseres zu tun, du trauriger Gauch, als dir einzubilden, man wolle dich haben? Du verdienst...!‹

»Sie gefallen mir«, versetzte die große Frau, und betrachtete ihn fest und mit halbgeschlossenen Augen. »Wie konnte ich Sie nur übersehen. Sie sind ungewöhnlich – nicht schön, nein, aber ungewöhnlich – ein sehr schlauer Kerl und fast ein Dichter...«

›Nun höre einmal‹, rief er sich selbst zu, in höchster Hast, mit Fieber. ›Du verdienst die Peitsche, wenn du es noch eine Sekunde lang für möglich hältst, dieses Weib begehre dich...‹

Inzwischen redete er, und wand sich dabei vor Qual.

»Ich bin gar nichts, ich versichere Sie, auch kein Dichter, höchstens ein Problem, ja, mir selbst ein Problem, mit der Feuerzange anzufassen, mir selbst schauerlich, ekelhaft und heilig. Es ist meine Manie, mich verstehen zu müssen. Nie kann ich mich unschuldig der Welt hingeben, sosehr ich ihr zugetan bin. Aber verstehen – verstehen darf ich auch sie: das ist meine Art, mich ihrer zu bemächtigen – eine armselige Art, wie Sie sehen, und eine, die mich selber peinigt...«

»Wirklich, Sie gefallen mir, mein Kleiner«, hörte er Lady Olympia sagen. Es gab keinen Zweifel, da sie »mein Kleiner« sagte. Er ergab sich. Er trocknete den Schweiß von seiner Stirn, verbeugte sich und verließ sie.

»Auf baldiges Wiedersehen«, rief sie ihm nach.

Er irrte umher, erst auf der Terrasse, dann in den angrenzenden Zimmern. Er sah Jakobus sich in die Ecke eines leeren Gemaches drücken, und stürzte auf ihn los.

›Ich bin geliebt, ich bin geliebt!‹ wollte er ihm zuschreien. ›Lady Olympia liebt mich, eine schöne, hohe Frau liebt mich! Ich gehöre nicht länger zu den Verschmähten. Übersehenen!‹

Er verschluckte es, faßte Jakobus bei einem Knopf und überstürzte seine Worte.

»Mortœil, ah, der gehört nun dazu, die sich verachten! Die Rollen sind vertauscht, mein Bester, haben Sie bemerkt, wie Lady Olympia ihn abfallen ließ? Nicht wahr, was für eine stolze, noble Frau! Oh, ich glaube nicht die Hälfte der gemeinen Klatschereien, die über sie umgehen. Was sage ich – nicht ein Hundertstel – gar nichts glaube ich!«

»Das steht Ihnen ja frei«, meinte Jakobus, – »obwohl – aber was haben Sie denn?«

Siebelind hatte hektisch rote Wangen, sein Haar war ganz feucht, seine Blicke flackerten.

»Ich bin geliebt, Freund!« – und er blies seinen heißen Atem dem andern ins Gesicht. »Ich bin geliebt von der schönen, der reizendsten und reinsten Frau, von Lady Olympia.«

»Also auch«, sagte Jakobus.

»Wieso auch? Sie irren, Olympia hat nie jemand geliebt als mich. Oh, ich täusche mich nicht!«

»Wenn Sie meinen«, versetzte Jakobus ganz erstarrt.

Siebelind *wollte* sich täuschen, das übermenschliche, plötzlich entdeckte Bedürfnis durchbrach alle seine

Dämme: sich einmal im Leben zu täuschen, rosig zu sehen, zu glauben, zu feiern und preisen.

»Überhaupt!« rief er, »nicht nur Lady Olympia – alle Frauen, alle sind besser, als Sie meinen!«

Er fühlte sich streitsüchtig und wohl aufgelegt, für die Güte der Welt zum Messer zu greifen.

»Sie, mein Bester, Sie sind ein sehr wirklichkeitsfroher Herr, und geben sich nur manchmal der poetischen Wirkung zuliebe für einen geprellten Ritter aus vom Hause la Mancha. Und trotz Ihrer Berechnungen sind Sie so unschuldig, ein halbes Kind – ein unbewußter Verführer; das ist das Schlimme. Sie haben so Ihre gutgläubige Art, die Frauen in eine poetische Weltanschauung einzuwickeln, bis sie sich selber für Göttinnen halten. Aber von jeder einzelnen glauben Sie ohne weitere Beweise das Anzüglichste. Ich, mein Bester, mache es gerade umgekehrt. Ich gestehe, ich habe über die Kehrseite vom Leben all dieser Schönen, Glücklichen hier und da meine Zweifel geäußert, aber jede einzelne ist mir unantastbar. Was glauben Sie wohl, ich bin ein besserer Mensch als Sie! Oh, ich bin sehr froh. Lady Olympia liebt nur mich, und alles übrige ist Verleumdung.«

Jakobus dachte: ›Was für eine ungesunde Begeisterung!‹ Er fragte: »Und Clelia?«

Siebelind stampfte auf.

»Auch Clelia ist eine hochanständige Frau, Sie werden es nicht leugnen.«

»Allerdings nicht«, sagte Jakobus tonlos.

»Ich verstehe schon, wie Sie es meinen«, rief Siebelind immer gereizter. »Was kann aber die arme Frau dafür! Erst vorhin war ich Zeuge, wie sie die edelste Verachtung ihrem abscheulichen Gatten bezeigte, weil er sich zu der Verdächtigung verstieg, daß San Bacco an dem Knaben dort seine greisenhafte Lust habe. Sie ist hochanständig. Aber sie steht unter dem Banne ich weiß nicht welcher Verführung!... Übrigens, gestehen Sie es endlich, Sie halten, trotz Ihrer poetischen Floskeln, alle Frauen einfach für –«

»Für das, was Sie wissen«, ergänzte Jakobus.

Siebelind besann sich einen Augenblick. Dann erkundigte er sich leise und hinterhältig, die Brauen hinaufgezogen: »Auch die Herzogin?«

»Auch die Herzogin!« stieß der Maler hervor. Er ward auf einmal tiefrot, drehte sich um und ging.

Wie er in das nächste Zimmer einbog, ergriff Lady Olympia seinen Arm. Sie führte ihn durch die Säle und sprach ihm von den angenehmen Erinnerungen, die sie beide verbanden.

»Ja, ja«, wiederholte er zerstreut. »Wir haben uns damals recht angenehm unterhalten.«

»Wir sollten von vorne anfangen«, meinte sie. »Dies ist wieder geradeso ein Abend. Die Lagune scheint herein. Hier hört man wieder von nichts flüstern als von Liebe.«

Schließlich erklärte sie, ihre Gondel warte.

Er machte Ausflüchte, widerwillig und beschäftigt mit erbitterten Gedanken. Er beschimpfte sich selbst: ›Was hast du von der Herzogin behauptet, du Elender? Was hast du vor dem Narren für eine wahnwitzige Frechheit behauptet über sie? Und warum? Um dich zu rühmen! Weil du ihr heute früh eine Menge Dinge gesagt hast, die du besser für dich behalten hättest, die sie überdies schon wußte – und die du ihr in einem neuen Augenblick verminderter Zurechnungsfähigkeit dennoch wiederholen wirst.‹

»Oh, ich fühle das!« so seufzte er ganz laut. Und Lady Olympia, die seine Gefühle sich selber zugute schrieb, zog ihn fort.

»Nun betrüge ich auch noch den armen Siebelind, ihn, der mich vor ekstatischer Glückseligkeit mit ›Freund‹ angesprochen hat! Es ist alles lächerlich und kläglich.«

Und er gefiel sich darin, die Schwermut der eigenen

hoffnungslosen Wünsche noch zu verdüstern durch den Gedanken an die Bitterkeiten der andern.

Die Herzogin stand allein und abgewandt in der Terrassentür. Sie wollte nichts mehr sehen von dem gesunkenen Gatten, noch von der Geliebten, die ohnmächtig ihrem Maler nachsah, wie er mit der Abenteurerin verschwand, noch von dem blinden Dritten, den schwitzend und hinkend sein irres Glück durch die leeren Kabinette scheuchte.

Da hörte sie hinter sich San Baccos Stimme: »Herzogin, Sie sind wunderschön. Unsere Pallas ist noch immer schöner geworden. Wie war das möglich? Je älter ich wurde, desto höher ist meine Zärtlichkeit für Sie gewachsen. Sie hat sich bereichert um die ganze Liebe, die ich sonst in Waffengängen für die Freiheit ausgab.«

Sie sah regungslos geradeaus.

»Ich hätte nicht geglaubt, daß ich Sie noch tiefer würde lieben können, Herzogin«, sagte er. »Heute ist es aber dennoch geschehen, in dem Augenblick, wo ich einen Freund bekommen habe.«

Und da sie schwieg: »Ich habe nämlich heute abend – und gerade in Ihrem Hause und wie aus Ihren Händen, Herzogin, einen Freund bekommen, dem in meiner schönsten Jugend, scheint mir, keiner geglichen hatte. Nicht wahr, Nino? Oh, Leute wie wir fühlen das schon beim Händedruck. Und erst beim Fechten! Beim Fechten kommt gleich heraus, ob man treulos ist, oder gutgläubig; auch ob man sich vergessen kann, zeigt sich, und draufgehen für eine Sache: sei es bloß dem Ruhm zuliebe, oder weil sie so schön ist, die Frau Herzogin von Assy. Nicht wahr, Nino, sie ist schön?«

Es entstand eine Pause. Darauf sprach eine jugendliche Stimme klar und zitternd: »Ja, sie ist schön.«

Die Herzogin wandte sich langsam um und lächelte ihnen beiden zu. Sie wußte, San Bacco sagte ihr kein zärtliches Wort, das er nicht zuvor gerade so kindisch und wahr empfunden hätte wie der dreizehnjährige Gefährte die seinigen. Sie standen umschlungen vor ihr. Der Greis hielt die Hand im Nacken des Knaben und der Ephebe seinen Arm um die Hüfte des Mentors.

»Ich bin Ihnen dankbar«, sagte sie und mußte abbrechen. Dann beendete sie: »Sie wissen nicht, ich brauche Sie, gerade heute...« Sofort spannte sich seine Haltung, seine Stimme ward hell und befehlshaberisch.

»Sie brauchen mich? Aber verspricht es Ihnen nicht unser alter Pakt, wann immer Sie mich rufen mögen –«

»Still, still. Ich brauche Ihre guten Worte. Es ist schon in Ordnung. Sagen Sie mir noch mehr: was bin ich Ihnen, und was ist Ihnen Nino?«

»Die Begegnung mit einem Freunde erfrischt meine Liebe zu meiner Herrin. Mein Blick sucht Sie, Herzogin, und bleibt liegen auf dem Schimmer über Ihrem Haar: und zugleich fühle ich, daß auch ein Freund mir gehört. Was macht es, daß er ein Kind ist. Wenn ich ihn früher, auf der großen Abenteurerfahrt meines Lebens gehabt hätte, wo soviel gehungert, triumphiert, geknirscht, geblutet wurde – wie, Nino? wir wären das Freundespaar gewesen, das das letzte Glas Wein verschüttet, weil keiner es dem andern wegtrinken will, das umschlungen das Kapitol ersteigt, das an *einer* Kugel stirbt, weil nur *ein* Herz zu treffen war... Es ist merkwürdig, ich weiß nicht, warum ich heute abend erregt bin und schwärme. Es ist ja nichts geschehen.«

›Nein, noch nicht‹, dachte die Herzogin.

Sie erschauerte leicht in der süßen Abendluft; sie empfing sie, geneigten Hauptes, gegen ihre Stirn. Dabei fühlte sie, zugleich mit den Worten des Alten, die Blicke des Knaben auf sich niederfallen, bewundernd und grenzenlos ergeben. Sie trafen sie auf Gesicht und Hände und überallhin auf ihre Gestalt, sanft und anmutig und ein wenig einschläfernd, wie das Plätschern eines kleinen Brunnens. Sie fühlte dunkel die Verführung dieser lieblichen Berührungen, dieser Worte, dieser Blicke – und widerstand ihr nicht. San Bacco versetzte: »Aber zwischen Nino und mir, zwischen den besten Freunden, liegt das ganze Leben.«

Sie meinte, wie in einem Traum, diese Worte seien die tiefsten, die San Bacco noch gesprochen habe.

»Mindestens das Alter, wo die Dinge möglich sind«, setzte er hinzu.

»Welche Dinge?«

»Alle. Wo alles möglich ist. Eben das Mannesalter.«

Und darauf erschien ihr der Mann, ihrem inneren Blick zeigte sich der Mann Jakobus, er, dessen Kunst Wirklichkeit und Dauer allen Dingen gab, allen herrlichen und reichen, die dieser Greis wohl einmal erlebt hatte, und die dieser Knabe vielleicht erträumte.

Sie starrte in den Abend hinaus, der vor den Silberspiegel der Lagune langsame Schleier hing. Er wob auch Bilder hinein: ungewiß fingen sie an und grau, aber sie wurden bunt und stark. Die Herzogin hatte gerade vor Augen das Denkmal der Frau, die sich erdolchte. Doch sah sie hindurch und erkannte nichts als jene Bilder, die wogten und warben. Es waren mit strotzenden, ineinander verfleischten Gliedern, singendem und wütendem Blut und dem Lächeln, das in tiefe Schauer versank, alle die Bilder des angrenzenden Saales, des Saales der Venus. Er warf den Widerschein seiner trunkenen Üppigkeiten hinaus in den Abend, als eine Fata Morgana, versengend und bannend.

Die Herzogin hielt den Atem an, in Grauen und Verlangen. Ohne es zu wissen, tat sie einen Schritt vorwärts.

Gina blieb zurück in ihrem Sessel am Kamin und sah zu, wie ihr Kind seine Hand in die der Herzogin legte. ›Das ist, als ob ich's erträumt hätte‹, dachte sie. ›Nun darf ich ein wenig ausruhen.‹ Sie schloß die großen, dunkel glänzenden Augen, und sofort breitete sich Stille über das Gesicht mit der leichten und ängstlichen Rötung zu beiden Seiten des eingesunkenen Nasenrückens. Das Fieber, das sie zwischen allen Schönheiten hin und her trieb und sie zwang, mit den vollkommenen Dingen zu ringen, bevor sie sie wieder losließen – sie fühlte es kaum noch. Es schlief wohl ein in den Augen jener Pallas, wo tief und stetig die Sehnsucht brannte. Gina verschränkte die Finger über den Knien. Ihre mageren Schultern zogen sich nach vorn; die schwarzen Spitzen ihres Kragens fielen ein wenig ausgehöhlt herab über die schmale Büste. Sie seufzte; sie sagte sich: ›Wir sind glücklich‹ – und meinte auch die Herzogin.

Im Winkel drüben saß Clelia, zwischen ihrem Vater, der die Augen geschlossen hielt, und ihrem Manne, der sie anblinzelte.

›Er verhöhnt mich‹, bemerkte sie im stillen, ›weil mir Jakobus heut abend entführt worden ist von jener andern.‹

›Du irrst dich‹, meinte sie dann, und lächelte Mortœil schweigend in die Augen. ›Ich leide nicht so, wie du meinst, und nicht aus dem Grunde. Mein Gott, Jakobus hintergeht mich mit den meisten der Frauen, die er malt: warum nicht auch mit Lady Olympia. Das macht mich bloß noch ein bißchen müder... Ich leide aber mehr, als du Armer glaubst, weil ich alles in ein falsch berechnetes Geschäft gesteckt habe, das nun nichts mehr abwirft. Der Maler Jakobus, mußt du wissen, hat mir nichts gehalten von dem, was er versprach, damals als sein Stern aufging, und als ich mich zu seiner Herrin aufwarf. Er kam mir damals vor wie ein fahrender Eroberer, voll Streit und Brand, über die Maßen machtgierig und ruhmestoll. Ich wollte den Ruhm mit ihm teilen und die Macht für ihn ausüben. Ich hätte aus seinem Genie ein ungeheures Heiligtum gemacht und es unerbittlich ausgebeutet, inmitten der Banden von Anbetern, Schülern, Geschäftemachern, von Schuldnern und Gläubigern, von Preßleuten und Frauen, nochmals Frauen, und von Neidhämmeln und all denen mit aufgerissenen Mündern. Wieviel Schall und Dunst vermag ein Genie seiner Art über Europa zu verbreiten! Wie viele Kanäle kann es zu sich herleiten, durch die Geld und Ehre aus den fernsten Ländern herbeifließt!

Und damals *glaubte* ich an ihn: hätte das nicht helfen müssen? Meinen Ehrgeiz sprach ich ihm damals nicht mit so gemessenen Worten aus, sondern mit glühenden Küssen. Ich liebte ihn nicht gerade, ich weiß es wohl. Aber habe ich es ihm nicht eingeredet? Welch ein Sturm, als ich mich, kaum verheiratet, in seine Arme warf!

Und nun hat er in all den Jahren Venedig kaum verlassen. Sein Ruhm beschert mir keinen Rausch, weder von Machtgefühl noch von Glanz; denn er lebt nur bei dreihundert reichen Damen mit vertrackten Nerven: traurigen Personnagen am Ende.

Warum muß das so sein? Ich weiß es. Ich sehe es und koste es. Weil er die Herzogin von Assy liebt! Sie hält ihn fest in dieser in Lagunen erstickten Provinzstadt! Sie erlaubt ihm nichts weiter zu schaffen als Nichtigkeiten, damit er immerfort in Anbetung vor ihr liegenbleiben kann! Er malt nur sie. Nur wenn er wieder einmal – zum fünfzigsten Male – einen neuen, nie wiederkehrenden Augenblick ihrer Schönheit auf seiner Leinwand feiert und unsterblich macht, vollführt er eine der Taten, die er ehemals verhieß.

Wie ich leide – darum, weil sie alles ist und ich nichts! Und weil ich es ihr nicht einmal anrechnen darf, denn sie hat es nicht gewollt. Seine Begehrlichkeit flößt ihr Kälte ein, und seine Ekstasen befremden sie. Ich kann mir denken, was sie zusammen für Krisen durchmachen. Und auch das, daß sie ihn nicht erhört, verdanke ich ihr – sosehr ich sie auch hasse, weil er sie liebt!

Darum‹, und sie lächelte wieder ihrem Gatten schweigend in die Augen, ›ist es gut, daß die Abenteurerin ihn von hier entführt hat. Er war zu unstet, ich sah ihm schlechtes Gewissen an, ja Haß gegen sich selbst und – gegen seine Geliebte. Einige Stunden in Lady Olympias Armen, und er wird besiegt sein, ermattet, fieberfrei, und nicht mehr imstande, diese Herzogin zu hassen… Auch nicht mehr, sie zu lieben… Bin ich nicht schon sehr bescheiden geworden und demütig, daß ich mich bei einer Lady Olympia bedanke?‹

Und sie betrachtete Mortœil, als ob sie ihn fragte. Er ward verlegen. Clelia sonnte sich nicht mehr, wie früher, in den Augen der Bewunderer. Ihre Züge waren klüger und schärfer. Mancher, in dessen Gesicht sie forschte, entzog sich ihrem Blick. Aber plötzlich bog sie den Kopf zurück, daß das Abendlicht voll und weich darüber hinfloß, und zwischen den wundervollen Haarmassen lag es noch einmal in goldblonden Märchenträumen und wie auf Blumenwiesen im Frühling.

Es kamen Diener mit Kerzen und Erfrischungen. Der alte Dolan rief, ohne die Lider zu heben: »Clelia!«

Sie beugte sich über ihn. Er flüsterte: »Clelia, Töchterchen, erobere mir von deinem Jakobus eine Reprise seines jüngsten Porträts der Herzogin. Es ist ein Meisterwerk, ich will es haben.«

»Ja, Papa… Sage mir, ob du leidest, du zitterst so sehr.«

»Es ist nur, weil ich's haben will… Nötige ihn doch zu arbeiten! Er arbeitet zu wenig… Nütze ihn doch aus – für uns beide.«

Sie sagte: »Ja, Papa«, und dachte: ›Was willst du denn noch, da du stirbst? Und was soll ich denn noch selber.‹

»Kämpfe mit ihm!«

»Verlaß dich drauf, Papa, er gehorcht mir.«

»Nein, nein –«

Der Alte ballte seine faltigen Fäuste.

»Kämpfe mit ihm, bis seine Werke riesengroß werden und ihn erschlagen! Du ahnst nicht, was wir aus ihnen herauspressen können, aus unsern Künstlern. Unbändige Schöpfungen, für die kein Sterblicher genug Blut und Nerven übrig hat. Sie sträuben sich, denn sie fühlen, daß sie all ihr Leben dabei ausspeien. Aber wir zwingen sie, wir kämpfen mit ihnen: so kämpfte ich mit Properzia.«

Die Herzogin ging vorüber, Nino an der Hand. Sie gab ihm einen Sorbet.

»Properzia«, fragte sie, aufgeschreckt. »Wird hier von Properzia gesprochen?«

Mortœil richtete sich auf und erklärte: »Wir erinnern uns der guten Properzia mit Vergnügen. Es war doch eine riesig angeregte Zeit.«

»Was war es?« erkundigte Clelia sich von oben herab.

»Angeregt, meine Liebe. Properzia hatte etwas, was den Literaten kitzelt. Die Unbewußtheit des Genies ward bei ihr verdoppelt durch die volkstümlichen Triebe ihrer Geburt. Ich gestehe, daß ich an der Heldin meines Stückes – Sie erinnern sich, Herzogin, die Verkörperung der großen Leidenschaft –, daß ich damals an ihr vorübergehend gezweifelt habe. Die Natur hat zuweilen etwas Überwältigendes.«

»Sie waren also überwältigt?« fragte die Herzogin. »Man sah es Ihnen gar nicht an.«

Er erhob sich, warf das Glas ins Auge und machte ein paar Schritte, im Genuß seiner Persönlichkeit, aber mit steif gewordenen Beinen.

»Ich ließ mich auch keineswegs überwältigen. Die Versuchung lag nahe genug, meine ich nur. Nun, mein Grundsatz ist es, immer den kritischen Sinn frei und rege zu erhalten, alles gleich zu überblicken und zu Phrasen zu verarbeiten.«

Er befand sich inzwischen drüben, bei der Terrassentür und neben San Bacco. Der alte Dolan öffnete plötzlich die Augen, soweit die schweren Lider sich heben ließen. Er wälzte seinen Kopf auf den Kissen bis zu Clelia hin und zischte an ihren Hals, mit wilden Anstrengungen. »Betrüge ihn, Töchterchen! Er verdient es nicht besser. Hat er nicht verlangt, der Elende, hier mein herrischer Dickwanst aus Elfenbein solle dem guten Geschmack unterworfen werden, dem guten Geschmack eines Parisers, seiner Niedlichkeit und seiner Angst vor Ausschweifungen. Betrüge ihn! Ich habe zu spät gemerkt, daß er eine kleine Chanteuse der Bianca Cappello vorzieht. Er würde sich vor ihr fürchten! Soll ich dir sagen, was er am ehrlichsten wünscht? Daß du mager bleibst! Nur nicht großartig werden, die Mittelmäßigkeit überragen und gegen den guten Geschmack verstoßen. Betrüge ihn! Mir wäre lieber, du hättest den Herrn von Siebelind geheiratet, obwohl er eine Karnevalsmaske ist. Er *haßt* die schönen Dinge. Das ist doch etwas. Er hat ein konträres Kunstempfinden, aber mein Schwiegersohn hat gar keines, er hat nichts als ein geläufiges literarisches Urteil und deckt es wie ein großes Zeitungsblatt gleichmäßig über alle Schönheiten – sogar über den Koloß Properzia!...«

»Ich will Ihnen sagen«, äußerte gerade Herr von Mortœil, »wie ein geborener Literat das Leben behandelt...«

Er lehnte, mit eingezogenem Bauch, beinahe so schlank wie früher, und sehr hochmütig, an einem der Pfeiler, zwischen denen die Dämmerung leise hereinlugte. Er kreuzte die Beine, nahm die lange, weiche Spitze seines Schnurrbartes einen Augenblick nachdenklich zwischen zwei Finger und erzählte: »Ich hatte in meiner Jugend in Paris eine hübsche Geliebte, ein Bürgermädchen aus geachteter Familie. Nach dreijährigem Liebesverhältnis war ich ihrer überdrüssig. Sie merkte es und nahm den Antrag eines wohlhabenden älteren Mannes an, der sie für vollkommen unberührt hielt. Anfangs erlaubte ich ihr die Heirat, da sie mir ja durchaus gleichgültig war. Dann besann ich mich und verbot sie ihr. Sie bestand darauf, und ich warnte sie. Die Unglückliche blieb dabei, mir ungehorsam sein zu wollen.

Nun also! Unmittelbar vor der Abfahrt zur Trauung trete ich in den Salon ihres Elternhauses, unter die braven Leute, die dort versammelt sind. Sie können sich vorstellen: unmögliche Fräcke neben Ballroben voller Schleifen. Der Bräutigam trägt Brillen und Favoris wie ein Notar... Ich beachte niemand, ich gehe gerade auf das Mädchen los, küsse es auf die Stirn und sage vernehmlich: ›Bonjour, bébé, comment çà va?‹«

Mortœil hatte erst gestockt, dann ward er freier, und die unvorhergesehene Schlußwirkung kam mit meisterlicher Schärfe heraus. Er erläuterte sie durch kurze und elegante Handbewegungen.

»Allgemeiner Aufruhr, Ohnmacht der Braut, Flucht der Hochzeitsgäste, sofortige Aufhebung der Verlobung: Sie sehen das von hier aus, meine Damen. Ich füge hinzu, daß das Mädchen einen armen Coiffeur geheiratet hat. Sie sitzt in einer einzigen Stube in einem fünften Stockwerk und langweilt sich... Beachten Sie, bitte, daß mir nichts daran lag, ob sie damals den wohlhabenden Bürger nahm oder nicht – ich habe den Auftritt einzig herbeigeführt, um seine Wirkung auf eine feierliche Traugesellschaft zu studieren. Ich brauchte das für eine meiner literarischen Arbeiten, aus der dann doch nichts geworden ist.«

Er meinte, auf den Gesichtern der Herzogin und der Frau Degrandis den Eindruck seiner Anekdote zu lesen und verbeugte sich leicht.

Gleichzeitig vernahm er hinter seiner Schulter eine zornig erregte Stimme: »Sie scheinen gar nicht zu ahnen, mein Herr, was Sie da getan haben?«

»Bitte?« machte Mortœil und drehte sich um. San

Bacco stand vor ihm und bot einen Anblick wie bei großen Gelegenheiten. Er hatte die Arme hoch auf der Brust übereinandergelegt. Sein Gehrock war in der Taille zugeknöpft und stand oben offen. Das Kinnbärtchen bebte, der weiße Schopf wirbelte von der schmalen Stirn in die Höhe, die Augen blitzten blau und hart gleich Türkisen. Die Haltung des jungen Mannes paßte sich der des Alten sofort an. Sie zeigte nur noch gemessene Feindseligkeit. Er fragte: »Und was hätte ich nach Ihrer Meinung getan, mein Herr?«

»Was Sie damals einem wehrlosen Mädchen angetan haben, das entzieht sich meiner Beurteilung. Heute aber, mein Herr, haben Sie durch die Erzählung einer niedrigen Handlung diesen Salon herabsetzen wollen. Merken Sie sich, daß ich das nicht dulden werde!«

»Und Sie, mein Herr, merken Sie sich, daß ich keine Befehle von Ihnen zu empfangen habe.«

»Sie werden mir das Recht, Ihnen diesen zu geben, anders streitig machen müssen als mit Worten.«

»Das werde ich. Sie, mein Herr, sind, wenn ich genau unterrichtet bin, ein ehemaliger Pirat, und Ihre Handlungen, für die ›niedrig‹ eine beschönigende Bezeichnung wäre, verweisen Sie auf die Galeere – nicht in dieses Haus.«

»Glücklicherweise bin ich hier, und imstande, Sie zu züchtigen!«

San Bacco schnaubte; er stürzte vor. Der andere fing seinen Arm ab. Er war sehr blaß geworden. Sie maßen sich schweigend, beide ein wenig kurzatmig. Dann sagte Mortœil: »Sie werden von mir hören, mein Herr«, – und sie trennten sich.

Die schmerzliche Verdrossenheit des Gemachs, in das die Lagune eine erste Mahnung sommerlicher Fäulnis sandte, zerstob im gleichen Augenblick wie vor einer Fanfare. Die Kerzen schienen aufzublitzen und heller zu brennen. Die Herzogin erfreute sich an San Baccos Kampfbereitschaft; sie erzitterte für die Minute von dem gleichen Zorn wie er. Clelia erhob sich, sobald Mortœil auf sie zutrat, und sie sah aus, als sei sie stolz auf ihn. Sie fühlte, man hatte vergessen, daß er ein betrogener Gatte war, der sich nicht anders rächte als durch prahlerische Herzensroheiten. Man sah nur, daß der Zusammenstoß mit einem alten Duellanten ihn kalt fand und tapfer.

Herr und Frau von Mortœil nahmen Abschied von der Hausherrin und von Frau Degrandis. Der alte Dolan richtete sich mühselig auf und schlürfte zwischen seinen Kindern bis zur Tür. Dort warteten die Diener, die ihn in seine Gondel tragen sollten. Er wendete sich zuvor noch einmal um nach der Herzogin, seine gekniffenen Lippen lächelten zweideutig, er schien zu sagen: ›Was nützen solche Kindereien. Es bleibt, wie es war.‹ Und auf einmal fiel sie zurück in die ängstliche Stimmung dieses Abends. Sie holte San Bacco ein, der aufgeräumt und beweglich durch die Zimmer schweifte. Sie faßte ihn bei beiden Händen.

»Mortœil wird Sie um Entschuldigung bitten. Er gehorcht mir, verlassen Sie sich darauf. Versprechen Sie mir, daß Sie sich nicht schlagen wollen!«

Und ehe er ein Wort hervorgebracht hatte: »Mein lieber Freund!«

San Bacco wand sich unter ihren Fingern, enttäuscht und eingeschüchtert.

»Bestehen Sie nicht darauf«, stotterte er endlich. »Herzogin, ich fühle, daß ich nachgeben würde. Aber es wäre meine erste Nachgiebigkeit in solcher Sache, und für den Rest meines Lebens hätte ich daran zu tragen!«

Sie schämte sich plötzlich, sie ließ ihn los.

»Sie haben recht. Es war eine falsche Regung von mir.«

»Sehen Sie wohl!« rief er. Er sprang ausgelassen zur Seite, rieb sich die Hände, warf die Arme.

»Noch einmal! Es ist das dreiunddreißigste. Töricht,

darauf stolz zu sein, wie? Aber ich kann nicht anders. Und noch etwas, das mich freut. Er hat mich ärgern wollen, nicht wahr, und hat mich Pirat genannt. Warum hat er mir nicht auch meine Jahre vorgeworfen? Solch witziges Kerlchen verfällt auf mancherlei. Er hätte sagen können: ›Wenn nicht der Respekt vor dem Alter, mein Herr, mich zurückhielte‹, und so weiter, man kennt das ja. Nun, darauf ist er gar nicht verfallen! Und deswegen bin ich ihm schon kaum noch böse. Ich werde mich aus reiner Herzenslust mit ihm schlagen!«

Da stieß er mit Nino zusammen. Der Knabe zitterte vor geheimer Begeisterung. Seine Blicke kamen aus den hohen Bogen der Brauen hervor wie junge Gladiatoren; er bat leise und fest: »Nehmen Sie mich mit!«

»Warum nicht?«

»Nein, nein! Er soll nicht!« rief Gina, aber San Baccos Lachen übertönte ihre schwache Stimme.

»Nun müssen wir uns üben!« befahl er. »Komm, da hast du dein Florett.«

Und er gab ihm wieder den Stab aus Elfenbein. Sie fochten.

»Drauflos!« kommandierte San Bacco. »Andere würden dir sagen: Abwarten, herankommen lassen; ich sage: drauflos!«

»Er soll nicht«, wiederholte Gina noch einmal leiser. Aber gleich darauf sagte sie, ausbrechend: »Wie schön! Wie kommt es nur, daß zwei Menschen, die mit dem Fuß nach vorn ausfallen, den linken Arm rückwärts strecken, und den rechten nach vorn, und ein paar Stäbe kreuzen – so kühn aussehen und so edel!«

Die Herzogin sagte: »Wissen Sie wohl, was das für Stäbe sind? Es sind die Zepter alter Hofnarren. Zwei jener winzigen Geschöpfe, die über Treppchen mit ganz flachen Stufen in ihre niedrigen Kämmerchen schlüpften, und die sich für ihr kränkliches, mißachtetes Dasein an den Edlen,

Großen hier und da rächen durften durch ein boshaftes Wortspiel – zwei von ihnen haben einander vielleicht geprügelt mit diesen Stäben. Aber jetzt –«

Sie vollendete ernst, und Gina hörte Leidenschaft heraus: »Aber jetzt geschieht damit etwas Schönes, wie Sie sagen, Frau Gina – etwas Kühnes und Edles!«

›Nein, ich will nicht mehr an Properzia denken‹, rief sie sich innerlich zu. ›Den ganzen Abend habe ich ihre Hand über mir gefühlt. Habe ich nicht beinahe Verdacht geschöpft gegen mich selbst? Jetzt will ich neben dieser sanften Schwärmerin sitzen und glücklich sein wie sie.‹

»Frau Gina, es wird mir immer gewisser, ich habe Sie früher schon einmal gesehen – nein, gehört. Es ist Ihre Stimme, die ich kenne. Es kommen mir immer wieder halbe Worte in den Sinn... warten Sie... Nein, ich vergesse sie wieder.«

»Ich weiß nicht«, erwiderte Gina... »Ich habe ja wohl mit keinem Menschen gesprochen.«

»Ach doch, besinnen Sie sich, es war eine Nacht, fast wie diese, scheint mir, etwas bewegt, etwas schwül und angstvoll – denn ich gestehe Ihnen, ich bin ein wenig ängstlich erregt durch dieses Duell... auch noch durch andere Dinge... Genug, wenn ich nur wüßte... Liebe Frau Gina –«

Sie ergriff Ginas Hand.

»Sie sind glücklich.«

»Ja. Aber ich war es sonst nicht: – wenn Sie mich früher gekannt haben, werden Sie es wissen.«

Sie dachte: ›Was ist dieser schönen Frau? Sie zittert. Ihr Gesicht sollte uns allen wie eine Sonne sein, und jetzt sehe ich zu, wie es leidet, und muß sie bedauern. Was kann ich ihr Besänftigendes sagen.‹

»Hören Sie, Herzogin. Das Schicksal ist einfach und gerecht, glauben Sie das nur. Ich danke ihm meine Rettung. Ich war in der Gegend von Ancona an einen Gutsbesitzer verheiratet, einen Landbaron, der sich betrank, mein Vermögen verspielte, mir die Mägde vorzog. Er mißhandelte mich in der Zeit, als ich ihm ein Kind geben sollte. Und ich starb vor Angst und Ekel bei dem Gedanken, das Kind könne ihm ähneln. Ich stellte mich krank, um nicht mehr sein gerötetes Gesicht sehen zu müssen, mit den Borsten, den gekniffenen Lippen, der niedrigen Stirn voller Gewaltsamkeit. Auf welchen schöneren Zügen konnte ich mein Auge ruhen lassen? Es gab an unserm kahlen Ort nur eine einzige schöne Sache, eine kleine Kirche, hundert Schritte von unserm Wohnhaus. Ihre Mauern waren bedeckt mit Stukkaturen, lauter kleinen lachenden Genien. Auch ein Bild war da, ein Knabe in goldenen Locken und langem pfirsichroten Gewande. Er hielt die linke Hand hinter sich, zwei Frauen in Lichtgelb und Blaßgrün hin. Mit silberner Ampel leuchtete seine Rechte ihnen voran, durch den in Finsternis versteckten Garten... Was haben Sie, Herzogin?«

»Nichts. Mir ist jetzt viel wohler. Ich danke Ihnen.«

Sie wußte auf einmal, wer Gina war.

»Erzählen Sie weiter, bitte.«

»Jenem Knaben zuliebe war ich fromm und versäumte keine Messe. Ich kam auch nachts. Die Tür des Kirchleins –«

»Mit den geschnitzten Engelsköpfen«, ergänzte die Herzogin.

»Stand angelehnt«, sagte Gina, an ihre Erinnerung verloren. »Ich glitt hinein, ich zog unter meinem Mantel eine kleine Laterne heraus und stellte sie auf die Balustrade vor der Kapelle, worin er seines dunklen Weges zog. Ich öffnete in Angst und Erwartung den Blender, und das schmale Licht traf sein Gesicht und seine großen, aufwärts gebogenen Locken. Ich kniete vor ihm, stundenlang. Ich ließ mich durchdringen, tief und ganz, von seinen Zügen. So süß und mutig, wie sein Gesicht war, fühle ich's nachher, wenn ich vor Tagesdämmern heimschlich, in meinem Innern...

Mein Mann, der ein seiner Rasse fremdes Kind heranwachsen sah, schöpfte Verdacht. Ein Dienstbote verriet ihm meine nächtlichen Abwesenheiten. Er peinigte mich, und ich schwieg. Er hätte die Wahrheit nie entdeckt; ein Bild anzusehen, war er ja nicht imstande. Schließlich beargwöhnte er einen Kumpanen und kam, betrunken, in einer Schlägerei um.«

»Haben Sie ihm verziehen?« fragte die Herzogin.

»Ich habe ihm verziehen und bedaure ihn nicht.«

»Getroffen!« rief San Bacco wieder einmal, und: »Stehenbleiben! Man springt nicht mehr fort, sage ich dir, wenn man dorthin getroffen ist!«

Der Greis und der Knabe ließen ein letztes Mal die Narrenzepter gegeneinander klappern. Die Herzogin sah ihnen schweigend zu und mit zärtlicher Bewegung. Sie kamen zu ihr, Arm in Arm. Die Terrassentür war jetzt verhangen, der Raum geschlossen, voll warmen Lichts und behütet von der großen Pallas. Die Herzogin fühlte sich eingehegt und tief beruhigt von dem Glück dieser drei. Das der blassen Gina war still und schwärmerisch, und das der Fechter glänzend und außer Atem.

Das Diner war bereit, und sie gingen hinüber.

»Zuerst kam die Dorfmauer«, sagte unvermittelt die Herzogin. »Es war ein Passionsweg darauf gemalt. Wo sie aufhörte, stand die kleine achteckige Kirche, ein Stück abseits von ihrem hohen Glockenturme, dahinter erschloß sich eine lange, blühende Laube von Linden und Kastanien. Zwischen den Blättern hindurch spielten Lichter des aufgehenden Mondes über den Weg, und an seinem Ende stand das weiße Haus.«

»Was ist das?« murmelte Gina. »Woher kennen Sie das?«

»Gleich...«

Sie sprach hastiger.

»Ich folgte dem stummen, vom Monde gebannten Baumgange, bis vor das weiße Haus. Die Flügel ragten rechteckig vor, der Hauptbau, breit und einstöckig, streckte sich im grauen Hintergrunde; eine blendende Rampe führte flach und langsam darauf zu. Ein Fenster flammte rot auf, in einem dreieckigen Schlagschatten. Es ward geöffnet, eine Frau sagte mir mit verschleierter Stimme etwas so Gütiges –«

»Das waren Sie! Oh, das waren Sie!« murmelte Gina, und sah dabei geradeaus.

»Es war eine meiner Schicksalsnächte«, sagte die Herzogin. »Flucht und gehobenes Empfinden hatten mich zu Ihnen getragen, Frau Gina, und in der Dunkelheit merkte ich, ich nahm Freunde mit... Sagen Sie mir nur eines.«

»Und was?«

»Der Knabe und die beiden Frauen: ich fühlte gleich, ich sei die eine; nun weiß ich, die andere sind Sie. Aber wohin leuchtet uns seine schwache Ampel? Was liegt hinter der Finsternis?«

»Die Kunst!« antwortete Gina; ihre Stimme war schwer von Inbrunst. Sie sah ihrer Freundin in die Augen. Die Herzogin lächelte; ihr Lächeln war so stolz, daß Gina nicht entdeckte, wie es schmerzlich war.

»Ich hoffe es – von ganzer Seele!«

V

Die Herzogin eilte zu San Bacco, sie hatte die Nachricht erhalten, er sei schwer verwundet. Aber vor seiner Tür mußte sie haltmachen; Nino schlüpfte heraus, ernst, mit der Ehrfurcht vor dem eigenen großen Erlebnis in den Augen.

»Er ist ins Gesicht getroffen. Das Florett ist ihm in den Mund gedrungen und zur Wange wieder herausgefahren.«

»An welcher Stelle, Nino?«

»Da. Ich weiß nicht, wie der Arzt das alles nennt. Ich werde aufpassen.«

»Nino, sieht es schlimm aus?«

»Sehr schlimm«, sagte der Knabe fest, nachdem er hinuntergeschluckt hatte.

»Ich darf nicht hinein?«

»Ich glaube nicht. Nein. Es sind zwei Ärzte da. In... ich weiß nicht, dort, wo sie sich schlugen, war kein Arzt. Darum hat er viel geblutet. Außerdem ist die Barmherzige Schwester drinnen, und noch ein Mann, der ihn ausgekleidet und ins Bett gelegt hat. Die Ärzte verbinden ihn. Er ist ohnmächtig.«

»Warum hineingehen?« sagte sie leise. »Es wäre fruchtlos.«

Und sie dachte: ›Wie ist alles fruchtlos, was ich tue. Wie bin ich fruchtlos. Er hat sich eigentlich für mich geschlagen. Er war das Beste, was ich hatte. Er wird sterben.‹

»Geh du nur hinein zu ihm, Nino«, sagte sie. »Sie werden dich dulden.«

»Sie werden mich gar nicht sehen, so gewandt bin ich.«

Sie kehrte nach Hause zurück und verschloß sich, untröstlich.

›Er wird sterben. Schon einmal bin ich so jäh verlassen worden; Properzia tat es, aber sie ließ mich im Frieden der Göttin. Die Göttin gab mir mein Leben in die Hand als eine köstliche Schale. Mir ist, als sei ihr Glanz schon ausgelöscht, und ihre Reinheit durchkreuzt von wirren Zeichen.‹

Nach drei Tagen richtete sie sich auf und ging nochmals hin. Es war am Morgen, ein Seewind brachte Kühlung, ein heiteres Läuten ging durch die Stadt. Nino sagte ihr: »Sie können nicht hinein. Seit heute früh hat er Fieber.«

»Vielleicht einen Augenblick?« fragte sie sanft.

»Niemand als ich und die Schwester dürfen ihn sehen«, erklärte er sehr wichtig. Aber plötzlich, ganz bewegt: »Das schmerzt Sie?« rief er. »Oh, das darf nicht sein. Gewiß macht man mit Ihnen eine Ausnahme. Sein Fieber ist nur leicht. Warten Sie, ich frage.«

»Laß nur, ich will nicht. Ich würde ihm schaden.«

»Aber dafür«, sagte er eifrig, »kann ich Ihnen heute alles wiederholen, was der Arzt gesagt hat über die Wunde. Sie ist nämlich nicht so gefährlich, wie sie aussah. Das Florett ist vom ersten rechten Schneidezahn abgeglitten, die Zähne entlang gerutscht und unter der rechten Ohrspeicheldrüse durch die Kaumuskeln und Gesichtsmuskeln herausgesprungen. Verstehen Sie?«

»Also ist er sehr entstellt?«

»Gewiß. Der Kopf ist vollständig eingebunden. Man sieht kaum mehr als die Augen. Er braucht ein Saugrohr, um Milch und Fleischbrühe zu trinken. Sprechen kann er nicht... Aber er hat eine Schreibtafel – einen Augenblick, bitte.«

Er betrachtete sie, und wie traurig sie war. Dann schlich er ins Krankenzimmer. Nach einigen Augenblicken stand er wieder vor ihr, rot im Gesicht. Mit einem Ruck zog er das Buch aus Schiefer hinter seinem Rücken hervor. Sie las: »Der Aderlaß hat nichts geholfen. Ich bitte um die Erlaubnis, Sie weiterlieben zu dürfen. Ihr Unheilbarer.«

Darunter war etwas ausgelöscht, aber der Griffel hatte Kratzspuren zurückgelassen. Sie buchstabierte: »Ich auch. Nino.«

Und vor diesem doppelten Liebesbekenntnis hielt sie still und erlaubte ihren Augen, warm zu werden und feucht.

Eine halbeWoche später durfte sie sein Zimmer betreten. Sie blieb unter der Tür stehen.

»Man hat Sie seltsam vermummt, lieber Freund«, murmelte sie, und lauter sagte sie: »Aber ich sehe ja Ihre Augen und weiß, daß Sie sehr stark und sehr glücklich sind.«

›Wirklich‹, dachte sie ganz erstaunt, ›diese Augen verhängt keiner der Schleier, die heutzutage fast alle Blicke, auch die gesundesten, neblig machen und aus der unmittelbaren Gegenwart fortrücken. Seine Augen sind dem Leben völlig offen, mir scheint, ich verstehe das eben in dieser Sekunde. Das Leben hat in diese beiden offenen blauen Feuer alle seine Bilder hineingeworfen, auch die gräßlichsten, auch die beschämenden, – aber es ist keine Schlacke darin entstanden.‹

»Sie sind erstaunlich jung!«

»Und habe auch eine rechte Eselei begangen. Mich mit jemand zu schlagen, der Froschblut hat, und mich gar nicht herankommen läßt! Ach, Herzogin, ich gestehe Ihnen, ich bin auf den ersten Sturm angewiesen, nicht auf die Kunst. Ich bin ein Draufgänger, Sie kennen mich ja. Ich habe immer nur um mich gehauen; irgendwo habe ich noch jedesmal getroffen; aber auch ich bin fast immer getroffen. Und dennoch habe ich berühmte Coups hinter mir. Einmal...«

»Regen Sie sich nicht auf!«

»Einmal hatte man das Terrain verlost. Ich bekam den tiefern Platz. Mein Gegner versucht den Schlagkopf. Das erste Mal springe ich zur Seite. Das zweite Mal mache ich Quintaparat und Riposte unter die Schulter. Der Kerl trägt noch den Arm in der Tasche.«

»Jetzt darfst du nicht mehr sprechen«, sagte Nino, und kam sachte hinter dem Bett hervor. »Mehr als zwei Minuten lang darfst du nicht sprechen. Sei nur ruhig, ich werde der Frau Herzogin schon alles erklären.«

»Ich bitte dich recht sehr«, sagte sie lächelnd.

»Dieser Herr von Mortœil, müssen Sie wissen, ist ein Mensch mit ebensowenig Temperament wie Ehrgeiz. Er hat Bewegungen beim Fechten, so kalt wie ein Engländer. Er hat das Florett einfach steif vor sich hingehalten, und Onkel San Bacco – ein wenig kurzsichtig, wie er ist – rannte gerade hinein, mit dem Munde, wissen Sie.«

»Daß ich noch alle meine Zähne habe«, erklärte San Bacco und pochte mit dem Knöchel stark gegen sein Gebiß, »das ist meine Rettung, sonst hätte er mir einfach den Hals durchstochen.«

»Aber nicht vermöge seiner Kunst!« rief der Knabe leidenschaftlich. Er ergriff einen Stock.

»Verstehen Sie mich bitte, Herzogin! So hat er's gemacht! Das war kein regelrechter arresto in tempo. Furcht war es im Grunde! Er kann gar nicht fechten und hielt einfach die Waffe vor, damit Onkel San Bacco nichts machen konnte. Pfui!«

Er lief aufgebracht durch das Zimmer.

»Du solltest dich nicht mit ihm aussöhnen!«

»Ist gut, ist gut«, erwiderte San Bacco. »Er hat mir geschrieben. Ich kann einem Ehrenmann, der sich mit mir geschlagen hat, nicht länger grollen.«

»Du haßt ihn also sehr?« fragte die Herzogin.

»Und sollte ich denn nicht?«

Der Knabe reckte sich auf.

»Da er mir fast meinen Freund getötet hätte!«

Er lehnte sich neben San Baccos Liegestuhl, auf einmal ganz verstummt.

Die Herzogin saß auf der anderen Seite.

»Also hier hausen die Freunde«, sagte sie und sah sich um. »Es sieht hier spartanisch aus. Ein eisernes Bett, ein Tisch mit Büchern, ein Armsessel, drei Strohstühle: das steht weitläufig auf den roten Fliesen. Sie haben Garibaldis Bildnis an der Mauer – nicht wahr, es ist für Sie gesorgt.«

»Und offene Fenster, vergessen Sie das nicht. Der Meerwind bläst von der Riva her durch die enge Gasse und ungehindert bis in meine Stube. Ein kleiner Platz liegt drunten, nur zwölf Meter breit, aber was braucht es mehr. Luft, Schatten, die Jugend als Freund, dazu noch ein Nikken von Ihnen, Herzogin: ich bin überreich.«

Sie schwieg und bewunderte ihn.

»Und das ganze Haus ist unser!« versetzte Nino mit Nachdruck. »Es ist nämlich ein sehr merkwürdiges Haus. Bemerken Sie, bitte, Frau Herzogin, daß jedes Stockwerk ein einziges Zimmer enthält. Das unterste ist unser Empfangs- und Speisezimmer, darüber wohnt Mama, dann Onkel San Bacco, und ganz oben ich.«

»Du hast also eine weite Aussicht?«

»Alle fünf Kuppeln von San Marco. Und die ganze Fassade beinahe von San Zaccaria. Aber das merkwürdigste ist der Brunnen drunten auf unserem kleinen Platz. Er ist achteckig und hat einen Deckel mit einem Schloß. Nie sah ich einen Brunnen mit einem Schloß. Jeden Morgen in aller Frühe kommt ein kleiner Buckliger, hören Sie nur, ein kleiner Buckliger mit einer spitzen roten Mütze und schließt ihn auf. Es ist sehr geheimnisvoll.«

»Ach!« sagte sie rasch, »den kleinen Buckligen muß ich ja kennen... Nein, doch nicht, das war früher. In dem Schloß, wo ich als Kind lebte, war so einer. Er rasselte mit einem großen Schlüsselbund, und den wichtigsten, eben den zum Brunnen, ließ er auch im Schlafe nicht aus der Hand... Nino, ich hätte dir vieles zu erzählen.«

Sie sann. Die Ruhestunde in diesem befreundeten Gemach erschloß ihr noch einmal den Frieden der eigenen Kindheit.

»Ich habe Ihnen ja auch so viel, so viel zu sagen«, erwiderte Nino mit Begeisterung. In ihrer Stimme fühlte er einen Zauber, der ihn hinriß.

»Und besonders, daß ich Sie ganz –«

»Jetzt bekommen wir auch noch Musik«, verhieß San Bacco und spitzte das Ohr. Nino lief ans Fenster, tiefrot und zitternd.

›Fast hätte ich ihr verraten, daß ich sie liebe!‹ rief er sich zu, und verging vor Scham und Unwillen bei dem Gedanken.

»Es sind die Blinden«, verkündete er überlaut. »Sie stellen das Harmonium auf! Klarinette, Geige, Horn fangen an zu stimmen... Ein Paukenschlag! Bumm! Nun geht's los!«

›Nein, sie wird es niemals erfahren!‹ so schwur sich der Knabe, stolz und blaß, und kehrte zurück an seinen Platz. Draußen tanzte und schluchzte die Sterbemusik der Traviata. Die Herzogin wiegte den Kopf.

»Du? Was hast du mir denn soviel zu sagen?« fragte sie und sah ihn an, ernst und gütig.

Er hätte in diesem Augenblick gern geweint. Im stillen flehte er sie an: ›Nur das eine nicht! Alles andere sage ich dir.‹ Er dachte nach und fürchtete im Grunde, sie möchte ihre Frage wieder vergessen.

»Zum Beispiel der Ruhm«, sagte er hastig. »Wenn im Atelier des Herrn Jakobus über den Ruhm gesprochen wird, so glaube ich kein Wort davon, müssen Sie wissen. Es heißt immer, der Ruhm des einen oder des anderen nehme ab oder wachse. Welch ein Unsinn!«

Er zuckte die Achseln. Er begriff den Ruhm nur als ein Ganzes, Plötzliches, Unberechenbares, Überwältigendes. Er ward befremdet und mit Verachtung erfüllt durch alle die Erzählungen von den Schlichen, die zu ihm führten, von den Preisen, die für ihn bezahlt wurden, von Zugeständnissen an die öffentliche Meinung, Paktierungen mit ihren Lenkern, unstolzen Bewerbungen, heimlichem Erröten... Nein, der Ruhm war ein Mysterium.

»Neulich habe ich gelesen«, berichtete er feierlich und schlug die Augen auf – »daß Lord Byron eines Morgens berühmt erwacht ist.«

»Wie schön ist das!« sagte die Herzogin.

»Nicht wahr?«

Plötzlich tat sein Herz wieder den Sprung wie damals, als er, blaß und seufzend, das Buch weggelegt hatte.

»Willst du denn ein Dichter sein?«

»Ich kann mir gar nicht denken, wie jemand eine Geschichte erfindet. Nein, ich will die Geschichten nicht erfinden, ich will sie erleben. Ich werde es wie Onkel San Bacco machen, mich herumschlagen mit Tyrannen, Völker befreien und Frauen, sonderbare Dinge überstehen.«

»Tue das, mein Lieber«, sagte der Alte. »Man bereut es nicht.«

»Wenn ich erst so gut fechten kann wie du.«

»Es fehlt nicht viel, dann bist du imstande, dich geradeso zurichten zu lassen wie ich.«

»Habe ich denn gute Muskeln?« fragte der Knabe, ganz leise.

»Hab's dir doch schon oft gesagt. Und den Willen, sie zu bekommen, den hast du, und der ist mehr wert als die Muskeln selber!«

Die Musiker setzten ein. »Santuzza credimi.«

San Bacco und die Herzogin hörten zu. Nino biß sich auf die Lippen und dachte:

›Aber meinen Knochen hat er noch niemals befühlt. Ob Onkel Bacco denn gar nichts von ihm gemerkt hat?‹

Er nannte es seinen Knochen, und es warf ihn, sooft er daran dachte, in die Ängste einer geheimen Schmach. Es war aber die eiserne Stange eines Geradehalters, die unter seiner Bluse neben seiner linken Seite stand. Die Riemen umspannten die Schulterblätter. Er betrachtete das Instrument des Abends bei sorgfältig verriegelter Tür, mit ernsten Augen und festverschlossenem Munde. Dann, mit einem Entschluß, riß er es fort, warf die Kleider vom Leibe und trat vor sein Spiegelbild, trotzig erhobenen Hauptes.

›Zwischen der Brust und den Schultern ist es zu hohl‹, sagte er sich mit Strenge. ›Die Brust ist zu spitz. Ich habe es noch neulich bei dem bronzenen David gesehen, wie eine Jünglingsbrust aussehen soll – oh, ganz anders als meine... Du mußt arbeiten, es wird besser werden...‹

Und er begann Turnübungen zu machen. Aber es war ihm unheimlich zumut. Auf einmal ließ er den geschwungenen Arm herabsinken und legte sich zu Bett.

›Und wenn das auch nicht wäre. Der Hals ist ja viel zu dünn. Und kann ich denn hoffen, daß aus meinen Handgelenken jemals ein ordentlicher Männerarm herauswächst? Jeder gewöhnliche Mensch hat ja festere Handgelenke als ich. Onkel San Bacco aber hat welche wie aus Stahl.‹

Die eigene Unerbittlichkeit griff ihn schließlich an; er schluchzte trocken. Dann biß er die Zähne zusammen, atmete tief und regelmäßig und verhütete dadurch den Ausbruch der Tränen.

Bei Tage überlegte er manchmal.

›Wer weiß, wie ich anderen vorkomme. Ich irre mich vielleicht: vielleicht bin ich besonders gut gebildet. Und wenn der Bildhauer des David *mich* gekannt hätte, – wer weiß?‹ Es war eine unmögliche, im Seelengrunde schon wieder gestürzte Hoffnung. ›Eine hohe Brust, ist das nicht ein Zeichen von Stärke? Und auf jeden Fall habe ich hübsche Beine, das haben noch alle gefunden, ich weiß es genau.‹

Hier war er seiner Sache gewiß.

›Das übrige verwächst sich, hat der Arzt gesagt. Übrigens, in den Kleidern sieht man nichts. Und ich härte mich ab. Ich will hungern und frieren lernen, schwere Arbeit tun, weit schwimmen, noch mehr –‹

Aber er bewährte sich schlecht bei den Turnspielen. Den Augenblick, wo es gegolten hätte vorzuspringen und einen Gegner abzufangen, verpaßte er meist, denn er stand und träumte. Er träumte sich selbst als General und formierte seine Kameraden zum Angriff auf einen schwarzen Wald voll schauderhafter Feinde. Oder er ließ sie in den Rahen des Schiffes umherklettern, zu dem die Mauern des Schulhofes sich umgestalteten. Schließlich wachte er auf, ganz erregt und bleich. Die anderen waren rot, sie hatten gewonnen oder verloren; Nino hatte keines von beiden getan.

›Ach!‹ dachte er in einer Regung von Ernüchterung und Ungeduld. ›Auch General werde ich niemals werden. Überhaupt, ich glaube, sie werden mich gar nicht zum Militär nehmen. Ich kann es mir nicht vorstellen.‹

In Wahrheit empfand er ein uneingestandenes Grauen vor dem In-Reih-und-Glied-Stehen; vor den bürgerlichen Zusammenhängen ebenso. Wenn er von einer Heirat hörte, dachte er befremdet und neugierig: ›Ob ich mich jemals verheiraten werde? Ich kann es mir nicht vorstellen.‹ Oder er sah einen Leichenzug. ›Ich muß auf eine andere Weise verschwinden. Das kann mit mir wohl nicht so zugehen. Ich kann es mir nicht vorstellen.‹

Das Spiel der Blinden war aus. San Bacco pfiff nochmals die letzten Töne, schwach, mit mühsam gespitzten Lippen.

»Der verdammte Verband!... Nino, war das schöne Musik?«

»Abscheulich war sie!«

Er schüttelte sich. Jeder seiner schlimmen Gedanken hatte sich an einen Ton gehängt, sich mit ihm gepaart, unlöslich. Und dieses zufällige Zusammenspiel einiger Noten mit einer leidvollen Grübelei machte dem Knaben aus ein paar gleichgültigen Takten einen Wald voller Peinigungen.

›Das will ich niemals wieder hören‹, entschied er für sich. Er ging auf den Fußspitzen durch das Zimmer, tänzelnd und unzufrieden.

»Habe ich hübsche Beine?« fragte er plötzlich, mit Sehnsucht in der Stimme.

»Zweifle nicht!« rief San Bacco. Es war sein erstes lautes Wort.

»Ich hab dich lieb!« sagte die Herzogin. »Komm einmal her... So. Du mußt mir also noch viel erzählen. Du darfst mich du nennen und mit meinem Vornamen.«

Er war mit einem Sprung bei ihr.

»Das darf ich?« fragte er leise, gespannt, ob sie ihr Wort nicht zurücknehme.

»O Yolla!«

»Yolla? Ist das eine Abkürzung?«

Er wußte erst jetzt, was er gesagt hatte und stotterte.

»Ich habe den Namen nämlich schon längst erfunden, im stillen – Yolla statt Violante. Sie verstehen wohl... Du verstehst wohl...«

›Ich muß ihr jetzt in die Augen sehen‹, sagte er sich. ›Sie wird jetzt alles herausbekommen.‹

Da fuhr von draußen ein Schreien dazwischen und ein Klatschen. »Hoch San Bacco! Die Hymne an Garibaldi!« Und gleich darauf sprengte es daher, leichtherzig, mit raschen Gelenken, ein durchsonnter Sturm, der klapperte und sauste in den Falten von Bannern.

»Auch das ist Musik!« sagte San Bacco.

Nino war verschwunden. Die Herzogin sah vom Fenster, wie er über den Platz lief, und wie seine überhasteten Schritte daran verzweifelten, das Glück einzuholen: das unerhörte, einzige Glück, das aus des Knaben kurzen, roten Lippen fort und vor ihm hersprang. ›Ist es denn wahr, soll ich wirklich jetzt, gleich jetzt das – das – das erleben!‹

Endlich stand er so nahe wie möglich bei den blinden Spielleuten. Er stand, eine Hand im Rücken, ohne eine Bewegung, und genoß das Rauschen, das Schmettern, das gelle Pfeifen, den wilden, fröhlichen, unaufhaltsamen Lärm, der Siege tanzte. Seine Geliebte droben erkannte es, wie sein Geist auf Paukenschlägen davonjagte und in den Klangwellen des Hornes. Wo war nun der Atemlose? Beim Einzug in ein erobertes Reich, – er, der Triumphator. Adler stiegen ihm zu Häupten golden in die Luft. Sein Wagen ging über Tote, – nein, sie waren nicht tot: auch sie richteten sich auf und jauchzten.

›Jetzt bin ich bei ihm‹, dachte die Herzogin und spielte seinen Traum zu Ende. ›Ich reiche ihm den Kranz...‹

Aber da ward aus dem Gesicht des Knaben ein anderes, männliches. Auch dieses hatte kurze, willkürliche Lippen, rot vor Begierden. Sie erkannte es gar nicht und lächelte nur.

»Du willst *doch* ein Dichter sein«, sagte sie zu Nino, der wieder eintrat.

»Nein, nein«, erwiderte er, müde und als ob ihn fröre. »Was will ich eigentlich sein?... Yolla, weißt du es? Soldat? Dichter? Freiheitskämpfer? Seemann? Nein, nein, du weißt es auch nicht! Aus mir, ach –«

Er flüsterte, die Finger verschränkend.

»Aus mir wird gar nichts werden. Wie sollte ich wohl jemand anders sein, als ich jetzt bin? Ich kann es mir nicht vorstellen.«

Sie umfaßte seine beiden Handgelenke und sah ihn an.

»Du hast soeben etwas sehr Großes gehört. Es ist vorüber, du fühlst dich verlassen und steckengeblieben, nicht wahr? Aber glaube nur, alles Große, das wir zu *empfinden* vermögen, ist unser. Es wartet auf uns, an dem Wege, wo wir vorbeikommen sollen. Es beugt sich von seinem Sokkel zu uns nieder, es nimmt uns so bei der Hand wie ich dich –«

»Auch mich«, sagte San Bacco, und legte seine Rechte in die ihrige. »Mir ist es geradeso ergangen. So aufgeregt ich es getrieben habe, jetzt, da ich alt bin, meine ich immer, auf einer eroberten Sumaca einen Riesenfluß hinabgefahren zu sein. Am Ufer zogen tolle Schicksale vorbei. Habe ich gekämpft? Früher hätte ich darauf geschworen. Jetzt weiß ich's nicht mehr.«

»Sie haben gekämpft! Oder ein Gott durch Sie! Ah, wir ahnen nie deutlich genug, wie wir noch stehen, wie wir stark sind und unersetzlich! Glaube das immer, Nino!«

»Ich gehe«, erklärte sie. Sie ordnete noch die Rosen, die sie mitgebracht hatte, im Glase. Sie rückte noch einen Stuhl zurecht und glättete das Kissen für San Baccos Kopf. »Sie verwöhnen uns, Herzogin«, sagte er. »Sie werden uns noch glauben machen, wir seien hier einfach drei Freunde.«

»Sind wir's denn nicht?«

›Nein‹, dachte Nino, ›dazu tust du mir zu weh, Yolla.‹

Er litt, da sie seine Hände berührte, und da sie sie wieder losließ; da sie gekommen war, und da sie nun wieder ging.

»Dann gehen Sie doch mit uns spazieren«, sagte er, heftig errötend. »Wir zeigen Ihnen in Venedig Dinge, die Sie sicher nicht kennen: schwarze enge Höfe, wo armes Volk wohnt, und wo Sie das Kleid mit beiden Händen aufheben müssen. Da ist zum Beispiel ein Sack aus Stein, und der Kopf eines Ertrunkenen sieht heraus, ganz verquollen, und speit Wasser.«

»Oder unser Palast«, sagte San Bacco.

»Jawohl der Palast, den wir uns kaufen möchten, wenn wir Geld hätten, Onkel San Bacco und ich. Er verfällt und versinkt im Wasser zwischen niedrigen Ziegelmauern, wild überbuscht. Ein Balkon, spitzwinklig zwischen Säulen, hängt gebrechlich um eine Hausecke herum. Fensterrähmen wie Zwiebeln, bunte, durchbrochene Steinrosen sind in der Mauer – und ein Kamel; ein kleiner Türke führt es. Was ist das für ein Türke, Yolla, du glaubst doch nicht, daß es ein gewöhnlicher Mensch war. Oh, in dem Hause sind sonderbare Dinge geschehen.«

»Natürlich«, bestätigte San Bacco. »Nino hat sie mir erzählt, und ich glaube sie so gewissenhaft, wie er mir meine Streiche glaubt. Die Erwachsenen machen höfliche Gesichter, wenn ich von mir spreche. Die Zeit ist so sehr verändert; man hält es heute kaum für möglich, daß es einen Lebenslauf gegeben hat wie meiner war. Nur bei Knaben, die noch nicht zweifeln gelernt haben, bin ich unter meinesgleichen.«

»Das sind Einfälle!« sagte er dann und lachte leise vor sich hin. »Da haben Sie's, ich mache mir seit acht Tagen keine Bewegung. Aber gehöre ich nicht in Wirklichkeit zu den Knaben, da ich mit den Parlamentsferien nichts Besseres anzufangen wußte? Beim Wiederzusammentritt werden die Kollegen mir die Hände schütteln und mich beglückwünschen zu meiner Heldentat, und am Büffet über mich lachen. Diese Bürger wissen genau, welchen Windmühlenkampf ich mit ihnen bestehe. Sie haben Unterdrückung und Ausbeutung so fest an Freiheit und Gerechtigkeit gekoppelt, daß man die einen nicht mehr treffen kann, ohne die andern zu töten. Ich wünsche mir meine guten alten Tyrannen zurück. Sie heuchelten weniger, sie waren ehrlichere Schurken. Heute kann ich das verratene Volk kaum noch lieben. Es ist zu feige geworden, und ich zu ohnmächtig. Ich schäme mich vor ihm und seinetwegen. Das Gewissen schlägt mir, wenn es meinen Namen ruft, wie vorhin dort unten. Ich wollte, es zöge mich zur Verantwortung...«

»Werden Sie gesund! Alles Große, das wir zu empfinden vermögen –«

»Ist unser«, schloß er. Seine Augen leuchteten auf.

Als sie fort war, sahen die beiden verstummt einander an.

»Ich bin die ganze Zeit übermäßig glücklich gewesen«, jubelte plötzlich der Knabe.

»Wir sind es noch«, meinte San Bacco.

»Natürlich!«

Und Nino sprang über einen Stuhl. Was war selbst das Leiden für ein Glück! Solange sie da war, reichte jeder Gedanke höher und färbte sich lebhafter, jedes Gefühl bewegte einen schmerzlicher oder süßer. Es war kaum zu fassen.

In ihrer Gondel befahl sie, ohne sich zu bedenken: »Campo San Polo.«

Sie betrat das große Schauatelier und wußte noch gar nicht, weshalb sie kam. Man sagte ihr, der Meister sei ganz allein. Jakobus entließ, sooft die Herzogin gemeldet ward, durch eine Hintertür, insgeheim und eilig, alle seine Besucher. Sie fand ihn vor der Staffelei, tief in der Arbeit.

»Das ist schön«, sagte sie.

»Es kostet fünzehntausend Francs, das ist das schönste daran.«

»Aber ich empfinde es.«

Er sah sie an.

»Ach so. Heute würden Sie für die letzte Schmiererei Empfindung übrig haben. Sie sind voll Glück und Güte. Woher kommen Sie denn?«

»Nicht eifersüchtig sein, mein Lieber. Sie sehen, ich will Ihnen wohl.«

Er verzog das Gesicht, mißtrauisch und begehrlich.

»So wohl, wie ich's verlange – schwerlich.«

»Fast so. Unterlassen wir die nähere Bestimmung.«

Er war tiefrot geworden.

Sie öffnete die Arme. Langsam und gleichmütig trippelte zur Tür herein die kleine Linda. Die Herzogin umschlang das Kind, kniete bei ihm hin, streichelte seine Hände, drückte die Wange auf die harte Silberstickerei seiner kühlen, schweren Robe.

»Ich hab dich lieb, kleine Linda«, sagte sie, und sie dachte: ›Weil du sein Kind bist!... Er war ja der Mann, der ebenso kurze, rote Lippen hatte wie Nino, und dem ich den Kranz reichte, anstatt ihn dem Knaben aufzusetzen. San Bacco kann verehren, noch mit siebenzig Jahren; Nino bebt vor Sehnsucht nach schönem Leben. Sie sind beide ein wenig lächerlich, ich weiß, – der Greis, hochtrabend und in Tücher verbunden, der Knabe schwächlich und hochtrabend. Wie liebe ich sie! Welche Zärtlichkeit durchdringt mich unter ihren anbetenden Blicken! Dann gehe ich und sage diesem Jakobus, daß ich ihm wohlwill. Er verdient es nicht, aber –‹ »Und dir auch«, wiederholte sie ganz laut und riß das Kind fester an sich. Es betrachtete die Kniende von oben, verständnislos und kalt.

»Rühren Sie sich nicht!« rief der Maler. »Eine Sekunde! Ich habe es schon!« Er ergriff die Kohle; im selben Augenblick fiel von ihr alle Bewegung. Sie schaute zu, wie er in stürmischer Verbissenheit die übriggebliebene Pose des Gefühls auf der Leinwand herunterriß, – des Gefühls, das ihr schon entfahren war.

»Das ist mir wieder gelungen«, sagte er mit einem Seufzer, und begann sofort zu malen. Sie sah das Bild an und erfuhr nun erst von ihm, daß sie soeben einen Schmerz durchgemacht habe. Ihr dunkler Kopf drängte sich mit leidenschaftlicher Schwermut gegen das unbewegte, künstliche Geschöpf aus Silber und Perlmutter. »Die Herzogin von Assy und Linda Halm – es wird eine meiner beliebtesten Sachen werden«, behauptete Jakobus. »Die Photographien danach werden riesig viel verlangt werden, im Kunsthandel wird's einfach ›Herzogin und Linda‹ heißen… Ich bin stolz darauf, Herzogin, aber sind Sie's nicht auch ein bißchen?«

»Weil Sie mich berühmt machen? Sie sehen das zu wichtig an, mein Lieber. Ich bin durch meine Launen berühmt geworden, bevor ich es durch meine Bilder ward. Früher nannte man mich eine politische Abenteurerin, jetzt eine Kunstschwärmerin – und wie ich später noch heißen werde, das wissen weder Sie noch ich. Sie sind sehr unschuldig an alledem. Ich *lebe* einfach, und alles kommt, wie es muß.«

»Sie schulden mir also gar nichts, Herzogin? Wirklich gar nichts? Daß ich auf Sie allein all meine Kunst gehäuft habe, das verpflichtet Sie zu nichts? Daß ich mein Leben eng gemacht habe und mein Können auch –«

»Eng und stark. Wenn Sie nicht ›Herzogin und Linda‹ als großer Meister malten, dann würden Sie alle möglichen Dinge machen – aber im Stil aller andern.«

»Sie haben Beweisgründe, weil Sie kalt sind. Aber mir sind Sie zum Verhängnis geworden, und Sie werden mir schon einmal meinen Lohn auszahlen. Ich warte.«

»Trösten Sie sich. Sie warten nicht umsonst. Jeder, der starker Empfindung fähig ist, wird irgendwann erhört werden. Es gibt keine Begehrten und keine Verschmähten: es war nur ein Qualsüchtiger, der mich das glauben machen wollte. Ohne Hoffnung auf Liebe sind bloß die, die selber nicht lieben können… Aber wer sagt Ihnen, daß gerade *ich* Sie lieben werde? Ich bin Ihr Verhängnis, gut, und bleibe ganz ruhig dabei – sehen Sie, so ruhig, wie Sie selber geblieben sind, als Lona Sbrigatis Stimme das tragische Timbre bekam.«

»Das ist unredlich!« rief er, aufrichtig entrüstet, und legte die Palette weg.

»Sie fühlen sich nicht sicher, sonst wären Sie redlich. Lona Sbrigati, Sie sagen es, hat durch mich Ihr Talent bekommen, Sie aber, Herzogin, töten meine besten Werke, weil Sie meine Liebe ausschlagen. Und Sie leben für die Kunst!...«

»Eigensinnig wie ein Kind!«

Sie schüttelte den Kopf.

»Clelia Mortœil empfängt kein Talent von Ihnen und auch keine Liebe. Sie hat sich Ihnen aufgedrängt, sagen Sie, aber Sie nahmen sie doch an. Sie nahmen zuviel, Freund, und verlangen noch mehr. Auch Ihre Frau...«

»Meine Frau ist glücklich!« rief er heftig. »Sehr glücklich! Da muß ich schon bitten!«

»Ich weiß nichts von Ihrer Frau. Aber ich mißtraue dem Glück, das von Ihnen kommt.«

»Es ist ja richtig... Es ist nicht alles in Ordnung zwischen mir und der Frau... Wir leben getrennt – aber ich will Ihnen schon zeigen, warum. Erstens muß die Frau eines Künstlers beschränkt sein, offenbarungsgläubig sogar. Ihre Offenbarung soll ihr Mann sein. Meine Frau dagegen war lehrhaft, sie wollte ›mit mir arbeiten‹. Ich merkte das schon vor der Hochzeit und erschrak. Aber sie liebte mich so unsäglich, krankhaft geradezu, und ich bin nicht so stark, wie Sie meinen. Ich heiratete sie. Aber bald nachher verlor sie fast alle Haare. Da war es aus.«

»Da war es aus?«

»Ich kann alles niederkämpfen, nur den physischen Ekel nicht.«

»Wegen dünner Haare verstoßen Sie eine Frau?«

»Dünne Haare? Sie wissen nicht, was Sie da Abscheuliches sagen. Volles langes Haar bedeutet mir das Geschlecht des Weibes, ihre Macht funkelt als Diadem in langen Flechten. Eine Frau mit dünnem Haar ist eine Entweibte, ein abstoßendes Wesen. Was glauben Sie, ich will sie weder in meinem Schlafzimmer noch auf meiner Leinwand. Ich male die Hysterie und das ohnmächtige Laster, ich male den grünlich verquollenen Blick und die unzüchtige Stirn einer Frau Pimbusch aus Berlin, aber niemals werde ich dünnes Haar malen!«

Er tobte.

»Das ist ja ein Stück Wahnsinn«, meinte sie, und hob die Schultern. Aber ihr graute fast.

›Also darum duldet er Clelia‹, dachte sie. ›Weil sie schönes starkes Haar hat... Und wenn ihre Frisur ihm einmal nicht mehr weich und tief genug vorkommt, um einen kalten Kuß hineinzudrücken –‹

»Niemals!« wiederholte er und spreizte sich. »Glauben Sie denn, daß ich unter den Augen einer Frau, die mich körperlich beleidigt, noch hätte arbeiten können? Wem schulde ich mehr, irgendeinem Geschöpfe, das sich in mein Leben eingedrängt hat, – oder der Kunst?... Nun, da schauen Sie, wer gibt mir denn recht, wenn nicht die Frau Herzogin von Assy es tut!«

Er kam näher und senkte die Stimme, vertraulich und schmeichlerisch. »Übrigens halten Sie mich nicht für zu hartherzig. Die Frau ist wirklich nicht unglücklich, sie darf mich ja lieben. Sie darf mir schreiben, sie darf überall von mir sprechen. Mit den Zeitschriften, die meine Werke wiedergeben, läuft sie von einem Salon in den andern. Wenn ich ausstelle, verschenkt sie die Billets. Sie langweilt alle Welt mit mir, sie hat die Manie, lebende Bilder nach meinen Gemälden zu stellen.«

»Die Frau ist rührend, ich möchte sie kennen.«

»Hm. Sie gewinnt durch die Entfernung. Aber glücklich ist sie, glauben Sie das mir, sie liebt mich ja so unsäglich, krankhaft geradezu.«

»Ja, glücklicher wohl als wir beide«, äußerte die Herzogin, ehe sie's überlegt hatte.

Er sah sie starr an.

»Ganz recht, glücklicher als – wir.«

Und in jäher Ausgelassenheit: »Aber ich krieg schon noch meinen Lohn! Gelt, Linda, sie zahlt mir schon noch aus, was ich zu kriegen hab!« Er warf sich mit stürmischen Küssen auf das erstaunte Kind.

Im selben Augenblick stieß ein Fuß an die Schwelle; und sehr blaß, erhobenen Hauptes und um den Mund ein leises Lächeln, gemischt aus Verstörtheit und Verachtung, erschien Nino.

»Grüß Gott, du lieber Bursch!« rief Jakobus. Der Knabe küßte der Herzogin die Hand, er sah sie nicht an.

»Oh, ich komme *nur – nur* wegen meiner Stunde«, sagte er kalt und trat vor das Fenster.

Die Herzogin bereute auf einmal jedes Wort, das sie seit dreißig Minuten gesprochen hatte. Sie begriff nicht mehr, daß sie hier sitzen konnte.

›Ich habe ihn verraten‹, dachte sie. ›Das ist kindisch und wahr.‹

Sie betrachtete sein Profil und fühlte alles mit, was in der Seele des Knaben sie anklagte und richtete. Sie fühlte mit innerlichem Weinen, wie sie ihn verriet, ihn und seinen großen Freund, gleich dem alltäglichen Weibe, das sie in seiner Seele nicht war. Sie war eine geliebte Ferne, ein Märchenziel, wo in Weben und Klingklang von Mondsilber und Harfen, über flimmernde Terrassen und nachtblaue Zypressen das unmögliche Gefühl steil aufquoll, ein himmelhoher Springstrahl, der nie zurückfiel.

Jakobus holte einen Entwurf herbei, spannte ihn in einen Rahmen und trat prüfend davon weg.

»Nun sieh doch einmal, was der Bursch gemacht hat! Ja, geruht denn heute der junge Meister keinen Blick darauf zu werfen?«

Er umarmte Nino von hinten, liebevoll, als ein älterer Bruder. Der Knabe duldete die Berührung, mit hochgezogenen Schultern. Er ließ sich fortschieben, bis vor die Staffelei. Plötzlich richtete er sich gerade auf.

»Das ist nicht von mir«, sagte er, leise und bestimmt.

»Was schwätzt er daher? Das soll nicht von ihm sein?«

»Das ist nicht von mir. Sie haben das verbessert.«

»Verbessert – verbessert... Ich bin ja dein Lehrer...«

»Nicht bloß verbessert. Es war überhaupt gar nichts, das, was ich gemacht hatte.«

Da ließ sein Blick die Zeichnung los; er traf erst den Maler und fiel dann auf das Gesicht der Herzogin, schwer und traurig. Sie erschraken beide und sahen weg.

›Er ahnt‹, sagte sie im stillen. ›Er ahnt Dinge, die ich selbst nicht weiß.‹

›Und die ich nicht wissen will‹, setzte sie hinzu, in stummer Empörung. Sie stand auf.

Jakobus hatte keine Antwort mehr für Nino. Er unterschied, unvermutet und für eine Sekunde, ganz klar alles, was geschah und was er selber tat.

›Er hat recht, der Bursch, ich bilde ihm ein, er habe Talent. Ich will ihn mir ja zum Freunde machen, denn die Herzogin sieht ihn gar zu gern. Da faß ich ihn denn um die Schulter und zeig mich ihr mit ihm zusammen. Etwas von ihrem Wohlgefallen fällt auch auf mich. Und *er* ist halt doch nur ein Knabe. Er wirbt... für mich.‹

»Nino, jetzt wird gemalt! Gemalt wird jetzt!« rief er und schwenkte den Knaben rundum.

›Ah bah!‹ dachte er. ›Er weiß von dem allen nichts. Das sind Grillen...‹

Und gleich darauf hatte er's selber vergessen.

Nino breitete seine Arbeit auf dem Tische aus: er zeichnete, gebückt und still. ›Ach Yolla, Yolla‹, flüsterte es immerfort in ihm. Er fühlte sich ganz wund. ›Ach, wäre ich nicht hergekommen, es wäre dann noch geradeso, wie es vorhin war, vor kaum einer Stunde, in unserm Zimmer... Ich weiß nicht, was seitdem geschehen ist. Es ist etwas

Schreckliches, aber ich verstehe es nicht...‹ Und zuunterst in ihm, aus seinen tiefsten Schmerzen, wickelte sich heimtückisch ein Wunsch hervor: ›O Yolla, daß ich dich gar nicht liebte!‹

›Nein, nein!‹ rief er sich zu. ›Ich will dich lieben bis zum Tode. Diesen Menschen aber hasse ich, mitsamt seinem Atlaswams vom Theater!‹

Jakobus sah ihm über die Achsel.

»Aber das ist ja ein Fortschritt! Herzogin, schauen Sie einmal her, bitte: jetzt fängt's an bei dem Burschen. Da gibt's keinen Zweifel mehr, jetzt wird was draus!«

Er schwatzte vor Freude. Die Besserung seines Schülers machte ihn übermütig, wie eine unverhoffte Rechtfertigung.

»Was will sie denn noch, Nino, die Frau Herzogin! Nicht bloß, daß ich selber ihr zu Gefallen ein großer Maler geworden bin. Man tut ja, was man kann... Aber jetzt mache ich noch einen aus dir – daß später, wenn meine eigenen Finger zittern, immer noch einer da ist, der ihrer Schönheit nachgeht und sie feiert. Bin ich ein treuer Diener, Nino? Meinst du wohl, daß sie mir einmal meinen Lohn auszahlen wird, die Frau Herzogin?«

Der Knabe blickte auf.

»Das ist mir unbekannt, es ist Ihre Sache«, sagte er frech. Er dachte: ›Wenn Onkel San Bacco einen haßt, so läßt er's ihn merken. Das geht nicht so weiter.‹

»Übrigens habe ich genug gezeichnet. Ich mache keine Fortschritte, Sie tun nur so. Ich werde auch niemals wieder herkommen. Ich will überhaupt kein Maler werden.«

»Wie bitte? Ich habe nichts gehört. Also hast du wohl nichts gesagt.«

»Nino«, sagte die Herzogin, »du denkst doch daran, daß deine Mutter zu Hause liegt und leidet, und daß sie hiervon nichts erfahren darf? Nichts davon, daß du die Kunst verlassen willst?«

Sie bat; er hörte es. Er hörte auch, daß sie den Namen seiner Mutter nur gebrauchte, um für sich selbst zu bitten.

»Ach, ihr mit euerm Kunstwesen!« sagte er langsam, leidend und trotzig, und sah zu Boden.

»Du möchtest dich lieber herumschlagen, ich weiß – Großes tun und sonderbare Dinge erleben. Aber begreife doch, daß dies alles durch die Kunst geschieht, ja, daß es fast *nur* noch durch die Kunst geschieht. Sieh doch, auch die Tracht der großen Zeiten – wer darf sie heute noch anlegen? Ein Maler.«

Der Knabe maß seinen Feind, flüchtig und ohne den Kopf zu erheben. ›Ich bin unglaublich ungezogen‹, dachte er, ›aber es muß sein.‹ Und er stieß geringschätzig den Atem aus.

»Ich bin dir wohl nicht schön genug?« fragte Jakobus.

»*Damals*«, fügte die Herzogin hinzu, »hatten die Maler Grund, sich voreinander zu fürchten. Bei der Arbeit trugen sie Schwerter.«

»Und Brillen?« fragte Nino. »Sehen Sie, es stimmt nicht.«

Jakobus wurde rot und ging beiseite.

»Komm, meine Linda, wir drücken uns fort. Wir schämen uns.«

»Und er schämt sich wirklich!« rief die Herzogin und lachte. Sie war beiden dankbar für diesen freimütigen Zank. Sie drängte mit beiden Händen die Stirn des Knaben zurück, bis er ihr in die Augen sehen mußte.

»Schau nur, er ist ja auch ein Bube – wie du. Drum kannst du ihn kränken. Weil er eine Brille trägt. Seid ihr Buben!«

Der Knabe wendete sich nach dem Maler, er versetzte laut und bebend: »Verzeihen Sie mir, bitte!«

»Dich, Yolla, hab ich noch viel, viel mehr gekränkt... Ah, du kannst gar nicht wissen, wie sehr.«

Er war auf einmal erweicht, unfähig, einen Menschen

leiden zu machen, und ganz beglückt durch die eigene Schwäche. Die Hand seiner Geliebten lag noch auf seiner Stirn; er fühlte es gar nicht, so leicht war sie. In seiner Verwirrung meinte er fast, es kauere dort eine Taube, weiß und wunderbar. »Yolla!« flüsterte er, und schloß die Augen.

»Gut Freund?« fragte Jakobus und bot Nino die Rechte.

»Ja«, erwiderte der Knabe, leise und ergeben.

Jakobus umhalste ihn und trollte mit ihm durch das Zimmer.

»Das Malen ist nun verpaßt. Es wird ja dunkel.«

Er haschte nach Nino und ließ ihn springen wie ein Hündchen. Mit ihm und der Gliederpuppe spielte er der Herzogin eine Komödie vor. Nino zeigte sich gelenkig, er dachte: ›Schweigt sie? Meint sie, ich sei nicht zufrieden?‹ Er lachte ihr zu, laut und herzlich, und sie erwiderte es.

Jakobus blieb endlich stehen, eine Hand auf der Hüfte, das Bein anmutig gebogen, und mit zerstörten Locken. Er atmete tief auf. Es war ihm jung zumute; er fühlte: ›Die knabenhaften Reize des schlanken Nino werden alle mir zugerechnet. Die Herzogin sieht nur noch mich.‹

»Nino!« rief er, sinnlos vor Frohlocken. »Die Frau Herzogin ist jetzt gnädig gestimmt, ich merke es. Geh hin und bitt sie, sie soll mir doch meinen Lohn auszahlen! Gehst du?«

»Was für eine kindische Hartnäckigkeit!« murmelte die Herzogin.

›Auch dies noch‹, sagte der Knabe für sich. Er drückte wieder eine Sekunde lang die Lider zu. Blaß, in einem Rausche der Selbstaufopferung, ging er auf sie zu. Er nahm ihre Hand; seine Lippen, sein Atem, seine Wimpern streichelten sie.

»Gib dem Herrn Jakobus seinen Lohn!« sagte er fest.

»Das hättest du nicht sagen sollen.«

Sie drehte sich um und sah Clelia Mortœil an der Tür stehen.

»Sie auch, gnädige Frau?« rief Jakobus. »Das ist reizend. Wir spielen gerade. Sind wir heiter!«

»Es freut mich. Spielen Sie weiter«, erwiderte Clelia, langsam und tonlos. Sie setzte sich, das Fenster im Rükken. Plötzlich sprach niemand mehr. Es dämmerte tiefer, Jakobus sagte gezwungen: »Frau Clelia, wir erkennen von Ihnen nur den Schattenriß – und der hat etwas seltsam Unheimliches.«

Man sah ihren Kopf sich bewegen, in leisen Stößen.

»Was ist Ihnen? Sie haben keinen Hut auf? Waren Sie in der Kirche? Gehen Sie ins Konzert?«

Es kam keine Antwort.

Die kleine Linda drängte sich gegen ihren Vater. Nino stand erwartungsvoll.

»Ach du, Nino Sventatello!« rief Jakobus laut und herzhaft. »Es ist zu dunkel zum Spielen. Ich erzähle dir eine Geschichte.«

Er zog das Kind und den Knaben an seine beiden Seiten, auf die niedrige Bank zu Füßen einer langen, geschnitzten Truhe. Die Herzogin stand vor ihnen.

»Nino Sventatello, dies ist die Geschichte von einem, der auch Hans Leichtfuß hieß, und der auf den Stufen eines Brunnens schlief, weil ihm kein Bett gehörte. Aber als er eines Morgens erwachte, gehörte ihm Rom; denn ein großer Herr, der erst am hellen Morgen nach Hause ging, hatte Gefallen gefunden an seinen blonden Locken und an den Schatten um seine geschlossenen Lider. Er ließ ihn in seinen Palast tragen und sorgte dafür, daß ihm mit äußerster Vorsicht neue Kleider angelegt wurden: weißseidene Schuhe, Strümpfe und Hosen, eine rote Weste, ein grüner gestickter Rock – denn er hoffte, wenn Nino in diesem prinzlichen Staat erwache, werde er zu lachen geben.

Nino aber lachte selber, sobald er die Augen aufschlug,

sehr befriedigt von den Kavalieren, die ihn bekomplimentierten. Ihre Perücken schleppten einen halben Fuß weit am Boden, so tief verbeugten sie sich. Er dehnte sich sodann mit solcher Anmut, dem Lakaien, der die Schokolade verschüttete, gab er so gewandt eine Ohrfeige, und setzte sich mit solcher Sicherheit auf das Lieblingspferd des großen Herrn, daß dieser endlich sagte: ›Halt! Du tust ja, als ob du ein Prinz wärst.‹ – ›Sie meinen?‹ entgegnete Nino. Der Herr verstand Scherz. ›Du sollst wirklich einer sein. Aber vorher mußt du beweisen, daß du Mut, Artigkeit und Redekunst besitzest. Diese Dinge zu besitzen, ist leicht für den, der schon in den Kleidern eines Kavaliers steckt. Darum sollst du sie in deinen alten Kleidern zeigen.‹ – ›Alte? Ich habe nie was Altes getragen.‹ – Man zog sie ihm an. ›Ich lasse die Verkleidung gelten‹, sagte Nino. Er sah sich den Kutscher des Hauses an: ›Das ist ein sehr starker Mann: ich wage es.‹

Als der Herr mit seiner schönen Tochter daherfuhr, legte Nino sich über den Weg, den Hals gerade vor das rechte Rad. Rechts saß das junge Mädchen; sie kreischte angstvoll. Der Kutscher riß an den Zügeln, das Rad berührte Ninos Hals. Der Herr wollte herausspringen, aber das Mädchen hielt ihn fest: ›Du bist so schwer, der Wagen würde einen Ruck bekommen, und er ist tot.‹ – Während die Pferde um seinen Kopf herum mit den Hufen stießen, redete Nino.

›Sie kennen mich, schöne Prinzessin: ich bin einer von den Knaben, die am goldenen Schlage Ihrer buntbemalten seidenen Kutsche standen und die Hand hinhielten; ich aber ließ die meinige sinken, weil Ihre Augen so groß und blau waren. Sie kennen mich, ich bin einer von den Knaben, die am Küchenfenster Ihres Palastes die Düfte einatmeten und dabei ein Stückchen trockenes Brot aßen. Aber droben an Ihrem Fenster sah ich ein Stückchen von einer weißen Schulter mit einer goldenen Locke darauf – und ließ mein Brot einem andern. Sie kennen mich, ich bin einer von den Knaben, die die Stäbe Ihres goldenen Parkgitters mit den Händen umfaßten, wenn auf den bunten Wiesen die Damen und die Herren Ball spielten. Ich aber sah Ihre goldenen Locken wehen und Ihre leichte Gestalt über die Blumen hinfliegen, ohne ihnen ein Leid zu tun – und umklammerte die Stäbe noch fester, sonst wäre ich übers Gitter fort in die glänzende Gesellschaft mitten hinein und Ihnen zu Füßen geflogen. Und weil ich nichts anderes mehr zu tun wußte, liege ich nun mit dem Halse unter den goldenen Rädern Ihrer Galakutsche und sage Ihnen, wie schön Sie sind und wie sehr ich Sie liebe.‹ (Dabei zitterte Ninos Stimme, denn was er sagte, war wahr – oder er meinte, es sei wahr: er wußte selbst nicht mehr.) ›Und gleich wird Ihr Kutscher, wenn er auch stark ist, die Pferde nicht mehr halten können, und ich sterbe für Sie. Denn die Leute, die hier in Haufen umherstehen, werden sich hüten, mich unter Ihren Rädern hervorzuziehen. Sie sind den schönen Reden viel zu geneigt und viel zu begierig auf anregende Schauspiele, um diesem unterhaltenden und spannenden Auftritt vor der Zeit ein Ende zu machen.‹

›Aber *ich* tue es!‹ rief das junge Mädchen, hüpfte aus dem Wagen und hob Nino auf. ›Wer bist du?‹ – ›Ich bin Prinz Nino, Ihr Vater kennt mich.‹ Der große Herr schnaubte zornig: ›Was ist das für eine Komödie? Was fällt dir ein, Betteljunge?‹ – Nino erwiderte ruhig und vornehm: ›Sie wollten, daß ich eine Komödie als Betteljunge spielen sollte. Ich, der Prinz, sollte beweisen, daß ich auch als Betteljunge Mut, Artigkeit und Redegewandtheit besitze. Ist es nicht mutig, wenn ich den Hals vor die Räder einer Kutsche lege, die von zwei wilden Hengsten gezogen wird? Ist es nicht artig, daß ich das zu Ehren einer Dame tue? Und werden mir nicht alle Anwesenden bezeugen, daß ich, selbst noch in einer ungewöhnlichen und halsbrecherischen Lage, zu reden verstehe?‹ – Der Herr lachte laut, ließ Nino die Prinzenkleider wieder anziehen und vermählte ihn mit seiner Tochter.«

Jakobus war fertig; er hörte mit Stolz, wie der Knabe neben ihm Tränen verschluckte. ›Das müßte sie sehen‹, dachte er. Nino dachte: ›Herrgott, wenn jetzt Licht gebracht wird! Meine Augen sind ja naß.‹ Er wagte nicht, sich zu rühren; und inzwischen blieb es still.

»Frau Clelia, hat Ihnen das gefallen?« fragte Jakobus.

Man wartete. Endlich kam aus dem Dunkeln die Antwort mit der Stimme eines gereizten Kindes.

»Ich weiß nicht. Mein Vater liegt im Sterben.«

»Oh! Oh!«

Jakobus stürzte auf sie zu, er umarmte sie in der Finsternis so fest, als risse er sie selbst vom Grabesrande weg.

»Warum sagst du das nicht eher?« murmelte er. »Warum läßt du dich nicht trösten? Du hast doch mich.«

»Ich bin zu dir gekommen, ja – aber es war ein Irrtum. Ich habe niemand. Ich bin ganz allein. Hast du vielleicht an mich gedacht, als – ihr vorhin so heiter waret?«

Er ließ sie los und rief nach Licht. Er fuhr im Zimmer umher.

»Herzogin, lassen Sie es sich nicht nahegehen, ich flehe Sie an.«

Die Herzogin eilte, sobald es hell war, auf Clelia zu.

»Ich bin erschüttert«, sagte sie leise, mehrmals.

»Nein, nein, ich bin ganz allein«, wiederholte die junge Frau, eigensinnig und voll Ablehnung. Sie wollte keine Teilnahme wecken, sie dachte nicht mehr daran, ein angenehmes Bild zu gewähren, wie früher, als klagende Nymphe. Sie wünschte nicht den Widerschein ihrer anmutigen Träumerei in die Augen der anderen zu werfen. Man sollte sie endlich nicht mehr liebenswürdig finden. Nein, sehr unliebenswürdig wollte sie sein, ganz ausgestoßen, ganz ohne menschliche Zuflucht und Herzlichkeit! Als einzigen Trost ersehnte sie es, ein Frösteln des Unbehagens und der Angst in die Stunden der Glücklichen einzuschleppen – der Glücklichen, die sie beraubten.

»Wir gehen hin, nicht wahr, Herzogin?« fragte Jakobus. »Frau Clelia, wir verlassen Sie nicht.«

»Es ist unnötig.«

Die Herzogin umfaßte von unten ihre beiden hilflos und abwehrend hingestreckten Arme.

»Stirbt er? Sie glauben nicht, wie ich das fürchte!«

Clelia stutzte vor der unerwarteten Leidenschaft.

Jakobus sah ihnen zu und ward plötzlich kleinlaut. »Bleibe hier«, so bat er Nino. »Bleib bei der kleinen Linda.«

Dann gingen sie.

Es war ein schweres Wetter. Der Himmel ergoß sich tief glühend, wie ein Feuerstrom aus geschmolzenen Weltkörpern. Die Nacht der engen Gassen war gesprenkelt von Farbenflecken: schaukelnden Ketten bunt durchleuchteter Papierbälle und umhergeschwenkten Reihen von Mädchen in blauen Tüchern und gelben und rosig gestreiften. Das Volk feierte seinen Heiligen. Es trieb hin und wieder, durch den Dunst schmorenden Öls, inmitten von weinseligem Lachen, verliebten Lockungen, von Harmonikaweisen, die lange plärrten, und dem der Mandoline keck entsprungenen Lied.

Die drei durcheilten das Fest und dachten an den Sterbenden.

Clelia empörte sich: ›Ich will nicht. Ich soll den Maler und den Geliebten verlieren, beide auf einmal. Ich werde mich wehren, ich werde böse, abscheulich böse sein.‹ Und sie grübelte, in Wut verbissen, darüber nach – gegen wen.

Jakobus rannte vor Ungeduld. ›Dieser Alte ist unausstehlich. Mit welchem Recht stirbt er und stört mich. Endlich soll ich sie bekommen, die Frau, die ich mir so mühevoll verdient habe; wie darf vorher etwas anderes geschehen!... Und sie hat Angst – wie ich.‹

Sie fragte sich: ›Warum fürchte ich diesen Toten? Wer war er? Einer im Tempel der Göttin! Gewiß, er schwärmte nicht, scheu und selig wie Gina; er hängte nicht schwere Kränze auf, er verbrannte keine duftenden Kräuter und holte keinen Klang aus großen, goldenen Leiern, wie ich es tun möchte. Er war der herrschsüchtige und geizige Priester, der hinter dem mit Eulen bestickten Vorhange die Goldstücke zählt. Er zerbrach die Arbeiter, er quälte aus ihnen heraus die letzte Kraft. Was hat er an Properzia getan! Dennoch ist mir's jetzt, als ließe er mich einsam und so gefährdet zurück, wie damals Properzia mich ließ. Ich bleibe allein mit eitlen Gaffern wie Mortœil, mit Lady Olympia, der umherstreichenden Unkeuschen, mit Siebelind, dem Feinde des Lichts. San Bacco erscheint als Gast; er ist von allen Taten heimgekehrt und versteht zu verehren. Aber Nino, der Knabe, mag noch nicht anbeten; es drängt ihn erst hinaus zu allen Taten... Und ich selbst, ich fühle etwas in mir, etwas Heißes und Unerbittliches, das mich fort aus der feierlichen Halle und hinunterdrängt über die hohen Stufen, an denen die Brandung des weihelosen Volkes sich bricht. Ich verschwinde schon in ihm, ich bin schon verloren.‹

Sie erschrak mitten in ihrer Träumerei, über die sinnlose Menge, die um sie her taumelte und sich stieß. Sie bestiegen den Dampfer und fuhren bis Cà d'oro. Wie sie in das Gäßchen einbogen zur Seite des Palazzo Dolan, kamen ihnen drei junge Dirnen entgegen. Drei Burschen beugten von hinten die geröteten Gesichter über die kupferblonden Haarknoten und sangen, dicht an den goldigen Hälsen, mit schallenden Stimmen etwas Zärtliches, das zu lachen gab. Eines der Mädchen hielt eine Rose zwischen den Lippen. Sie drehte sich plötzlich um nach dem Werbenden hinter ihr und warf ihm, mit ihren Lippen, die Rose gerade auf den Mund. Die Herzogin sah es, indes sie in das Portal trat.

Am Fuße der Treppe drängte die Dienerschaft des Hauses sich in einem Haufen. Sie fuhren zusammen beim Anblick ihrer Herrin.

»Was ist geschehen?« fragte Clelia.

Die Leute stießen einander an, wanden sich, stotterten.

»Gioacchino, du hast einen zerrissenen Rock... Deine Kleider sind ganz naß, Daniele.«

Ein kleiner, geschniegelter Mann hüpfte selbstbewußt herunter zwischen den großartigen und leeren Marmorgeländern.

»Contessa, ich grüße Sie. Sie kommen rechtzeitig.«

»Doktor, wie ist es mit meinem Vater?«

»Es geht ihm gut, Contessa.«

»Er wird leben?«

»Beruhigen Sie sich«, meinte der Arzt leichthin. »Er wird zwar nicht leben, aber im Schlafe hinübergehn... Ah, so –«

Er unterbrach sich.

»Der Anblick der Leute setzt Sie in Erstaunen. Es ist nichts. Wir haben soeben eine kleine Feuersbrunst gehabt, im Zimmer des Kranken... Mein Gott ja, es muß in einem Augenblick des unerklärlichen Auflebens seiner Kräfte geschehen sein... Ich war eben abwesend. Der Graf hat das Bett verlassen, ich frage mich, wie? An die Bilder auf den hohen Gestellen bei seinem Bett, an die hundertjährigen Meisterwerke hat er Feuer gelegt, mit Hilfe eines gewöhnlichen Ölkännchens. Diese alten, trockenen Rähmen, diese ausgedörrten Pergamente, alles das flackerte auf wie Stroh. Ich kam im rechten Augenblick dazu und rief die Dienerschaft. Ich bin glücklich, Contessa, Ihrem Hause einen Dienst geleistet zu haben. Ein paar Terrakotten sind immerhin zersprungen, ein paar Bilder sind verbrannt...«

»Mein Vater?«

»Der Graf lag am Boden und blies in die Flammen. Sein Hemd fing gerade Feuer. Beruhigen Sie sich, Contessa, es ist nichts geschehen; es ist gerade wie zuvor. Es ist meiner Kunst gelungen, den Grafen am Leben zu erhalten, wenigstens für die nächste halbe Stunde. Wir haben nichts zu fürchten für die nächste halbe Stunde – oder fast nichts: weiß man jemals? Ich muß jetzt zu einer wichtigen Verabredung, komme aber sofort zurück. So viele Komplimente, Contessa.«

Sie stiegen hinauf. Der Sterbende lag mitten im größten Saal, mit dem Kopf nach dem Eingang, hinter Kissen versteckt. Von hohen Staffelbauten aus Ebenholz und Bronze, die zusammengebrochen waren, floß ein breiter Schwall verjährter Kostbarkeiten bis vor das Bett. Die Rähmen waren geschwärzt und geborsten, angesengte Leinwandfetzen rollten sich zusammen. Es roch nach verbrannten Lumpen. Eine Niobe reckte, mitten aus aller Zerstörung, klagende Arme hervor. Die Herzogin erkannte in dem durchlöcherten Bilde, worin die Füße der Statue standen, ihr eigenes Porträt. Sie traf auf Farbensplitter und sagte sich, daß hier die Schönheit und die Größe drei- oder vierhundert Jahre gelebt habe – um zu ihren Füßen zu enden.

»Warum ließ man das zu?« fragte sie gereizt. »Warum blieb er allein?«

»Mein Mann«, sagte Clelia weinerlich, »er wird ausgegangen sein. Es verstimmt ihn, wissen Sie, wenn jemand stirbt.«

»Soll man das Bett in ein anderes Zimmer tragen?«

»Ach wozu.«

Sie schüttelte den Kopf, die Schultern ein wenig nach vorn gezogen.

»Arme Frau«, murmelte Jakobus, in peinlicher Ungewißheit, wie er sich zu verhalten habe.

»Wie ist er bleich!« äußerte die Herzogin. Sie entdeckte es auf einmal. »Da er ja sterben soll –«, meinte Jakobus, die Hände in den Taschen.

Sie trat vor das Bett, sie sagte eindringlich: »Ihre Tochter ist da. Conte Dolan, hören Sie? Ihre Tochter. Auch wir andern. Sehen Sie mich?«

»Unnötig«, versetzte Jakobus und stellte sich auf die andere Seite. »Er erkennt niemand. Sehen Sie nicht, daß er nur noch einen Gedanken hat?« Sie sah es. Der allerletzte Rest dieses fast versiegten Lebens ergoß sich in eine einzige Anstrengung: noch einmal hinaus aus den Hüllen, wo es zu sterben galt. Die Hände arbeiteten, der Kopf hastete in winzigen Rucken, hoffnungslos und ohne Rast, dem Rande der Kissen zu. Seine Haut war weiß wie Papier. In den schmerzlichen Gräben zwischen den entfleischten Wangenmuskeln und dem riesigen und harten Haken der Nase zuckte es regelmäßig und rasch. Die Lider schoben manchmal ihre schweren Falten ineinander, der erloschene Blick suchte etwas, im Fieber der gewährten Sekunde.

»Clelia, geben Sie sie ihm doch!« bat die Herzogin.

Es war jene römische Büste, die Properzia nur einem schenken mochte – ihre liebe Faustina, sie, die Dolan ihre Seele genannt und die er sich endgültig erobert hatte, damals, als die große Unglückliche starb.

Seine Tochter stellte sie auf den Bettrand. »Kennst du mich, Papa?« fragte sie. Seine gekrampften Finger begannen alsbald an dem Steine zu kratzen und zu zerren und sie zu würgen an ihrem armen entstellten Halse – die auserlesene und hingeopferte Seele, mit der auch er einst gerungen hatte, in den Tagen seiner Kraft.

›Welche Grausamkeiten, unerhört und irrselig, geschehen nun in diesem Schädel?‹ so fragte sich die Herzogin. ›Und er ist doch selber fast schon vergangen in die steinernen Ewigkeiten, denen die liebe Faustina gehört.‹

Schließlich entsank dem Ohnmächtigen der Stein. Clelia weinte zornige Tränen; ihr ausatmender Vater hatte sie nicht beachtet. Sie machte mit den Schultern eine Bewegung, als würfe sie alles hinter sich, und verließ rasch den Saal.

Die Herzogin deutete auf die Trümmer ringsumher und dann auf den Greis.

»Auch das war eine Leidenschaft«, sagte sie, wehmütig und stolz.

»Was ist da zu bedauern«, entgegnete er hart. »Es gibt Wichtigeres.«

Er wanderte umher, tief beunruhigt, in sich hineinhorchend. Plötzlich blieb er stehen; es war ihm, als sehe er sie zum ersten Male.

›Das ist ja erstaunlich! So zum Erschrecken schön war sie niemals; nie von so verzehrender und so fruchtbarer Schönheit. Das ist das Leben in Wollust, das ich malen will: das ist Venus, die ich in ihr vorausahne und die mir gehört! Oh, jetzt gibt es keinen Zweifel mehr... Und ihre Kraft wächst an diesem Sterbebett! Sehe ich nicht ihre Lippen sich höher röten? Es ist, als hätte der abgelebte Leib hier vor uns sich schon geöffnet und Tausende neuer, namenloser Keime ausgeschüttet – der Kreislauf sei schon vollendet, und das heiße Leben schlüge nun, wie dieser Gewesene es vielleicht kannte, uns beiden ins Gesicht. Ja, auch ich fühle es: wie ein Jungbrunnen sprüht es aus der Maske des Todes, empor zu uns, in unsere Augen und Münder, und erfüllt uns mit etwas Berauschendem. Sie wird nicht leugnen, daß es *Liebe* ist!‹

»Herzogin!« sagte er leise und fast herrisch.

»Ich weiß schon«, sagte sie, ihm gegenüber, und atmete schwer auf. Sie hatten beide gleichzeitig den Ruck gespürt, der sie aufheben wollte über das Bett und den Sterbenden fort, in einem Taumel, einander an die Brust. Sie klammerten sich jeder an einen Bettpfosten, und sie sahen sich an, im unruhigen Schein der einzigen Kerze, blaß und mit einem unbewußten Lächeln.

»Sie gehören mir«, begann er wieder. »Sie sind ja die Venus.«

Er stemmte die Hände auf das Bett und starrte sie an, über seine Brillenränder hinweg. Sein Bart zerdrückte sich, schon etwas grau, auf der Brust. Er trug noch sein samtenes Wams mit der weißen Krause. Der Mantel, worin er es verborgen hatte, hing starr und schwarz von den Schultern.

»Die Venus?«

»Wie ich's Ihnen vorhergesagt habe... Hatte ich nicht auch Minerva in Ihnen erkannt, bevor Sie's waren? Ihre Schönheit war damals bestimmt, immer kühler zu werden. Die Luft um Sie her schimmerte silbern, Sie schmiegten sich an Marmor und verschwanden unter Statuen. Heute beunruhigen Sie den Marmor, auf den Sie sich stützen. Sie teilen ihm ein seltsames Fieber mit. Betrachten Sie doch das zerrissene Bild dort...«

»Sie wünschen mich so, Freund. Meine Bilder sind Ihre Wünsche.«

»Gewiß. Jedes Ihrer Bilder ist nur ein Wunsch. Sättigen Sie mich endlich, dann kommt das Meisterwerk. Denn, Herzogin –«

Er sagte mit erhobener Stimme und feierlich: »Sie sind verpflichtet, mir das Meisterwerk zu geben. Es ist mir ehemals beschieden gewesen, die Pallas nochmals zu erträumen, die vor vierhundert Jahren einer gemalt *hätte*. Jetzt will ich die nie gesehene Venus machen. Von meiner Pallas haben Sie gelebt, diese ganzen sieben Jahre. Sie haben das Opfer meiner Kunst und meines Lebens entgegengenommen – ich erinnere Sie immer an dieselben Dinge. Jetzt geben Sie mir die Venus, die Sie sind: geben Sie mir *sich*!«

Er besann sich und unterdrückte seine Aufregung. Ruhig, mit Hochmut, setzte er hinzu: »Was bitte ich Sie viel. Es ist ja ohnehin Ihr Schicksal.«

»Kann sein«, erwiderte sie. »Dann überlassen Sie mich ihm und warten Sie.«

»Ach warten, warten – wenn wir doch schon längst alles wissen und einig sind.«

»Sie sind wie ein Kind, Sie werden rot vor Rechthaberei und Ungeduld. Sie nennen das Liebe? Ich lasse Sie reden, weil Sie ein Kind sind.«

»Hinter Ihnen das Bild!« stieß er hervor. »Es redet kühner als ich. Schauen Sie's an, bitte. Die Niobe steht mit den Füßen drin: wie schade. Vorigen September hab ich die Skizze gemacht, in Ihrer Villa. Es sollte eine kunstliebende große Dame sein in ihrem Park: ein Repräsentationsbild. Ich schwöre Ihnen, daß ich nichts weiter wollte. Kürzlich hab ich's ausgeführt. Und nun? In den waldigen Hintergrund, wo das Laub in schwerem Schweigen gelb wird, ist inzwischen etwas Atemloses, Begieriges geraten. Sie stehen in großer Toilette, den gestickten Kragen aufrecht im Nacken, vor einer Marmorbalustrade. Der Marmor *lebt*, Sie merken das doch? Sie legen Ihren nackten Arm auf den Sockel, und unter Ihrer geäderten Hand, die schmal und fingernd an seiner Flanke herabhängt, färben sich auch die Adern des Steines dunkler und scheinen zu schwellen. Was ist das? Die Vase zu Ihren Häupten wölbt sich und will empfangen, der Tanz der Frauen auf ihrer Rundung atmet heißer… Und Sie selbst, Herzogin – Ihre Robe taumelt in weichen, müden und verlangenden Falten; Ihre Augen sind halb geschlossen, beinahe blind vor Sehnsucht; die eine Ihrer dunkeln weichen Lippen küßt die andere. Ein paar rote Blätter liegen Ihnen vor den Füßen. In dem Wasser drunten am Gehölz bluten ein paar rote Lichter. Ich habe vergessen, woher sie kamen. Was sagt dieser schwere, verhalten keuchende Herbst? Was sagen *Sie*, Herzogin? Ich weiß es nicht. Ich, der ich Ihnen noch an jedes Wasser und zu jedem Stück Glas gefolgt bin und jedes Ihrer Spiegelbilder aufgefangen habe, ich weiß es nicht. Ich habe es gemalt.«

»Sie wußten es noch eben«, sagte sie leise. Er erwiderte ebenso: »Und Sie wissen es auch.«

»Mag sein... Aber ich merke auch, daß wir uns zu sehr erhitzt haben. Und zwischen uns liegt einer –«

»Der schon ziemlich kalt ist«, ergänzte Jakobus, grausam auflachend.

Es schauderte ihr.

»Clelia!« rief sie. Sie wendete den Kopf; ihr Haar war vom Kerzenlicht rotgolden eingesponnen; ihr Profil war ins Dunkel geraten, weiß und steinern.

»Clelia, Ihr Vater –«

Der Vorhang schlug einmal hin und her; aber die Schritte der Fliehenden hörte niemand. Clelia lief in ihr Zimmer; sie verschloß die Tür, sie warf sich auf das Ruhebett und drückte das Gesicht fest in das Kissen. Es quoll ihr in den Mund, ein Knebel aus Seide. Ihre Nägel zerrissen es. Auf einmal erhob sie den Kopf, keuchend, und betrachtete sich im Spiegel. »Ich sehe schon bläulich aus«, sagte sie. »Fast wäre es mir gelungen, ich könnte schon tot sein – vielleicht noch vor ihm, der mir keinen Blick gegönnt hat. Warum sind eigentlich alle mir feindlich geworden?«

Sie weinte und sah im Spiegel ihre Tränen rinnen.

›Gut, sie sollen es haben‹, beschloß sie endlich. Sie setzte sich hin, zerbiß ein Spitzentuch und starrte, vergrämt und böse, aus dem Fenster.

›Früher haben sie mich süß und gütig finden wollen: ich habe ihnen den Gefallen getan. Jetzt sollen sie merken, daß es mir nur aufs Herrschen ankommmt. Welch ein Genuß, ihnen zu zeigen, daß ich gar nicht so gut war, wie sie meinten – mein eigenes Bild zu zerstören! ... Er hat mich niemals geliebt, ich weiß es, und es ist mir gleichgültig.

Und die unbändigen Schöpfungen, die ich aus seinem Genie herauszerren wollte, auf die habe ich schon längst verzichtet. Es ist nun gerade meine Genugtuung, daß er mit mir zusammen versandet ist, er, der soviel verhieß... Und jetzt will er sich erheben, und ich soll liegenbleiben? Das Meisterwerk, das ich ihm nicht entringen konnte, das genießt jetzt diese andere? Ich werde dafür sorgen, daß das *nicht* geschieht. Ob sie sich lieben oder nicht – ich bin keine gebeugte Verlassene. Aber er soll auch als *ihr* Geliebter der Damenmaler im Provinzwinkel bleiben, der er zu meiner Zeit war. Das ist mein Ehrgeiz, und ich denke, ihm Genüge zu tun.‹

Darauf verfaßte sie einen Brief an Frau Bettina Halm in Wien.

»Ihr Mann ist in Intrigen verwickelt, die seine Gesundheit bedrohen und möglichenfalls sein Leben. Sie lieben ihn, ich weiß es, darum rate ich Ihnen als Verehrerin seines Talentes: Kommen Sie, wohnen Sie bei mir. Ich berichte Ihnen mündlich von den gefährlichen Lockungen, denen er, der sinnliche Künstler, leider nicht widerstehen konnte. Die andern Liebhaber der Dame gehen daran, sich zu rächen, vor allem der gefährliche Duellant San Bacco...«

Sie zerriß den Brief.

›So etwas schreibt man nicht. Übrigens wird diese Gattin eine eitle Gans sein, die sich in Gesellschaft mit seinem Genie aufputzt.‹

Endlich entwarf sie eine Depesche.

»Ruhe und Arbeitskraft Ihres Mannes sind gefährdet, kommen Sie sofort.«

Gina litt, einsam in ihrem Zimmer, unter den schwülen Dämpfen, die lange Tage hin und her stiegen zwischen Himmel und Meer. Am ersten blauen Abend entführte die Herzogin ihre Freundin auf die Lagune, in einer schlanken braunen Gondel ohne Haken und ohne Felze. Die beiden

Gondoliere waren frisch gekleidet, in Anzug und Mütze aus weißer Seide. Sie trugen Schuhe von gelbem Levantiner Leder mit dicken Quasten und um den Leib eine blauseidene Schärpe mit silbernen Fransen. Es wehte lind, eine rosig beleuchtete Wolke stand über der Punta di Salute.

»Wie süß, arglos und voll kann das Leben sein!« sagte Gina. »Am Morgen in der Nähe eines geliebten Bildes weilen zu dürfen oder bei einem Monument, das uns stolz und glücklich macht, als verherrlichte es uns selber; am Nachmittag dort drüben im Garten zu ruhen, wo verwitterte Statuen die dunkeln Lauben mit Fabelspielen schmücken; tief den Meerwind einzuatmen, und dann zurückzufahren durch die blaue, sonnige Lagune, die fröhliche Riva entlang; in einer Gondel ein schönes Gesicht aufblühen zu sehen wie ein unverdientes Wunder und bei jeder Wendung des Kopfes die glänzende Piazzetta wiederzufinden, rosig und weiß hinter bunten Segeln – wie ein Traum – ein Traum –«

Sie schwieg; ihre Augen sannen, »ein Traum«, wiederholte sie und durchkostete das Wort, als hätte sie es eben neu erschaffen. Die Herzogin dachte: ›Ja, das ist das Beste, was ich in der Welt kenne. Und dennoch langweilt es mich.‹

Gina sprach weiter: »Dann bricht die Sternennacht an. Der Säulenportikus der alten Dogana steht verflimmernd weißlich, geisterhaft in seinem dunkeln Spiegel. Ein Kriegsschiff wirft eine Reihe langer Lichter ins Wasser, und der schwarze Schattenriß einer Gondel, mit weißen Ruderern darauf, die taktmäßig nach vorn fallen, gleitet stumm durch den glühenden See. Die Gondeln irren langsam und lautlos durcheinander in der Finsternis. Eine Mandoline wirft uns aus der feuchten Ferne eine Melodie zu, wie eine Kette kleiner blasser Korallen. Dann stimmt neben uns auf dem Wasser einer ein Volkslied an…«

»Er hat diese ganze Poesie irgendeinem Fremden verkauft, für wenige Lire«, sagte die Herzogin und lächelte, als entschuldigte sie ihre Worte.

»Was geht's mich an«, erwiderte Gina, »daß er ein gewöhnlicher Poesieverkäufer ist? Ich will gar nichts von ihm, ich empfange einfach die Töne, die nicht mehr ihm, die schon der Nacht gehören. In ihrem Schoße, tief in meiner Gondel liege ich und schließe die Augen. Ich will gar nichts mehr von den Menschen als ein paar verlorene Töne, deren Süßigkeit sie selbst nicht kennen, will gar nichts mehr als ein heimliches Gefühl: – ich habe früher so sehr gedarbt.

Ich will kein Gefühl in Liedern. Ich zucke befremdet die Achseln, sooft einer mich mit Versen rühren möchte. Ich finde ihn zudringlich. Meine Dichter sind klare Meister des Worts; sie verschmähen die kleinen weinerlichen Menschlichkeiten. Sie sind stolz auf ihr Herz, das Vollendetem schlägt. Ihre Verse geben, wenn wir sie aussprechen, einen Klang, als fielen bronzene Münzen nieder auf Marmor. Sie haben ihre untadeligen Stanzen und Sonette in diese engen und von Kunst berstenden Plätze eingelassen als Reliefs, schwellend von Bildern und streng.

Und doch haben wir, wenn wir sie zusammen lasen, manchmal geweint.

Nur die Übermacht ihrer Schönheit hat uns Tränen entlockt... Ich denke daran, wir saßen auf steilen, purpurnen und vergoldeten Bänken, im harten Licht hoher Porphyrbögen, und wir lasen Gedichte, in denen Königsmäntel blutig rauschten und eherne Posaunenklänge die Tempelstufen hinanrollten.

Und auf blassen, weichen Polstern lagen wir«, so fuhr Gina fort – »verwischte Blätterschatten glitten über flüchtige Seiden, schwachlila und zage, und unter dicht verhängten Fenstern sagten wir uns müde, gestammelte Verse, Verse, in denen ein kranker Liebhaber bittet und von entlaubten Bäumen leise Federn zögernd aus verlassenen Nestern schaukeln... Venus und Amor waren in einem Oval aus Elfenbein auf dem Buchdeckel... Aber manchmal ward es schaurig; wir lasen uns in Schlösser hinein voll Erinnerungen an üble Größe. Die Frauen lächelten, rote Male an den Hälsen, und draußen, über die schwarze Waldmauer, rasten die Schatten unholder Abenteuer. Neben uns, aus schweren Leuchtern mit bronzenen Postamenten voller Ungeheuer und Schlachten, stieg das bleiche Licht, wie aus den Ängsten einer Traumnacht.«

»In diesen Versen«, so schloß die Herzogin, »sind die Madonnen wieder, was sie zu ihren Tagen waren: die bis in den Himmel hinauf Geliebten. Und die Engel haben sie zurück, die unsägliche Grazie ihres allerersten Augenaufschlags.«

Nach einer Weile flüsterte Gina: »Die lieben, lieben Kunstwerke –« Sie brach ab, sie atmete mühsam.

»Die Luft ist schon wieder schwer geworden. Wie die Wolken sich verfinstern und die Lagune alle Farbe verliert! Ich bin sehr traurig.«

»Warum, Gina?«

»Ich muß Venedig verlassen, um für mein Kind noch ein wenig zu leben. Diese schöne Stadt tötet mich – es wäre ein zu glücklicher Tod, hier inmitten der Tröstungen meiner lieben, lieben Kunstwerke. Ah! Sie sind gütig und treu, sie bedrücken den Schüchternen nicht. Vor den Vergewaltigungen durch Menschen bin ich zu ihnen geflüchtet, die so feierlich zu mir sprechen, und dabei so innig. Ich verschwinde in ihnen, ich vergesse den Menschen, der ich war, und wie mißhandelt und entwürdigt er von andern Menschen war – und es bleibt von mir nichts übrig als das Gefühl, erwärmt im Sonnenschein der Bilder.«

»Ich aber«, sagte die Herzogin, »ich werde erst ganz Ich im Umgang mit den Bildern! Nur sie sind meinesgleichen, nur bei ihnen genieße ich meinen ganzen Stolz und die Liebe, deren ich fähig bin. Ich habe, seit sie mich zu ihrer

Freundin machten, voller, verschwenderischer, mutiger gelebt als früher, da ich Staaten umwerfen wollte und tausend Menschen für mich sterben ließ.«

»Leben?« flüsterte Gina. »Ich will es ja vergessen, das Leben.«

»Ich nicht. Mein Kunstgenuß ist kein Verzicht. Ich bin zu Gaste bei den schönen Werken; denn sie geben mir Rausch und Macht.«

»Und wenn sie es einmal nicht mehr tun?«

Gina verfolgte mit angstvoller Miene das Heraufziehen des Gewitters. Venedig lag, ein kreideweißer Streif, gespenstisch zwischen dem schwarzen Himmel und der fahlblauen Lagune.

»Dann«, erwiderte die Herzogin und warf den Kopf zurück, »dann gehe ich weiter.«

Clelia kam in großer Trauer, die sie verjüngte. Unter dem dichten Schleier glitzerte ihr Haar golden wie ein versenkter Schatz. Sie brachte Frau Bettina Halm mit. Die Herzogin saß am Brunnen im Saal der Minerva.

»Die Damen kennen sich also schon von früher?«

»Bettina ist meine Freundin, wie ihr Mann mein Freund ist«, erklärte Clelia. »Ich habe sie eingeladen.«

»Sie wohnen nicht bei Ihrem Gatten, gnädige Frau?«

»Oh, nein.«

»Haben Sie ihn gesehen?«

»Wir waren heute zusammen bei ihm«, sagte Frau Halm und ließ ihren Blick ganz plötzlich in den Schoß fallen. Dabei lächelte sie leer und ängstlich. Sie setzte die Herzogin in Erstaunen. Dieser fleckige, blaßäugige Kopf mit dünnem, flachsigem Haar krönte eine große Gestalt, volle Schultern und eine starke Büste; und er allein schien abgemagert aus Kummer über die eigene Häßlichkeit.

Die Herzogin dachte: ›Die arme Frau, unschön und einfältig! Sie läßt sich von Clelia benutzen. Und Gattin und Geliebte, beide gegen mich verbündet, haben es kaum gewagt, vor Jakobus hinzutreten. Die armen Frauen!... Ich werde ihnen etwas Liebenswürdiges sagen.‹

Clelia empfing es kühl, Bettina dankbar. Dann ward das einförmige Gespräch unterbrochen durch das Erscheinen Ginas mit ihrem Sohne. Frau von Mortœil zog sich mit ihnen zurück. Sogleich beugte Frau Halm sich ein wenig vor; sie sagte vertraulich und leise: »Sie glaubt, mich zu täuschen. Sie ist sehr unbedeutend, die Arme. Verzeihen Sie diese Komödie, Herzogin!«

»Ich glaube zu wissen, welche Komödie Sie meinen. Aber erklären Sie mir doch.«

»Sie hat mich glauben machen wollen, mein Mann stehe in Gefahr. *Sie* brächten ihm Gefahr... Seien Sie nicht gekränkt, es ist ja eine törichte Lüge.«

»So sind Sie nicht ihre Freundin?«

»Wie könnte ich! Er hat mir ja geschrieben, daß sie ihn quält!«

»Er schreibt Ihnen?«

»Allerdings!«

Sie drängte die Schultern nach hinten und machte ein erstaunlich eitles Gesicht. Der Kopf geriet ins Zittern vor Anstrengung. Sie hielt ihren Blick krampfhaft fest in den Augen der Herzogin, aber plötzlich entwischte er ihr, jagte davon im Zickzack, scheu und verstört, wie bei einer Überrumpelung – bis er wieder in ihrem Schoße anlangte. Als sie sich erholt hatte, sagte sie: »Sie glauben wohl, er behandele mich schlecht? Oh, ich soll Ihnen weismachen, er sei selbstsüchtig. Die andere wünscht es; sie ist leicht zu durchschauen, nicht wahr? Ich durchschaue alles, ich bin nicht dumm... Überdies, wie gesagt, schreibt Jakobus mir. Oftmals, wenn sein Herz in Not ist, fragt er mich um Rat.«

»Das tut er?«

»Weiß er doch, daß niemand ihn so liebt wie ich, so – wunschlos.«

Sie seufzte.

»Zum Beispiel«, so fuhr sie lebhaft fort, »da, diesen Saal kenne ich ganz genau: es ist der Saal der Minerva. Er hat ihn mir eines Tages beschrieben, aus einem gewissen Anlaß. Sie, Herzogin, haben hier während Ihres ersten Festabends gesessen, an der Stelle, die Sie gerade jetzt einnehmen, und er ist vor Ihnen auf und ab gegangen. Auch Properzia Ponti saß am Brunnen und noch eine. Diese dritte reizte ihn und nahm ihn sich, trotz seines Zornes. Seit dem Abend liebt er Sie, Herzogin, Sie wissen es ja. Es sind nun sieben Jahre, nicht wahr?«

Mit leichten Gesten ihrer starken Arme sprach sie wie über einen ganz geläufigen Gegenstand, und ein förmliches Lächeln, das selbstverständliche Dinge zu bestätigen schien, wich nicht aus ihrer Miene.

»Mein Gott! Sieben Jahre! ... Sieben Jahre lang ein Ideal gewesen zu sein, eine Unerreichbare. Sie verstehen es, Herzogin, wenn ich Sie beneide. In diesem Sinne! Die andere – Sie wissen welche –, die beneide ich nicht: ich verachte sie zu sehr. Eine lästige Geliebte ist viel verächtlicher als eine ungeliebte Gattin: sind Sie nicht auch der Meinung?« fragte sie bittend.

»Ich glaube«, sagte die Herzogin. Und plötzlich fielen Fesseln von Bettina. Leidenschaftlich, die Hand auf dem Herzen, flüsterte sie: »Wie glücklich sind Sie, die Sie am selben Orte leben wie er, ihn täglich sehen dürfen. Oh, glücklich, mehr als ich fassen kann. Nicht wahr, er ist ein großer Künstler?«

Die Herzogin vernahm den Schrei einer inbrünstigen Überzeugung. Ehrfürchtig fast erwiderte sie: »Ja.«

Geheimnisvoll wisperte darauf Bettina: »Aber er hat noch nicht sein Höchstes geschaffen. Nur eine Frau könnte es aus ihm hervorzaubern. Oh, nicht jene andere. Sie hat schönes Haar, das ist viel – sehr viel. Wenn ich ihr Haar hätte! Ach, ich bin nicht schön... Aber sie ist kalt und unbedeutend. Sie glaubt mich täuschen zu können. Eine Frau, die so liebt wie ich, täuschen zu wollen: schon das zeigt, wie unbedeutend sie ist. Er duldet sie – wegen ihres Haares und auch weil er nicht weiß, wie sie loswerden. Sie ist ja nicht seine Frau. Oh, mit mir war es anders. Mich war er schnell los... Wenn ich ihr Haar hätte! Nein, ich brauche es nicht: Wenn ich *Ihres* hätte, Herzogin. Und Ihren Geist: All Ihre Schönheit! Wie sollte er groß werden! Ich würde dann sicherlich wissen, was er schaffen sollte, um größer zu werden als alle. Jetzt weiß ich's ja nicht, ich Arme. Und wenn ich es wüßte, ich dürfte es ihm nicht sagen: bin ich doch häßlich. Oh, wäre ich schön!«

Sie weinte fast. Sie hielt die Hände gefaltet auf den Knien und den Kopf gesenkt.

›Es ist eine überanstrengte Seele‹, dachte die Herzogin, gerührt und beängstigt. ›Was soll ich ihr sagen?‹

»Er wird noch einmal erkennen, was Liebe wert ist«, äußerte sie. Bettina sah auf.

»Glauben Sie?« fragte sie bitter, und die Herzogin hörte die ganze Qual, mit der die Arme ihren Zweifel bezahlte, den Zweifel an ihrem Gotte.

Clelia kehrte zurück, mit Gina und Nino. Bettina fuhr empor, ihre Blicke flogen haltlos im Saale umher. Sie begann ein eiliges Geplauder, mit eleganten Gebärden und kleinen albernen Lachanfällen.

In der Nacht erwachte die Herzogin mit dem Gedanken: ›Ich muß fort aus Venedig, wie Gina. Warum lasse ich mir Unlust und Sorgen machen. Draußen warten unberechenbare Weiten voll neuen, freien Lebens. Keine Forderungen verfolgen mich dort, keine Pflichten gegen abgetane Heiligtümer. Ich will als eine Unbekannte über Land fahren. Keiner soll auf den Gedanken verfallen, mich mit seinen Leiden herabzustimmen oder mich zu beunruhigen mit seinen Begierden.‹

Am Morgen besann sie sich auf diesen Einfall, und er überraschte sie.

›Bettina hat mir zu denken gegeben. Weil er ihr schreibt, weil er ihr armes, irres Herz noch mehr verstört mit allen Abenteuern seiner Sinne, darum dankt sie ihm und leugnet seine Selbstsucht. Ach, ich kenne seine Selbstsucht erst ganz, seit ich Bettina kenne. Sie hat ihm sehr geschadet. Den Anblick dieser Frau werden alle seine Werbungen mich nicht vergessen machen.‹

Schließlich sagte sie sich: ›Und wenn sie mich nicht ängstigte, so wäre doch ihr Unglück mir heilig. Ich werde ihn niemals erhören, den Mann der Frau, die so leidet.‹

San Bacco trug nur noch ein Pflaster auf der Wange. Die Herzogin feierte seine Genesung, und auch sein Gegner kam. Mortœil behielt, um sich seinen Sieg über den alten Kämpen verzeihen zu lassen, den Arm in der Binde, obwohl seine kleine Beschädigung längst vernarbt war. San Bacco war bewegt; er ging ihm entgegen und umarmte ihn. Bei Tafel nahm er ihn an seine Seite. Er selbst saß links von der Herzogin, die zu ihrer Rechten den Herrn von Siebelind hatte. Neben ihm wartete ein Platz.

»Lady Olympia kommt«, erklärte er, »sie kommt bestimmt. Ich bin ja in ihrer Gondel hergefahren. Ich habe sie bei Mistreß Lewis verlassen. Sie mußte noch zur Contessa Albola, zur Signora Amelia Campobasso...«

»Hat sie von Ihnen verlangt, daß Sie die Liste auswendig lernen?« fragte Jakobus über den Tisch hinweg.

»Ich habe sie ihr sogar selbst gemacht«, schnarrte Siebelind. »Heute früh, als wir von Chioggia zurückkamen... Wenn Sie, Verehrtester, etwa zweiflerisch gestimmt sind –«

»Nicht zweiflerisch, nur neidisch.«

»Und das mit Recht.«

Sie lachten sich ins Gesicht. Siebelind feixte vor Glück,

Jakobus war erregt und benahm sich geräuschvoll. Sooft er an seiner Frau vorbeisah, schlug sie aus Folgsamkeit ein kindisches Gelächter auf. Clelia, die für diesen Abend ihre Trauer abgelegt hatte, nahm wahr, wie kühl die Herzogin ihn behandelte, und sie beherrschte sich nicht mehr vor Freude. Nino saß stumm am Tischende neben der kleinen ernsthaften Linda im Prachtkleide. Gina lächelte.

Man speiste in der Halle, inmitten der gemalten Feste. An Galerien und Treppen vorbei erhob sie sich bis unter das gläserne Dach. Es war geöffnet; Schwalben blitzten durch ein dunkelwogendes Blau. Es hing herein, schwer zum Herabsinken: ein Baldachin, der alle begrub unter Glanz und Triumph.

Siebelinds Ausgelassenheit riß die einen hin und die anderen machte sie verstummen.

»Meinen Morgen habe ich ganz und gar beim Chemisier verbracht – und bloß wegen dieses Hemdkragens. Sie glauben nicht, wie ich eitel bin. Eine Krawatte, die meine Gesichtsfarbe um eine Schattierung gesünder macht, beschäftigt mich stundenlang.«

»Sie Geistesmensch.«

»Die Glücklichen haben keinen Geist, sie pfeifen drauf. Der Daffrizzi hat mir selber die Kragen anprobiert. Er hat Angst geschwitzt bei dem heiklen Kunden. Schließlich hat er gelächelt.«

»Sie haben ihn dafür geohrfeigt?«

»Ich habe ihm die Hand geschüttelt. Ich bin ja ein Glücklicher. Ach, hören Sie, da war in Chioggia gestern ein Esel mit Maitrieben –«

Und er ahmte das Geschrei nach.

»Sie muß übrigens im nächsten Augenblick da sein«, versicherte er unvermittelt und sah den andern nach der Reihe in die Augen. Sie waren alle voll lächelnder Hochachtung. Seine eigenen blinzelten nicht mehr; sie musterten alles von oben, sie, die sonst von unten spähten. Ihre

Lider, rot gerändert von den Anstrengungen der Nacht, standen aufgerissen. Er verschränkte die Arme, mit den hageren und geröteten Gelenken, tief über dem Magen. Er reckte sich, um seine hohle Gestalt stand wie aus Holz der Frack, und er trug den Kopf stolz gescheitelt und hoch. Verwirrende Schicksale hatten Siebelind, allen unerwartet, emporgeschnellt zu hektischem Selbstbewußtsein.

›So sieht das Liebesglück aus‹, sagte sich die Herzogin. Er zog sie unheimlich an.

»Also in Chioggia waren Sie?«

»In Chioggia, Herzogin!«

»Seit wann?«

»Seit gestern früh!«

Sie sah ihn strahlen. Ein wenig Fettschminke und einige Kohlestriche unterstützten seinen Glanz. Sie verschafften der Nase eine vergängliche Biegung und erkünstelten den Wangen einen schmalen Umriß, fein und arrogant.

»Sagen Sie doch, Sie sind sehr glücklich?« fragte sie, schnell und begierig.

»Über alle Maßen! Und über alle menschlichen Begriffe! Denn wenn ich es recht bedenke, liebte ich Lady Olympia schon seit sieben Jahren – jawohl, seit damals: worüber erschrecken Sie, Herzogin? – und hielt ihren Besitz für so unmöglich wie das Fliegen. Und nun –«

Er faltete die Hände.

»Nun hat sie mich das Fliegen gelehrt.«

»Und Sie bereuen gar nichts?«

»Was denn!«

»Nun, ich meine, früher wollten Sie die wahre Liebe, wie die wahre Kunst, unsinnlich, formenlos mystisch?«

»Das war mal ein Unsinn! Herrgott, war das ein Unsinn!«

»Sie glaubten daran. Aber Lady Olympias Formen waren stärker. Sie sind in Ihre Asketensinne eingebrochen und haben Ihren primitiven Garten aus Lilien und Majoran jämmerlich zerstampft... Und Ihre Sittlichkeitsmedaille?«

»Wollen Sie alles wissen? Ich bin, ob ich's nun ahnte oder nicht, dem Bunde nur wegen meiner schwachen Konstitution beigetreten. Ich meinte, nichts zu vertragen. Es war ein Irrtum, ich vertrage viel, ich darf sagen, ungewöhnlich viel: das – hat man mir bezeugt. Wie mir übrigens das jetzt gleichgültig ist! Ich liebe und werde geliebt!«

»Um so besser.«

»Beachten Sie bitte, Herzogin, meinen gesunden Appetit. Und was guter, alter Burgunder ist, erfahre ich in diesem Augenblick, da ich das Glas an die Lippen hebe. Nehmen Sie das wörtlich, bitte. Das Glück hat aus mir von gestern auf heute etwas durchaus Neues gemacht, es hat mich gewissermaßen auf die andere geistige Welthälfte gestellt. Von den Verschmähten bin ich plötzlich entrückt zu den Begehrten. Sie können sich denken, wie verwunderlich mir zu Sinn ist. An alle Dinge ist ein Stück angesetzt, und an alle ein erfreuliches. Nichts fehlt zu meiner Wonne; ich werde sogar beneidet.«

»Von wem?«

Sie dachte: ›Da Lady Olympia noch keinen verschmäht hat –‹

»Von Jakobus. Der Arme gebärdet sich lärmend aus Unfroheit. Er erklärt laut, auf mich neidisch zu sein, damit man's nicht glauben soll. Meinen Sie nicht, er ist es dennoch?«

»Wer weiß.«

Sie dachte: ›Wie muß ich ihn schon gereizt haben, wenn er nach *diesem* Glück schielt!‹

»Ach, ich würde mich so gern beneiden lassen.«

»Das ist kein guter Zug, das Glück verdirbt Sie.«

»Wir Glücklichen folgen unsern Trieben. Nur kein verständnisvolles In-andere-Hineinkriechen! Nur keine

Selbstquälerei: wie ekelhaft! Der Geist überhaupt ist verächtlich; bloß das Unglück hat ihn.«

»Der Geist war bisher Ihre Überlegenheit über – uns.«

»Ich danke für die Überlegenheit. Will keinen Geist. Will gar nichts sehen noch wissen... Übrigens werde ich den Jakobus mir versöhnen. Ich werde so tun, als glaubte ich, daß er Lady Olympia schon vor mir besessen hat.«

»Sie entweihen ja Ihre Geliebte?«

»Große Worte! Was macht so etwas, wenn man liebt und geliebt wird. Sie würde mich verstehen! Ich habe das Bedürfnis, alle auf meine Seite zu bringen, zur Erhöhung meines Glücks. Friede und Freundschaft... Erlauben Sie, Herzogin, daß ich das der ganzen Gesellschaft sage.«

Er verschluckte nochmals den Inhalt seines Glases, füllte es wieder mit Burgunder und schlug dagegen.

»Meine Damen, meine Herren, wir feiern, wie Sie wissen, zwei Helden, die, wenn es nach ihnen gegangen wäre, einander so mitgespielt haben würden, daß wir sie gar nicht mehr feiern könnten. Zum Glück ist es ihnen mißlungen. Zu noch größerem Glück haben sie sich die Hände gereicht. Lassen Sie uns alle Hand in Hand leben! Unbefangen unter Glücklichen! Lieben und geliebt werden, das ist das einzige, was zählt... Übrigens haben wir Lady Olympia sofort zu erwarten!« rief er dazwischen und sah nach der Uhr.

»Dahinschlendern, immer den Sinnen nach, ohne Bedenken, ohne Eile, ohne Pflichten, und womöglich zu zweien. Genießen, was die Welt hat. Wir haben noch gestern überlegt, Lady Olympia und ich in Chioggia, wie wir – wenn das anginge – die Stunden unseres Tages über Europa verteilen würden. Wir nahmen uns vor, am Nachmittag in einem gewissen kleinen Ostseebad Krabben zu essen und wenn dort die Küste zu kühl würde, den Spaziergang zu Venedig auf dem Lido zu beenden; die leere Stunde vor dem Diner auf dem Boulevard des Italiens zu vergaffen; in Rom, im kleinen Salon bei Ranieri zu speisen; die Theaterstunde halb der Scala und halb einem Londoner Music Hall zu schenken; hinterher in Wien eine Portion Gefrorenes zu genießen; und am Ufer eines Alpensees bei offenen Fenstern schlafen zu gehen.«

Er betrachtete zärtlich sein funkelndes Glas.

»Seien wir glücklich: es ist so schön! Trinken wir auf unsere Helden!«

Nino trank seinen Wein und verließ unbeachtet die Tafel.

›Was soll ich dort! Welch ein unglücklicher Tag! Ich sitze nicht neben meinem großen Freunde. Und Yolla hat mir noch kein einziges Wort gesagt. Die Veilchen auf den Spitzen, vorn an ihrem Halse, die habe ich zweimal gesehen und einmal, sehr flüchtig, ihr Profil. Gerade schlossen sich ihre Wimpern: der mit ihr sprach, muß davon ein leises Wehen gespürt haben, sie sind so lang.

Und immerfort habe ich weit über dem Tisch gelegen. Dieser Mortœil hat es gemerkt und seiner Nachbarin gezeigt. Übrigens haben mich neulich zwei von diesen Eseln aus dem Lyzeum mit ihr gesehen. Wie sind sie verächtlich, keiner liebt wie ich! Aber wenn sie Verdacht schöpften – wenn sie sich unterständen, ihn laut werden zu lassen; ich glaube, ich erwürgte sie!

Ach, warum bin ich nicht erwachsen und stark! Welche Wonne, diesen Mortœil zum Zweikampf zu fordern! Geht es wirklich nicht? Ich bin ja jetzt vierzehn. Onkel San Bacco sollte gerächt werden. Ich würde es dem Laffen einträcken, was ich ihn neulich habe sagen hören: »Der Bengel ist vollständig verliebt« – geradezu wegwerfend hat er's gesagt. Die andern haben genickt, mit 'ner gewissen schleicherischen und höflichen Zärtlichkeit, als lohne es sich nicht, davon zu reden. Wollten sie sich lieber ganz still verhalten! Sie werden noch was erleben! Wie kann man mir das bieten – mir!‹

Er rannte, auf den Boden starrend, durch eine Flucht kleiner Zimmer. Eine geschlossene Tür hielt ihn auf: er bog in einen Seitengang. Auf einmal stand er erstaunt.

›Wohin bin ich geraten? Es gibt hier immer noch Räume, die ich gar nicht kenne. Dort steht ein Bett; aber der Saal ist groß, luftig und voll gemalter Geschichten wie alle andern. Tür und Fenster sind offen; in den Schlafzimmern von Damen, meinte ich, müßte es nach vielen Essenzen duften. Das Bett ist aus Eisen und sehr schmal. Es liegen keine Sachen umher, man kann nicht einmal wissen, ob sich hier jemand die Hände gewaschen hat... Wer wohl in dem Bette schläft? ...

Nein, lügen tue ich nicht! Ich weiß ganz genau, daß *sie* darin schläft... Und dort liegt auch ein Strumpf, man hat ihn vergessen. Ich möchte ihn aufheben – warum nicht. Jetzt müßte ich mich schämen, wenn ich es *nicht* täte... Er ist lang, glänzend schwarz; er fühlt sich unglaublich weich an – natürlich Seide. Er ist gewiß schon getragen, ich brauche nur den Arm hineinzustecken – so –, dann formt er sich gerade wie das Bein... Ich fühle schon wieder mein Herz im Halse. Ich glaube manchmal, ich bin herzkrank. Aber es ist mir gleich, mag alles geschehen... Yolla hat Beine wie die allerschönsten Frauen auf den Bildern – ich weiß nicht mehr welchen. Wie seltsam, ich sehe auf einmal einen ganzen Knäul von großen nackten Beinen. Alle die gemalten Frauen strecken mir ihre Beine hin – aber sie sind plump, pfui, plump gegen Yolla ihres.‹

Alle seine Gedanken stürzten unversehens übereinander. Er erblaßte heftig und biß sich auf die Lippen, in einer leidenden Versunkenheit. Die Hände hatten schon, ohne daß er's wußte, sein samtenes Flausch aufgerissen; sie öffneten das Hemd und drückten den Strumpf, hastig zusammengeballt, auf sein Herz. Dumpf pochte es dagegen; die Seide ward warm. Der Knabe sah hinaus auf das langsame Wasser da unten. Er empfand keine Scham, aber einer Sehnsucht fragwürdige Bilder durchwogten ihn schwer und schmerzhaft.

Plötzlich warf er den Strumpf hin, schloß seine Kleider und kehrte um.

›Sie werden das wieder merken. Sie sehen es meinen Augen an, ich weiß nicht wie und was. Ha, ein Wort von diesem Mortœil! Ich hasse ihn fast so sehr wie meinen Vater – kann jemand schlechter sein, als der war? Und ich hasse ihn sicher mehr als den Abbate Friuli und den Herrn Tigretti, meine biedern Lehrer. Diese Heuchler und kleinlichen Schinder – kann jemand erbärmlicher sein als sie?

Er stutzte selber vor der Heftigkeit seines Ausbruchs.

›Mortœil? Hasse ich ihn wirklich? Was liegt mir denn an dem einen Elenden? Nein, nein, alle sind sie mir zuwider – alle, die von Yolla Worte bekommen und Blicke, alle, die mit ihr zu Tisch sitzen, alle, die dieselbe Luft atmen. Ach, ich bin eifersüchtig sogar auf meinen großen Freund; ich wollte, er kehrte nach Rom zurück. Yolla soll allein sein mit mir. Ich will sie in einen verzauberten Garten entführen. Niemand darf hinein, ich lasse ihn sehr streng bewachen. Wie werden wir dort glücklich sein …‹

»Oh, auch *das* Abenteuer wird noch kommen!« rief er ganz laut. Er lief wirr und erhitzt durch die Zimmer. Die Bilder zogen ohne Unterlaß an den Wänden hin. Der Knabe schleuderte ihnen seine Herauforderung zu: ›Ihr seid doch nicht bunter als mein Leben!‹

Sein Leben! Es bestand ganz aus einer Kindheit, einsam und arm an Liebeserwärmung. Wovon sie geglüht hatte, das war die Hitze aus vielen Stunden seelischen Aufruhrs, die Hitze eines Knabenzornes ohne Schranken und eines wilden Gerechtigkeitsdranges. So oft, wenn das Haus, der Laubgang, die Dorfmauer und der Passionsweg verlassen sich bückten unter der Last des Mittags, hatte er Spaziergänge gemacht, die eine Flucht waren: ans Meer, immer ans Meer – und seine schwachen Arme hinausgestreckt, fort aus der lahmen und boshaften Wirklichkeit, nach dem Wohnsitz des Hochsinns und der mächtigen Freudigkeit, dort hinten, wo ganz gewiß ihr Reich war. Und in seiner Kammer hatte er sich kasteit mit Nadeln, Riemen, Zangen – bloß, um vor Vater und Erziehern, die schlecht waren, etwas vorauszuhaben: ertragene Schmerzen, härtere Gedanken.

›Ich will euch hassen, solange ich lebe!‹ so schwor er sich wieder einmal zu, auf dem Rückwege vom Schlafzimmer seiner Geliebten – und ich will stolz sein wie Onkel San Bacco und so schön, wahrhaftig, so schön wie sie selbst, meine Yolla!‹

Die Gesellschaft saß noch bei Tische.

»Du hast wohl gerauft?« fragte ihn sein großer Freund.

»Nein, aber ich hatte verdammte Lust dazu«, erwiderte Nino, und er sah der Herzogin gerade ins Gesicht.

›Sie sollen es nur merken‹, dachte er. Aber sie beachteten ihn nicht. Auf die Geschichte des Strumpfes, die sie erheitert haben würde, verfiel keiner. Sie hatten keine Ahnung, welche erste Liebe in ihrer Mitte rauchte und schrie.

Man begab sich in das Kabinett der Pallas. Die Herzogin trat vor die Terrasse und machte ein Zeichen. Eine Gondel glitt dunkel bis unter das hohe Gitterportal; seine verschlungenen Eisenranken blitzten. Dann tändelte eine bunte und traurige Melodie herbei über die toten Blumen des künstlichen Gartens.

»Es sind die Blinden«, sagte die Herzogin. »Marquis, sie spielen Ihnen zu Ehren.«

San Bacco küßte ihr die Hand.

»Aber ich bitte um etwas weniger Verzweifeltes.«

»Etwas Lustiges!« riefen die andern. Siebelind sagte: ›Oh, ich habe etwas sehr Lustiges vorbereitet. Harmlos lustig. Gedulden die Herrschaften sich zwei Minuten.«

Er enteilte.

Jakobus fragte die Herzogin: »Wo befinden sich die Blinden?«

Sie machte zwei Schritte hinaus, um sie ihm zu zeigen. Er war mit ihr allein und begann sofort: »Wann gehen Sie aufs Land, Herzogin?«

»Bald. Es waren Arbeiten vorzunehmen in der Villa... Eilt es Ihnen?«

»Es eilt mit meinem Bilde, Sie wissen mit welchem. Ehe die Blätter gelb werden, brauche ich Sie zu einigen Sitzungen im Freien.«

»Sie haben sich das hübsch ausgedacht.«

»Da Sie dabei unbekleidet sein werden, müssen wir warmes Wetter haben.«

»Lieber Freund, Sie leiden an einer Wahnidee. Glücklicherweise ist sie harmlos. Ich rechte deswegen nicht mit Ihnen.«

»Herzogin, Sie wissen sehr wohl, daß Sie mich erhören müssen. Denn sonst geht viel verloren.«

»Und sind Sie sicher, daß mir etwas daran gelegen ist?«

Leise und schnell hatten sie einander geantwortet. Auf einmal schwiegen sie, beide erschrocken. Die Blinden spielten zärtlich einen Tanz. Darauf lächelte die Herzogin.

»Sie sind Künstler. Ihre Eitelkeit verführt Sie dazu, Ihre Beschäftigung gar zu ernst zu nehmen.«

»Eine Beschäftigung nennen Sie es? Für Sie selbst aber, Herzogin«, so rief er mit Schwung, »war es ein Gottesdienst, der Ihr bestes Leben ausgefüllt hat. Besinnen Sie sich doch, was Sie der Kunst schulden!«

»Und Ihnen?«

»Natürlich. Es wäre undankbar, es wäre unvornehm, wenn Sie mich nicht erhörten!«

»Ein Knabe sind Sie, stürmisch und selbstsüchtig und unfähig, anzuerkennen, daß die Welt nicht ganz auf Ihre Gelüste zugeschnitten ist. Sie haben sehr viel Glück gehabt; nun entrüstet es Sie ehrlich, daß Ihnen einmal etwas widersteht. Ich halte Ihnen Ihre Unschuld zugut und Ihre Unerprobtheit.«

»Sie schulden –«

»Weder Ihnen noch der Kunst. Ich habe keine Verpflichtungen. Wenn mich die Kunst langweilt, gehe ich meiner Wege.«

Sie ließ ihn stehen und kehrte ins Zimmer zurück. Alle wandten sich nach einer Dame um, die von der andern Seite eingetreten war.

»Herr von Siebelind?«

»Madame Blanche de Coquelicot«, erwiderte seine Stimme. Die Fremde stieg mit Männerschritten und hinkend bis in die Mitte. Sie hatte rotgelbe Haare und eine Haut von fettiger Blässe; unter der steif an ihr herunterfallenden, schwarzen Seidenrobe ahnte man ein entfleischtes Gerüst voll verderbter Geschmeidigkeit.

Mortœil lachte, angewidert und gekitzelt.

»Bravo, Siebelind, das ist tatsächlich die Coquelicot. Ich habe sie sehr gut gekannt.«

»Ich auch«, sagte Jakobus, wegwerfend.

»Nun ja, wer kennt mich nicht«, erklärte Siebelind, und er sprach französisch. Es flatterte ihm von den Lippen.

»Wahrhaftig, sie ist es«, äußerte San Bacco, ganz versteint. »Beim Sprechen sieht man es; Herzogin, wollen Sie es glauben. Ich habe einmal mit ihr soupiert. Der unglückliche Pavic war auch dabei. Sie hielt ihn auf schamlose Weise zum besten.«

Jakobus sagte zu Nino: »Schau dir einmal die Figur an. Alles, aber auch alles ist falsch daran, verstehst du. Wenn sie sich abends zu Bett legt, bleibt nichts von ihr übrig als eine kleine Heringssehne.«

Der Knabe bekam einen Schreck. Die Vorstellung eines Kopfes mit einem silbergrauen Gallertschweif, einsam auf einem ungeheuren Kissen, hielt ihn gepackt. Blanche verhieß der Gesellschaft einen Vortrag, etwas harmlos Lustiges.

»Der Hals!« flüsterte Gina, mit Schaudern. Die Chanteuse wand einen Hals hin und her, sehnig und so dick bepudert, daß es aussah, als läge er in einem Gipsverband. Ihr Mund ging auf wie eine breite blutige Wunde. Die engen, gebogenen Kohlestriche über ihren Augen stiegen in die Höhe; sie stand, die Arme geradlinig an den Hüften, so reglos, daß man sie nicht atmen sah, und sang, matt, zungenfertig und heiser, ihre unstillbaren Gelüste. Hofburschen, Pferdejungen mit Gerüchen von Männlichkeit und Stallmist, Metzger, Abdecker, Henker mit Düften nach Blut und Männlichkeit – das liebe sie. Zum Schluß machte sie zwei, drei müde Cancanschritte: eine große, ernüchterte und schon halb ins Privatleben zurückgetretene Unkeusche, die Neulingen eine flüchtige Unterweisung gönnt. Die Herren klatschten, Bettina kicherte albern.

»Das ist wirkliche Kunst!« erklärte Mortœil, aufrichtig entzückt. Die Herzogin richtete den Blick auf die Pallas; sie tat es mit Beklemmung. Dann fragte sie sich, achselzuckend: ›Bin ich denn abergläubisch? ... Er spricht von einem Gottesdienste, der mein bestes Leben ausgefüllt habe. Aber es war doch nur ein Spiel. Wenn ich es nun satt habe. Um mich her habe ich Dekorationen und Symbole aufgestellt: die Pallas, ihr Tempel, worin ich sie feiere, der Saal, den ich ihr errichtete, die Seelen im Marmor, die Statuen meine Freundinnen, jene dort draußen mit ihrer weißen Drohung – das alles engt mich ein und langweilt mich. Ich schiebe das beiseite, wie Versatzstücke aus Pappe. Ich will einmal wieder frei sein, völlig frei, und ein neues Land aufsuchen und eine unbekannte Art zu leben.‹

Sie rief aus: »Ein gelungener Scherz, Herr von Siebelind. So plötzlich entdecken Sie Ihre Talente?«

»Das Glück, Herzogin! Das Glück lockt alles Gute hervor, das man in sich hat.«

Er war gerührt – und das Gefühl, das aus einer in kalter Unzucht verhärteten Maske herausbrach, erregte Grauen, wie etwas wider die Natur. Er saß in einem geraden Sessel, die Beine übergeschlagen, die Arme ausgebreitet auf der Rückenlehne, und ließ sich bestaunen.

»Ich gestehe, ich bin immer riesig eitel gewesen auf meine Ähnlichkeit mit der Coquelicot. Sie müssen sie doch längst bemerkt haben.«

»Die Ähnlichkeit mit einem alten Weibe!« stieß Jakobus hervor, im Ton einer Beleidigung.

»Warum nicht«, meinte Siebelind sanft und selbstgefällig. »Ich habe eigentlich nur wenig Fettschminke nötig gehabt.«

Mortœil bemerkte frech: »Da Sie schon vorher ganz damit bedeckt waren –«

»Die zweite Nummer!« krächzte Siebelind und erhob sich. Vom Wasser her kamen Polkatakte. Er sang drei Töne, brach ab und sagte: »Lady Olympia kann uns jetzt nicht länger warten lassen... Sehen Sie wohl, da kommt sie.«

Er brachte die Strophe zu Ende und richtete unter der roten Perücke aus den Augenwinkeln hervor seinen verführerischen Dirnenblick unverwandt auf seine Geliebte.

»Mylady, habe ich Ihren Beifall? Blanche de Coquelicot singt Ihnen zu Ehren, Mylady... Ist deine Gondel da, du Süße?« fragte er leise und aufgeregt. Sie versetzte ärgerlich: »Was für eine Unverschämtheit! Wer ist denn diese unpassende Figur?«

»Ich bin ja Gottfried«, flüsterte er. »Muß meine Maske aber gut sein!«

»Ich kenne keinen Gottfried – oder nur sehr flüchtig, lieber Herr. Und ich habe keine Lust, die Bekanntschaft zu erneuern.«

»Was für ein guter Witz, Mylady!«

Er sprang auf einem Bein in die Luft.

»Sie sind merkwürdig aufgeräumt. Habe ich das verschuldet? Es täte mir leid. Sie haben mich damals neugierig gemacht, wissen Sie, weil Sie so bitter waren und so tief. Man konnte Angst bekommen; man verstand nicht einmal alles. In Ihrem dummen Glück finde ich Sie einfach unfair.«

Er feixte und zwinkerte.

»Ich bin ja Blanche de Coquelicot, eine sehr magere Frau, und Sie eine starke. Sie haben wohl von den Künsten gehört, wegen deren Blanche berühmt ist? Jetzt werden wir uns erst lieben, Mylady.«

»Ich werde gleich veranlassen, daß Ihnen die Tür gewiesen wird«, sagte sie und musterte ihn über die Schulter weg, während sie sich entfernte. Er fing auf einmal zu zittern an, von Kopf bis Fuß, lachte aber so lasterhaft wie zuvor.

»Also heute nehmen Sie mich nicht mit?« fragte er, immer hinter ihr.

»Er gab sich für vernachlässigt und leidend aus und war einfach ein unanständiger Gesell«, bemerkte sie, empört über den Betrug.

»Es hat ja Zeit, ich verstehe Scherz«, versicherte er.

Er machte eine Pirouette und kehrte, merklich hinkend, zur Gesellschaft zurück. Er sang sogleich weiter mit heiserem Geschrei. Den letzten Ton noch im Halse, stürzte er wieder zu Lady Olympia.

»Aber morgen doch«, bat er, unbeirrbar und mit einem Lächeln, daß die Fettschicht auf seinem Gesicht merklich hin und her schob, so krampfhaft war es.

»Was ist denn das für ein Mensch, den man gar nicht los wird?« fragte sie, gelassen und laut. Er warf plötzlich den linken Arm in die Luft und schlug hintenüber zu Boden, mit einem starken Krach und so steif, daß das seidene Kleid keine einzige Falte warf.

»So mußte es kommen«, meinte ruhig Lady Olympia.

»Es war allerdings schon den ganzen Abend vorauszusehen«, erklärte Mortœil und setzte das Glas ins Auge. Jakobus stieg wütend über Siebelinds Körper weg.

»Das ist ekelhaft. Man hätte es nicht dulden sollen.«

»Da es die Frau Herzogin zu belustigen schien«, meinte San Bacco.

»Da es uns allen Vergnügen machte –«

Er brummte gesenkten Hauptes, schamerfüllt: »Wie war das überhaupt möglich.«

»Nicht wahr, unheimlich war's – schon lange«, sagte Gina zu Bettina.

Die beiden Frauen folgten still den Lakaien, die Siebelind forttrugen. Sie schoben, der eine zu seinen Füßen, der andere zu seinen Häupten, den grotesken Verunglückten zur Tür hinaus, wie eine lange wächserne Puppe, eine geschickte Nachbildung des Lasters. Drei Zimmer weiter betteten sie ihn auf ein Sofa. Gina betrachtete ihn, schaudernd vor der Frau, die ihn zertreten hatte. Bettina lugte ihr über die Schulter, mit einfältiger Neugier.

»Schade«, sagte sie, »wir waren so lustig.«

»Fanden Sie?«

»Nein – eigentlich nicht.«

Sie deutete auf den Ohnmächtigen; und mit schmerzlicher Aufwallung: »Der arme Mensch! Mit Jakobus ist es geradeso.«

»Oh!« machte Gina. Bettina schüttelte den Kopf, hoffnungslos.

»Er liebt sie viel zu sehr.«

»Sie sehen es mit an und leiden, nicht wahr?«

Bettina flüsterte kläglich: »Ja.«

»Es wird doch einmal aufhören.«

»O nein, er ist zu unglücklich – über alle Begriffe. Er hat es mir ja gesagt.«

»Ich weiß es: er und auch – die Herzogin. Wenn zwei sich quälen, das merke ich.«

»Er hat mir sein Herz ausgeschüttet... Anfangs war er erzürnt über mein Kommen und übersah mich ganz. Dann hat er mir in einer sehr traurigen Stunde alles gesagt. Das Fenster war verhängt, es regnete, sein Kopf lag auf meinen Knien. Es war sehr schön.«

Gina meinte für sich: ›Sie ist dankbar, wenn er ihr klagt, daß eine andere ihn verschmäht... Ich weiß nicht, wäre ich auch so? Ich verstehe sie.‹

»Wenn ich ihm etwas abnehmen könnte von seinem Leiden!« seufzte Bettina.

»Wenn ich die Herzogin wäre«, begann Gina zögernd. Bettina horchte auf.

»Nun?«

»Ich glaube, ich täte es.«

»Nicht wahr, Sie würden ihn glücklich machen? Oh, auch ich täte es, ganz gewiß!«

»Ich täte es aus Liebe zur Kunst«, erklärte Gina – »damit ein schönes Werk entsteht.«

»Ich täte es für *ihn*«, sagte Bettina – »damit er groß wird... aber die Herzogin will es weder für ihn tun noch für die Kunst. Ist sie denn kalt?«

Gina erklärte bestimmt: »Nein, ich kenne sie. Kalt ist sie nicht. Ich liebe sie.«

»Es ist seltsam, daß auch ich sie liebe. Aber auch Furcht habe ich vor ihr.«

Gina sah zu Boden.

»Ich auch.«

»Sie ist so stark«, lispelte Bettina, weinerlich.

»Jaja, darum fürchte und liebe ich sie – weil sie so stark ist.«

Und die beiden Schwachen gingen schweigend zurück.

Drinnen war die Stimmung unrein und behindert. Man war versucht, an sich herunterzusehen – ob man sich beschmutzt habe. San Bacco wanderte aus einer Ecke in die andere. Murrend überlegte er noch immer: ›Wie ich mit Mortœil Streit anfing, da hatte er es ja viel weniger schlimm getrieben als heute dieser Jammermensch. Ich verstehe mich nicht.‹ Jakobus lief ihm über den Weg. San Bacco blickte stirnrunzelnd auf, aber der andere war sichtlich eingesperrt in seine wilden Gedanken.

»Das fehlte noch!« meinte er. Er nannte Siebelinds Streiche eine Schande und litt selber unter ihr.

»Das war ein bißchen zu ekelhaft für jemand, der gereizt ist wie ich.« Er suchte verzweifelt nach einem Ausweg für seine Erbitterung. Er kam an Clelia vorbei. Sie versetzte spöttisch: »Sie tun unrecht daran, sich aufzuregen. Sie werden ebenfalls einen Anfall bekommen.«

Gleich darauf erschrak sie vor seinen Augen.

»Ich kann dich doch wohl nicht prügeln, meine Liebe«, sagte er sehr sanft, mit einer demütigen Verbeugung.

Sie verlangte leise: »Prügele mich nur.«

Er drehte ihr den Rücken. Die Herzogin stand im Gespräch mit Lady Olympia. Unermüdlich strich er an ihnen vorüber, ohne beachtet zu werden. Endlich stellte er sich im Hintergrunde auf und starrte hin, über die Brille weg und verbissen in seine Gier. Beide waren groß, formenreich, gepflegt, sehr weiblich und überaus begehrenswert. Aber die eine, kräftig atmend und satt, glich einem breiten Tier der Ebene, einer großen Blume aus rotem Fleisch. Die andere war eine fiebernde Statue, weiß, auf einsamem Berge und weiß, weiß... Unter den leise zitternden Spitzen der Corsage regten sich ihm nackte Muskeln. Dann glitt vor seinem Auge das Gewand hinunter bis auf die Hüften. Der Körper, makellos, reglos, hob sich, ragte im Triumph. Er schnitt in die Luft, mit dem reinen Umriß seiner Formen. Sie wich zurück vor diesen Brüsten. Sie waren glatt und reif. Kein Kuß hatte sie erweicht. Aber ihr Marmor, der heiß war, lechzte nach den Abdrücken von Lippen.

San Bacco tat eine Frage. Der Maler erklärte: »Mich fesselt die Lichterscheinung der beiden Damen.«

Er hörte San Bacco antworten, sich selbst noch etwas sagen, und wunderte sich dabei: ›Merkwürdig, daß ich es fertigbringe, sie nicht an mich zu reißen!‹

Vom Kamin her vernahm man die laute und selbstgefällige Stimme des Herrn von Mortœil. Er redete hinter den Schultern von Bettina und Gina. Sie versteckten eingeschüchtert die Köpfe in großen Mappen mit Kupferstichen. Sie zeigten einander, leise schwärmend, die Madonna der Frari und jene andere, mit den beiden Bäumen. Mortœil blieb durch die peinliche Stimmung der übrigen ganz unberührt, und er legte Gewicht darauf, es zu beweisen. »Gian Bellin«, so sagte er im Verlaufe seines klaren und gewandten Vortrages, »ist unter den Venezianern der Psychologe. Ich bevorzuge ihn, er ist sehr pariserisch, möchte ich sagen. Er war ganz vertieft in die Frau. Wie viele begrabene Leiden, wie viele erloschene Freuden leben in seinen Madonnen wieder auf! Welche Schicksale lassen sich entziffern aus all diesen schönen, sorgenvollen, verblaßten, glücklichen, sinnenden Gesichtern! Auf jedem seiner Bilder fällt ein neues, ahnungsvolles Licht in Frauenseelen: in die Seelen von Müttern, Himmelsbräuten, inbrünstigen Heiligen, leidenden Liebenden und unbekümmerten Weltdamen.«

»Sie vergessen eine!« rief Jakobus. Er begab sich zu den Plaudernden.

»Noch eine hat er enträtselt und aufbewahrt: die Madonna-Verderberin. Ich sah unlängst das Gemälde, auf dem Lande, in einer armseligen Kirche, verwahrlost und vergessen. Sie thront über Engeln und sie ist eine schöne, starke, wilde Herzlose, stolz auf die Herrschaft ihres Leibes über die Sinne der Männer, und aus schweren Lidern verächtlich hinunterblinzelnd auf den Heiligen, der zu ihren Füßen bettelt.

Ein kleiner, verkommener Priester erzählte mir von ihr. Er war unrasiert, höhnisch, in schmutziger Soutane und roch nach Wein. ›Wenn Sie wüßten, Herr‹, so sagte er. ›Das ist eine Schinderin. Noch nie hat sie eine Bitte erhört. Im Gegenteil, sie macht das Vieh krank und die Leute elend. Dabei bezaubert sie das Volk, daß es immer wieder zu ihr kommt. Es möchte sie steinigen, aber es muß kommen und beten. Ein Mensch in Angst bringt ihr wohl einmal das Opfer eines Herzens, eines armen Herzens aus schlechtem Silber oder Blech. Am Tage darauf ist das Herz verschwunden, als hätte sie's gefressen.‹«

Jakobus richtete sich beim Sprechen hoch auf, kreuzte die Arme und suchte, in hellem Aufruhr, den Blick der Herzogin. ›Die unnütze Verderberin bist du!‹ Er ließ es nicht laut werden, aber sie hörte es.

›Er verliert die Besinnung‹, sagte sie sich. ›Ich werde ihn besänftigen... Nein, ich werde ihn bitten, mich nicht wieder zu besuchen.‹

Lady Olympia zog sie in einen Sessel.

»Süße Herzogin, ich unterhalte mich köstlich. Was für eine grausame Madonna Sie sind! Dieser große Meister verfällt in Tollheit, weil Sie ihn lieben!«

»Weil ich –«

»Geben Sie es ruhig zu. Sie lieben ihn und verdammen ihn. Er ist darüber erbittert – hat er nicht recht?«

»Können wir das ändern? Dort hinten liegt ein Ohnmächtiger, Sie kennen ihn, Mylady.«

»Den hab ich glücklich gemacht, süße Herzogin – leider zu glücklich... Er hat keine Liebe auszugeben, er muß sparen. Das hat er vergessen: daher sein Unglücksfall... Wie wäre es, wenn Sie Ihren großen Maler einfach erhörten. Verzeihen Sie, ich ketzere. Sie sind so sehr Seele, so abgeneigt dem Fleische. Würden Sie's glauben, daß ich es selber auch gewesen bin? Ich habe eine Musterehe geführt mit Lord Ragg. Man hat es fast vergessen – aber mein

Sohn, ein prachtvoller Boy, keusch und gesund, reist jetzt auf den Kontinent. Sie werden ihn kennenlernen, denke ich... Ich bin nicht sehr geistreich, wie Sie wissen, süße Herzogin. Was ich gelernt habe, ist eins: Je strenger wir gegen unsere Sinne sein zu müssen glauben, desto stärker sind sie im Grunde. Ich habe gefunden, daß ich glücklicher bin, wenn ich meinen Sinnen nachgebe, als wenn ich sie unterdrücke. Das ist so einfach. Welchen Grund können wir haben, wir Freien und Glücklichen, uns selber zu hindern.«

»Keinen«, erwiderte die Herzogin. »Auch habe ich meine Sinne niemals unterdrückt. Ich war sehr sinnlich, als ich von den starken Leibern eines schönen und von mir befreiten Volkes träumte. Ich war sehr sinnlich, als ich mich den Kunstwerken hingab.«

»Jetzt aber unterdrücken Sie Ihre Sinne, da es sich um das Fleisch handelt. Warum?«

›Ja, warum?‹ dachte die Herzogin, nach innen gewandt. Da kehrten ihr in einem jähen Blitz lauter vergessene Gestalten zurück: bleiche, vor Gier zuckende Gesichter, tastende Hände; ihre Pariser Bewerber, blutig oder von Sinnen; Pavic am Fuße des Sofas mit zerrissenen Polstern, um Verzeihung bettelnd; Prinz Phili im Theaterkostüm, mit dem Degen in ihre Kleider verhaspelt und laut weinend; Della Pergola, am Boden, blaß vor Selbstverachtung und entschlossen, sie zu ertragen.

Lady Olympia lächelte für sich. ›Sie muß sich zu der bewußten Sache außerordentlich stark hingezogen fühlen; sonst würde sie sich nicht so zähe sträuben. Ich werde noch sehr unterhaltende Geschichten an ihr erleben.‹

Befriedigt von diesem Schlusse, erhob sie sich.

»Ich reise, süße Herzogin, in vier oder fünf Tagen. Aber ich hoffe, Sie noch zu sehen – und glücklich.«

»In meiner Villa bei Castelfranco. Schon morgen fahre ich hin.«

»Ich komme vorbei. Auf Wiedersehen.«

Lady Olympia nahm Abschied. Wie sie hinausging, trat Siebelind ein. Unwillkürlich blieb sie stehen. Alle verstummten. Siebelind machte ein zweifelhaftes Gesicht und strich sich mit der feuchten Hand über die Stirn. Er fühlte sich zerschlagen und unsauber wie nach einer Nacht voll unglaubhafter Ausschweifungen.

›Was ist denn mit mir vorgegangen?‹ fragte er sich und suchte mit seinen Gedanken durch einen Nebel zu dringen. ›Ich bin im Frack? Ja so, ich war maskiert. Da sind noch zwei rote Haare.‹

Er entfernte sie. Darauf begegnete er seinem Spiegelbild.

›Meine Wangen sind so hohl, daß sie ganz schwarz aussehen. Dort muß die Fettschminke entfernt sein. Ich komme mir vor wie rückenmarkskrank.‹

Er machte einen Schritt und hinkte dabei, daß es polterte. Er war befriedigt.

›Du hättest Lust gehabt, davonzulaufen, mein Lieber‹, so sagte er sich. ›Aber das geschieht nicht. Du bist glücklich gewesen, scheint es? Du warst ein Narr, dich darauf einzulassen, und ein Verräter deines Schicksals warst du. Nun sei ein Bekenner und tritt mitten unter die Verächter, bitte! Und erstens bist du der Überlegene, nicht sie. Denn sie versuchen nicht einmal, zu erraten, was jetzt in dir vorgehen mag. Du aber liest jedem einzelnen seine ahnungslosen Eitelkeiten von den leidensleeren Gesichtern... Oh! Das Leiden ist die einzige Hoheit für menschliche Stirnen! Nie hatte ich wie in dieser Minute das Herrenbewußtsein des Märtyrers!‹

Er nahm Lady Olympias Hand, die sie ihm hinhielt; sein Mund berührte sie heiß und unterwürfig. Dann sah er ihr nach.

›Gutmütige Pute. Sie bereut schon. Nicht einmal ganz gewissenlos sind diese Glücklichen. Und mit einem »Ich will es nicht wieder tun« glauben sie uns – uns vergessen machen zu können. Habt ihr 'ne Ahnung!‹

Er humpelte mühevoll bis in die Mitte des Zimmers. Die Damen waren plötzlich in eifrigem Geplauder.

›Ganz recht, das war vorherbestimmt. Alles an euch, jeder Gedanke, jedes Wort, jedes Zögern und jeder Ruck, ist unumgänglich. Da, der dort wird das Glas aus dem Auge fallen lassen und sich davondrehen, aus Furcht, man könnte ihn mit mir verwechseln.‹

Mortœil entfernte sich von ihm.

›Und der andere hier wird mich unerträglich anblitzen aus seinen Augen; ein beneidenswerter Lebenslauf ganz aus einem Stück hat sie vollkommen rein erhalten.‹

Er schlich an San Bacco vorbei.

›Nun also – ich kann deinen Blick nicht ertragen… Muß ich das Auge auch vor *dir* niederschlagen, mein kleiner Freund? Sieh da, du bemerkst mich gar nicht; die Frau Herzogin ist auch gar zu schön, wer könnte da ruhig bleiben. Du bist ein schlankes Schiff, fahrtbereit und mit nichts als Hoffnungen beladen – und ich zum Wrack geworden vor der Abreise; aber wir spüren denselben schwülen Wind auf unsern Flanken, wie?‹

Er war dicht bei Nino. Er suchte nach etwas Wehmütigem; schließlich raunte er: »Gottvolles Weib, was, Verehrtester? Jaja, als ich noch jung und schön war…«

Nino schrak auf und sah ihm ins Gesicht. Ein Ekel, jäh und angstvoll, faßte ihn an. Er hastete, drängte vorbei, bebend und beinahe flehend.

»Nein! Ich will nicht!«

Siebelind schaute ihm nach, mit Genugtuung.

›Das war ein gehöriger Ausbruch deiner ganzen Seele, mein kleiner Freund. So entsetzlich wäre ich dir nicht, wenn du recht gesund wärest. Aber so steht es mit dir: ein ausschweifender Wille, Begierden, die die Welt umarmen, in einem unzulänglichen Körper. *Und so sind sie alle!* Alle sind so, die heute dem Leben recht geben und seiner Gewalt!

Wer sind deine Brüder, Nino? Ein Monarch voll zehrender Sucht, Länder zu zerstampfen und Meere zu peitschen: er reibt sich in tiefem Frieden seine skrofulosen Gliedmaßen, die leicht kalt werden. Der Soldatensänger des neuen Imperiums: Blut, Lorbeer, Tropensonne glühen und rauschen, wo er die Leier schlägt, und entfesseln Raubtierschreie; er aber ist ein Männchen, das die Hitze im weiten Kaiserreiche seiner Ideen nicht aushält. Der großartige Dichter der großartigsten Rasse: er preist auch unermüdlich die Schönheit an, die große, lebenstrotzende Schönheit, die auf seinem Bette liegt; – aber seine Väter haben sie gezeugt, und seine Kunst ist ein einziger Inzest... Und der erhabene Philosoph, die Vollendung von Jahrtausenden: er lebt dreiundzwanzig und eine halbe Stunde seiner Gesundheit, um in den letzten dreißig Minuten einen Hymnus niederzuschreiben – an das Leben... Versagende Nerven, bedrohte Lungen, rachitische Brustkörbe, eine geschwollene Prostata, ein wenig Fäulnis hier und da verteilt im Körper – aber noch bis in eure Anfälle von männlicher Hysterie hinein die Brunst nach Größe: *so seid ihr alle*. Kleiner Nino, du bist ein bedeutender Typus deiner Zeit. Du bist kühn anzusehen, frei, schön und wohlgelungen und geboren mit tiefem Verdacht gegen alles Leiden und gegen die, die sind wie ich. Aber von uns beiden bin *ich* der Vollkommnere: ich habe den Willen zu mir selbst. Du möchtest sein, was du nicht bist. Hüte dich vor den Frauen, sie ziehen dich nackt aus!‹

Plötzlich entdeckte Siebelind, daß Mortœil ihn musterte, mit gekrauster Nase, sehr von oben herab, und einen Argwohn in den kalten Augen. Siebelind erkannte ihn; er fuhr in die Höhe.

»Himmel, jetzt traut mir der schneidige Mensch ein Gelüste zu nach dem Knaben«, sagte er laut und vernehmlich zu Jakobus, der vorüberging. Der Maler blieb stehen. Siebelind faßte sich.

»Er hat früher ganz dasselbe bei dem alten San Bacco vorausgesetzt, müssen Sie wissen. Übrigens nehme ich es auf mich – auch das. Ich schwelge zur Zeit in Selbsterniedrigung, versichere ich Sie... Das wundert Sie wohl. Ich habe heute mehrmals erklärt, ich sei sehr eitel. Ja, mein Bester, das war nun die Eitelkeit eines, der, vom Kultus seines verachteten Selbst ganz wund und ausgehöhlt, sich selber glauben machen möchte, er hafte an Weltlichkeiten. Sobald er *echt* fühlt, ist ihm die Meinung der unwissenden Glücklichen nicht einmal gleichgültig – es ist ihm sogar zuwider, wenn sie irrtümlicherweise etwas Gutes von ihm halten. Aber er lärmt sich in eine Sucht hinein nach Zutunlichkeit und warmen Händedrücken und schminkt sich, um einmal die eigene elende Klarsichtigkeit loszuwerden, eine hysterische Eitelkeit an...«

Auf einmal brach er ab. Jakobus' Atem ward immer kürzer. ›Der sieht ja aus, als wollte er über mich herfallen‹, dachte Siebelind. Jakobus sagte aber sehr kalt: »Fällt es Ihnen denn nicht auf, daß Sie von sich selber niemals loskommen? Als Sie im Glück waren, haben Sie darin herumgewühlt, bis es entzweiging. Jetzt befinden Sie sich schlecht, und Sie rächen sich durch Entblößung aller Ihrer Widerwärtigkeiten. Sie sind tief, o ja, Sie bohren immer bis in übelriechende Tiefen hinunter, und zwar immer in Ihrem Ich. Da liegt nun Ihre Naivität: an dem Interesse, das Ihr Ich erregen muß, kommt Ihnen nie ein Zweifel. Sehr mit Unrecht, denn Sie sind gar nicht interessant. Nun wundern Sie sich mal!«

Darauf drehte er ihm den Rücken zu – und Siebelind wunderte sich. Allmählich ward ihm ganz heiß, und er bekam Lust, umherzustampfen und zu zetern: ›Ich soll nicht interessant sein? Ich soll nicht interessant sein?‹

Jakobus folgte einem Wink der Herzogin. Er beugte sich über ihren Sessel.

»Also weil sonst die Blätter abfallen –«, sagte sie. Er verstand sofort.

»Sie müssen hinzufügen: auch Ihre eigenen Blätter könnten welk werden.«

»Wie unhöflich!«

»Es handelt sich nicht um Höflichkeit. Jetzt, in dieser Minute, sind Sie Venus, reif und glatt. Ihre Schönheit kann nicht mehr zunehmen und nimmt noch nicht ab. Es ist der Augenblick, der nicht wiederkehrt. Und auch *mein* Augenblick ist einzig; nur in ihm lebt das Werk, und es würde mit ihm sterben. An jedem Ziel unseres Lebens treffen wir ja zusammen. Es haben sicherlich nie zwei Menschen so, in diesem sonderbaren Sinne, zusammengehört, Herzogin, wie wir. Wie mächtig ich das fühle! Wir sind dazu geschaffen, uns gegenseitig zu erheben, uns seltener, herrlicher zu machen, uns die Leichtigkeit der Vollendung zu bescheren und endlich, auf der Höhe, wunschlos einander anzubeten.«

»Oh, all die feurigen Worte!«

»Es ist wahr, sie wären kaum vonnöten. Sie werden ohnehin alles tun, was ich will, meine Geliebte werden und mein Modell –«

»Im Ernst, ich höre das nicht mehr an.«

»Was würde es helfen. Sie haben es schon angehört: ein Sterbender lag zwischen uns, ein Zeuge, der von dem Gehörten nichts mehr herausgibt. Es ist unabänderlich.«

»Vorhin, als Sie die Geschichte zum besten gaben von der grausamen Madonna, wissen Sie, daß ich da im Begriff war, mich Ihrer Bekanntschaft zu berauben? Ich tue es nicht, bemerken Sie das wohl. Denn ich fürchte mich nicht davor, von Ihnen kompromittiert zu werden. Und ich will nicht, daß Sie sich das einbilden. Ihre Begierden und die Gedanken der andern – es sind ja alles nur Spiele um mich her.«

»Ich weiß, Sie bleiben unerreichbar.«

»Darum die Ungeheuerlichkeit Ihrer Anmaßung?«

»Oh, Sie, Herzogin, muß man von einer wagehalsigen Höhe herab behandeln. Man muß Ihnen eine überstarke, ruchlose Männlichkeit vorspiegeln. Die einfache männliche Liebe mißverstehen Sie; sie dringt nicht bis zu Ihnen. Ihre natürliche Überzeugung ist, daß Sie einzig, dem Rest der Menschheit unzugänglich, und unfähig sich ihm zu nähern sind. Und Sie *sind* es! Sie können, ohne sich zu täuschen, niemandes Freund sein. Wie bemitleidenswert sind Sie! Auch in der Liebe – was für eine Liebe! – gibt es mit Ihnen nur Feindschaft – schlimmer noch: Fremdheit.«

Er sah, wie sie erschrak, und war plötzlich heiß von dem Drange, sie in die Arme zu schließen.

»Verzeihen Sie«, sagte er lautlos, »es waren nur böse Worte. Ich will Sie ja lieben, mitten in Ihrer Einsamkeit. Wenigstens den Schmerz von eben müssen Sie vergessen. Wir werden uns sehr lieben und uns gar nicht quälen.«

»Hoffentlich«, erwiderte sie.

»Wir haben schon *vorher* genug miteinander gekämpft.«

»Das wenigstens ist wahr. Ich sehne mich sehr nach Ruhe. Sie werden mich auf dem Lande ein wenig allein lassen. Ich nehme nur Nino mit.«

»Werden Sie mir schreiben, wenn ich kommen soll?«

»Ich weiß nicht... Frau Bettina!«

»Herzogin?«

»Ich schreibe Ihnen bald, um Sie um Ihren Besuch zu bitten. Werden Sie herauskommen?«

»Ja.«

Clelia rang still die Hände. ›Sie ist gar zu einfältig!‹

»Gina«, sagte die Herzogin, »Sie hatten Geschäfte zu ordnen, in Ihrer Heimat. Wann reisen Sie?«

»Ich würde sogleich aufbrechen, aber Nino weigert sich.«

»Du willst nicht?«

Er sah ihr in die Augen.

»Nein.«

»Dann komm mit mir aufs Land, solange deine Mutter fort ist. Wir werden ganz allein mit uns sein und sehr glücklich.«

Tags darauf reisten sie. Es war später Nachmittag, als sie den Berg hinanfuhren zur Villa. Nino war verstummt, er bedachte: ›Ich sitze auf diesen seidenen Kissen neben meiner Yolla, ich entführe sie auf ein Zauberschloß. Es ist ganz eingesperrt in ein Dickicht. Niemand kann hinein zu uns. Ich hatte mir zugeschworen, daß es so sein sollte. Aber glaubte ich wirklich, es würde kommen?‹

Die Weinhügel und die Felder mit Ölbäumen erhoben sich langsam. Der Weg begleitete sie in Windungen, zwischen grauen Mauern; darauf blühten schmale Reihen blaßroter Rosen. ›So still und gerade und andächtig stehen sie da‹, meinte der Knabe, ›wie auf den alten Bildern die Rosen, wenn sie Wacht halten vor der Madonna.‹

Einmal trat weit dahinten, in der Höhe aus lauter wogenden Kronen eine Treppe heraus – nur ein paar schmale Stufen; unter ihnen schlugen die Bäume wieder zusammen.

»Dort werden wir hinaufgehen«, sagte die Herzogin.

»Dort werden wir hinaufgehen«, wiederholte er, ohne es zu fassen, ohne fest daran zu glauben. Eine winkende Treppe, droben in der Luft, nur von rankendem Grün getragen und verschwindend, wer wußte wo, in Märchen wohl – die sollte er hinansteigen, mit Yolla... Es war nicht auszuhalten, all die Seligkeit. Er seufzte.

»Ich wollte, wir kämen niemals an«, sagte er leise.

Sie lachte: »Meinetwegen. Wie frisch riecht all das Laub. Hier ist die Sonne gut und milde. Weißt du wohl, die Kanäle faulten sehr.«

Sie erinnerte sich, wie unfroh ihre Gondel im engen Schatten hingeschlichen war. Ein eherner Himmel lastete auf den schweigenden Palästen. ›Ich will ausruhen‹, dachte sie. Sie atmete voll, ihr Blick strich hinunter über den tiefen Irrgarten von Reben, über der Oliven weite Silberwellen, und hinaus in das friedlich besonnte Land. Auf jenen Hügel lagerte sich ein Wolkenschatten. Im Licht oder dämmernd lauschten am Abhang die Villen. Dahinter starrte eine blauschwarze Bergwand von Nadelholz. Überall tauchten aus Kränzen und Versenkungen schimmernden oder stumpfen Grüns steinerne Inseln auf. Türme mit Zacken, winklige Mauern, Pfeilerhallen, lange Schloßflügel wurden zerstückelt und in Schatten geworfen von dicken Baummassen oder stiegen blendend hinein in den Duft der Ferne.

›Oh, es ist weit bis – zu ihm. Hier bin ich in Sicherheit.‹

Unsichtbaren Beeten zu ihren Füßen, jenseits der Wegeinfassung, entschwebten Heliotropdüfte. Die Pferde schnoben; Schaumflocken flogen von ihren Gebissen, leicht und glitzernd. Auf einem Acker wehte ein Rosenschleier, eingestickt in das blasse Gewebe der Ölblätter.

»Nun sind wir wohl doch angekommen?« fragte Nino. Sie hielten vor einem Tor. Die Mauer war von Efeu dicht verhüllt. Steineichen überdachten sie glänzend und schwer. Ein alter Mann lief herbei, er schwenkte die Arme und kreischte Begrüßungen. Einige andere Leute zeigten sich.

»Bleibt alle hier«, befahl die Herzogin. »Wir benützen die Treppen.«

Sie verließen den Wagen; er fuhr auf der Straße, in großem Bogen, den Garten hinan. Die Herzogin sprach noch mit dem Alten; Nino suchte den Anstieg.

»Hierher, junger Herr«, sagte eine der Dirnen. Sie sah ihn an; ihre Zunge schlängelte heraus und legte sich mit der Spitze rot vor die oberen Vorderzähne.

Die Herzogin kam; sie gingen geradeaus über eine schräge Wiese. Vor dem schwarzen Schatten, womit getürmte Wände von Lorbeer und Lentaggine ihren Hintergrund zudeckten, bäumte sich, leuchtend und flatternd, das Flügelroß. Neben dem Schatten glänzte das Gras sehr weich.

Dann stiegen sie mitten hinein in die Mauern aus Laub, über ein Gerüst doppelter Treppen, die sich trennten, in Winkeln wieder zusammentrafen und einander hinangeleiteten von einer Terrasse zur andern. Bald war's eine flache breite Rampe, und droben, in seiner Nische aus blitzendem Lorbeer, auf seinem Sockel, dem ein Quell entrann, ragte Apoll und erwartete, die Leier auf der Hüfte, herrisch die Nahenden. Bald war's eine Stiege, eng und steil, und im Rascheln der Blätter vernahmen die Vorüberstreifenden das leise Lachen des Satyrs; er streckte die spitzen Ohren aus grünem Dunkel.

Auf einmal drückte Nino den Kopf in den Nacken.

»Yolla, da ist das Haus. Es ist ganz offen und voller Rosen. Werden wir wirklich dort wohnen?«

»Mitten unter Rosen – wenn du möchtest. Sie hängen um Säulen, siehst du. Die Säulen tragen eine Loggia; sie versinkt halb im Lorbeer und in Rosen. An ihr vorbei zieht die Balustrade, die diesen Stufenbau beherrscht und den Gartenhügel säumt. Auf ihr die weißen Büsten, die nenne ich dir alle mit Namen. Es sind alles Menschen, in deren Leben etwas sehr Schönes uns stolz macht.«

Sie traten hinaus auf die helle Fläche; ein Brunnen begrüßte sie mit Gemurmel – und sie erreichten das Haus. Seine Breite lag seitwärts. Es war niedrig, lang, und hatte hohe, blinkende Fenster, spitz gegiebelt. Es schob seine Freitreppe in gelassenem Schwunge zwischen Bosketts von Sabinen- und Lebensbäumen, mit hell-lila Früchten.

Sie speisten in einem kühlen Saal. Seine fünf Fenster standen offen. Draußen hing ein rosiger Duft. In der

Ferne durchbrachen ihn der Zypressen schwarze Kegel. Sie ränderten sich silbern, eine nach der andern. Es war Abend.

In der Nacht wachte Nino auf. Er hörte Grillen zirpen und das Geplätscher des Brunnens. Er sah ins Dunkel und sann. Plötzlich senkte sich etwas auf seine Stirn, voll und weich.

›Ja, sie ist hier gewesen, gestern abend, und hat mich geküßt. Ich schlief schon, aber ich habe es doch gefühlt. Ich fühle es noch. Nun schläft sie wohl, und ich denke an sie, ich ganz allein. Denn in diesem weiten Hause ist niemand außer uns beiden. Ich will mir genau vorstellen, daß keiner den Brunnen hören kann als Yolla und ich. Nun knarrt ein Fenster, ist es ihres? Wie seltsam! Es führen gewiß lange, fremde Gänge bis zu ihr. Ich kenne nicht die Tür, durch die sie eingetreten ist. Welche Bäume in ihr Zimmer sehen, weiß ich nicht. Und doch, wenn ich jetzt »Yolla« sagte, vielleicht hörte sie's. So nah ist sie und so ungewiß; als ob wir Geister wären. Ein Geisterschloß ist dies. Die Diener von gestern stehen jetzt gewiß wieder in den Büschen als Marmorbilder mit Bocksfüßen...‹

Am Morgen, mit noch geschlossenen Lidern, fiel es ihm zu süßem Schrecken ein, wo er sei. Er stand auf, immer noch blind, er tastete sich ans Fenster, beugte weit den Leib hinaus und öffnete auf einmal die Arme und die Lider. In der feuchten Frühe zwitscherte es, blinkte und blaute. Die Früchte spiegelten sich in den Wasserflächen und in taunassen Gräsern die Blumen. Aus den Brunnen tranken die Vögel zusammen mit den Tritonen. Die Steinernen duckten sich unter die rinnenden Schalen. Sie hatten weiße Schultern; die Hand, die das Wasser schöpfte, und der fleischig gedrückte Schenkel, über den es rann, waren begrünt.

»Schau doch die schöne Frucht!« sagte jemand mit verstohlenem Kichern. Nino sah hinunter in das Gesicht des Mädchens, das er kannte. Sie hatte wieder die Zungenspitze vor die Zähne geschoben. Sie war breithüftig, ihr Haar war kraus, ihre Wangen rot. Sie betrachtete, eine Hand am Spalier, des Knaben bloße Füße und seine Beine; ihre Form zeichnete sich ab im Hemde. Er hing über der eisernen Brustwehr des Fensters; es stand offen bis auf den Boden.

Ihre Zunge bewegte sich; auf einmal warf sie den Pfirsich in die Höhe. Er klappte gegen Ninos schmale und ungeübte Hand und fiel ins Gras.

»Bist du ungeschickt, junger Herr!«

»Ich habe dich ja nicht um den Pfirsich gebeten.«

»Nimmst ihn aber doch!«

Sie zielte noch einmal; er fing. Dann zog er sich zurück. Er kleidete sich an und dachte.

›Yolla ist noch nicht aufgestanden, es ist sehr früh. Soll ich das Frühstückzimmer suchen? Ich will lieber noch gar nichts kennen hier; es soll noch das Geisterschloß bleiben... Wie der Pfirsich sich üppig anfühlt! Wie Yollas Haare fast. Er schwillt mir in der Hand, als sei er mit nichts als Saft gefüllt.‹

Er aß ihn. Dann lugte er aus dem Fenster; das Mädchen war fort. Er stieg am Spalier hinab und lief davon, zwischen Magnolien, Granatbäumen und Erdbeersträuchern mit weichen, klebrigen Früchten, bis hinüber, wo Steineichen ihre gestutzten Kronen zu Lauben schlossen. Oben im Licht gleißten sie hart, tiefe Nacht hauste unter ihren Dächern, und vor ihren Toren schaukelten wilde Rosen. Hoch über ihnen, irgendwo in der Ferne, schwang sich schimmernd ein Gott. Sie durchkreuzten einander, vielfältig und unentwirrbar; Nino verlor sich in ihnen, hinter weiten Zielen, hundertmal verhängten und freigegebenen, einer Vase, einem Bilde – oder, im smaragdenen Grase, einer Marmorschwelle, die lockten und verhießen: Hier ist der weichste Rasen, die lieblichste Sonne, der laueste Schatten.

Nino ließ sich nirgends festhalten, er meinte, es müsse immer noch schöner kommen. Er fand den Bergweg und folgte ihm, dem Garten entführt, bis zur Kuppe. Im Winde standen oben, kranzmäßig und gegen eine helle Wolke, sechs Zypressen, unbewegt und wie aus grünem Marmor. Nino setzte den Fuß in ihren Kreis, aber er verwickelte sich in Netze. Aus einer Holzhütte hinter den Bäumen stürzte der Alte von gestern, kreischend und die Arme schwenkend.

»Gehe nicht weiter, junger Herr, gleich hätte ich sie gehabt.«

»Wen.«

»Die Vögel. Siehst du nicht? So ziehe ich diese Netze zu. Ich kann hundert auf einmal fangen – was sage ich, tausend. Wieviel glaubst du, daß ich voriges Jahr gefangen habe? Dreißigtausend. Im ganzen Lande –«

Er wies hinunter.

»– essen sie meine Vögel.«

Der Knabe sagte heftig: »Es sind nicht deine Vögel. Ich verbiete dir, sie zu töten.«

Der Alte sprang umher.

»Die Vögel? Und wozu sind denn die Vögel da! Man fängt sie eben, die Frau Herzogin hat es niemals verboten.«

»Sie weiß es natürlich gar nicht. Darum verbiete ich's dir, ich!« Er stampfte auf. Wie war dieser Alte häßlich: hochschulterig; kahlschädelig, mit langen, knorpligen Gelenken – und er wollte die schönen Vögel töten. Nino umkreiste stolzen Schrittes die Zypressen, verächtlich trat er in die Netze. Dann machte er sich an den Abstieg. Der Mann setzte ihm nach.

»Junger Herr, habe Mitleid mit einem armen Alten, sage es nicht der Frau Herzogin.«

»Ich kann nichts versprechen«, erwiderte Nino und eilte davon.

›Ich werde es wohl nicht sagen‹, so überlegte er, ›Ritter prahlen nicht viel. Das war ein wahrer Zaubergreis, ich werde auf ihn achtgeben: ich entreiße ihm noch all die hübschen Geschöpfe, die er töten möchte.‹

Er pfiff, das Gesicht nach oben gewendet. Dort zogen Wolken: eine sah aus wie das leichte, flatternde Gewand um eine Frau. Daneben formte eine sich zum Ringe, und das Blau, das sie einfaßte, kam ihm tief vor wie ein Brunnen – ja, golden vor Tiefe, als berge der Brunnen eine Krone.

Bei einer Biegung eröffnete sich ihm der Garten. Er sah hinab auf die Steineichen. Lange Rosenketten schlangen sich über ihre glitzernden Gewölbe und bis in den Hintergrund, wo sie nur noch umherwehten als ein rosiger Rauch. Ein paar kalkweiße Flecken durchbrachen dort die Büsche.

»Da ist es. Da ist das Schloß«, sagte Nino ganz laut. Er setzte die hohle Hand an den Mund und blies, wie in ein Horn. Dann wandte er sich, als wartete hinter ihm ein Gefolge.

»Nicht wahr, ihr Holzhauer, das ist das Schloß, wo Dornröschen schläft? Ich wußte es. Ihr, meine Jäger, ihr Knappen, bleibt alle zurück. Haltet die Rüden an der Leine. Folge mir keiner: die Hecken öffnen sich nur mir allein. Ich komme nach hundert Jahren.«

Er war unten, er schlenderte, eine Hand auf der Hüfte, bis an die Balustrade über den Terrassen. Er hüpfte zwei Treppen hinab, fuhr mit den Fingern über die dicken rostigen Saiten auf der Leier des Apoll – sie blieben stumm – und sah in die Höhe. Die Loggia weitete sich in der Sonne und voll Rosen. Er stieg wieder hinauf, bis unter ihre Bögen. Auf dem Geländer tänzelte er geradewegs hinein in das Gebüsch aus Lorbeer und Rosen, woraus sie sich erhob. Er reckte sich, prüfte den Abstand. Sie war geschützt durch eine niedrige, durchbrochene Marmorwand. Ein geschmiedeter Fackelträger ragte quer heraus. Nino vermochte ihn zu fassen, er zog sich hinauf, er erreichte den Boden und stieg über die Wehr. Auf seiner Schulter war ein Rosenzweig hängengeblieben.

Er sah sich nicht um: er trat, die Hand auf die Hüfte, an die offene Saaltür. Drinnen lag die Herzogin in einem geflochtenen Stuhl. Sie stützte die Wange in die Rechte. Aus ihrer lässigen Linken glitt ein Buch langsam hinab an den Falten des weißen Gewandes.

»Liebe Yolla«, flüsterte er, und »liebe, liebe Yolla« – immer ein wenig lauter, bis sie es hörte.

»Aber woher kommst du denn?«

»Aus dem Garten.«

»Wie ist das möglich, die Mauer ist ja höher als du.«

»Du irrst dich, es ging. Übrigens *wollte* ich es.«

»Komm einmal heraus«, rief sie und sprang auf. »Sieh dort hinunter. Es ist steil, nicht wahr, und tief. Ich wußte gar nicht, daß du so gut turntest.«

»Ich tue es auch gar nicht«, erklärte der Knabe und errötete. »Aber soeben habe ich Dornröschen gespielt. Ich war der Prinz.«

»Ah. Und ich –«

»O nein, du nicht«, versicherte er eilig und senkte den Kopf. Aber sogleich erhob er ihn wieder, erblaßt.

»Doch: du, Yolla.«

»Ich bin ja stolz darauf«, sagte sie, ohne zu lächeln. Sie löste die Dornen von seiner Schulter und heftete die Rosen sich selber vor die Brust.

»Was hast du sonst getan?« fragte sie.

»Ich habe einem gemeinen Menschen ein Unrecht verboten.«

»Er hat dir hoffentlich gehorcht.«

»Gewiß.«

»Nun, du würdest nicht dulden, daß er sich weigerte.«

Sie sah ihn an, ganz ernst. Ihres Vaters Worte fielen ihr ein: ›Das schlimmste wäre, wenn einer es an Ehrerbietung gegen dich fehlen ließe. Ich würde ihn schwer bestrafen. Nötigenfalls würde ich ihm den Kopf abschlagen lassen.‹

Dann erkundigte sie sich: »Kennst du schon die Allee des Schweigens?«

»Ich glaube nicht.«

»Auf der Schattenseite, drüben am Abhang. Heute nachmittag gehen wir hin, willst du?«

Er langweilte sich nach Tische, während sie ruhte, und war sehr neugierig auf die Allee des Schweigens. Aber er ging nicht hin. Er blieb mit seinem Dante am Steintisch sitzen, mitten in einer gedeckten Galerie von Steineichen, an dem Punkte, wo sie durchschnitten ward von andern Lauben und wo im leisen Zugwind so viele Blätter raschelten, daß er sich oftmals umwandte nach ihren Schritten. Plötzlich aber, wie er gerade ganz in den Versen war, lag ihr Arm auf seinem Nacken. Er regte sich nicht und bebte heimlich – bis sie ihn mitkommen hieß.

Sie erreichten den jenseitigen Rand des Hügels; hohe Lebensbäume begleiteten seine Senkung, wild verrankt. Zwischen ihren dumpf duftenden Mauern schwoll droben ein Strom von Blau. Am Saum der stillen Straße zu ihren Füßen hatten Gäste aus Stein sich verspätet. Männer in Togen stützten das Kinn in die Hand; mächtige Damen betrachteten ihre kleinen Füße; Hermes trug mit Verwunderung auf seiner Faust ein winziges Kind – er, der so schön und schnell war.

Unten traten sie in ein weites Rund; Nadelbäume und Gestrüpp schlossen es finster. An ihnen entlang bogen sich alte Marmorbänke. Die Mitte des Platzes umkreiste, weit und übertürmt von Riffen, ein Brunnen. Seine Najaden verlockten nackte Reiter; sie warfen sich ins Wasser, sie schwangen die Schwerter. Neptun, auf dem höchsten Felsen, drohte ihnen mit erhobenem Dreizack. Die Meerweiber flüchteten, flatternden Haares, mit versteinertem Geschrei. Sie stürzten in die Kaskade. Tritonen begünstigten ihre Flucht, aber drunten harrten ihrer, ein Bein über dem Brunnenrand und lüstern grinsend, Satyrn und Faune.

Die Herzogin lehnte sich über das Gitter und sah dem Spiele zu.

»Es ist verschwenderisch mit Abenteuern«, sagte sie, »und arm an Wasser.«

Nino sagte: »Das wußte ich, daß du heute an diesem Brunnen stehen würdest.«

»Du warst also doch schon hier?«

»Nein...«

Der Knabe blickte in das Becken; es war, unter dem reinen Himmel, ganz von Blau erfüllt, – und auf seine Geliebte. Sie war in einem weichen, weißen Kleide; es fiel ohne Einsenkung von den Schultern bis auf die Füße. Sie bewegte sich, sie sprach ein Wort, und das leichte Gewebe schwankte, alle Umrisse formend, an ihren Gliedern hin. Er dachte an das Verwehen einer Wolke.

»Aber am Himmel habe ich es gesehen«, versetzte er.

Sie antwortete nicht; und beide lauschten sie, mit geneigten Stirnen, dem Erwachen der Brunnen. Der Park war voll von ihnen. Sie waren fern, sie lagen versenkt im Dickicht, und sie versiegten. Aber nun, in der tiefen Stille, begrüßten sie einander. Sie wisperten, sie seufzten und sangen kaum vernehmlich. Der Knabe meinte fast, es seien die Stimmen der schillernden Blumen auf dem Kleide seiner Geliebten, ihre Glieder entlang, – wer weiß, vielleicht die eigenen Stimmen ihrer Glieder. Es hauchte ihn daraus eine Ermattung an, eine Verleitung zu Traum und Hingabe mit gefalteten Händen. Er dachte: ›Yolla trägt jetzt weitere Gewänder. Früher ging sie in knappen Kleidern und rasch. Jetzt ruht sie gern, sie ist blaß und schließt die Augen.‹

Da hörte er sie sagen: »Du lebst ja auch mit dem Gefühl, Nino, – du auch. Ich habe auf die Art schon soviel gelebt, habe mich verschenkt an Träume und an Bilder, und gefühlt – gefühlt. Es war wie eine Wanderung im heißen Sande, scheint es mir heute, durch die halbe Wüste, mit trockenem Munde und verbrannten Sohlen. Jetzt möchte ich eine Oase erreichen und mich abkühlen. Man soll mich fächeln, ich will an nichts denken. Man soll mich lieben.«

Sie hatte das Gesicht nicht erhoben. Er hörte ihre Worte einzeln fallen, als tropften sie ins Wasser. Sie entgingen ihm und machten ihn ängstlich.

»Du siehst«, sagte sie, »ich spreche mit dir als mit einem richtigen Freunde. Du und San Bacco, ihr seid meine Freunde.«

»Yolla –«, murmelte Nino.

»Wie dankbar bin ich dir für diesen Namen. Wie konntest du ihn erfinden? In meinem ganzen Leben, mußt du wissen, hatte noch keiner mir einen Kosenamen gegeben... Man soll mich nur lieben«, wiederholte sie ganz schwach.

Nach einer Weile richtete sie sich auf und ging zur Bank. Sie setzte sich in eine Ecke, mit dem Rücken gegen einen leeren Sockel. Nino betrachtete sie, brennend und scheu. Das Kleid raffte sich über ihren gekreuzten Schenkeln in kleine scharfe Querfalten. Die längeren, vom Halse herabgestiegenen, verliefen, gewellt und üppig, um ihre Hüften. Ein Arm bog sich dem Haupte zu; es ruhte hell auf dem schwarzen Vorhang der Koniferen. Der andere streckte sich schlaff auf die alte, grün behaarte Marmorlehne. Er sah nackt aus bis über die Schulter, in der durchsichtigen Silbermuschel des gebauschten Ärmels. Sie verlangte: »Nun sage mir, was du vorhin gelesen hast.«

Er sah in die Höhe. Auf zwei Zypressen hinter ihr,

ganz oben im Wipfel, hockten zwei weiße Tauben und girrten. Er begann leise, und den Blick an der Spitze der Zypressen:

»Amor ch'a cor gentil ratto s'apprende,
Prese costui...«

Er sprach immer weiter, ohne nachzudenken. Die Worte kamen mit seinem Atem, er rief sie nicht. Er kannte kein anderes Liebesgedicht als das von Francesca. Sie sah von unten über sein Gesicht; das Licht glänzte darauf, es erhellte ein wonniges Leiden, eine begeisterte Sehnsucht, zu schmelzen inmitten dieser Verse – als ein süßes Wort von vielen – und mit der Luft, die es ihr zutrug, eine Sekunde lang um ihre Brust zu fließen.

Auf einmal wandte sein Blick sich hinunter, auf ihren Arm, auf ihren Hals. Nino stockte; er schüttelte langsam den Kopf. Sie las in seinen Augen: ›Was helfen alle Verse, was aller betäubende Drang, fliegenden Herzens, hin zu dir!... Nichts dringt bis zu deiner Schönheit. Sie ist ganz unerbittlich. Warum prüfst du mich so müde und so innig, unter schweren Lidern hervor? Yolla, liebe Yolla, du bist grausam vor lauter Schönheit.‹

Dann beendete er:

»Quel giorno più non vi leggemmo avante.«

Aufseufzend setzte er sich neben sie. Still sahen sie dem Weben des Abends zu. Er breitete wie gestern seine Rosenschleier durch die Luft. Die Spitzen der beiden Zypressen stachen hinein, und die zwei weißen Tauben verfingen sich darin. Sie flatterten sanft davon, mit Füßen gleich Blutstropfen.

Der runde Platz versank langsam in Grau. Die Herzogin nahm den Knaben bei der Hand; sie durchschritten wieder die Allee des Schweigens. In einem schrägen Sonnenstreif flimmerte der Kies violett. Jede der steinernen

Gestalten ergab sich der Einsamkeit und dem Dunkel. Einmal leuchtete eine auf; wie Nino sich umwandte, war sie nur noch eine Schattenform. Der breite Himmelsfluß, droben zwischen den schwarz gezackten Lebensbäumen, zog träge und blaßsilbern. Und unter ihm bewahrten alle das Schweigen: ergebungsvolle Weise, geduldige Liebende, verschüchterte Götter.

Der Knabe schwieg an der Hand seiner Geliebten, deren Gewand schaukelte. Er sagte sich mit Bedacht: ›Ich werde wohl auch einmal sterben, so seltsam das ist. Dann will ich daran denken, daß ich diesen Tag erlebt habe. Was soll das übrige?‹

›Ist es denn nicht möglich?‹ fragte er sich eine Woche lang, in den Irrwegen der Bosketts, auf dem Berge, bei den Brunnen und in seinem Zimmer – und ›Was?‹ antwortete er sich selbst.

›Sie nennt mich ihren Freund. Niemals lächelt sie über mich, nicht einmal wenn ich mich verraten habe und mich schäme. Sie selber gesteht mir Geheimnisse – ich begreife sie nicht, doch erschrecken sie mich, und ich meine, es seien eher die Brunnen im Dickicht, die so sprächen... Nun also, könnte sie mich nicht lieben wie einen Mann? Es klingt verrückt, das weiß ich natürlich, aber nimm einmal einen Augenblick, nur im Spiel, die Möglichkeit an. Du bist ja kein Kind mehr, bist keinen Kopf kleiner als sie selbst, nicht wahr? Denke einmal an das Bild der Heiligen Katharina, in unserer Kirche beim Lyzeum. Was für eine große, mächtige Frau – und wie bewegt und zärtlich bietet sie ihre üppige Hand ihrem Bräutigam: dem kleinen Jesuskind.

Sie ist schön! In weißem Damast und goldenem Mantel, ganz behangen mit Perlenschnüren und im Haar eine Krone voller Edelsteine. Die Engel singen; rote Fahnen schlagen hinter ihnen zusammen um weiße Säulen... Was für ein Fest! So sollte es sein, gerade so, mit Yolla und mir.‹

Er beschwor sich, in der Angst, seinen Traum entflattern zu sehen.

›Überlege doch, wäre ich achtzehn, nein nur siebzehn und hätte zwei, drei Barthaare, dann würde niemand sich wundern. Heißt es nicht, daß Antonio Fabrizzi, aus der achten Klasse, der Geliebte der Frau eines Obersten ist? Drei Jahre fehlen mir, das ist alles – und was wäre das für eine Welt, in der das unermeßliche Glück – weiß ich denn, wie es überhaupt *wäre*? – nicht sein kann, bloß weil einer drei Jahre zu jung ist.‹

Er riß sich an den Kleidern vor der Brust, und an den Handgelenken.

›Willst du denn nicht wachsen, nicht breiter werden! Ich würde mit dem Teufel ein Bündnis schließen! Er sollte mich zum Manne machen, für heute und ein Jahr, und mir Yollas Liebe geben. Mag er dann meine Seele nehmen... Ein Jahr? Nein, ein Tag. Für einen Tag täte ich's! Leider will von mir der Teufel nichts wissen – wahrscheinlich, weil ich von ihm nichts weiß. Warum müssen wir auch ungläubig sein! Warte einmal...‹

Und er überließ sich seinen Vermutungen über Wirklichkeit oder Fabel der göttlichen Dinge. Sie geleiteten ihn langsam in den Traum hinüber.

Am Morgen beschloß er pochenden Herzens: ›Ich frage sie, ob sie mich heiraten will. Es ist im Grunde vielleicht sehr einfach, nur meine Grübeleien verwickeln die Sache. Es soll immer so sein bei Liebenden... Sie sagt ja, weil sie mich liebhat. Wir warten, bis ich zwanzig bin...‹

Am Abend zog er die Decke bis übers Kinn, biß die Zähne zusammen und murmelte: »Wie geht es zu, daß solch ein Wahnsinn in meinem Kopfe entsteht?«

Beim Aufwachen schlug er die Hände zusammen.

»Aber ich liebe sie so sehr! Muß sie es nicht erwidern? Es kann niemand soviel Liebe umsonst empfangen, es wäre zu ungerecht: die Liebe ließe es nicht zu.

Amor ch'a nullo amato amar perdona –

Yolla ist blaß, sie ist müde, sie trägt weite Kleider. Sie sagt: ›Man soll mich lieben‹ – gewiß, sie meint mich!«

Und nachts stöhnte er: »Nicht mich – ich weiß es ja –, sondern den anderen!«

Er nahm seinen Kopf in beide Hände; er schmerzte ihn vor all den Anstrengungen, womit er in seinem Hirn die Wahrheit unterdrückt hatte.

»Glaube doch nicht«, so rief er dem Nino zu, der am Selbstbetrug hing – »daß ich deine unmöglichen Einbildungen im Ernst anhöre. Ich weiß ja doch, wie es kommt!«

Er wußte nichts – und das war das schrecklichste.

Eines Nachmittags sagte die Herzogin: »Gehen wir hinab auf die Straße! Ich erwarte Gäste.«

Er tat keine Frage; er fühlte sein Blut stocken.

»Frau Bettina und ihren Mann«, erklärte sie.

Unterwegs redeten sie kaum. Die Tage waren schwül geworden. Einmal, bei einer Wendung, sah der Knabe droben aus den Massen Grüns die weißen Stufen treten.

›Nun verschwinden sie wohl für immer‹, dachte er. ›In das Märchen zurück führen sie sicher nicht mehr.‹

Er zerbiß sich die Unterlippe; es gelang ihm, nicht zu weinen.

Die Herzogin sagte matt: »Sie scheinen nicht mehr zu kommen. Kehren wir um.«

Nino ging in Hoffnung und Qual. Die Treppe zeigte sich nochmals. Plötzlich stellte er fest, kalt und beinahe befreit: ›Jetzt ist alles aus.‹

Er hatte Wagenrollen gehört. Jakobus und seine Frau stiegen aus. Er begleitete die Herzogin, Nino mußte Frau Bettina voranführen. Seine taube Ruhe verließ ihn nicht; er ging mit ihr zu Bett, und schlief eine Stunde lang.

Dann öffnete er die Augen und war auf einmal schlaflos wie am lautesten Tage. Eine Angst durchzitterte ihn, bis in die Fingerspitzen. Bei jedem Knacken eines Holzes, bei jedem Blätterrascheln im Garten fuhr sein Fuß aus der Decke.

›Jetzt ist es Nacht, jetzt ist es Nacht. Was geschieht jetzt – Himmel, was geschieht jetzt. Sind sie beisammen? Wenn zwei sich lieben... Sind sie in Yollas Schlafzimmer? Ich kenne immer noch nicht die Gänge, die dorthin führen, und nicht die Tür, durch die sie eintritt. Ich weiß gar nichts! Was tun sie? Wenn die andern in der Schule Geschichten von Weibern erzählten, habe ich mich gestellt, als verstände ich. Warum habe ich es mir nicht erklären lassen! Von dem kleinen Mignatti! Ich hätte ihm mit Prügeln drohen können, damit er's nicht weitersagt... Sie küssen sich, gewiß, dann ziehen sie sich aus. Dann – legen sie sich ins Bett? Und dann, was dann?‹

Er hielt sich den Mund zu und stöhnte.

›Nein! Jene haben gelogen! Alle Weiber könnten solche Dinge begehen. Aber um Yollas willen leugne ich sie. Ich leugne, daß es das gibt!‹

Er kniete im Bett, er reckte flehend die Hände, tränenüberströmt, sinnlos.

»Oh, laß es nicht zu!«

Da schrak er zusammen; er fiel vornüber. Er hatte draußen ein Geräusch gehört. ›Es sind Schritte.‹ Er war schon am Fenster. Es trat jemand aus den Steineichen heraus. Nur einer? Ja, nur einer. Seine Zigarre glomm: es war Jakobus. Er kam näher, er erkannte den Knaben.

»Nino, du schläfst nicht? Komm doch herunter.«

»Gleich!« rief Nino und sprang zurück. Er liebte diesen Mann.

›In den Lauben ist er umhergewandert, indes ich lag und Unsinn phantasierte. Es ist alles, alles nicht wahr!‹

Er warf sich in die Kleider und lief. Inmitten seines Jubels ergriff ihn die Furcht, die Füße möchten ihm versagen. Aufatmend sagte er: »Da bin ich.«

Sie gingen lange nebeneinanderher. Jakobus dachte: ›Ich halte es nicht aus, mit ihr unter einem Dache zu schlafen, und getrennt von ihr. Es ist eine Demütigung. Ich werde gar nicht zu Bett gehn. Wenigstens habe ich diesen Buben bei mir, der mir so sympathisch ist. Ich glaube manchmal, wenn er nicht wäre, würde sie mich gar nicht lieben. Es war mir eine Wohltat, ihn bei ihr zu wissen.‹

Er tastete nach seinen Zigaretten. »Magst du eine?«

Nino rauchte und freute sich seiner Ruhe und Sicherheit. ›Ich habe ihn neben mir – da, ich brauche bloß die Hand auszustrecken. Es kann nichts geschehen.‹

Und inzwischen wanderten sie immer in die Runde, unter den flimmernden Sternen; wanderten den Berg hinab und wieder zur Höhe, zwischen den Lebensbäumen mit den mondgrellen Bildern und im Schatten der Bosketts, die Rosenhecken entlang, durch das Dickicht und um die Brunnen herum – aber niemals am Hause hin und unter seinen offenen Fenstern, aus deren einem die Nachtluft schlummernde Atemzüge heraustrug; den Atem ihrer Geliebten.

›Ich habe fast die ganze Nacht gewacht – für Yolla‹, so sagte sich Nino mit Stolz. Aber er war müde und lungerte umher. Nach dem Essen, als sogar die Vogelstimmen einschliefen und man nur noch die Hitze schweigen und brüten hörte, schlich er die Bilderallee hinunter, an dem großen Brunnen vorbei mit seiner Jagd von Reitern, Nymphen und Tritonen – und in die Büsche. Sie umstanden verwildert den runden Platz. Man mußte sich durchschlagen bis in ihre Tiefe, auf engen Pfaden, von Dornen überspannt. Distelblüten reckten ihre gelben Köpfe und dufteten seltsam. Ein Eichkätzchen raschelte. Ein großer scheuer Vogel hastete dicht beim Fuß des Tastenden mit rauhem Schrei und flügelklatschend in die Höhe.

Endlich gelangte der Knabe auf ein geräumiges Dreieck,

mit Gras bewachsen und seit langem erobert und formlos gemacht von wuchernden Hecken. Ein Vorhang hoher Platanen, die Efeu bekleidete, war vor ihnen herabgelassen. Den spitzesten Winkel des Platzes schnitt er ab. Nino drückte sich hindurch, in das Versteck. Da ruhte unter einem hängenden Felsblock, im hohen Rasen, etwas Begrüntes, Marmornes. Es war wohl einmal eine Brunnenschale gewesen; noch früher ein Sarkophag. Darüber, am Felsen, starrte eine große steinerne Maske; ehemals hatte sie gewiß Wasser gespien. Eine zweite, mit hohlen Augen und aufgerissenem Munde, gähnte in der Wand des antiken Troges; sie hatte einst das Überquellende entlassen.

Nino brach ein Loch in den Efeu, der die Ränder überrankte. Er kroch in die Höhlung und streckte sich auf die Kissen trockener Pflanzen. Eine Blindschleiche glitt ihm durch die Finger und verschwand. Dann war er ganz allein. Über ihm, an der luftigen Decke aus herzförmigen Blättern, humpelte, mit dem Rücken nach unten, ein dickbäuchiger Käfer. Es war still, kühl, es duftete nach welkem Laub. Er brauchte sich nur halb aufzurichten und konnte sein Gesicht in die Maske hineinlegen, die als Ausfluß gedient hatte. Aus ihren Augenhöhlen lugte er, zwischen den Platanen hindurch, auf das verwahrloste Dreieck mit dem unbetretenen Rasen. Ein paar Sonnenstrahlen fanden und verloren sich darin. Eine Blume glänzte auf. Eine Meise sang. Der Himmel war dunkelblau. Nino fiel zurück und schlief ein.

Im Aufwachen hörte er, irgendwo dahinten, Jakobus sprechen.

»Ich kann machen, was ich will: der Akt bleibt flau in der Farbe. Die grüne Beleuchtung ist zu unglücklich… Und Sie wollen durchaus nicht droben vorm Hause?«

Die Herzogin sagte: »Sie verlieren den Kopf. Ich werde mich ganz nackt vor eine Rosenhecke stellen.«

»Es wäre doch sehr schön«, meinte Jakobus.

»Wären Ihre Leute Ihnen lästig? Man könnte alle fortschicken.«

»Oh, die würden mich wenig kümmern.«

»Meine Frau doch auch nicht; die schickt man mit fort... Aber?«

»Aber!«

»Ach! Gewiß der Kleine.«

»Malen Sie, bitte.«

Es ward wieder ganz still. Der Schrei »Yolla!« sprengte des Knaben Brust; aber niemand vernahm ihn. Er kniete, bebend und entrückt, in seinem Versteck, das Gesicht hinter der Maske, – und er sah sie. Sie hielt sich reglos, halb im Profil, den Hals gewendet und mit zurückgelegtem Kopf; ihr Haarknoten glitt tiefschwarz über den matthellen Nacken. Sie stützte sich auf das rechte Bein, das linke stand leise gebogen; und ihre Arme streckten sich, mit nach außen geöffneten Handflächen, abseits von den Hüften, gespannt und leicht und in Bereitschaft, sich aufzuheben zu einer Umarmung ohnegleichen.

Sie deuchte dem Knaben weiß – weiß, wie er sich nie einen Frauenleib vorgestellt hatte; aber nicht einem Marmor gleich, nein, eher vom Schimmer einer Blüte. Ihre Knöchel lugten, feine, blasse Blumen, durch das Gitter des Grases. Und der Erde entstiegen war sie ganz. Sie war eine Schwester der Bäume ringsumher. Die Sträucher griffen nach ihr mit ausgeschossenen Zweigen, und glätteten, mit langsamer Liebkosung, die langen Rundungen ihrer Schenkel. Der Himmel umhüllte ihr Gesicht, er wollte es entführen. Sein Blau brach, als siegreicher Widerschein, aus der Nacht ihres Haares. Ihren Arm sprenkelte, klar umrissen, ein Blätterschatten, und darauf das Abbild eines hüpfenden Vögelchens. Ihren Brüsten, spitz schwellenden, seltenen Kelchen, hatte die reiche Erde das Fest ihrer Säfte geweiht, und die Sonne trug sie, rund und kostbar eingefaßt in goldene Reifen.

»Der Akt steht nicht«, murmelte Jakobus, murrend. Er pinselte, als ob er Hiebe verteilte. »Übrigens interessiert er mich nicht.«

»Sie sehen«, sagte die Herzogin, »ich bin nicht Ihre Venus.«

Er schwieg und dachte: ›Am Sterbebett des Alten warst du's doch. Ich fing an, die Venus in dir zu *sehen*. Jetzt zieht sie sich zurück, in dich hinein, je näher ich dir komme. Werde ich sie fassen, wenn ich dich in den Armen halte? Wie habe ich es nötig, daran zu glauben! ...‹

Er sagte: »Sie sind nicht Venus? Dies ist nicht die Art, es mir zu beweisen. Ich warte auf die andere Probe. Wie lange noch?«

Sie erwiderte nichts. Nino flüsterte: »O Yolla, ich habe Angst. Was tust du mir. Solche Seligkeit ist furchtbar. Du bist gar nicht mehr Yolla; ich ahnte nicht, daß es das gäbe. Du gehörst den Bäumen und der Sonne und den Eidechsen – ich weiß nicht. Mir ist schwindlig: es ist das Licht, in seinen Kreisen blühen deine Glieder auf. Sie breiten sich wie ein Gürtel von Licht um diesen Platz – nein, um alles, was ich sehe... Nimm mich mit in die Welt, in die du hinüberfließt, Yolla! Reiß mich heraus aus dem Loch, ich kann mich nicht rühren!«

Er glaubte zu schreien, und bewegte kaum die Lippen. Er fühlte, wie all sein Leben sich in die Maske flüchtete, durch ihre leeren Augen hinaus, und zurück in die ganze Natur – mit der Geliebten. Seine schwachen Schultern preßten sich fest an den Rand des alten Sarges. Er kniete, er konnte nicht umfallen, der Raum war zu eng.

Es ward Abend, das Gras wehte; da ging der Knabe heim. Er ließ sagen, daß er nicht essen wolle, und legte sich schlafen. Er hatte keinen Traum und erwachte mit dumpfem Kopf.

›Nun ist es vorüber‹, dachte er, ›nun habe ich alles genossen... Wenn ich bedenke, daß ich noch gestern nacht vor Furcht ganz närrisch war, der andere könne bei ihr sein. Jetzt ist es mir riesig gleichgültig. Mag er sie doch malen: als ob sie ein gewöhnliches Weib wäre! Ach! ich – ich weiß nun, was sie ist. Es liegt hinter mir; nie, nie werde ich's wieder erleben... Und dieses Unsägliche, dieses Übergewaltige habe ich Yolla genannt. Ich habe es küssen gewollt, habe wohl gar noch mehr gewollt? Ich wollte sie heiraten! Wie ist das unglaublich lächerlich! Ich könnte ja auch... auch...‹

Er suchte.

›Das Meer könnte ich heiraten! Oder Gott!‹

Er schämte sich, er empfand Überdruß an sich und aller Welt. Er meinte nur noch in der Einsamkeit leben zu können. Tagsüber versteckte er sich draußen. Beim Essen saß er mit niedergeschlagenen Augen. Bettinas wässerige Blicke reizten ihn; sie forschten immerfort: »Du auch?«

Jakobus war nicht heiter. Die Herzogin fragte ihn: »Und Ihre Venus?«

»Ich habe sie zerschnitten. Soll ich morgen wieder anfangen? Was meinst du, Nino?«

»Sie wollen wohl Yolla als Venus malen? Haha.«

»Ist das so lächerlich?«

»Oh, dumm ist es!«

Jakobus biß sich auf die Lippen. Die Herzogin sagte: »Weißt du nicht, daß du uns beide kränkst: Herrn Jakobus und mich.«

»Dich nicht!« rief er mit Leidenschaft.

»Warum sind wir heute so trübe? Nino, du schmollst mit mir. Gestehe: warum?«

Die wütende Scham übermannte ihn wieder.

»Du sprichst ja, als sei ich in dich verliebt«, versetzte er, abweisend, und verstummte.

Nachher war er verschwunden. Die Herzogin stand am Geländer der Loggia, in der Kühle, unter den nächtlichen

Rosen. Jakobus stützte einen Arm auf und sprach ihr ins Gesicht; sie antwortete kaum. Mehrmals machte er eine Wendung, um nicht die Augen seiner Frau sehen zu müssen. Aber sie suchten unbeirrt die seinigen. Schließlich sagte er hart: »Ich habe hier nur acht arme Tage. Hier ist alles schön, nur du nicht.«

Sie bekam eine einfältige Schmerzensgrimasse, sie flüsterte etwas Angstvolles, Unverständliches. Dann zog sie sich zurück. Die Herzogin sagte erregt: »Ich spreche ein letztes, ernstes Wort mit Ihnen. Noch eine Mißhandlung dieser Frau, und ich lasse Sie fallen. Sie wissen wohl nicht, wie unglücklich ich Sie machen kann.«

»Ich weiß es«, entgegnete er.

Sie erinnerte sich nochmals daran: ›Diese Frau ist beinahe heilig in ihrer Wehrlosigkeit. Ich will ihr Herz nicht noch mehr verstören. Morgen sage ich ihr, sie soll ihren Mann wieder mitnehmen.‹

Aber es regnete in Strömen, und sie sagte nichts. Die Stimmung war gedrückt und unruhig. Nino, der sich absonderte, irrte durch das Haus. Am Ende eines gebogenen Ganges, wo alte Kupferstiche hingen, fand er eine schlichte weiße Tür, die offenstand. Er kam sich entgegen, im Spiegel, drüben am Ende des Zimmers. Auch ein Amor spiegelte sich; er stand dem Bette gegenüber, aufrecht und nackt auf dem Kamin und stemmte seinen Bogen auf die Hüfte.

»Das ist nun ihr Schlafzimmer«, sagte der Knabe, achselzuckend und matt. Er sah stumm in die Runde und ging zurück.

Achtundvierzig Stunden später, mitten im Regen, erschien Lady Olympia.

»Überzeugen Sie sich, süße Herzogin, ob ich anhänglich bin!«

»Um wen wird denn hier getrauert?« fragte sie nach kurzer Anwesenheit. Sie erfuhr, daß aus der Venus noch nichts geworden sei, und lächelte mitleidig. Beim Abschied, allein mit der Herzogin, riet sie: »Süße Herzogin, nehmen Sie das weniger ernst, was die Männer uns und sich selber vorfiebern. Sie leben alle in Dichtungen. Die Wirklichkeit ist einfach, und gehört uns. Viel Vergnügen! Übrigens machen Sie es wie ich und spielen von Ihren Dramen – oh, Sie werden noch viel spielen! – immer nur die ersten anderthalb Akte, solange der Himmel heiter ist. Wenn Wolken heraufziehen, reise ich ab. Leben Sie wohl!«

In der Nacht bemerkte die Herzogin, daß die Tür ihres Zimmers weit offenstand. Der Mond erhob sich eben über die Bäume. Sie sah im Spiegel eine Gestalt, die hinten im Gange um die Ecke bog. Sie wunderte sich gar nicht. War es nicht Nino? Gewiß: er kam näher, die Hand auf der Hüfte, tänzelnd, geräuschlos. Nun aber setzte der Amor auf dem Kamin sich in Bewegung. Er stieg herab, er reckte sich ebenso hoch wie der andere, sie verwuchsen ineinander, und ein einziger Knabe stand vor ihrem Bett, mit Ninos hohen leichten Brauen, seinen großen Locken, seiner kurzen roten Lippe, und mit Cupidos Bogen. Er hielt ihn lässig.

»Ich tue dir kein Leid, Yolla«, wisperte er, wie mit der Stimme des Mondes, der den Boden beglänzte.

»Wer bist du denn?« fragte sie.

Er strich mit den Fingern über das Mückennetz, das weit und weich um ihr Lager floß. Es troff plötzlich von Silber.

»Amor bin ich. Ich will, daß du neue Spiele aufsuchst und einen neuen Rausch genießest und sehr glücklich wirst...«

Ihr deuchte, daß sein Stimmchen noch weitersumme. Aber sie lag schläfrig, gebannt in Silberschleier. Das dünne Leinen enthüllte sie, wie nackt. Der Blick des Knaben wanderte, feurig und süß, zwischen ihren Schenkeln hinauf, durch die Senkung ihrer Brüste, und in ihre Haare hinein; schwarz und voll gleißender Fünkchen breiteten sie sich, um ihren ganzen Leib herum, über die schimmernden Kissen.

»Du bist doch Nino?« fragte sie, ohne Laut.

»Ja, ich bin Nino, und ich will dich um Verzeihung bitten. Ich konnte ja nicht schlafen.«

»Es ist gut, Nino, geh wieder in dein Bett.«

»Und will dir auch sagen, wie sehr ich dich...«

Er verblaßte plötzlich, mit dem Monde. Er stand steif und angstvoll.

»Nein, liebe, liebe Yolla, das kann ich dir nicht sagen. Du darfst nicht böse sein, ich kann nicht...«

Er tänzelte rückwärts. Der Mond versteckte sich hinter einer Gardine. Der Knabe war fort.

Sie lächelten beim Frühstück einander zu, wie nach einer Versöhnung. Der Himmel war heiter geworden, die Luft leicht und ohne Duft. Man unterschied, dort hinten in den Büschen, jede Rose. ›Was für ein seltsamer Traum war das‹, dachte die Herzogin. ›Vielleicht war es keiner?‹ fragte sie sich einen Augenblick. ›Ach, ich bin kindisch...‹

Jakobus erschien spät. Sie begriff nicht, wie er noch niedergeschlagen sein konnte. Sie selber fühlte sich beglückt seit heute nacht.

»Fangen wir von vorn an?« fragte sie ihn. »Da ist die Sonne. Ich bin bereit.«

»Es hat keinen Zweck«, erwiderte er, ohne aufzusehen. Er ließ sich bis zum Dunkelwerden nicht mehr blicken. Das Diner wartete.

»Wir werden uns nicht hinsetzen, bevor er zurück ist«, sagte die Herzogin, gütig und sorgenvoll. So kam die Nacht.

Die Herzogin saß allein mit Bettina, draußen in der Loggia. Der Mond war nicht aufgegangen; es brannte drinnen kein Licht. Bettina sagte leise: »Wenn er noch lebt!«

»Was reden Sie?«

»Oh, wissen Sie denn, wie elend er ist? Sie können es nicht wissen, sonst... Und er hat Todesahnungen, er hat sie mir gestanden.«

»Wann?«

»Gestern. ›Mit fünfzig Jahren sterbe ich‹, so sagte er. ›Dann wird sie bereuen.‹«

»Was?«

»Das Werk. Daß Sie das Werk zugrunde gehen ließen; so meinte er – glaube ich.«

»Ach was. Er stürmt so leicht und spannkräftig daher wie der große Paolo oder einer von den andern, die ihm gleichen.«

»Um so mehr fürchtet er sich, ihnen zum Schlusse *nicht* zu gleichen, und zu sterben, auf einmal ausgebrannt und verbraucht, und bevor der letzte, entscheidende Sturm auf die Schönheit ihm gelungen ist.«

»Es wäre ein Unglück; was können wir dabei tun.«

»Oh – ich bin ohnmächtig... Er malt Sie als Venus, nicht wahr?«

»Und es gelingt ihm nicht.«

»Weil er gar nicht *Sie* malen will, Herzogin. Nach den zahllosen Damen der hysterischen Renaissance will er die Venus malen, die über allen Frauen ist – die der größte Meister der großen Zeit vergeblich gerufen hat: die Anadyomene der ganzen Natur! Die Göttin, die der Erde entsteigt als Blume, an deren gewölbten Gliedern die Zweige feilen, die darüber hinstreifen, und die Tiere, die sich ihnen anschmeicheln. Ihr Gürtel liegt, als ein Reif von Licht, um Hellas und um die Welt. Der Himmel trägt ihr Gesicht und bricht blau aus ihrem Haar. Ihrem Leibe hat die reiche Erde das Fest ihrer Säfte geweiht, und die Sonne trägt ihn, wie in einer goldenen Schaukel.«

»Es wäre schön!«

»Nicht wahr? Er *weiß* das alles. Aber er *sieht* es nicht. Er sieht es nicht! Damit er die Göttin fassen kann, muß sie ihm gehören... So sagte er«, flüsterte Bettina, erschrokken.

Nach einer Weile flüsterte die Herzogin: »Das alles hat er Ihnen gesagt, Ihnen?«

»Nicht wahr? Wie muß er elend sein, daß er den Kopf gegen *meine* Schulter lehnt!«

Sie schwieg wieder, kläglich. Die Herzogin hatte Lust, zu weinen mit der Armen. Bettina begann abermals: »Er ist ja das Genie, das wir gebären, immer aufs neue gebären müssen, wir Frauen. Ach, nicht ich, nicht ich! ...Jedes seiner Werke hat er aus Frauenseelen empfangen – wie Gian Bellin –, und das größte, unvergleichliche, das, wovon alle Schöpfer träumen und das keiner schafft, das muß ihm die seltenste, stärkste Seele geben. Wäre es meine! Aber es ist Ihre, Herzogin, Ihre! Seien Sie gnädig!«

Die Herzogin war hingerissen, fieberhaft, von dem Geflüster im Dunkeln. Da fühlte sie Bettinas Wange an ihrer: auf einmal wußte sie wieder, wer zu ihr sprach. Sie riß sich los.

»Seien Sie gnädig!« murmelte die Gattin des Malers.

»Ich soll... Da sind Sie, Frau Bettina, Sie wollen das?«

»Liebte ich ihn denn, wenn ich es nicht wollte!«

Sie hörten beide zu, wie dieser Aufschrei verhallte. Jede suchte in der Finsternis die Züge der anderen, und fand nur einen weißlichen Fleck.

»Sagen Sie ja«, bat Bettina, tonlos.

»Ja«, sagte die Herzogin.

Bettinas Stuhl rückte geräuschvoll. Eilig entfernte sie sich.

Draußen begegnete sie ihrem Manne; er kehrte bestaubt von seiner Tageswanderung. Später erschienen die Gatten gemeinsam bei Tisch. Alle freche Ratlosigkeit seiner letzten Zeiten hatte Jakobus draußen auf den heißen Straßen zurückgelassen; er war still, fast demütig. Beim Aufstehen küßte er die Hand der Herzogin.

»Ich danke Ihnen. Nun kommt es dennoch!«

»Aber nicht hier«, versetzte sie, und sah hinüber zu Nino.

›Die Fremden sind fort‹, sagte sich Nino in den folgenden Tagen. ›Ich bin wieder allein mit Yolla. Aber es ist nicht, wie es vorher war – natürlich, es ist meine Schuld. Ich habe inzwischen zuviel erlebt.‹

Die Herzogin dachte: ›Ich liebe ihn – und habe es mir erlaubt. Wir werden vielleicht glücklich werden; aber es wird sicher ein schweres Glück. Das Werk wird vielleicht entstehen; aber verlohnt es sich? Ich wollte, ich wäre sechzehnjährig und könnte mit diesem Jungen davonlaufen: ich weiß nicht, wohin.‹

Sie machte jetzt, in der herbstlichen Sonne, ihre Spaziergänge drunten auf der Straße. Sie verweilte gern an den Mauern, wo Lazerten umherschnellten, unter hohen Bügeln wilden Weins, der sich rötete. Nino jagte über das Land, im Trab seines rauhen Pferdchens. Man sah den grauen Schweif überall davonflattern durch die Büsche.

Eines Mittags überraschte sie ihn, am Fuße des Parkhügels. Er war abgestiegen und ging, wild lachend, einem Mädchen zu Leibe, einer breithüftigen Dirn mit krausem Haar und roten Wangen. Die Hand des Knaben verschwand ganz in ihrem Mieder; sie kicherte, ihre Zunge schlängelte rot heraus. Plötzlich kreischte sie auf und flüchtete. Nino hatte die Herzogin noch nicht bemerkt. Er hastete auf sein Pferd und setzte der Magd nach. Sie sprang die Treppe hinauf, in die Mauern von Lorbeer. Er stolperte hinterdrein, das Stöckchen geschwungen, in der

Haltung eines Helden, der im vollen Genuß der eigenen Tollkühnheit einen feindlichen Turm hinangaloppiert. Die Eisen prallten schleifend von den Stufen, das Tier fiel zurück und blieb liegen. Nino rollte über einen Absatz hinunter.

Die Herzogin näherte sich. Es war plötzlich sehr still. Droben im Laub verlor sich das Rascheln eines Kleides. Sie hob den Kopf des Knaben auf; er blutete. Die Augen waren geschlossen. Sie läutete am Tor. Der Alte erschien, er trug jammernd den Verunglückten hinauf. Die Herzogin hielt immerfort sein Haupt in beiden Händen; sie drückte ihr Tuch auf die Wunde.

Sie verband ihn eigenhändig. Man fuhr nach dem Arzte. Inzwischen erwachte Nino und verlangte nach ihrer Hand; er kühlte daran die seinige.

»Heilige Katharina«, so lallte er. »Dem Antonio Fabrizzi gibt sie ihre Hand... Nicht mir, nicht mir... Er ist achtzehn, ich vierzehn. Aber ich verspreche dem Teufel, wenn er mich gleich zum Manne macht... Yolla, wenn es möglich wäre – liebe Yolla!«

Er warf sich umher.

»Aber es ist unmöglich. Denn ich hab dich ja als Venus gesehen, wie du in die Platanen und in die Meisen und in die Sonne eindrangst. Wie kann ich dich heiraten? Es ist alles aus... Und doch warst du meine – Sst!« machte er, und sein Gemurmel ward unverständlich.

Eine Woche später kam Gina von der Reise. Die Herzogin hatte ihr nichts geschrieben; sie fand ihr Kind bleich.

»Es ist nicht nur von dem Unglücksfall«, sagte die Herzogin, als die Frauen allein saßen. »Er empfindet heftiger, als er dürfte; er lebt tiefer, als wir es seinem Alter zutrauten. Man sollte ihn abhärten gegen seelische Temperaturwechsel. Venedigs Luft schadet ihm; sie schadet auch Ihnen, Frau Gina. Bringen Sie ihn ins Konvikt nach Salò.

Er ist an Landleben gewöhnt, er wird dort gesunden, mit Ihnen, Frau Gina.«

Gina neigte das Haupt.

»Also schon jetzt... Aber wir wollen ihm noch nicht sagen, wohin er geht und daß er Sie, Herzogin, nicht wiedersieht.«

Als dann am Morgen der Wagen bereitstand, rief die Herzogin den Knaben nochmals zu sich ins Zimmer. Sie sagte: »Ich spreche mit dir wieder als mit einem richtigen Freunde. Daß du erst vierzehn bist, trennt uns nicht. Ich will nicht mit einer Unwahrheit von dir Abschied nehmen. Wir werden uns in Venedig nicht mehr begegnen. Du fährst mit deiner Mutter ins Konvikt nach Salò. Du hast doch Mut?«

Er stand ganz kalt, mit weißen Lippen. Sein Blick verharrte auf ihrem Gesicht, schwärmerisch hingegeben, noch durch dieses Leid hindurch.

»Was denkst du?«

Er hatte in dieser Minute nichts gedacht als: ›Wie ist sie schön!‹

»Ich habe es gewußt«, sagte er, fast ohne die Lippen zu bewegen. »Es ist meine Schuld. Es ging nicht so weiter.«

Und mit einem jähen, leidenschaftlichen Beben, das seine Stimme fremd und unerkennbar machte: »Nun schickst du mich fort – für immer?«

Sie zog ihn an sich, fest und voll Zärtlichkeit.

»Nur für ein paar Jahre; bis du gesund geworden bist und ein Mann.«

»Ich werde es niemals werden«, klagte er, wieder ganz sanft. »Ich kann es mir nicht vorstellen.«

»Doch. Ich weiß es bestimmt. Als Mann sehe ich dich wieder. Was bin ich dann selber? Das lasse ich zum voraus alles gelten... Geh, Nino, härte dich ab, werde stark, warmblütig und glücklich.«

»Ich will es, Yolla. Aber du vergißt mich nicht?«

»Ich... dich!«

Der Knabe horchte, angstvoll.

»Das klingt, als – liebte sie mich«, meinte er leise. Und gleich darauf: »Wie kannst du nur solch ein Narr sein – auch jetzt noch!«

»Leb wohl, Yolla.«

Er ging. An der Tür riß es ihn herum, er zitterte wieder.

»Es ist doch recht schwer. Soviel gefühlt, soviel – und kein Wort... Yolla!« rief er, verzweifelnd.

»Nino?«

Er küßte ihre Hand, sie war auf einmal ganz naß von seinen Tränen.

»Nichts. Es ist gut, daß du mir's rechtzeitig gesagt hast. Nun kann ich auch von meinem großen Freunde Abschied nehmen.«

»Von San Bacco, ja, und sag ihm, er solle an mich denken. Morgen fährt er nach Rom.«

Sie lehnte im Bogen der Loggia, als der Wagen den Hang hinabschleifte. Nino sah sie erst bis zur Hüfte, dann, zwischen den Rosen, ihr Haupt – und endlich nur noch die Hand, die, höher als die Stirn, zwischen zwei Ranken hing. Er schaute unermüdlich rückwärts, die Brust geschwellt von Schluchzen.

›Es kommt nun nichts mehr; ich habe weiter nichts zu erwarten.‹

Aber unversehens teilten sich in der Höhe die Laubwellen; die geheimnisvollen Stufen traten heraus, schimmernd im Licht einer Krone, die sich senkte auf des Knaben Liebe.

»Yolla!«

Dort stand sie, hoch, still, im hellen Kleide und mit schwarzem Haar, auf der weißen Treppe, der winkenden und nur vom rauschenden Grün in die Luft gehaltenen –

und sie sollte dort stehenbleiben, er versprach es sich, sein Leben lang, als das Märchen, zu schön, um ertragen zu werden, aber unverlierbar.

Gina schrieb, sie seien angekommen; Nino hatte seinen Namen hinzugesetzt. Darauf kehrte die Herzogin nach Venedig zurück. Es war Nacht, als sie zu Hause ankam, sie schickte sofort nach ihrem Geliebten. Ihr Ruf folgte ihm überallhin, wo er im Laufe des Abends vorübergekommen war: ins Restaurant, an den Spieltisch des Klubs, in die Loge einer Tänzerin, in das Rauchzimmer eines Freundes. Er drehte das Papier zwischen den Fingern, bleich, den gesammelten, tief beschäftigten Blick auf einer Kerzenflamme. Man fragte: »Hat Ihr Bankier die Flucht ergriffen?«

Er ging, und sagte sich, feierlich klopfenden Herzens: ›Ich soll die Herzogin von Assy besitzen: das ist etwas Neues! Diese Frau, nach deren Sinn und Schicksal ich mein Leben eingerichtet habe seit sieben Jahren – die mich geformt, mich zum Mann gemacht hat und zum Könner –, die ich immer begehrt und nie mit Festigkeit erhofft habe...‹

Auf der Wanderung durch ihre schwach erhellten Säle blieb er, mitten im Triumph, eine Sekunde lang stehen, mit gesenkter Stirn.

›Wäre es nötig?‹ fragte er sich, für ihn selbst fast unhörbar.

Aber der Zweifel entwich weit zurück in die Nacht, als er die Tür öffnete zum glänzenden Saal der Venus. Von Decke und von Wänden, aus den schweren Bildern eines keuchenden Glücks, brach es, verfleischt und mit Getaumel, über ihn herein. Ruhend mitten darunter erblickte er die Herzogin: die Göttin selbst, – und ihre Arme waren ihm offen.

In wenigen Augenblicken vergaß sie die Keuschheit ihres ganzen Lebens.

Hinterher betrachtete er sie freier, mit gelassener Männlichkeit, und aus dem spöttischen Hintergrunde des Siegers und des Angelangten.

›Gleichviel: ich bin recht hoch geklommen. Lona Sbrigati, all die andern, Clelia – und die Herzogin von Assy. Wozu die Aufregung; sie ist auch nur eine Frau.‹

»Ich bin nur eine Frau«, sagte sie plötzlich selber. »Halte das für kein Opfer. Du hast gar nicht mit mir gerungen, willst du es glauben? Frei und unerwartet bin ich zu dir gekommen! Ich werde dich sehr groß machen, weil ich dich liebe.«

Und er stürzte ihr mit jäher Dankbarkeit vor die Füße. Sein Herz quoll, mitten im Rausche der Befriedigung, über von sanften Werbungen.

»Ich kann es nicht glauben!«

Und dann stürmte er, in ungläubiger Gier und mit den Jubellauten eines Knaben, auf ihre Glieder ein und auf ihre Küsse.

Auf einmal schrak sie auf, aus einer Tiefe von Lust. Sie war plötzlich ganz durchdrungen von dem Gefühl der Unfruchtbarkeit, seiner und ihrer. Sie wand sich los und entfernte sich von ihm. Er sah ihr nach, im Kissen aufgerichtet.

»Was ist dir?«

›Er ist nur mein Geliebter‹, dachte sie, schwach vor Müdigkeit. ›Er wird nie die Venus malen. Ich sehe alles voraus. In fruchtlosen Umarmungen verzehren wir uns und verlassen uns schließlich mit Überdruß, vielleicht als Feinde.‹

Sie stützte den Arm ans Fensterkreuz. Draußen in der braunen Nacht weinte der Südwind. Im Schein eines Lämpchens streckte sich hinter dem Gitter des künstlichen Gartens, schwarz und geschnäbelt, eine Gondel. Vor dem Felze saß etwas Dunkles, es bewegte sich in Stößen. Die Herzogin starrte lange hin; sie wußte schon, daß es ein auf die Knie schwer niedergebeugter Nacken war, der zuckte. Sie wußte schon, daß dort jemand schluchzte: eine Frau. Sie wußte schon, welche. Und sie fragte immer noch, ganz versteint: »Wer?«

Auf einmal erhob sich in ihr, lautlos und mit einem Schauer des Entsetzens, die Antwort: ›Bettina!‹

VI

Den Winter über liebten sie sich, im immerwährenden Krampf einer einzigen Umarmung. Den Stunden, in denen sie einander nicht genossen, wohnten sie bei, mit halbem Bewußtsein und unbeteiligt, als Schatten. Jakobus fragte sich: ›Wie hat sie früher leben können? Bei ihr, und nur bei ihr, ahne ich manchmal, was es von einer Frau sagen will, sie sei zur Liebe geboren, – zur Liebe und zu nichts anderem.‹

Sie selbst war tief erstaunt.

›Ich verstehe nicht, daß ich ihn mir nicht schon in Rom genommen habe – in dem kleinen schmutzigen Atelier im Vicolo San Niccolò da Tolentino, beim ersten Anblick ihn mir gleich genommen habe, um ihn nie wieder aus den Armen zu lassen. Ich weiß nicht mehr, was ich seitdem getan habe!‹

Sie vermißte keinen ihrer alten Freunde. San Bacco wurde in Rom festgehalten, Siebelind in Deutschland. Gina war leidend und gab selten Nachricht. Nino schrieb in Kürze und in mangelhaften Wendungen, er arbeite, härte sich ab, und er denke an sie so wenig wie möglich.

Clelia, verbannt aus der Werkstatt ihres Malers, lebte nur noch in den Gesprächen und Briefen, durch die sie die Welt aufklärte über die neue Laune der Herzogin von Assy. Sie verleumdete nicht, sie setzte nichts hinzu; und im Innersten war sie überzeugt, daß sie beschönige. Was ihre Feindin durchmachte, war nicht nur eine Laune. Clelia, alternd und gelangweilt, spitzte ihren Scharfsinn, neben der stumpfen Schweigsamkeit ihres Gatten. Er war von Paris zurückgekehrt, wo er zwei Monate in den Ecken der Salons umhergestanden hatte. Seine Bekannten begrüßten ihn wie einen neu ausgeschifften Provinzler; und sofort fühlte er all die Schwerfälligkeit auf seinem Geiste lasten, die sie ihm zutrauten. Seine abgefeimte Jugend mit all ihrer Überlegenheit war vergessen. Niemand erinnerte sich seiner einst so berühmten Unverfrorenheit auf der Hochzeit seiner Geliebten, des Kusses, dicht unter der Nase ihres Gatten, und des »bonjour, bébé, comment ça va«. Geschlagen verschanzte Mortœil sich in seinem Palast am Großen Kanal und streckte fortan mit leichenhaftem Stolz die Beine an den Kamin.

Seine Frau saß dabei, in dem weiten, steinernen Saal; gegen die Schwelle draußen klappte eintönig das Wasser; sie dachte: ›Was mich quält, ist nicht die Lust, die sie einander verschaffen, nein, der Ruhm – oh, das Machtgefühl des Ruhmes, zu dem sie sich verhelfen. Die Herzogin befehligt jetzt, an seiner Seite, das Aufgebot von Künstlern, Zeitungsleuten, Neidern, Käufern, Schmeichlern, Dummköpfen, Mitessern, die er sich mir zuliebe nicht halten wollte, und die seinen Namen über Europa hinblasen. Dafür wird er ihr das Werk schenken, ihr allein, worauf die Blätter schon jetzt die Welt begierig machen: die Venus.

Ach! ich werde keinem verraten, daß diese Venus niemals da sein wird; aber ich weiß es. Er ist ein Geschichtenerzähler. Das Höchste, was er schafft, ist nicht ein Werk; es ist die Vorstellung, die er uns Frauen beibringt: seine Muse zu sein.

Vorläufig hält sie sich für seine Venus. Vielleicht auch hat sie's schon vergessen. Das Sausen ihres aufgepeitschten Blutes muß jetzt alles übertönen. Sie hat sich, in der erkünstelten Kälte ihrer Einzigkeit, die männliche Liebe so lange versagt! Nun verlangt sie auf einmal eine ganze Sättigung. Die Unmöglichkeit, satt zu werden, wird beide in Traurigkeit stürzen, ihn und sie. Und die Wut, dennoch Sattheit zu erreichen, wird in den Wunsch verlaufen, zu sterben oder einander zu töten.

Das ist es nicht, was mich rächt! Ein Tod mitten im Sturm der Sinne, das wäre ein weniger plattes Geschick als meines. Nur ruhig, er ist ihr nicht bestimmt. Ihr Blut, erst eben aufgeweckt, wird sich inmitten alles Zusammenbruchs empören gegen die Vernichtung. Es schreit nach immer heißerem Taumel. Sie wird hingehen, wo die Betäubung am sichersten ist, zu Komödianten, Zigeunern, volkstümlichen Stieren. Heute ist sie Königin der vergoldeten Bohème, die sein Atelier sieht. Morgen wird sie es in der fadenscheinigen und überschäumenden sein. Schon sagt man, sie sei mit ihm hinter der Szene des Malibran-Theaters gewesen, und habe lange mit Slicci gesprochen, dem lasterhaften Spaßmacher, zu dem wir unsere Zuflucht nehmen, glaube ich, wenn wir alles übrige erschöpft haben.

Wenn das wahr wäre! Ich wage es nicht für möglich zu halten. Dann aber wäre alles entschieden. Ihre künftige Laufbahn, ich könnte sie von meinem Stuhl aus in die Luft zeichnen. Die wilde Liebesjagd durch den Süden und Westen des Kontinents; üppige Zurückgezogenheiten in niedrigen Villen hinter Palmenhainen, und lärmende Vergnügungszüge durch Bäder und Spielhäuser, geschminkt, fieberhaft ermattet, unter muskulösen Herren mit zu großen Brillantnadeln; die Ausschließung aus der Welt; das Mitleid der Dichter; vielleicht die Verarmung! Vielleicht eine Heirat – geben wir ihr diesen letzten Spielergewinn; die Ausbeutung eines ehrlichen Namens: alles in der unbesiegbaren Unschuld ihrer außergesetzlichen Einzigkeit; Skandal; käufliches Hinübersteigen von einem Bett in das andere; – was noch? Trunk? oder eine gefälschte Unterschrift? …‹

»Was ist dir denn, meine Liebe?« fragte schleppend ihr

Gatte. Clelia stöhnte; die Wollust ihres Hasses brachte sie einer Ohnmacht nahe.

Es ward Frühling. In der Sonne fühlte Jakobus sich trübe und verbraucht. Er erwartete vergeblich von der ersten Wärme das Kribbeln im Rücken. ›Und die Venus?‹ Sie überfiel ihn mit Gewissensbissen.

»Hast du sie auch vergessen?« fragte er die Herzogin.

»Wen?«

»Die Venus?«

Sie zuckte die Achseln.

»Mache sie doch!«

»Ich werde sie machen. Oh, gib gar nicht acht auf mich. Ich weiß deinen Körper auswendig. Du brauchst sie mir nicht vorzuführen, die Göttin.«

Aber sie führte ihm, ohne daran zu denken, Danae vor, oder Venus, oder Leda. Sie stand in Nischen, ein Bein gebogen, eine Hüfte gewölbt, und horchte in eine Muschel hinein. Der Fluß ihrer Glieder ergoß sich über blasse Linien, harfend weiß. Entzückt und mit versagender Hand schaute ihr Geliebter ihrem Spiel zu. Es war leichtfüßig und überzeugt. Die großen Wollüstigen der Fabeln drangen alle ein in ihr Fleisch; sie erlebte jede. Sie sagte: »Ich träume von irgendeinem üppigen Lande; es rauscht vor Fruchtbarkeit, es singt vor Wärme, es zittert vor Duft. Dort muß ein Leben sein, nackt und unerschöpflich.«

»Gehen wir hin. Suchen wir's«, meinte er, ohne viel Selbstvertrauen.

»Oh, ich würde mich nicht mit dir begnügen. Du mußt dich darauf gefaßt machen, daß ich bis zu Ende Venus bin: ich nehme gnädig an meine Brust jeden, der mir ergeben ist! Zwei Menschen, die einander bewachen, erobern nie die ganze Macht des Fleisches. Zur großen Fleischlichkeit fehlen uns Bacchanale, Freund. Früher wirst du mich nicht malen... Aber ich sehe, du bist mehr ein Verliebter als einer mit mächtigen Sinnen und ein Schöpfer.«

Er errötete und ward blaß bei ihren Worten; er fühlte sie wie Peitschenschläge. Die wütende Sucht griff ihm an die Kehle, sie endlich so ermattet zu sehen, daß ihr zum Begehren kein Atem mehr bliebe.

›Ich kann sie den Taumel von Bacchanalen nicht lehren‹, gestand er sich, knirschend und pinselnd. ›Ich kann ihr auch die Venus nicht darbringen.‹

Er empörte sich.

»Es ist doch Wahnsinn, etwas machen zu wollen, was mehr ist als ein weiblicher Akt.«

»Du mußt mehr machen... Kannst du's heute nicht, so vergiß alles. Vergiß Farben und Kohle, erinnere dich nur meines Fleisches!«

Aber er stolzierte einher, eitel und trotzig.

»Ich muß schon bitten. Ich hab hier allmählich eine Sammlung von zwanzig Aktstudien, höchst schneidig zusammengehauen, eine wie die andere. Du scheinst das für wenig zu halten?«

»Für sehr wenig.«

»Wenn ich diese Blätter lithographieren und zusammenheften lasse –«

»Du wirst nichts lithographieren lassen.«

»Wieso, nichts? Alle Welt wird staunen, wieviel ich kann. Ist das da nicht sehr stark in der Erscheinung?«

»Aber es ist nicht die Venus.«

Er klappte zusammen und setzte sich. Er erschien ihr auf einmal ganz grau.

»Du hast ja recht«, sagte er. »Ich bin müde: was soll ich noch schaffen. Ich bin zu alt, ich liebe dich nicht wie ein Junger, der dich ansieht und sieht doch nichts als seinen Traum. Seine Augen behängen dich wie mit bunten Fetzen; du selber verschwindest. Ich aber sehe und liebe dich, wie du bist – mit Selbstverleugnung, bis zum Vergessen, und ganz anders als meine andern Geliebten. Die waren mir Mittel zur Kunst. Dir aber – mich ekelt es davor, dir die vollkommenen Linien deines Leibes wegzuschwindeln und sie, in der Verzerrung irgendeines Ideals, auf eine Leinwand zu stehlen. Du bist mir kein Kunstwerk, o nein: ich hasse die künstliche Venus, die ich aus dir machen soll. Du bist mir – ich gestehe alles! – mir, dem Alternden, bist du der letzte Sinn, den das Leben annimmt, das letzte Verweilen, die letzte Frist, bevor es rasch den Berg hinabgeht. Bei dir will ich mich dessen entschlagen, was noch kommt; will dich einfach genießen, versunken und zwecklos.«

Sie hörte zu, erstarrt. Er sagte noch: »Als ich hoffnungslos nach dir verlangte, konnte ich aus meinen Begierden Bilder machen; es war ein Irrtum, daß wir uns lieben mußten... Gedulde dich zehn Jahre: vielleicht, wenn ich kalt und gelassen mich deiner erinnere... Jetzt aber, in diesem Jahr, sind alle Bilder übertüncht. Von Venus weiß ich nichts, ich sehe nur dich – nur dich. Welch Glück! Die Dinge ansehen, ohne sie malen zu müssen.«

Da sie schwieg, fragte er: »Verstehst du das? ...Oh, wenn du wüßtest, was das für eine Angst ist, kein Ding ansehen zu können ohne die Frage: muß ich das malen?«

Sie hörte ihn gar nicht mehr, sie dachte an Nino.

›Ah! Der hat sie gesehen, die Venus – auf dem grünen Platze, im wehenden Grase. Sein Knabenblick hat in meine Glieder die Säfte der ganzen Erde hineingezaubert. Wenn ich von jeder ihrer Wollüste erbeben könnte! Er würde es mich vielleicht lehren? Er ist so jung... Mit ihm, mit ihm möchte ich jenes schwüle und schwellende Land erreichen.‹

Sie verglich ihn mit Jakobus. Ihr Geliebter saß rittlings auf seinem Stuhl, an die Lehne geklammert mit beiden Händen, und die Wange darauf gebettet, voll Sehnsucht und ohne Mut.

»Ich bin in einer ähnlichen Verfassung«, erklärte er, »wie damals in Rom, in dem Augenblick, bevor du in mein Leben eintratest. Ich hatte alle meine Studien verkauft und konnte nichts mehr malen... Du hast sie zurückgekauft. Aber was ich jetzt verloren habe, das bringst du mir nicht wieder.«

»Was ist es?«

»Meine Unschuld... Jawohl, gnädige Frau. Sie meinen wohl, ich habe vor Ihnen schon einmal geliebt? Aber Sie wissen doch, die Seele im Park war meine einzige Liebe. Ich war, als ich zu Ihnen kam, noch ganz unschuldig, ein Kind – das Sie umbringen.«

»Mit Bedauern«, sagte sie geringschätzig, und sah weg.

Seine zehrenden Blicke irrten an ihr hin und her. Sie saß aufrecht auf den tiefroten Polstern. Unter einer ihrer Achseln schillerte zusammengeballt ein seidenes Kissen; der Arm wand sich herum, in nacktem Bogen, formenfest und bläulich geädert. Das Gewand hing nur an einer Spange von der Schulter; es enthüllte feierlich die Büste. Die roten Spitzen der Brüste neigten sich atmend, und atmend antwortete ihnen die gleißende Senkung über dem Bauche. Die Beine streckten sich gekreuzt unter dem zitternden Gewebe. Aus gespanntem Halse schnitt das lichte Profil, voll leidenschaftlicher Hoheit, in das gewölbte Blau des offenen Fensters. In Jakobus' Kopfe fielen die Worte, immer dieselben und immer stärker: »Die fiebernde Statue einer Kaiserin!«

Er schnellte empor, im Nu verändert, verjüngt, anmaßend und schmeichlerisch in einem Atemzuge.

»Es versteht sich, daß das alles Unsinn und Schwäche war. Was wäre das für ein großes Werk, das uns nicht für Augenblicke recht klein machte, uns ängstigte mit den Verstiegenheiten seiner wilden Höhe, daß wir uns hinuntersehnen zu den einwandfreien Nachahmungen der Wirklichkeit. Du bist das verzweifelte Werk, du Einzige,

Unerhoffte! Es heißt an dich glauben – und an mich! Ich kann sehr viel, mehr als alle! ... Und ich kann dich anbeten!«

Er lag vor ihr, mit den Lippen auf ihren Knien.

Aber aus dem Schlafzimmer verschwand sein Malzeug. Sie sprachen nie mehr von der Venus. Sie plante nur noch, drohend, stumm und unerbittlich, eine massige Menschenfresserin, über ihren Umarmungen und machte sie düsterer und erbitterter.

Eines Tages blieb er fort und ließ sie wissen, er arbeite. Eine Woche später hieß es, sie solle zu ihm kommen: »Ich zeige sie dir!« ... Als sie eintrat, lag er, zerbrochen und grau, auf der Ottomane.

»Gestern stand sie dort, vollendet«, sagte er, und deutete auf die Staffelei, die leer war.

Es ward ihr sehr schwül. Aus ihrer Angst hervor reichte sie ihm die Hände, wie aus einem Sumpf, der unter ihr wich.

»Du sollst dich nicht mehr quälen! Sie wird eines Tages von selbst da sein.«

»Woher weißt du's?«

»Unsere Liebe kann nicht umsonst sein. Wir sind zu groß: glaube das nur... Die heißen Tage stehen bevor. Komm mit aufs Meer, in meiner Yacht. Willst du, morgen?«

Aber draußen in der violetten und kristallenen Weite enttäuschte er sie noch hoffnungsloser. Sie ward durchkreist von der Sehnsucht des Meeres und des Himmels. Ihre Sinne schossen auf zu den strotzenden Göttern, die aus Licht und Wasser die mächtigen Arme nach ihr reckten. Zurückgekehrt zu dem einzigen Gefährten ihrer endlosen Einsamkeit, fand sie ihn runzelig, verbraucht, unglücklich. Sie zog ihn in die Kajüte und in das Halbdunkel.

»Ich gebe dich nicht frei, trotz allem. Du bist der Mann, der mich lieben muß. Du bist in meiner Schuld!«

Er sagte, verbissen: »Die Leidenschaft für dich hat mich schon meine Kunst hassen gelehrt: ist das nicht genug? Und ich fühle bloß noch eine Wut, dich zu vergewaltigen – aber keine Liebe mehr. Liebe und Kunst, alles beim Teufel!«

Sie hielt ihm den Mund zu. Sie warfen sich aufeinander, blaß, mit geschlossenen Augen, vergehend, und mit der Begierde, einander wehe zu tun.

Als sie wieder ans Land stiegen, waren sie sich auf einmal fremd. Sie betrachteten sich mißtrauisch, sie hatten sich nichts zu sagen. Jeder fühlte das Bedürfnis, sich zurückzuziehen, den andern los zu sein und, verkrochen in den Schatten, nur noch eines zu erwarten. Sie sagten sich nicht einmal selber, was. Aber sie sahen es einander an. Sie standen dort, wo Clelia sie schon erblickt hatte. Eine jugendliche Sibylle mit alten Zügen, hatte jene an ihrem Kamin, aus den Krümmungen des brennenden Holzes, der enttäuschten Liebe ihren letzten Wunsch vorhergesagt: – zu sterben.

Die Sucht und Sattheit trieb sie immer wieder zueinander. Die Herzogin suchte nach einem Mittel, sich selbst zu überwinden und mit ihm zu brechen. Sie erinnerte sich seiner Frau; seit jener ersten Nacht, da sie hinter dem Gartengitter, auf der Lagune gesessen und geschluchzt hatte, war Bettina verschwunden.

»Wo ist sie?«

»Frage den Doktor Giannini.«

Von dem Arzte erlangte sie mit Mühe das Geständnis, Frau Halm sei in der Irrenanstalt. Sie geriet außer sich, sie verlangte, daß er sofort mit ihr fahre, um die Unglückliche zu holen.

»Wohin mit ihr, Hoheit?«

»Mir gleich. Nach Castelfranco. Oh, sie wird niemand Schaden zufügen. Ich lasse sie pflegen.«

Kaum war Bettina in die Gondel gehoben, so begann sie zu plappern, zuckenden Gesichts.

»Heil! Heil! Nun ist das Werk erschienen! Es ist fertig, nicht wahr? ... Nicht? Sie antworten nicht? ... Ach, ich weiß es ohnedies, daß alles vergeblich war. Wenn das Werk da wäre, man würde es ja merken. Die Welt sähe anders aus. Auf allen Gesichtern stände zu lesen: es ist da! ...«

Sie deutete auf den Arzt.

»Wie schaut der dort grämlich drein! Und ich selbst bin noch häßlicher geworden, nicht wahr? Fahren Sie mich nicht zu ihm, nicht zu ihm! Mein Anblick würde dem Werke schaden; es schläft ja in ihm, ungeboren.«

Sie löste ihr Haar und verhüllte sich mit den dünnen Strähnen das Antlitz.

Die Herzogin starrte durch die Irre hindurch. Sie sah, wie auf einer andern Meerfahrt vor langer Zeit, hinter dem Segel der großen Fischerbarke einen von Schmerz geschüttelten Mann kauern. Und im Rücken fühlte sie's, wie sein Kind tot im Kielwasser ihres Bootes schwamm. Sie erschauerte und fuhr auf.

Bettina streckte den Arm aus.

»Der schöne rote Fleck dahinten im Wasser – purpurleuchtend, oh, purpurn! ... Nun kommen wir näher, er ist hochrot, nein, braunrot nur ... Ach, ganz braun ist er geworden – pfui – und da –«

Sie warf den Oberkörper hinaus aus der Gondel, daß der Arzt aufsprang. Dann hob sie den Arm, grün überzogen, aus dem Wasser.

»Schlamm!« sagte sie, albern lachend. »So ist es, so ist es immer, wenn wir der Schönheit auf den Grund gehen.«

Aber die Herzogin sah, die Lippen leise geöffnet, und mit großen festen Blicken, auf dem golden überdunsteten Blaugrün der Lagune, ferne und gewiß, etwas Weißes sich wiegen, mit rosigen Hüften: ein seltsames Kind, tanzend am Rande eines blanken Smaragds. Es war Venedig selbst. Und es war ein Wunder, das dem Näherkommenden standhielt. Es war eines, das denen nie verlorenging, die es einmal beglückt hatte.

Sie fuhr mit Bettina aufs Land, und sie vernahm fortan zwischen den Rosen, Steineichen, Brunnen keine andere Stimme mehr als die der Armen, die sie anklagte.

»Es ist Ihre Schuld. Sie haben ihm das Werk nicht gegeben. Und ich hatte Sie so flehentlich gebeten – dort in der Loggia, im Finstern...«

Die schleppende Stimme drang zu ihr, als der Kehrreim ihrer eigenen Gedanken, auch noch des Nachts, wenn sie heiß, mit Herzklopfen und in wesenloser Angst, zu den Sternen hinauffieberte. Die dunkle Luft strich über ihre entblößten Glieder. Der Amor auf dem Kamin regte sich nicht, sie hörte ihn nicht mehr plaudern. Sie hörte nur Bettina.

»Ich bin wieder bei Morphin und Sulphonal angelangt, wie einst in Castel Gandolfo, als mein Freiheitstraum zu Ende ging. Jetzt erlischt die Sehnsucht, die in den Augen der Pallas brannte. Ich sehe sie nicht mehr. Ich treibe, mit geschlossenen Lidern, offenen Armen und die Brüste im Winde, in einen purpurnen Strudel hinein... Oh, ich heiße alles gut, was geschehen soll. Aber mich ermattet das Warten. Ehemals wartete ich auf einen Journalisten, der einen Artikel zu schreiben hatte, jetzt auf einen Maler, der mir ein Bild verspricht.«

Er schrieb: »Verlaß dich darauf, ich finde sie. Sie entrinnt mir nicht. Eher sterbe ich über dem Werk! Auch noch wenn ich schlafe, arbeitet mein Geist, wie ein armer Bauer, der sogar im Dunkeln sich auf seinem Acker müht.«

Sie ließ, zurückgezogen in das fernste Dickicht des

Parks, den Sommer verstreichen. Sie begrüßte den Herbst; er kam schon im September, und sie fühlte, in eine niedrige Ahornkrone geschmiegt, das tiefgoldene und noch unversehrte Laub in stiller Luft um sich her zusammenschlagen, wie einen Mantel von Luft, von schwerer, alles vergessender.

›Nach ihm‹, so verhieß sie sich, ›werde ich viele Männer genießen, von denen ich nicht verlangen werde, daß sie aus mir eine Göttin machen. Sie sollen keine Sehnsucht haben, und ich auch nicht. Wir werden glücklich sein.‹

Dann meldete Jakobus: »Ich bin fertig, komme!«

Er öffnete ihr das Atelier, sehr unterwürfig, mit sorgenvoller Stirn. Und sofort begegnete sie, mitten im Zimmer, den geröteten, blinzelnden Augen des Herrn von Siebelind. Sein Bildnis stand dort, an der Stelle der Venus.

»Ist es das?« fragte sie.

»Ja«, sagte er, leise, mit geschlossenen Zähnen.

Sie prüfte des Gemalten dürftige Gestalt und die blasse, trüb flackernde Grimasse seines geschminkten Gesichts. Und sie gedachte der reichen, allernährenden Göttin, die Nino erblickt hatte. Sie strotzte von den Säften der Erde, – und dieser hier verachtete sie, weil er keine Kraft hatte, sie zu beneiden. Die blonden Schatten der Reife blühten in den Vertiefungen ihres Fleisches, – und auf diesem hier klagten die violetten des verarmten Blutes. Sein Kopf blinzelte auf finsterem Grunde, quälerisch grübelnd, tief eitel und voll Scham. Ihrer war in das Himmelsblau getaucht und hatte nur geglänzt und Gnade verheißen. Sie teilte ihren Atem allem mit, was lebte, die Arme um die Welt geworfen, in der Überfülle des eigenen Glücks. Er aber mußte sparen, er durfte niemand lieben.

»Es ist vorzüglich«, versetzte endlich die Herzogin. »Sie haben nie etwas Besseres gemacht.«

»Nicht wahr?« rief er, angstvoll. »Es ist ein Meisterwerk!«

»Ein Meisterwerk«, wiederholte sie. »Aber was geht es mich an.« Und sie wandte sich zum Gehen. Er blieb dicht hinter ihr.

»Wohin wollen Sie? Ist es denn nun aus? ... Ich lehne mich ja nicht auf. Sie haben recht, wir sind fertig. Aber –«

Womit konnte er sie aufhalten?

»Einen Augenblick! Gehen Sie, wohin Sie wollen. Aber kehren Sie nicht auf Ihr Landgut zurück! Sie wissen noch nicht – die Brotrevolten dehnen sich auf jene Gegenden aus. Die Ausständigen verwüsten die Weinberge, hören Sie, warum sollten sie nicht in die Ihrigen einbrechen. Sie haben, ganz in Ihrer Nähe, einen Bäcker getötet, der den Brotpreis erhöht hatte. Das Schlachten von Vieh verbieten sie. Wovon soll man leben? Es sind Anarchisten... Herzogin, bleiben Sie, es wird Ihnen ein Unglück zustoßen!«

»Mir nicht«, erwiderte sie. »Mein Schicksal verspricht mir noch zu vieles. Ich glaube es ihm.«

»Oh, oh«, machte er, mit mattem Hohn. »Glauben! ... Ich habe auch geglaubt.«

»Nein. Sie haben nur *begehrt*... Mein Leben aber ist ein Kunstwerk, das schon vor meiner Geburt vollendet war: das ist mein Glaube. Ich habe es nur durchzuspielen, bis zu Ende. Kein Zufall wird mich unterbrechen.«

»Also dann, leben Sie wohl.«

Sie floh zurück aufs Land, sie schloß sich ein, und sie rang die Hände.

»Nun bin ich frei, was wird nun geschehen? Nun darf ich über Land fahren, alle Straßen stehen offen. Aber ich habe Furcht, ich gestehe es. Es wird mir ergehen wie einer verirrten Nymphe. Jeder Baum, meine ich, wird nach mir greifen. Jeder Landstreicher wird mich an sich reißen. Meine Launen werden mich zerstreuen unter alle, die mich begehren. In wie viele Abenteuer wird mein Blut mich hetzen!

Noch nicht! Noch einen Augenblick Atem schöpfen! Ich habe zehn Jahre lang in Sicherheit gelebt. Oh, ich bin nicht feige. Ich gehe allem entgegen. Meine Einsamkeit wird niemals tiefer werden... Gibt es denn einen meinesgleichen? So wünschte ich mir vorher noch eine gute Stunde mit ihm. Mit San Bacco!« rief sie, erlöst.

Sie richtete an ihn eine Depesche.

»Wenn sie ihn antrifft, ist er morgen nacht hier.«

Und sie zählte die Stunden. Sie harrte seiner wie eines Geliebten, der sich ihr seit langen Jahren versprochen hatte. Wenn sie einmal einen Ritter und einen braven Mann nötig haben werde – so hatte sie ihm damals geschrieben. Er wollte damals für sie in ein Land einbrechen. Später hatte er für sie im Zweikampf gefochten. Jedesmal hatte er gedacht, es sei der Augenblick, wo sie ihn rief. Nein! Der Augenblick war erst jetzt da, und sie rief ihn, um ihn zu lieben!

Sie hatte ihn vergessen, den alten Mann, der vor einem Jahre von ihr geschieden war; sie sah vor sich den gewalttätigen Begeisterten, der einst die dalmatinischen Ziegenhirten zum Aufruhr gereizt hatte. Er leistete den Gendarmen eine Gegenwehr auf Tod und Leben. Dann ging er in ihrem Boudoir vor ihr auf und ab und sprach. Das Wort »Freiheit« war aus biegsamem Stahl. Er war schlank und breitschultrig, sein schlohweißer Schopf wirbelte, sein rotes Bärtchen tanzte, seine türkisblauen Augen blitzten.

Und sie wartete. Der Tag verging; sie schickte den Wagen dem Kommenden entgegen. Im ersten Mondstrahl betrat sie den Garten. Die Nächte waren noch einmal warm geworden. Sie wanderte rastlos umher vor den beschnittenen Steineichen. Manche ihrer Wände sah sie weiß überrieselt, und voll großer blasser Tropfen, die Rosen waren; vor andern hielt mit ausgebreitetem Schleier die Finsternis Wache. Schimmernd und leicht stand der Springquell im weiten, silbern überperlten Himmel. Aus den großen Schalen auf der Balustrade floß mit dem Schlinggewächs ein Bach von silbernem Licht ohne Laut die Terrasse hinab. Er verbreitete sich drunten über die schlafenden Kronen der Oliven, er durchrann den Irrgarten des Weins und ergoß sich ins Tal und in die Ferne. Steinerne Inseln, Kränze gleißender Gärten schwammen in ihm, und er brach sich an starren Mauern von Zypressen.

Die Straße am Abhang ging unter im Dunkel und tauchte mit blendenden Mauern wieder heraus, zwischen den Dörfern. Um ihren Schlaf herum hingen silbergraue Gewebe. Unter jedem Baum lag ein runder Schatten, wie sein Spiegelbild, in der hellen Wiese. Auf den Zwiebeltürmen glitzerte der Knauf.

Plötzlich löste sich aus einem der Glockenstühle ein Ton. Sie hörte ihn noch, sie sah die Glocke schwingen, einen endlosen Augenblick. ›Es wird kein zweiter kommen‹, versprach sie sich. Aber da eilte er schon herbei, und es folgten ihm viele, überhastet, wimmernd, Unheil ansagend. Rote Lichter brachen aus den eben noch verschwiegenen Häusern. An ihnen entlang bewegten sich größere, flackernde. In dem Rauch, den sie verbreiteten, war ein Hinundherlaufen, etwas Wirres, Beängstigendes. Es erstickten auch Stimmen darin, und es klirrte darin wie von Waffen.

Sie wartete, am Geländer steif aufgerichtet, mit herabhängenden Armen, den Kopf im Nacken. Die Berge, die mit schwarzen, wolligen Schwellungen und Senkungen dort hinten so furchtbar lasteten auf dem beklommenen Lande – sie hoffte, sie würden zu wandern beginnen, sich vorwärts schieben, alles zermalmen, das Tal, die Dörfer, den Hügel selbst, auf dem sie stand, damit das Entsetzliche nicht geschehen, damit sie es nicht erfahren könne. Aber sie wußte es schon.

Die Fackeln bogen in den Weg, der zu ihr führte. Sie

gingen unter in Laubmassen, deren Ränder sie röteten, und sie fanden immer wieder die offene Straße und stiegen höher, unerbittlich: sie und die Menschen und das, was sie trugen. Die Herzogin erwartete sie. Sie blieb reglos, bis die Bahre mit seinem Körper vor ihr stand. Sie hörte die dumpfen Berichte an und winkte nur: »Geht!«

Dann ließ sie sich ohne Hast, in ihrem weißen Kleide, das glitzerte, in ihrem schwarzen Haar, das funkelte, nieder bei ihrem toten Freunde, mit der Brust auf seiner, die noch blutete. Sie küßte ihn, und sie sprach mit ihm.

»Da bist du. Die Menge hat dich aufgehalten, sie war wohl eifersüchtig, weil du auch mich liebtest... Bist zu zufrieden? Du wünschtest dir ja, das Volk möchte dich zur Rechenschaft ziehen, weil ihm die Versprechungen der hochherzigen Zeiten nicht gehalten sind. Du aber, Freund, hast alles gehalten, immer auf derselben, von Weltklugheit verwaisten Höhe. Und auch ich halte alles. Die Dinge wechseln, meine Empfindung dauert, ebenso stolz wie deine. Was in meinen Armen lag, waren Träume, es wurden Bilder, und es wird zu heißen Körpern... Weißt du nun, daß alles, alles gleichgültig ist, was wir tun und was mit uns geschieht – und daß nur eines zählt: Seelen, die einander fühlen!«

Sie fühlte ihn antworten, sie erwärmte seine Lippen, und es verrann, zusammen mit dem Mondlicht, das Haus, Brunnen und Bäumen enttropfte, die zärtlichste Stunde ihres Lebens.

Sie richtete sich auf.

»Prosper, wir verreisen.«

Der Jäger hütete sich zu gestehen, daß drunten der Aufruhr am Wege lagere; er kannte seine Herrin. Er sagte: »Hoheit, der Wagen ist zertrümmert.«

»Laß also ein Wägelchen anschirren. Sorge für meinen Koffer.«

»Und der Herr Marchese?«

»Der Verwalter soll ihn aufbahren, im Saal. Wir telegrafieren nach Rom. Man wird ihn dort verlangen, man mag ihn sich holen.«

Prosper verneigte sich und ging; sie sah ihm erstaunt nach. Er zitterte ein wenig, am Ende dieser Nacht, der alte Diener, der seit der Tiefe ihrer Jugend und bis hierher immer in ihren Fußtapfen gegangen war, schweigend, von ihr unbeachtet – und vielleicht kein Fremder?

»Er ist alt, und –«, sagte sie zu San Bacco, »du bist alt: ich hatte es vergessen. Habe ich nicht selber unvermerkt die Vierzig erreicht? Ich aber, ich fühle in mir die Kraft von hundert Menschenleben!«

Sie betrat das Haus und kleidete sich an. Ihre Leute fuhren voraus, die Straße hinab. Dann kehrte sie, langsam und allein, zurück zu dem Toten. Er streckte sich, ganz versteint, im Mondschein. Der Mondschein kreiste blau im Kiese, er rann von den Schindeln des Daches, er sikkerte aus Vasen und Blumenkelchen, er glättete die Hüften der Halbgötter in den Hecken – aber um den Kopf des Toten formte er einen Reif.

Sie löste die Hände voneinander, sie wandte sich ab, sie ging an die Balustrade, Schritt für Schritt, und die Treppe hinab, Stufe für Stufe. Auf ihren Schultern und auf ihrem Haupt lag Silber – und sie stieg, jung und jeder Ferne entgegenatmend, wie in Fähren zu unerwarteten Ufern, hinein in die von Mondlicht triefenden Büsche.

Nachwort

von André Banuls

Die Bilder, »die auf mich warten, sind unersetzliche Wesen«, meinte Violante, Herzogin von Assy, am Ende des ersten Bandes, *Diana* [Fischer Taschenbuch Bd. 5925], und sie versprach sich von ihnen viel, wie auch der Autor selbst. »Im Leben bist du doch natürlich ein so guter Nihilist wie ich« (*Im Schlaraffenland* und auch *Diana* hatten dieser Stimmung entsprochen), »für mich gibt es nur eine ernste Sache: die Kunst; der Rest ist verächtlich«. Er schrieb dies am 7. Mai 1901 an seinen Freund Ludwig Ewers, und am 5. Dezember 1902: »*Minerva* steht, was den Gegenstand [...] anbelangt, natürlich auch mir am höchsten« [vgl. Materialien, Nr. 19]. Denn wie Diana für hochmütiges, unbeteiligtes, unberührbares Wesen und Abenteuerlust stand, so soll jetzt im zweiten Band die Göttin Minerva symbolisch die Kunst bedeuten.

In Thomas Manns Novelle, die zur gleichen Zeit entstand, bezeichnet sich Tonio Kröger bald als Literat, bald als Künstler, beide Ausdrücke sind für ihn gleichbedeutend – Literatur, Kunst, Geist als Gegensatz zu dem, was Heinrich Mann unter »Kunst« und »Schönheit« verstand, was er seit 1894 in Italien mit Leidenschaft entdeckt hatte, und zwar hauptsächlich palazzi und Kirchen, Canal Grande, Fra Angelico, Giovanni Bellini, Botticelli... Und je mehr er sich dafür erwärmte, je mehr Bücher er darüber las (z. B. Bourgets *Sensations d'Italie* und Stendhals *Histoire de la peinture en Italie*, die er sich 1893 kaufte), desto kälter und gereizter reagierte sein jüngerer Bruder auf Land, Leute und Kunstwerke, vor allem aber auf die Schwärmerei während ihrer gemeinsamen Aufenthalte in Italien von 1895 bis 1897.

Der Schönheitskult mußte für den Schriftsteller mit dem schmerzvollen Wunsch verbunden sein, dem ästhetischen Erlebnis, dem Kunstrausch Ausdruck zu verleihen. Einem Brief an Ludwig Ewers vom 17. Oktober 1894 fügte er eine lyrische Komposition bei, sie hieß *Mysterium* und bestand aus fünf Gedichten mit den jeweiligen Titeln: »Traum von Schönheit«, »Reue und Schönheit«, »Furcht vor Schönheit«, »Sterben in Schönheit« und »Leben in Schönheit« – ätherisch allegorische Weiblichkeit wird angesprochen, die Autonomie des empfindenden Subjekts hervorgehoben: »du bist nur, weil ich bin«, »du bist ein Traum«, »du bist nur schön, weil du nicht wirklich bist«; auf Konkretes, Italienisches beziehen sich die Verse kaum (abgesehen von einer möglichen Erinnerung an die ›Venus anadyomene‹ des Botticelli im ersten Gedicht). Die allerletzte Strophe lautet:

»Weiß glänzt dein Kleid. Du läßt die Arme gleiten
Um meinen Hals. So stehen wir und schaun,
Wie drunten im unwirklich blau'n
Zuge vorüberziehn die Ewigkeiten.«

Noch 1899, *Im Schlaraffenland* war gerade fertig geworden, ist der Ton der gleiche in einem Gedicht, mit dem Heinrich Mann, sich selbst ansprechend, jenseits von Freud und Schmerz, von der Lyrik Abschied zu nehmen schien:

»Du trugst um Deine Stirn die bleichen Blüthen
Des Leids, das einsam Deine Sinne litten;
Den Wächtern bist Du stolz vorbeigeglitten,
Den alten, ungekannten, die uns hüten.

In einem Land, wo liebe Sterne glühten,
Hast Du vom Genius einen Kuß erstritten,
Er schien zu lächeln Deinen frommen Bitten:
Du träumtest Leben, und Du lebtest Mythen.

Da traf es Dich, Du hast entsagen müssen
Gemach dem Trost, den schaffend Du erwarbst,
Nun bist Du fremd so Schmerzen wie Genüssen.

Gesteh es dennoch niemals, daß Du darbst!
Versuch zu glauben, daß von Deinen Küssen
Des Genius Fittich bebt, wenn Du gleich starbst!

An den Dichter Richard Schaukal, der für ihn »literarische Sympathie« gezeigt hatte, schrieb Heinrich Mann am 18. November 1900: »Wir haben uns, glaube ich, beide von innen nach außen entwickelt und sind von lyrischen Erfahrungen zum Drange nach Formen und Farben gelangt. Platen und die Emaux et Camées liegen immer auf meinem Tisch, wie wohl auch auf dem Ihrigen« [unveröffentlicht, HMA]. Emaux et Camées: am Verfasser jener Gedichte, Théophile Gautier, hatte Paul Bourget, ein Lieblingsautor des jungen Heinrich Mann, den gelernten Maler, den Augenmenschen gerühmt, und er zitierte einen Ausspruch von ihm, sein ganzer Wert liege darin, daß er ein Mensch sei, für den die Außenwelt existiere; Träume aus Gold, Marmor und Purpur, so hatten Bourget und Georg Brandes Gautiers Kunst bezeichnet: für Heinrich Mann zugleich Vorbild und Herausforderung.

Im übrigen bot sein Roman keineswegs nur eine unbeteiligte Schilderung der »Außenwelt«, sondern ersetzte außerdem die aufgegebene Lyrik, war Lyrik in Prosa. Es werden Schönheit und Schönheiten zelebriert; Violante wohnt nun in Venedig und genießt Städte, Landschaften, Gesichter, Gemälde, Denkmäler, jedesmal ein »unverdientes Wunder«, und jedes macht uns »stolz und glücklich, als verherrlichte es uns selber« [S. 189]. In kunstvoll ziselierter Prosa beschreibt der Dichter den meist ungetrübten Kunstgenuß seiner Heldin und versucht, den süßen Rausch der wiedererlangten Einheit mit sich selbst und mit der Welt, mit dem geliebten Italien zu schildern. Wo von »ruchloser Schönheit« die Rede ist, handelt es sich nur um eine vom Autor natürlich nicht gebilligte Ablehnung durch den »romantischen« Revolutionär Pavic oder durch pessimistische »Dekadenten« wie Siebelind, von dem noch die Rede sein wird. Fern von analytisch-psychologischen Spitzfindigkeiten meint die Herzogin in der Freude der Entdeckung: »Die Schönheit aber, der wir ohne Enttäuschung bis auf den Grund der Seele gehen können, sie gehört nur den Kunstwerken und den seltenen Menschen, die vollkommen sind wie sie.« Sie will keine »große Seelenkennerin« sein, sondern schätzt »Verkleidung, Oberfläche, Spiel« [S. 27], wohl nach Nietzsches Feststellung: »Alle Menschen der Tiefe [...] schätzen als das Beste an den Dingen, – daß sie eine Oberfläche haben: ihre Hautlichkeit – *sit venia verbo*« (*Die fröhliche Wissenschaft*, § 256).

»Platen und die Emaux et Camées«, und Flaubert, für Heinrich Mann damals die größte ästhetische Autorität, – Vorbilder, Herausforderung, Anlaß zu Vergleichen, für die Modernen nicht immer vorteilhaft... Denn es ging da nicht nur um die Darstellung betrachtender, empfindender, genießender Menschen, sondern auch um die Tätigkeit des schöpferischen Künstlers selbst, um die besonderen zeitgenössischen Probleme der Literatur und der Kunst, die man sich gewöhnt hat, mit dem Wort »décadence« zu bezeichnen. Violante kennt manchen Unglücklichen, der, ob Künstler oder nicht, sich als »Spätgeborener« fühlt. Nino, ihr junger Freund, dessen Tatendrang »eine Müdigkeit im Blut« hemmt, kommt schwermütig von einem Uffizien-Besuch zurück, schwört, niemals zu malen, denn »man lebt gar nicht mehr. Wir alle sind herunter, blasiert und dekadent, – aus zweiter Hand ist alles. Man sieht sich immer im Spiegel. [...] Es gibt nirgends etwas zu tun, alles ist schon geschehen« [*Venus*, S. 157, Fischer Taschenbuch Bd. 5927]. Herr von Siebelind, der für die lebensfrohe Lady Olympia vergebens schmachtet, beklagt sich über die zu große Bewußtheit, die bei ihm alle Regungen erstickt. Wie Tonio Kröger (1903!), dessen Karikatur er zu sein scheint, beneidet, liebt (und haßt) Siebelind »die gedankenlosen Glücklichen«, die »ahnungslos« und »gewissenlos« leben [vgl. dazu Materialien, Nr. 27]. Aus Mangel an Spontaneität sind Beobachtung und Analyse sein größtes Vergnügen: »Ich bin gar nichts, ich versichere Sie, auch kein Dichter, höchstens ein Problem, ja, mir selbst ein Problem, mit der Feuerzange anzufassen, mir selbst schauerlich, ekelhaft und heilig. Es ist meine Manie, mich verstehen zu müssen. Nie kann ich mich unschuldig der Welt hingeben, so sehr ich ihr zugetan bin« [S. 132], (»ekelhaft« – Tonio Kröger sprach von »Erkenntnisekel«). Kunst ist ihm allenfalls scharfe Intellektualität, sonst sieht er im Künstler (Nietzsche wiederholend) einen Scharlatan. Als er einmal versucht, in einem sonderbaren Mummenschanz sich mit den Zügen und den Farben des Lebens zu schmücken, fällt er, durch die Mißachtung der begehrten Frau geschwächt, ohnmächtig um, man trägt ihn hinaus, beinahe wie Lobgott Piepsam in Thomas Manns Novelle *Der Weg zum Friedhof*.

Die Künstlerpersönlichkeiten im Roman weisen alle Unzulänglichkeiten auf: Mortœil, der grausame »Dilettant«, dem alles Leben nur ein Schauspiel und ein Experimentierfeld ist, der Dichter Jean Guignol und der Maler Jakobus Halm, die beide vor dem Leben und vor der

Kunst versagen. Ein Symbol davon ist die Geschichte des Porträts der Herzogin (wohl im Ansatz dem *Chef-d'œuvre inconnu* von Balzac entnommen): Halm will Violante als Venus malen und bildet sich ein, das Werk würde ihm erst gelingen, wenn sie seine Geliebte wird. Alles vergeblich, Kunst und Leben sind getrennt, auf der Leinwand erscheint die Fratze Siebelinds – womit wohl außerdem auf die Zweideutigkeit der Hauptfigur hingewiesen werden soll [vgl. dazu das Nachwort zu *Diana*, Fischer Taschenbuch Bd. 5925].

Halms künstlerische Tätigkeit besteht darin, Damen der hohen italienischen Gesellschaft in Renaissancekostümen darzustellen. Einsichtig gibt er zu: »Ich habe ein eigenes Genre entdeckt, ich nenne es heimlich: die hysterische Renaissance! Moderne Ärmlichkeiten und Perversitäten verkleide und schminke ich mit so überlegener Geschicklichkeit, daß sie an dem vollen Menschentume des goldenen Zeitalters teil zu haben scheinen« [S. 117]. Thomas Mann hat in den *Betrachtungen eines Unpolitischen* (1914–1919) den Ausdruck »hysterische Renaissance« auf das Werk seines Bruders polemisch angewandt« (»Selbstkritik«, schrieb er) [vgl. Materialien, Nr. 32]. Daß die Probleme der Künstlerfiguren in *Minerva* zum Teil auch diejenigen ihres Schöpfers gewesen sein mögen, hindert nicht, daß sie der Autor kraft seiner ästhetischen Leistung überwunden zu haben sicher war; »hysterisch« dagegen werden wirre, krampfhafte, unfruchtbare Anstrengungen genannt, die unter gestenreicher Aufregung tragisches Unvermögen und Schwäche verschleiern sollen durch Spiel, Zynismus oder Selbstbetrug, hilflose oder virtuose Nachahmung, wobei der moderne Mensch in ständiger Unausgeglichenheit zwischen Rausch und Enttäuschung, Überspanntheit und Ermattung schwebt; der Décadent, der »Dilettant« übernimmt selbstgefällig und zugleich verzweifelt die verschiedenen Rollen, vergebens – eine vorgetäuschte, illusionäre und erfolglose »Wiedergeburt«. Immerhin werden die Künstler im Roman, wie die Heldin selbst, »ernst genommen«. Im negativen Sinne ernst genommen werden andere Figuren, scharf satirisch gezeichnete Machtmenschen und Dummköpfe. Ausdruck der tiefsten Verachtung ist im Munde der Herzogin das Wort ›Bürger‹. Dafür hatte das 19. Jahrhundert in herkömmlichem Deutsch das Wort ›Philister‹ gehabt.

Für Heinrich Mann heißt ›Bürger‹, was für Flaubert ›bourgeois‹ bedeutete: kunst- und geistfremd überhaupt, im Gegensatz zu den ›lettrés‹, und dies soziologisch indifferent, denn nicht nur der eigentliche Bürger ist Gegenpol zum Künstler und ihm verhaßt: »Ach, wie satt bin ich den gräßlichen Arbeiter, den törichten Bürger, den einfältigen Bauern und den widerlichen Pfaffen« (an George Sand, 6.9.1871) – ein Programm für allseitige Satire um 1900, den »Arbeiter« ausgenommen, eine Heinrich Mann unbekannte Kategorie. Bürger – »so nenne ich alle, die häßlich empfinden und ihre häßlichen Empfindungen obendrein lügenhaft ausdrücken«, sagt Violante [*Diana*, S. 133, Fischer Taschenbuch Bd. 5925], die später präzisiert: »Ich kenne nur eine Aristokratie: die der Empfindung. Gemein nenne ich jeden, der häßlich empfindet. Stellen Sie einen Unbekannten vor eine Madonna des Bellini; es wird sich entscheiden, von welchem Stande er ist« [S. 107]. Ästhetische Empfindungsfähigkeit wird zum Kriterium der Qualität des Geistes und des Herzens. Demgemäß verkörpern die Romane selbst ein anspruchsvolles Stilideal: »Platen und die Emaux et Camées...« [zur Bedeutung Platens für Heinrich Mann siehe Materialien, Nr. 7 und 8]. Noch bestimmter berief sich Heinrich Mann auf zwei andere Vorbilder: »Der starke sculpturale Stil des Flaubert – ich sehe unter seinen Worten sich Bilder formen wie unter Hammerschlägen – ist mir immer als sehr begehrenswert erschienen. Und am neidischsten habe ich immer gebebt angesichts der Hingerissenheit von Leidenschaft in den harten Sätzen des Stendhal« [*Selbstcharakteristik*, vgl. Materialien, Nr. 24]. Einige Stellen von *Minerva* enthalten Heinrich Manns damalige ›ars poetica‹: »Meine Kunst«, sagt ein Maler, »ist stark, streng, unpersönlich und von weichen Gefühlen unabhängig« [S. 51]. Man will »kein Gefühl in Liedern«; »meine Dichter«, erklärt jemand, »sind klare Meister des Worts«, »ihre Verse geben, wenn sie sie aussprechen, einen Klang, als fielen bronzene Münzen nieder auf Marmor« [S. 190]. E pur si muove, es ist trotzdem Lyrik, »Madame Bovary c'est moi«.

Thomas Mann neigte wohl dazu, in der Trilogie vor allem diesen angespannten Kunstwillen wahrzunehmen, weshalb er seinem Bruder schrieb, jener sei »nur Künstler« – »während ein Dichter, Gott helfe mir, *mehr* zu sein hat als bloß ein Künstler« (18.2.1905).

»Die schönen Sachen sind für mich Versprechungen«, sagte Violante [S. 73], die schließlich wohl doch Stendhals Einschränkung in seinem berühmten Spruch (*De l'amour*) beistimmte: die Schönheit verspreche das Glück, aber es seien doch *nur* Versprechungen. Der Kunst zieht sie im dritten Band das Leben vor. Sie fährt nach Capua.

Zur Entstehungs- und Überlieferungsgeschichte

Zur Entstehung seiner *Göttinnen*-Trilogie gab Heinrich Mann im Januar 1947 bei der Beantwortung eines Fragebogens, den ihm Karl Lemke für biographische Studien vorgelegt hatte, die Auskunft: »Diana: Concipiert (alle drei Romane) in Riva am Gardasee (Österreich) 1899 bis 1900. Angefangen Florenz November 1900, als ich die Musik der Bohème zuerst hörte (von einem Leierkasten). Minerva/Venus: Geschrieben in München 1901 bis 2, im Ultental Südtirol, am Walchensee und wo noch. August 1902, nach Beendigung (u. Zola war gestorben), Rückkehr nach Florenz.«[1] [vgl. dazu Materialien, Nr. 3] Weitere Einzelheiten gehen aus den Briefen an seinen Verleger, den Bruder Thomas und den Lübecker Schulfreund Ludwig Ewers hervor [siehe Materialien, Nr. 4ff.]. In Heinrich Manns Nachlaß im Heinrich-Mann-Archiv der Akademie der Künste der DDR, Berlin/DDR [im folgenden mit der Sigle HMA bezeichnet] ist ein Entwurf »Die Leidenschaften der Herzogin von Assy« erhalten, der auf 68 Seiten den Plan des Romans, konzipiert als ein Band in drei Teilen zu je sechs Kapiteln, ausführlich entwickelt, einzelne Dialog-Passagen bereits formuliert und auf weiteren zwölf Seiten und drei beigefügten Blättern »Nachträge« verzeichnet (HMA 17).[2] Aus diesem Manuskript

1 Heinrich Mann: *Briefe an Karl Lemke und Klaus Pinkus.* Hamburg: Claassen o. J. (1964), S. 44; Transkription nach der dort nach S. 48 wiedergegebenen Fotografie des Originals.
2 Zur Numerierung vgl.: *Vorläufiges Findbuch der Werkmanu-*

geht zudem hervor, daß Heinrich Mann ein noch früheres Notizbuch mit Szenenskizzen, Quellen-Exzerpten und Studien zu einzelnen Personen des Romans für die *Göttinnen* angelegt hatte, das aber nicht erhalten ist. Der Bearbeiter der hier als Textgrundlage verwendeten Ausgabe der *Göttinnen* innerhalb der *Gesammelten Werke* des Aufbau-Verlags, Manfred Hahn, konnte anhand der Original-Manuskripte der einzelnen Bände weitere Daten angeben:

Weitere Datierungen erlaubt Heinrich Manns sparsamer Papierverbrauch: Die ersten Seiten des zweiten Teils finden sich auf den Vorder- und Rückseiten zweier Rechnungen vom 22. und 31. August 1901, Notizen für das IV. Kapitel des zweiten Teils auf den Leerseiten eines Briefes an Heinrich Mann vom 24. Oktober 1901. Im Dezember 1901 wird der zweite Teil beendet. Abschnitte des II. Kapitels des dritten Teils stehen auf den Rückseiten von Briefen an Heinrich Mann vom 20. Februar bis 28. März 1902; Entwürfe und Bruchstücke der Handschrift des letzten Kapitels schließlich sind auf Briefen von Christoph von Hartungen vom 25. Juli und 6. August 1902 notiert, die medizinische Details zu Krankheit und Sterben der Herzogin enthalten.

Während der Arbeit am Roman fertigte Heinrich Mann von den vollendeten Partien der Handschrift Reinschriften als Satzmanuskripte für den Verlag an. Von der Handschrift ist *Minerva*, abgesehen von einem großen Teil des I. Kapitels, und *Venus* im Heinrich-Mann-Archiv der Deutschen Akademie der Künste zu Berlin aufbewahrt.

skripte von Heinrich Mann. Bearbeitet von Rosemarie Eggert. Berlin (Ost) 1963 (= Deutsche Akademie der Künste zu Berlin, Schriftenreihe der Literatur-Archive, Heft 11) (hektograph. Typoskript).

Handschrift und Reinschrift zu *Diana* fehlen. Es existiert ein einzelnes erhaltenes Blatt mit dem in Versalien geschriebenen Titel JUNO, dem die ersten drei Romanzeilen von *Diana* folgen. Auf diesem einzelnen Blatt wurde dann gleichsam versuchsweise der Gesamttitel skizziert: neben *Die Göttinnen* wird *Die Göttinnen – Roman der Herzogin von Assy* erwogen. Blatt 1 des einseitig beschriebenen, rückseitig fortlaufend von 1 bis 272 bezifferten Satzmanuskriptes des nun *Minerva* betitelten zweiten Teils trägt den Verlags- oder Druckereistempel »Eingegangen 16. Mai 1902« [vgl. die Abbildung, *Minerva*, S. 10, Fischer Taschenbuch Bd. 5926], das letzte Blatt den Stempel »Eingegangen 19. Juli 1902«. Das Satzmanuskript von *Venus*, zumeist zweiseitig beschriebene Blätter, trägt auf Seite 1 den Stempel »Eingegangen 19. Aug. 1902« [vgl. die Abbildung, *Venus*, S. 10, Fischer Taschenbuch Bd. 5927], auf Seite 48 den Stempel »Eingegangen 22. Aug. 1902«. Teile der Reinschrift von *Minerva* stammen von Carla Manns Hand. Für den *Venus*-Roman aber, an dem Heinrich Mann noch im August 1902 schrieb, konnte keine Reinschrift mehr hergestellt werden, wenn das Buch noch in das weihnachtliche Hauptgeschäft schöner Literatur gelangen sollte; von Seite 60 an mußte die erste Niederschrift, geschrieben mit Kopierstift, versehen mit zahlreichen Korrekturen, an- oder aufgeklebten Neufassungen, als Satzmanuskript dienen.

Der Albert Langen Verlag für Literatur und Kunst, München, brachte die Erstausgabe des Romans *Die Göttinnen oder die drei Romane der Herzogin von Assy* in drei Bänden kurz vor dem 5. Dezember 1902 in 2000 Exemplaren zur Auslieferung, entsprechend damaliger verlegerischer Praxis mit dem Erscheinungsjahr »1903« auf dem Titelblatt.

Ein Vergleich zwischen dieser Erstausgabe und der als Satzmanuskript dienenden Reinschrift von *Minerva* und

Venus belegt, daß Heinrich Mann noch die letzte Möglichkeit, den Umbruch, zu Korrekturen genutzt hat.[3]

Die drei Bände der Erstausgabe der *Göttinnen* trugen die von Théophile Alexandre Steinlen (1859–1923) geschaffenen Umschläge, die eine Frauenfigur in für die drei Bände unterschiedlichen Farbkompositionen zeigen [vgl. dazu Materialien, Nr. 15, 17 und 35]. Alle späteren Ausgaben weichen im Text nicht derart von der Erstausgabe ab, daß eine Bearbeitung durch Heinrich Mann angenommen werden müßte. Lediglich die Motti der drei Bände und die Widmung in *Diana* »Frau Giulia herzlichst zugeeignet« fielen nach der Erstausgabe in den folgenden Ausgaben weg. Sowohl die Widmung wie die Motti sind in der vorliegenden Ausgabe wieder eingefügt.

1907 erschien das dritte bis vierte Tausend als »Wohlfeile Ausgabe in einem Bande« in zwei Einbandversionen wiederum bei Albert Langen, München; teilweise finden sich aber auch bei dieser Auflage schon Einbände mit dem Impressum »Verlegt bei Paul Cassirer in Berlin«, was darauf schließen läßt, daß Heinrich Manns neuer Verleger die Restauflage der »wohlfeilen Ausgabe« vom Langen Verlag vermutlich in den Buchblöcken, die dann verändert aufgebunden wurden, übernommen hat. 1909 erscheint bei Paul Cassirer das fünfte bis neunte Tausend der *Göttinnen,* das allem Anschein nach ebenfalls nicht vollständig verkauft wurde, da, nachdem Kurt Wolff die Verlagsrechte der Werke Heinrich Manns übernommen und 1916 die Ausgabe der *Gesammelten Romane und Novellen* begonnen

3 Heinrich Mann: *Die Göttinnen oder Die drei Romane der Herzogin von Assy.* Berlin und Weimar: Aufbau-Verlag ^{3}1985 (= Heinrich Mann: Gesammelte Werke. Herausgegeben von der Akademie der Künste der DDR. Redaktion: Sigrid Anger. Band 2. Bearbeiter des Bandes: Manfred Hahn), S. 742f.

hatte, neben dem zehnten bis zwölften Tausend, der ersten Ausgabe im Kurt Wolff Verlag, sich Bände des fünften bis neunten Tausend, allerdings mit dem Impressum »Kurt Wolff Verlag«, nachweisen lassen. Vermutlich hat auch Kurt Wolff die Restbestände von Paul Cassirer als Titelauflage erst noch ausverkauft. Im Kurt Wolff Verlag erreichten die *Göttinnen* das siebenundvierzigste Tausend – sowohl innerhalb der *Gesammelten Romane und Novellen*, Bd. 2–4 als auch außerhalb dieser Werkausgabe.

Nachdem der Paul Zsolnay Verlag die Rechte an Heinrich Manns Werken übernommen hatte, legte er die drei Bände der *Göttinnen* 1925 innerhalb seiner *Gesammelten Werke* [Bd. 1–3] als »erstes bis fünftes Tausend dieser Ausgabe« auf und veranstaltete noch 1932 eine »Ungekürzte Sonderausgabe« in einem Band, deren Auflagenhöhe bislang nicht bekannt ist.

Zur Textgestaltung der Ausgabe der *Göttinnen* innerhalb der *Gesammelten Werke*, die hier nachgedruckt ist, gibt Manfred Hahn an:

Als Textgrundlage für die vorliegende Ausgabe diente die Erstausgabe von »1903«, die nachweisbar die letzte von Heinrich Mann bearbeitete Textfassung ist. Siebzehn kleine Korrekturen des Schriftstellers in seinem Handexemplar der Erstausgabe sind übernommen; in einigen Fällen nachweisbar von Heinrich Mann übersehener Textentstellungen wurde das handschriftliche Satzmanuskript berücksichtigt.

Der Lautstand des Textes der Erstausgabe blieb grundsätzlich erhalten: Die Orthographie wurde modernisiert, sofern das nicht den Lautstand verändert hätte; einige Fremdwörter sind um des historischen oder lokalen Kolorits willen in der originalen Schreibung belassen. In der Interpunktion wurden die ausgeprägten Eigenheiten Heinrich Manns weitgehend beibehalten. Davon ausgenommen sind einige Fälle, wo die Zeichensetzung den beabsichtigten Sinn veränderte oder die Lesbarkeit des Textes übermäßig erschwerte; das betrifft besonders die Kommata, die Heinrich Mann, nicht immer im Einklang mit den zeitüblichen Interpunktionsregeln, zur Rhythmisierung des Textes verwendete.[4]

4 Ebd., S. 745.

Materialien

Heinrich Mann: Notizen zur ersten öffentlichen Aufführung von Gerhart Hauptmanns *Die Weber* im Deutschen Theater, 1
Berlin, 26. September 1894 [Auszug]:

ouvrage foncièrement antipathique [...]. Le drame manque de toute beauté morale, la misère *en révolte* n'offrant pas, à mon sens, ce charme de pitié et de commisération duquel est imbue la résignation, cette beauté chrétienne. [...], c'est le manque de tout contenu moral qui me choque le plus, surtout après avoir admiré, il y a quelques soirs, au même théâtre, cette admirable étude de morale de *Nora*.

Original: HMA 466. – Zit. nach: André Banuls: *Heinrich Mann. Le poète et la politique*. Paris: Klincksieck 1966, S. 23.

Heinrich Mann an Ludwig Ewers, 2
Berlin, 2. Oktober 1894 [Auszug]:

Aber drei Theaterabende habe ich hier doch noch gehabt, die ich zu den interessantesten meiner Erfahrung rechne. Alle drei waren im Deutschen Theater: *Nora*, die Premiere der *Weber* und gestern *Esther* und *Tartüff*. [...] Die *Weber*, in der es keinen Helden zu bewundern gab, ließen mich trotz aller aufgewandten Kunst der Komposition ganz kalt, denn obwohl sie offenbar nichts weniger als sozialistischen Geistes sind, gaben die vielen Rüpel- und

Lärmszenen Anlaß, sie als Agitationsstück zu mißbrauchen. Und in den Radau der sozialistischen Claque stimmte die ganze Mischpoke des Parketts und ersten Ranges mit ein. Ich saß die ganze Zeit in stillem Staunen, und wenn ich an dem Abend nicht Antisemit geworden bin, so fehlt es mir offenbar an Talent dazu.

In: Heinrich Mann: *Briefe an Ludwig Ewers 1889–1913*. Hg. von Ulrich Dietzel und Rosemarie Eggert. Berlin und Weimar: Aufbau-Verlag 1980, S. 368 (Nr. 91). [Im folgenden zit.: *Ewers-Briefe*]

3 Heinrich Mann: *Ein Zeitalter wird besichtigt.*
9. Kapitel: Geistige Liebe [Auszug],
[über Giacomo Puccini und seine Musik]:

Mir war nichts bewußt, als ich im November 1900, unvergeßliches Datum, auf der hinteren Plattform einer langsamen Pferdebahn von Florenz bergan nach Fiesole fuhr. Ich fuhr oder ging dort alle Tage, dieses Mal spielte am Weg ein Leierkasten. Damit keine Banalität fehlte, war es ein Leierkasten, der mich mit dem Maestro Puccini bekannt machte. Solange hatte ich weder von seiner Existenz erfahren noch die *Bohème* gehört.

Die wenigen Takte, die ein Wind mir zutrug, veranlaßten mich, von meinem Tram abzuspringen. Ich stand und ließ mich entzücken.

In: Heinrich Mann: *Ein Zeitalter wird besichtigt.* Düsseldorf: Claassen ²1985, S. 269.

Thomas Mann an Heinrich Mann, 4
München, 25. November 1900 [Auszug]:

Der *König von Florenz* ruht natürlich; aber die *Cultur der Renaissance* habe ich bekommen und sehe, daß die beiden Bände ein großartiges Material enthalten. Wie geht es Deiner *Herzogin?*

In: Thomas Mann/Heinrich Mann: *Briefwechsel 1900–1949*. Hg. von Hans Wysling. Erweiterte Neuausgabe. Frankfurt am Main: S. Fischer 1984, S. 10. [Im folgenden zit.: *TM/HM*]
Die Cultur der Renaissance in Italien (1860) von Jacob Burckhardt war eine der Quellen zu Thomas Manns *Fiorenza,* auf die ihn wahrscheinlich der Bruder Heinrich aufmerksam gemacht hatte. Thomas Mann besaß die 7. Auflage von 1899, wie aus dem Brief an Heinrich vom 17. Dezember 1900 hervorgeht (vgl. *TM/HM,* S. 12).

Heinrich Mann an Albert Langen, 5
Riva, 2. Dezember 1900 [Auszug]:

Gleich nach der Beendigung von Capus habe ich einen neuen Roman entworfen, den ich jetzt ausarbeite. Es wird wohl 15 oder 18 Monate dauern. Es sind die Abenteuer einer großen Dame aus Dalmatien. Im ersten Teile glüht sie vor Freiheitssehnen, im zweiten vor Kunstempfinden, im dritten vor Brunst. Sie ist bemerkenswerterweise ein Mensch und wird ernst genommen; die meisten übrigen Figuren sind lustige Tiere wie im *Schl[araffenland].* Die Handlung ist bewegt, sie erstreckt sich auf Zara, Paris, Wien, Rom, Venedig, Neapel. Wenn alles gelingt, wird der erste Teil exotisch bunt, der zweite kunsttrunken, der dritte obszön und bitter. [...]

Vorerst habe ich, wie Sie verstehen werden, die landläufigen Bürger satt, und ich begebe mich nach Dalmatien. Dort regiert Nikolaus von Koburg zusammen mit der Schauspielerin Beate Schnaken und es kommen an s[einem] Hofe genug groteske Dinge vor, um mich über den Alltag zu erheben.

Original: HMA 728. – Druck: *Heinrich Mann 1871–1950. Werk und Leben in Dokumenten und Bildern.* Mit unveröffentlichten Manuskripten und Briefen aus dem Nachlaß. Hg. von der Akademie der Künste zu Berlin anläßlich der Ausstellung zu seinem 100. Geburtstag. Ausstellung und Katalog: Sigrid Anger unter Mitarbeit von Rosemarie Eggert und Gerda Weißenfels. Berlin und Weimar: Aufbau-Verlag 1971, S. 87f. [Im folgenden zit.: *Dok.*]

Mit »Capus« ist der Roman des Pariser Schriftstellers Alfred Capus *Wer zuletzt lacht...* gemeint, der in autorisierter Übersetzung von Heinrich Mann 1901 im Albert Langen Verlag erschien.

6 Thomas Mann an Heinrich Mann,
München, 13. Februar 1901 [Auszug]:

Das Kunstbuch hast Du hoffentlich bekommen; Holitscher schickt es Dir mit seinem Gruß und den besten Wünschen für das Werden der *Herzogin.*

Leider kann ich Dir über die französischen Bücher noch immer keine Auskunft geben, und zwar, weil ich mich vorläufig in Riegers Buchhandlung nicht blicken lassen darf. Ich habe dort nämlich damals für mich, aufs Geratewohl und koste es wem es wolle, die deutsche Ausgabe des Vasari bestellt und erst dann von Grautoff erfahren, daß das ein Werk von so und so viel Bänden im Preise von gut und gern hundert Mark und obendrein furchtbar langweilig ist. Darauf habe ich mich natürlich bei Rieger nicht wieder vorgestellt. Du erfährst hoffentlich, was Dir noththut, auch auf anderem Wege, und ich muß mir Vasari auf der Staatsbibliothek ansehen, wenn ich das Bedürfnis habe.

In: *TM/HM*, S. 18.
Welches »Kunstbuch« genau Arthur Holitscher (1869–1941) über Thomas Mann an Heinrich Mann schickte, läßt sich nicht ausmachen (»über englische Kunst« vgl. Thomas Mann an Heinrich Mann, München, 25. Januar 1901 in: *TM/HM*, S. 18). – Thomas Mann benützte möglicherweise: Giorgi Vasari, *Sammlung ausgewählter Biographien.* Zum Gebrauche bei Vorlesungen hg. von Carl Frey, 4 Bde. Berlin 1885–87, wie Hans Wysling angibt (vgl. *TM/HM*, S. 338f.). Ob Heinrich Mann überhaupt eine deutsche Ausgabe besaß, ist zweifelhaft; in seiner Bibliothek dagegen ist eine vierbändige italienische Ausgabe der *Vite de' più eccellenti pittori, scultori ed architetti italiani* (1550; 2. erw. Ausg. 1568) Firenze: V. Batelli e Compagni 1845 erhalten.

Literarische Quellen zu den *Göttinnen* 7
aus Heinrich Manns Bibliothek:

Jacob Burckhardt: *Der Cicerone*
Eine Anleitung zum Genuß der Kunstwerke Italiens
Unter Mitwirkung von mehreren Fachgenossen bearb. von Dr. A. von Zahn. Leipzig: Verlag E. A. Seemann. Bd. 3: Malerei. 1874, S. 781–1172. (Heinrich Mann besaß auch die 8. verbesserte und vermehrte Auflage von 1900.)

H. Blaze de Bury: *Dames de la Renaissance*
Paris: Calmann Lévy 1886. Mit eigenhändigen Notizen Heinrich Manns.

Théophile Gautier: *Voyage en Italie*
Nouvelle Edition. Paris: G. Charpentier 1879. Mit eigenhändigen Notizen Heinrich Manns.

Œuvres complètes de Stendhal
17 Bde. Paris: Michel Lévy Frères. Bd. 5: Histoire de la peinture en Italie. Seule édition complète, entièrement revue et corrigée. 1868. Mit eigenhändigen Notizen Heinrich Manns und Eigentumsvermerk: »L. H. Mann Mars 93«.

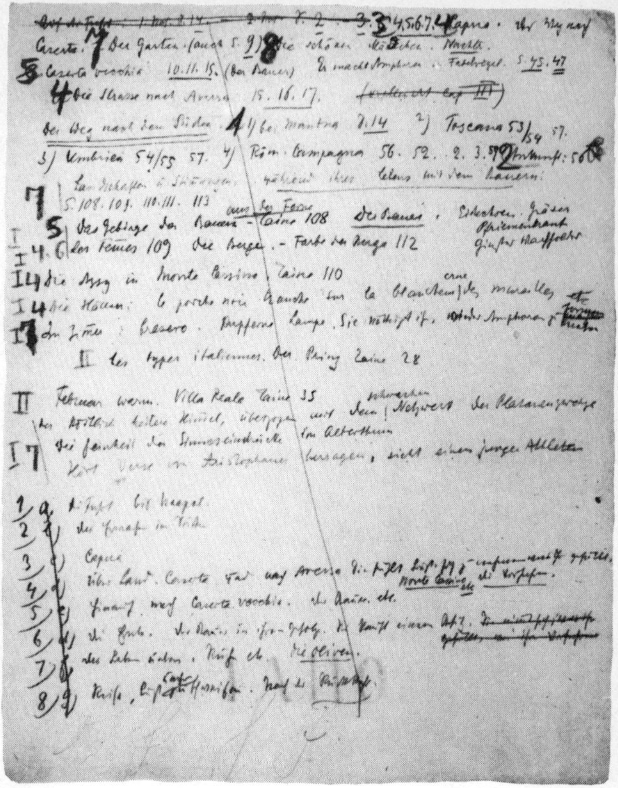

Plan des Reiseweges der Herzogin von Assy
nach dem Süden Italiens
mit Hinweisen auf H. Taines *Voyage en Italie*
[vgl. Materialien, Nr. 7]
aus den Notizen Heinrich Manns zu den *Göttinnen*

Hippolyte Taine: *Voyage en Italie*
Septième édition. 2 Bde. Paris: Librairie Hachette. Bd. 1: Naples et Rome. 1893. Mit eigenhändigen Notizen Heinrich Manns und Eigentumsvermerk: »H. Mann Rome, Avril 95«.

Stendhal: *Promenades dans Rome*
2 Bde. Paris: Delaunay 1829. Mit eigenhändigen Notizen Heinrich Manns und Eigentumsvermerk: »Heinrich Mann Febr. 99–«.

Henri de Régnier: *Les Jeux rustiques et divins*
Paris 1897. Aus dem Gedicht »Pour la Porte sur la mer« übernahm Heinrich Mann die Verse »Me voici, revenu...« als zweites Motto für »Venus« [siehe *Venus*, S. 9, Fischer Taschenbuch Bd. 5927].

Henri de Régnier: *Les Médailles d'Argile*. Poèmes
Paris: Société du Mercure de France 1900. Aus dem Sonett »La Païenne« innerhalb des Abschnitts »Les Passants du passé« des Gedichtbandes (S. 223) wählte Heinrich Mann die vier Eröffnungsverse »Rome! tes dieux sont morts...« als drittes Motto für »Venus« [siehe *Venus*, S. 9].

August Graf von Platen: *Gedichte*
Stuttgart, Tübingen: Verlag der J. G. Cotta'schen Buchhandlung 1828. Aus dem Sonett XXVIII, S. 196, wählte Heinrich Mann zwei Verse als Motto für »Minerva«:
»Und wessen Herz Vollendetem geschlagen,
Dem hat der Himmel weiter nichts zu geben!«

In: *Dok.*, S. 89 f.
Ergänzt durch: Alfred Kantorowicz, »Nachwort«. In: Heinrich Mann: *Die Göttinnen oder Die drei Romane der Herzogin von Assy*. Hamburg: Claassen 1969, S. 712 (im folgenden zit.: *Göttinnen, 1969*) und Manfred Hahn in: *Göttinnen*, ^{3}*1985*, S. 744.

8 Heinrich Mann: Platen in Italien,
22. März 1899 [Skizze]:

Hätte er das Zeug zu den dichterischen Großthaten gehabt, die er verhieß, so würde er vielleicht (aus Instinkt für das Erhaltende, Fördernde) nur *eine* Reise nach Italien gemacht haben.

Vgl. Stendhal, Prom[enades] d[ans] Rome I p. 271:

Chaque nouveau voyage qu'on fait en ce pays a sa physionomie, et il entre par malheur un peu de science dans le sixième.

Je besser Platen Italien kennen lernte, desto mehr verlor er die sichere Einseitigkeit des Schaffenden, desto mehr wurde er zum historisch gebildeten Liebhaber. Außer den Abaßiden, die er als Nebenarbeit ansah, hat er in Italien nur *ein* größeres Werk vollendet: Die Geschichten des K[ö]n[i]gr[ei]ch[e]s Neapel.

Die Schönheit, bei der man zu lange verweilt, versengt und trocknet aus. Sie entmuthigt, denn was sollte man selbst noch zu leisten hoffen, nachdem man erkannt hat, wo das Höchste thront.

»Und weßen Herz Vollkommenem geschlagen,
Dem hat der Himmel weiter nichts zu geben.«

Dieser Ausruf drückt stolze Genugthuung aus, aber nicht auch tiefste Trauer?

Hat man einen kurzen Blick auf die Schönheit werfen dürfen, so ist es weiser sich in die Stille zurückzuziehen und fortan von dieser einen Erinnerung zu zehren. Denn die Erinnerung macht schöpferisch, das Genießen niemals.

Platen hat das empfunden:

»Fliehe die Schönheit, Freund, und genieße den köstlichen Frieden,
Der dem Gemüt nahrhaft, schöne Gedanken erzieht!«

Er war nicht so krank, daß er den Instinkt für das Erhaltende und Fördernde ganz verloren hätte, aber krank genug um ihm nicht mehr folgen zu können. Als er »Roms umwölkte Fieberluft« von sich abschüttelte, war es zu spät; sie hatte seine Nerven schon verdorben. Der Scirocco lullt anfangs ein, man wird schläfrig, überläßt sich der Weichheit des Lebens und glaubt wohl gar zu gesunden; plötzlich erfolgt dann der Zusammenbruch (Platens nervöser Jähzorn und kurz drauf sein Magenkrampf). Nimmt man nicht ein sehr geschwächtes Nervensystem an, so ist nicht einzusehen, warum er an Hämorrhoiden und Kolik hätte sterben sollen.

Er fühlte sich wohl sterben, ohne recht zu wissen warum er sterbe, und ohne Muth und Kraft seinem Verfall zu widerstehen. Es fehlte ihm die zuversichtliche Hoffnung auf viele gesunde Jahre, die ein Schaffender braucht. Er wagte keine großen Pläne mehr im Ernst zu machen. Er wies zögernd das Hohenstaufenepos von sich, weil es »eine Aufgabe für viele Jahre und vielleicht undankbar« wäre. – Alle Kraftausgaben sind undankbar für Jemand der sich verurtheilt fühlt. Sie können ihn ja nur noch schneller dem Ende nähern, ohne daß er etwas fertig gebracht hätte. Er darf nur noch träumen von den Werken, die er »machen könnte«, und manchmal bricht sein ohnmächtiger Traum in eine verzweifelte Prahlerei aus, die Platens Zeitgenossen lächerlich gefunden haben, und die in Wahrheit das Traurigste ist, was ein versandendes Dichterleben uns mittheilen könnte:

»Eher nicht an eure Herzen klopf' ich an, an eure Pforten,
Bis das Schönste nicht gethan ich, eine große That in Worten,
Welche kalte Sinne glühen macht, Lob erpreßt von Silbenklaubern,

Selbst den Feinden muß gefallen und die Freunde ganz
bezaubern;

Ihrem Schamerröthen tret' ich schweigend dann und still
entgegen,
Und vor ihre Füße will ich alle meine Kränze legen.«
22. III. 99

Original: HMA 377; – Druck: *Dok.*, S. 90–92.

9 Zeitgeschichtliche Quellen zu den *Göttinnen* aus Heinrich Manns Sammlung von Zeitungsausschnitten, dokumentiert von Alfred Kantorowicz:

Die Zeitungsausschnitte geben Aufschluß über die Quellen, die Heinrich Mann für die Fabel seines Romans benutzt hat – er selber hatte darauf hingewiesen, daß manche Anekdoten aus der römischen *Chronique scandaleuse* und dem *Wiener Hofklatsch* abgeleitet worden sind. So findet sich unter seinen Materialien beispielshalber ein Ausschnitt aus der römischen Zeitung ›La Tribuna‹ vom 10. Juli 1899, der einen von ihm angestrichenen, mit Stichworten und Hinweisen versehenen Artikel enthält: »Il Romanzo della Principessa« (Die Liebesgeschichte der Prinzessin). Es handelt sich da um eine Prinzessin Troubetzkoi, deren abenteuerliche Affären in Venedig derzeit von sich reden machten. Kein Zweifel, daß Heinrich Mann aus diesem längeren Klatschartikel Anregungen empfangen hat – möglicherweise sogar die, seiner Heldin einen »östlichen« Hintergrund zu geben.

Ein anderer Artikel von Bezug auf die Arbeit an den *Göttinnen* findet sich im Feuilleton einer Wiener Zeitung (deren Datum nicht genau bestimmbar ist.) Es ist eine S. Mz. gezeichnete, sehr ausführliche (neun breite Feuilletonspalten umfassende) »Madame Rattazzi« betitelte Ar-

getödtet … neben schwer…

Die Liebeshändel einer Fürst…

Die Sonne neigt sich ihrem Untergange zu. Die Dunstschichten über dem Golf, den Inseln, den Bergen tauchen sich in leuchtende Rosafarben. Des Himmels tiefes Blau verblaßt, und eine kühle Brise setzt die erstickend heiße Luft, die wie eine starre Säule über der Stadt lagerte, in Bewegung. Das Panorama des Golfes nimmt jene Stimmung an, welche die menschliche Phantasie lähmt, die sich nichts Schöneres, Farbigeres, Harmonischeres ausdenken kann und beschämt in ihrem Fluge innehält; die Sinne genießen, genießen, genießen!

In unzähligen Wagen und herrlich bespannten Equipagen rollt der wohlhabende Theil der Bevölkerung Neapels die Via Caracioli entlang. Neapolitanische Fürsten, Herzöge, Marchesen, Grafen, Barone mit unendlichen Namen und schönen Frauen, englische Lords, amerikanische Milliardäre, deutscher Uradel, russische Steppenkönige, im Frühjahr gibt sich diese Welt des Wohllebens und des Reichthums auch wohl einmal in Neapel ein Stelldichein, um vor dem Lazzaroni der Chiaja mit Diamanten und Perlen, mit prächtigen Kleidern, Livreen und Pferden zu kokettiren.

Das ist die Zeit, wo die gluthäugige Neapolitanerin nach den reichen Fremden trachtet, und der Neapolitaner Umschau hält unter den Töchtern des — Auslandes. Mit einem unglaublichen Geschick, so erzählt ein Mitarbeiter des „L. A.“ werden Verbindungen angeknüpft, wird der Fremde von Rang, Geld und Namen in den Mittelpunkt der Gesellschaft gezogen, in der die schönen Frauen Neapels ein berückendes, prickelndes, gefährliches, rücksichtsloses Spiel der Koketterie treiben. Es ist ein Boden, der viele zu Fall bringt, aber in liebenswürdiger Nachlässigkeit zieht man schnell den Mantel der christlichen Nächstenliebe, über Gattenuntreue, Verrath und Dinge, mit welchen sich die Gerichte eigentlich beschäftigen sollten. Selten gelangt ein Fall vor das Forum des Prätors, die beleidigten Theile begnügen sich mit einem Scheinduell, wenn der Klatsch ihre Unehre an die Oeffentlichkeit gezogen hat, und dann bleibt alles wieder beim …ten.

Vor mehreren Jahren kam in dieses Milieu der russische Fürst … mit seiner schönen Tochter. Man hörte Märchenhaftes von …s Vaters und sprach mit unverhohlener Bewunderu… …heit der russischen Fürstentochter. Die M… …i den Hoffesten … …feiert…

Zeitungsausriß aus
Heinrich Manns Quellen-Sammlung zu den *Göttinnen*
[vgl. Materialien, Nr. 9]

beit über das bewegte Leben der Schriftstellerin Marie Létizia de Rute-Rattazzi-Solms-Wyse-Bonaparte – der Tochter des irischen Diplomaten Thomas Wyse und der Nichte Napoleons I., Létizia Bonaparte. Am 25. April 1833 in Irland geboren, heiratete sie 1850 den elsässischen Fabrikanten von Solms. Nach dessen Tode wegen ihrer allzu wilden Affären aus Frankreich verwiesen, wurde sie 1863 die Gattin des italienischen Staatsmannes und zeitweiligen Ministerpräsidenten Urbano Rattazzi. Ihr dritter Mann war ein reicher Spanier Luiz de Rute. Sie starb 1902 in Spanien und galt als eine der faszinierenden Abenteurerinnen ihrer Epoche.

Aus dem von Heinrich Mann benutzten Artikel wäre abzuleiten, daß sie in ihrer Jugend einige äußere Züge seiner Herzogin aufweist, in ihrem Alter die Ungestalt der fürchterlichen Fürstin Cucuru. Sie wird in ihren Anfängen am Hof des dritten Napoleon, dessen entfernte Kusine sie war, geschildert als ein »Weib, das durch Schönheit, Geist, Leidenschaft alles, was um sie her war, in Schatten stellte. Sie schien geboren, eine Kaiserin zu sein, doch fast leitungslos aufgewachsen im Hause einer jungen schönen Mutter, die, nachdem sie sich, vierundzwanzigjährig, von ihrem englischen Gatten getrennt hatte, einem Leben ohne Zügel fröhnte, ward Marie Létizia, das dämonisch-schöne Kind, zu ihrem Ebenbilde.«

Von der Greisin aber wird gesagt: »Wie, sie wäre je schön gewesen, dieses Weib, das man in den letzten Jahren in anmutsloser Körperlichkeit mit den im Fette verschwimmenden Gesichtszügen kannte, das Weib mit dem unnatürlichen Haare, das wohl einst auf einem jugendlicheren Haupte als dem ihren geblüht? Und sie hätte je ihre Zeitgenossen bestrickt, diese kosmetisch präparierte alte Vettel, die, in alle Wohlgerüche eingehüllt, die runzeligen Wangen geschminkt und gepudert, in goldgelber Tracht oder in schreienden Farben einherschlich?« Zwischen diesen Anfängen und dem Ende aber liegt ein Leben von phosphoreszierendem Glanz inmitten der Ausschweifungen der schon faulig werdenden Spitzen der europäischen Gesellschaft, mit Schöngeistern und Künstlern am Rande.

Es kann kein Zweifel bestehen, daß Heinrich Manns schöpferische Phantasie durch dieses Lebensbild einer Frau bewegt worden ist, die als Zwanzigjährige in höfische Intrigen verstrickt war, sich als Dreißigjährige zum Mittelpunkt eines Kreises von Literaten machte, zu denen unter anderen Eugéne Sue, Sainte-Beuve und François Ponsard gehörten, und sich als Vierzigjährige wüsten Ausschweifungen ergab. Zu vermerken ist in diesem Zusammenhang noch, daß sich am Ende des Ausschnitts in Heinrich Manns Handschrift die Namen Farida, Melek, Emina aufgezeichnet finden. Sie sind uns im ersten Abschnitt von *Venus* bekannt geworden als die Namen der Nebenfrauen des Ismael Iben Pascha.

Aus den ›Münchner Neuesten Nachrichten‹ (54. Jahrgang, Nr. 502) vom 28. Oktober 1901 hat Heinrich Mann Material für das in Neapel spielende Kapitel der Abenteuer seiner Herzogin geschöpft. Da findet sich auf der ersten Seite unter der Überschrift »Zwei berühmte Frauen in der Fäulnisenquête über Neapel« ein vom 25. Oktober datierter sehr ausführlicher Bericht des römischen Korrespondenten der Zeitung von den Skandal- und Korruptionsaffären der neapolitanischen Gesellschaft. Heinrich Mann hat daraus entnommen, mit welchen Mitteln man Grundstücke »erwerben« kann und welche Rolle die sogenannte »Camorra« in solchen Händen spielt. Auf dem Zeitungsabschnitt hat er notiert:

»*Der Prinz* kauft Grundstücke für die Herzogin. Von dem Profit, den er selbst macht, kauft er sich eines dazu. Er rundet es ab, fast umsonst, durch die Furcht vor der Camorra (vom Magistrat). Er *vermittelt Stellen,* auf den

Besitzungen der Herzogin, auch Staatsämter, als einstiger Geliebter der Herzogin.«

Die Spekulationen und Erpressungen des Don Saverio Cucuru, mit dem die Herzogin eines ihrer aufregendsten Abenteuer erlebt, haben in diesem Bericht ihre Quelle. Es ist denkbar, daß Heinrich Mann gewisse Züge der Dichterin Matilde Serao (1856–1927), die in ihren Romanen und Novellen das neapolitanische Leben geschildert hat und die in diesem Bericht der ›Münchner Neuesten Nachrichten‹ ausführlich porträtiert wird, für die Figur seiner Bildhauerin Properzia Ponti entlehnt hat; möglicherweise hat der abfällig charakterisierte Eduard Squarfoglio, ein Revolverjournalist, Schmierenliterat und Erpresser, zur Vorlage für Heinrich Manns Mortœil (beziehungsweise auch Paolo della Pergola) gedient.

Was die »Camorra« betrifft, so holte Heinrich Mann noch weitere Auskünfte ein. Auch dafür gibt es Belege, so zum Beispiel einen vom 4. Januar 1901 datierten Brief des Sohnes von Dr. von Hartungen, Christl von Hartungen, der Heinrich Manns Anfragen nach der Bestimmung von »Maffia« und »Camorra« beantwortete. Nach einem Umriß der auf Sizilien vorherrschenden »Maffia« wird über die »Camorra« gesagt, sie sei »von zwei Krebsschäden Süditaliens der leichtere«.

»Ihr Zweck ist kein so schlechter, doch gut ist er deswegen keineswegs. Zur Erklärung desselben dienen folgende Zeilen. In Italien werden die Beamten miserabel bezahlt, das ist bekannt, die Camorra verschafft ihnen ein höheres Gehalt, und zwar folgendermaßen: Heute werden zum Beispiel in der K. Marine 12 Ärztestellen vergeben und zwar fürs Küstengebiet von Neapel. Eine solche Stelle wäre z. B. für einen Paduaner Arzt gar nicht zu erlangen. Warum? Weil schon längst, bevor die Stellen ausgeschrieben werden, für dieselben in der Marinedirektion 12 Ärzte vorgemerkt sind, von denen jeder verspricht, bei Erhalt der Stelle 2000, 3000 oder 4000 Lire zu bezahlen. Wie in diesem speziellen Falle ergeht es in 100 anderen Fällen. Ein Straßenräumer wird vielleicht bei Erhalt seines Amts und seiner Würde 10 Lire zahlen. Auch in den Gefängnissen wie Besserungsanstalten spielt die Camorra eine bedeutende Rolle, gerade hier zeichnet sich der Capo camorrista aus. Ihm muß der Gefängniskoch besser kochen, sonst gueri la madonna. Die Guaredi fürchten ihn mehr als ihren anderen Vorgesetzten. Er verschafft sich dieses Ansehen durch körperliche Stärke und Gewandtheit, List, Scharfsinn, oft ist aber auch eine abergläubische Scheu damit verbunden, die ihn gewissermaßen schützt, und eigentlich vermehrt der Volksmund mehr sein Ansehen und seine Macht als seine körperlichen oder geistigen Eigenschaften.«

In diesem Zusammenhang ist auch ein Abschnitt aus den ›Münchner Neuesten Nachrichten‹ vom 24. März 1902 bemerkenswert. Es ist ein auf die Kopfseite des Blattes gedruckter, mit den Initialen M. T. gezeichneter umfangreicher Leitartikel über »Die Jungmonarchisten Italiens«, in dem von verschrobenen und verschwärmten Ideen der aristokratischen und großbürgerlichen italienischen Jugend die Rede ist. Heinrich Mann hat auf den Zeitungsausschnitt »Nino, Cap. IV« geschrieben, und er hat in der Tat seinem Nino die in diesem Artikel notierten Absonderlichkeiten des Kampfes der italienischen Schuljugend und Studenten »für die Freiheit und den Individualismus und gegen die Tyrannei des Sozialismus« in den Mund gelegt. Eine mit Bleistift angestrichene Stelle des Artikels heißt:

»Das Schweigen der Zeitungen ist nicht unerklärlich und vielleicht sogar verzeihlich. Sie stehen vor einem ihnen unverständlichen, außerparlamentarischen und nicht leicht zu klassifizierenden Phänomen. Der Gründer der Partei, besser noch ihr Erfinder, ein sonderbar aussehender mißvergnügter Mann und geborener Volksführer, hatte es sich seit einigen Jahren in den Kopf gesetzt, die Schuljungen und die Studenten zum legitimen Kampfe für die *Freiheit* und den *Individualismus* und *gegen die Tyrannei des Sozialismus* aufzurufen.«

Dementsprechend erklärt der Lustknabe der alternden Herzogin, der naive Schwärmer Nino, eifervoll: »Hast du von unserer Bewegung gehört? Natürlich nicht; sie schweigen uns tot. Es wird ihnen nichts helfen. Wir sind entschlossen, der Freiheit und dem Rechte der Persönlichkeit unser Leben darzubringen, und rufen zum Kampfe auf gegen den Sozialismus, der sie beide vergewaltigt.« [*Venus*, S. 162, Fischer Taschenbuch Bd. 5927]

Von Heinrich Mann mit Blaustift angestrichen sind folgende Sätze des Artikels: »Ein Ephebe, der zu dem Volke auf einem öffentlichen Platze, selbst gegen die Überzeugung der Mehrzahl, frei und begeistert spricht, braucht den Groll der Menge nicht zu befürchten. Er darf ihnen auch unliebsame Wahrheiten sagen... Diese Jünglinge, die sich in *Liebe* verbündet haben, wie die Umsturzparteien in *Haß*, erinnern in ihrer flammenden Begeisterung an die Scharen Garibaldis.« Man wird im Dialog zwischen der Herzogin und Nino auch den Gehalt dieser hervorgehobenen Stellen des Artikels wiederfinden.

Andere von Heinrich Mann bewahrte Zeitungsausschnitte enthalten Landschaftsbeschreibungen und Kunstkritiken, aus denen der Dichter Anregungen für seine Schilderungen von Landschaften und Kunstwerken in Italien mit geschöpft hat. Bemerkenswert ist darunter ein Artikel von Hermann Hesse: »Malerisches von den venetianischen Lagunen«, dessen genaues Erscheinungsdatum nicht festzustellen ist [›Münchner Neueste Nachrichten‹, 20. Februar 1902], in dem aber einige Sätze von Heinrich Mann angestrichen worden sind:

»Venedig lag weiß und rosig in einem transparenten, goldenen Dunst, jenseits der Insel lag das freie Meer in schwerem Blau. Ich sah Schiffe und Barken von Süden her meine Blicklinie schneiden und plötzlich in den goldenen Nebel tauchen, der sie wie eine zarte Gloriole umhüllte. Ich weiß kein Gleichnis dafür als das des Traumes, der Dichtung, der Kunst – so, als wären die sichtbaren gewohnten Dinge (Barke, Segel, Schiff usf.) plötzlich in den Kreis einer selig schöpferischen Freiheit getreten und zu Poesie und schöner Sage geworden. Ich weiß wohl, daß diese Verwandlung der Dinge sich auf jedem Acker und jeder Landstraße vollzieht, wenn man sie plötzlich zwischen Blick und Sonne bekommt. Aber hier war das Wunder seltsamer, schöner, hinreißender...«

In: *Göttinnen, 1969*, S. 708–712.

Heinrich Mann an Albert Langen, 10
Riva, 24. Februar 1901 [Auszug]:

Was ich jetzt mache, kommt mir manchmal vor wie ein modernes Märchen. Erschrecken Sie bitte nicht. Ich setze lauter Figuren in Bewegung, die Sie trotz ihrer Fremdartigkeit hoffentlich nicht weniger lebensvoll finden werden als die meines ersten Romans. Zu Anfang mißlingt eine romantische Revolution in ein[em] Reiche das es garnicht giebt, und am Schluß beabsichtige ich einen Wirbel von Heidenthum, modernen Gaunereien, wollüstigen Raffinements, antiken Mysterien u.s.w. Dabei liegen vielfach thatsächliche Geschichten zu Grunde: Wiener Hofklatsch, römische Corbellerie etc.

Ich bin jetzt in der 2ten Hälfte des 1. Theils. Mitte April werde ich mich unterbrechen müssen, um eine Reise nach Süd-Italien zu machen, die mich nicht sehr verlockt und viel Geld kosten wird. Doch will es die Sache, da gegen Schluß ihrer Tage meine Heldin dort unten ihr Wesen treibt. Sie sehen, ich nehme es ziemlich ernst. Wenn es

Ihnen recht ist, melde ich Ihnen seinerzeit die Beendig[ung] des 1. Theils.

Briefentwurf. – Original: HMA 547. – Druck: *Dok.*, S. 84.

11 Heinrich Mann an Ludwig Ewers,
Ravello am Golf von Salerno, 7. Mai 1901 [Auszug]:

In Florenz mußte ich ein endloses Kapitel fertigmachen – ich hätte sonst auf der Reise keine Ruhe gehabt – und habe gearbeitet, trotz Besuch, Zerstreuung, Überanstrengung und Irritation, bis mir die Zunge aus dem Halse hing.

Dann bin ich, höchst ungern, nach Neapel gefahren. Es ist ein schauderhaftes Nest, ausschließlich von Gesindel bewohnt, und daß mich bis jetzt diesmal noch niemand betrogen hat, sehe ich als Beweis dafür an, daß ich mittlerweile schon ziemlich kundig geworden bin. Auf dem Lande ist es nicht viel besser, denn das *ganze* Volk, so viele ihrer sind, sieht einen als wandelnden Automaten für Soldistücke und Zigarren an, und die fortwährende unglaublich widerwärtige Belästigung durch all das Pack verursacht mir eine beträchtliche Irritation. Das Paradies, in dem man hier umhersteigt, muß natürlich zur Bevölkerung ein Geschmeiß haben, denn alles kompensiert sich – aber hart ist es doch, und ich mache diese ganze Reise (ich bin eigentlich völlig reisemüde) nur im Bewußtsein treuer Pflichterfüllung im Dienste meiner *Herzogin.* Das Buch an dem ich arbeite, ist, abgesehen von seinem sonstigen geistigen Gehalt, für mich persönlich die volle Frucht meiner sieben Jahre Italien. Im ersten Teil ist Rom, im zweiten Venedig, im dritten der Süden, den ich aber noch nicht genügend beherrschte. Ich bin also auf dem Wege nach Neapel ausgestiegen, in Capua, über Land gefahren nach Caserta, Aversa, Neapel; dann nach Salerno und hierher, nach Ravello, einer seit dem Mittelalter verödeten maurischen Bergstadt mit seltsamen Palästen und Blicken auf Meer und Golf, von denen ich noch keine Vorstellung hatte.

Mein Notizbuch füllt sich, ich denke meinen Zweck bald erreicht zu haben. Morgen will ich nach Sorrent, übermorgen nach Neapel zurück. In ein paar Tagen fahre ich dann über Florenz nach Venedig, um noch rasch ein paar Eindrücke aufzufrischen, bevor der zweite Teil beginnt. Säße ich erst ruhig in der guten Münchener Luft, bei Buchweizengrütze, meinem abendlichen Leibgericht, das meine Mutter von Drefalt aus Lübeck kommen läßt; denn anderswo kriegt man's nicht! [...]

Noch eine Bitte: Hast Du etwa alte Briefe von mir aufbewahrt? Ich habe Dir manchmal über Italien geschrieben, z. B. einmal im Frühling 96 aus San Gemigniano, über Orvieto – vielleicht auch über Rom oder anderes? Das alles könnte mir für meine jetzige Arbeit nützen. Vielleicht fändest Du Zeit, es herauszusuchen und mir leihweise nach München zu schicken? Es eilt nicht sehr, und ich wäre Dir sehr dankbar. Meine Adresse bleibt vorläufig München. Schreibe bald wieder!

In: *Ewers-Briefe*, S. 383–386 (Nr. 96).

Heinrich Mann an Ludwig Ewers, 12
Riva, 19. Dezember 1901 [Auszug]:

Lieber Ewers,

seit fünf Wochen kure ich und verwende jeden freien Augenblick für Rudern und Gehen: daher mein Schweigen. Den Roman meiner *Herzogin* habe ich trotzdem gefördert. Ich sehe nun das Ende des zweiten Teiles ab. Der dritte, der dann noch fehlt, soll in meiner wohlwollenden Intention ein »Reißer« werden und durch einen Taumel von Geschlechtlichkeiten, Farben, Abenteuern dem lieben Leser die Besinnung nehmen. Ich denke ihn mir kurz und voll (wenn sich nur nicht nachher alles in die Länge zöge!). Der zweite dagegen ist breit angelegt und überdies durch einen kunstvollen Stil ausgezeichnet, der ihn zu hohen Schwierigkeiten erhebt: Du wirst hoffentlich sehen, ich habe da ganz merkwürdige Dinge gemacht.

Du entschuldigst hoffentlich, daß ich beim ersten Wort gleich wieder von meiner Sache rede; aber es ist eben *die* Sache an sich, und je weiter das Buch fortschreitet, desto gewalttätiger wird es gegen mich selbst und läßt mir keinen andern Gedanken mehr. Das kommt wohl daher, daß es immer komplizierter wird, wie sich die Motive mehren in der Handlung, der psychologischen Entwickelung und wie neue Figuren auftreten. Das ist das schwerste, die Menge der Menschen zu beherrschen! Ich kann tagsüber schon keine andere Gesellschaft mehr gebrauchen, ich mache meine Spaziergänge immer allein: denn irgendeiner von meinen zahlreichen Leuten hat mir immer irgendwas zu sagen. Es ist rein, als ob man besessen wäre. Dafür habe ich allerdings das Bewußtsein, daß dies mein Hauptwerk ist für absehbare Zeit; kein anderes wird vorläufig imstande sein, mich so zu beherrschen. Ich will mir das nächste Mal auch nur etwas Leichteres gefallen lassen, was vor allem nicht so lange dauert. Meine Hauptsorge bei diesem Buch betrifft immer die Länge. Ich sehe andere Romane eifersüchtig darauf an, wie ihre Knappheit erreicht ist. Meistens kommt sie von der geringen Zahl der Personen. Aber die große, aufdringliche Lebhaftigkeit eines Buches wird doch bloß durch ein Gedränge möglich!

Was treibst Du, was liest Du, ist Dir etwas Merkwürdiges zu Gesicht gekommen? Bei mir bezieht sich auch die Lektüre ausschließlich auf meine Arbeit. Ich muß jetzt für den 3. Teil sehr viel über Süditalien lesen, über antike Sitten, über Landleben, über die Camorra... Kennst Du nicht ein Buch über die *Camorra*? Ich meine, es wäre einmal ein deutsches erschienen? Ist Dir ferner irgend etwas über antike Feste und besonders über die aphrodisischen Mysterien bekannt? Hast Du einen Brockhaus zur Verfügung, so könntest Du wohl mal nachschlagen, unter Aphrodite, Mysterien, Eleusische Feste, Saturnalien, Bacchanale, Dionysosreligion: nicht, um mir die Artikel auszuschreiben, was zuviel verlangt wäre, sondern nur, um mir die literarischen Quellen zu nennen, die wahrscheinlich angegeben sind. – Du siehst, was die Sache rein stofflich für Schwierigkeiten hat. Letzthin mußte ich das Fechten mit italienischen Floretts kennenlernen und habe in einem Münchener Fechtsaal den italienischen Lehrer und seine Schüler interviewt wie ein Reporter. Jetzt bin ich au fait. Über gewisse Kartenspiele klaube ich jetzt meine Kenntnisse zusammen. Woher ich Fachausdrücke der Hohen Schule (des Reitens) nehme, weiß bis jetzt noch der Deubel.

Der ›Scherer‹, das deutsch-nationale, antiklerikale, antisemitische und freigesinnte Blatt in Innsbruck, will von mir durchaus Beiträge; es meint, daß ich noch immer im Stil des *Schlaraffenlands* schreibe, was ein Irrtum ist.

In: *Ewers-Briefe,* S. 386–388 (Nr. 97).

Der ›Scherer‹ hatte (dazu André Banuls, *Heinrich Mann.* Paris 1966, S. 109 und 666) am »15. Ostermonds 1901–2014 nach Noreja« einen ausführlichen, begeisterten Bericht über den »vortrefflichen antisemitischen Roman« *Im Schlaraffenland* veröffentlicht und dessen Autor um seine Mitarbeit gebeten. Den Zeitungsausschnitt hatte er aufbewahrt. Zum ›Scherer‹ siehe Banuls: *Schüler Hitlers Hakenkreuze.* In: *Phantastisch zwecklos? – Essays über Literatur* (Würzburg 1986), S. 271–278 (Erstveröff.: *Das völkische Blatt ›Der Scherer‹. Ein Beitrag zu Hitlers Schulzeit.* In: ›Vierteljahreshefte für Zeitgeschichte‹ [1970], Heft 2, S. 196–203).

13 Heinrich Mann an Ludwig Ewers,
München, 11. Januar 1902 [Auszug]:

Lieber Ewers,

ich möchte Dir gleich in Kürze danken für die große Freundlichkeit, womit Du das alles aus dem Brockhaus für mich ausgeschrieben hast. Ich lasse mir die Sachen zur Ansicht kommen und hoffe, sie werden mir helfen.

– Deine persönlichen Zustände interessieren mich auf das lebhafteste. Willst Du ernstlich wieder anfangen mit Phantasiewerken, so rate ich: Setze täglich eine Stunde an und arbeite, *ohne* auf Stimmung zu warten. (Man kann lange warten!) Als ich nach meinem nervösen Zusammenbruch vor 2 Jahren wieder anfangen durfte zu arbeiten, war mir anfangs nur ½ Stunde erlaubt – und es ging doch! Es kommt nur auf *tägliche* Übung an. – Ferner: Es ist traurig aber wahr, daß wir ohne Anregung durch Lektüre zu nichts kommen; unsere Werke sind Reaktionen (*Nietzsche* sagt dies). Lies die *größte*, *kraft-* und *lebensvollste* Epik. Mir hat *Balzac* enorm genützt (vor dem *Schlaraffenland*). Dünnsinnige Sachen wie Heyse und Jensen in ihren Alterswerken können Dir natürlich nichts helfen. – Übrigens sollte ich gar keine klugen Lehren geben, sondern mich lieber stille verhalten, denn meine Produktionskraft ist augenblicklich lahm. Ich schreibe keine Zeile, die mich befriedigt. Es ist manchmal erstaunlich, wie man von heute auf morgen alles Talent verlieren kann. Vielleicht kommt es noch mal wieder.

In: *Ewers-Briefe*, S. 388f. (Nr. 98).

Heinrich Mann an Ludwig Ewers, 14
München, 31. März 1902 [Auszug]:

[...] ich habe in letzter Zeit saumäßig viel zu tun, fast soviel wie ein Journalist. An dem letzten Teil meines Romans schreibe ich, den zweiten muß ich kopieren, von dem ersten lese ich die Korrekturen: alles auf einmal. Es ist noch nie so rege bei mir zugegangen. Außerdem hat mir der Winter in München immerhin mehr gesellschaftliche Beziehungen und Anregungen gebracht, als ich gewohnt bin. Im nächsten Winter gedenke ich mich, bei Leben und Gesundheit, sogar ein wenig zu »lancieren« – wenn nämlich mein Buch erschienen ist. Das wäre der rechte Moment, denn in diesem Buch bin ich *ganz* drin, mit Leib und Seele. Ich werde schließlich ausgepumpt sein und vorläufig nichts mehr zu sagen haben – darum einige Zeit den Mund halten. Ich schreibe jetzt an dem Teile, der *Venus* heißt, und rechtfertige diesen Titel durch sehr gewagte Dinge, die Dir mißfallen werden. Nun, dafür ist der zweite Teil ziemlich und der erste ganz rein. Man tut halt, was man kann.

In: *Ewers-Briefe,* S. 390 (Nr. 99).

Heinrich Mann an Ludwig Ewers, 15
München, 29. September 1902 [Auszug]:

Lieber Ewers,

Dein Brief hat mich sehr erfreut. Die Herzogin von Assy brauchte kein Mittel; ich denke sie mir, wenn es dort auch noch nicht gesagt ist, als steril. Im dritten Roman (*Venus*) sehnt sie sich sehr nach einem Kinde; da ist es schon zu spät. Außerdem kann es ja alle möglichen Gründe haben, weshalb ein Koitus nicht zündet: z. B. eine zu lange Enthaltsamkeit des Mannes. – Ich bespreche

Dr. Christoph von Hartungen
Photographie aus Heinrich Manns Besitz

immer alles Medizinische mit meinem Doktor in Riva. Das Schlußkapitel, worin die Herzogin stirbt, hat uns beide viele Unterredungen und einen Stoß Briefe gekostet. Anbei empfängst Du das, was er mir über Schwangerschaftsverhütung mitteilt. Ein Rezept ist auch dabei.

Gestern habe ich ein Feuilleton geschrieben über die vorgestrige Premiere der *Monna Vanna* von Maeterlinck und habe es den ›L.[eipziger] N.[euesten] N.[achrichten]‹ geschickt. Ob sie's nehmen werden? Es wäre mir lieb, mich dort einzuführen. Dein Rat, mich für Münchner »Briefe« anzubieten, leuchtet mir ein. Jetzt geh ich zwar für 8 oder 10 Wochen fort, aber vom 1. Januar ab wäre ich gern bereit, über Kunst und Theater, Fasching etc. (aber nicht Musik) zu berichten. Könntest Du vielleicht nach Deiner Rückkehr gelegentlich bei Deinem Verleger für mich wirken? Wenn Du für ein hübsches *Feuilleton* über die *Herzogin* (es ist ja ein ganzer Zyklus und lohnt wohl die Mühe!) in der Zeitung Raum fändest – vielleicht würde der Verleger Achtung für mich fassen und mir den Posten anvertrauen. Mir wären hauptsächlich die Freibillets angenehm. Und für 4 Feuilletons im Monat kann man wohl gegen 100 M kriegen?

Jetzt heißt's wieder reisen, obwohl ich wenig Lust habe. Aber ich möchte mich mit einer neuen Arbeit, die nicht lange währen soll, in ein ruhiges Städtchen zurückziehen, wo es noch nicht so kalt ist: also doch wieder nach Italien. Aber wohin, das weiß ich noch lange nicht, obwohl ich vielleicht um den 5. Oktober schon fahre. Nun, ich schreibe Dir jedenfalls meine Adresse.

Den Drucker habe ich angewiesen, Dir nach Bonn *Die Göttinnen* Band 2 und 3 zu senden (Vorversandexemplar, ohne Umschlag). Hoffentlich tut er's pünktlich. Für den Umschlag ist leider noch immer kein Zeichner gefunden, denn Heine habe ich als ungeeignet abgelehnt und mit denen, die ich vorschlage, habe ich auch kein Glück. Jetzt

Riva
Ansichtskarte aus Heinrich Manns Sammlung

haben wir uns an Steinlen in Paris gewandt, wegen eines schönen Aktes mit südlichem Hintergrund. Hoffentlich wird was draus, denn das Buch ist ja nun ganz fertig, bis auf den Umschlag.

In: *Ewers-Briefe*, S. 391 f. (Nr. 100).

Mit »meinem Doktor in Riva« ist der österreichische Arzt Dr. Christoph von Hartungen (1849–1917) gemeint, in dessen Sanatorium in Riva sich Heinrich Mann, teilweise auch mit dem Bruder Thomas, des öfteren aufhielt. Als Dr. von Männingen hat Heinrich Mann dem Arzt und Freund in den *Göttinnen* ein Denkmal gesetzt, wie er auch noch im Alter in *Ein Zeitalter wird besichtigt* und in *Der Atem* seiner gedenkt. – Heinrich Manns Rezension von Maurice Maeterlincks Stück *Monna Vanna* erschien in: ›Leipziger Neueste Nachrichten‹, Jg. 42, Nr. 270 vom 30. 9. 1902, 5. Beilage. – Eine Mitarbeit Heinrich Manns durch »Münchner ›Briefe‹« in den ›Leipziger Neuesten Nachrichten‹ kam nicht zustande. – Mit »Heine« ist der berühmte Maler und Karikaturist Thomas Theodor Heine (1867–1948), Mitbegründer und Mitarbeiter des ›Simplicissimus‹, gemeint.

Erhard von Hartungen an Heinrich Mann, 16
ohne Ort und Datum [Auszug]:

Sie soll bis zum letzten Augenblick bei Bewußtsein bleiben und nur in Folge reiner Erstickung durch Brustkrampf hervorgerufen durch ein hinzugetretenes Rückenmarksleiden sterben. Der Verlauf ungefähr: so. Die Herzogin hat seit zwei Monaten Todesahnungen, es stellt sich ein Schmerz in der Herzgrube ein, der sich zu einem heftigen Krampf steigert und mit geringer Unterbrechung 3 Tage dauert. Dabei sehr kalte Gliedmaßen, große Unruhe, häufiges Harnen, hysterische Erscheinungen. Der Hausarzt ruft andere Ärzte, Professoren zur Berathung. Dieselben finden die Herzogin sehr aufgeregt, mit eiskalten Gliedern an denen kein Puls zu fühlen. Unterleib schmerzfrei, auch bei Druck, der Kopf unbenommen. Der Magenkrampf fängt

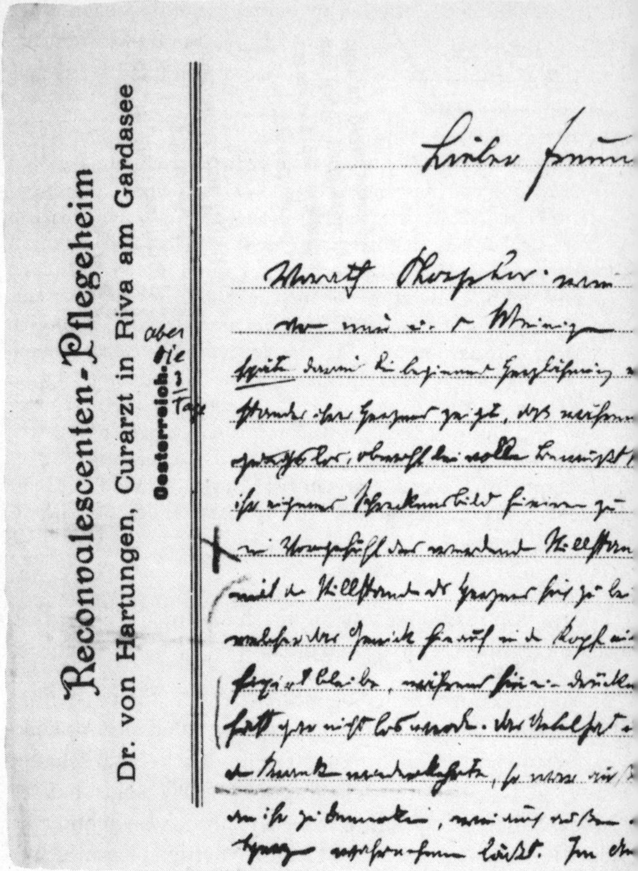

Reconvalescenten-Pflegeheim
Dr. von Hartungen, Curarzt in Riva am Gardasee
Oesterreich.

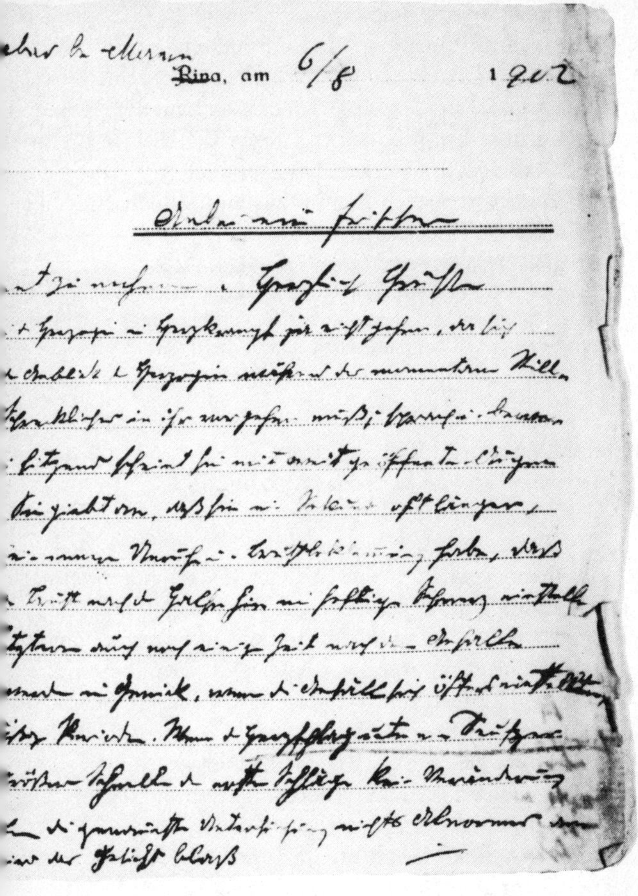

Riva, am 6/8 1902

Brief von Christoph von Hartungen
an Heinrich Mann, 6. August 1902,
mit ärztlichen Hinweisen
zum Verlauf von Herzkrämpfen der Herzogin von Assy
[vgl. Materialien Nr. 15 und 16]

bereits an in Brustkrampf überzugehen wobei das Athmen erschwert und tönend wird; Empfindlichkeit der Herzgrube gegen Druck. Zunge leicht belegt, feucht. Große Angst, Zweifel an Genesung. Im ganzen Lauf der Rückenwirbel größte Empfindlichkeit gegen die leiseste Berührung, besonders der Herzgrube gegenüber. Im Ganzen das Bild eines hysterischen Krampfzustandes doch ohne alle entzündlichen Erscheinungen.

Original: HMA 1315. – Druck (Auszug): *Dok.*, S. 92f.
Erhard von Hartungen, ebenfalls Arzt, schrieb diesen Brief im Auftrag seines Vaters, Christoph von Hartungen, der diesen Brief mit einem handschriftlichen Zusatz ergänzte.

17 Heinrich Mann an Ludwig Ewers,
Florenz, 28. November 1902 [Auszug]:

Lieber Ewers,

das Buch erscheint in diesen Tagen (es ist schon zweimal im ›Simpl.[icissimus]‹ angezeigt.) Jetzt könntest Du also Deinen Artikel loslassen! Ich hoffe, Du hast ihn damals gleich geschrieben, nachdem Du das Vorversandexemplar bekommen hattest. Ein fertiges Ex. mit der sehr schönen Zeichnung von Steinlen lasse ich Dir zugehen. Schreibe mir nur bitte gleich nach Riva, Villa Christoforo, was Du zu tun gedenkst. Gib auch Deine Hausnummer an, ich weiß nicht, ob 21 stimmt.

Deine Kritik kommt hoffentlich in mehrere Blätter: ich wäre Dir für alles aufrichtig dankbar.

In: *Ewers-Briefe*, S. 393f. (Nr. 101).

Heinrich Mann, um 1903,
mit einem Band der *Göttinnen*

18 Heinrich Mann: Notizen und Entwurf für einen Waschzettel zu den *Göttinnen*:

Für den Waschzettel

1 Exotisch, abentheuerlich, bewegt und spannend

2 *Pikante Anekdoten* aus der internationalen hohen Gesellschaft: Römische cronique scandaleuse, Wiener Hofklatsch etc.

3 Aus *realistischen Grundlagen* und genauem Studium von Kultur, Kunst und Leben Italiens, steigen *phantastische Ereignisse und Stimmungen* empor, wie moderne Romane sie selten bieten.

4 *Gesteigerte Erotik* in einer leidenschaftlichen Natur (Neapel). Antikes Leben, in die modernsten, raffinirtesten Verhältnisse übertragen. Heidnische Lebensanschauung.

5 Kein Pessimismus mehr.

Für den Waschzettel *Die Göttinnen* oder *Die drei Romane der Herzogin von Assy*

Die Herzogin von Assy ist eine Schönheit großen Stils, die zu verschiedenen Zeiten Gesellschaft und Presse in Spannung erhält durch ungewöhnliche Abentheuer. Sie veranlaßt politische Aufstände. Sie läßt pomphafte Kunstwerke erstehen. Ihre Liebesgeschichten haben die Unbedenklichkeit antiker Fabeln.

In dem *ersten* ihrer Romane sieht man die Herzogin jung, nach Freiheit und nach Thaten dürstend, und immer in Bewegung, wie eine Jägerin *Diana,* ihr Land Dalmatien durchstreifen. Das halbwilde Land, die sonderbar gemischte Hofgesellschaft, und die seltsam korrumpirte Barbarei aller Verhältnisse, mit denen die hochgesinnte und leidenschaftliche Frau den Kampf aufnimmt, bringen eine exotische und spannende Handlung hervor... Anstatt Königin zu werden, muß die Herzogin über das Meer flüchten. In Rom spinnt sie ihren abenteuerlichen Traum

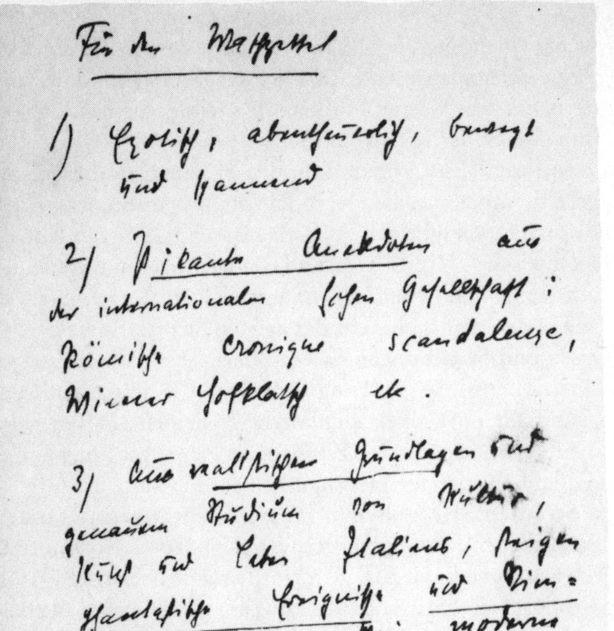
Für den Waschzettel

1) Erotisch, abenteuerlich, bewegt und spannend

2) Pikante Anekdoten aus der internationalen hohen Gesellschaft: Römische cronique scandaleuse, Wiener Hofklatsch etc.

3) Aus realistischen Grundlagen und genauen Studien von Kultur, Kunst und Leben Italiens, steigen phantastische Ereignisse und Stimmungen empor, wie moderne Romane sie selten bieten.

4) Gesteigerte Erotik in einer leidenschaftlichen Natur (Nagel). Antikes Leben, in die modernsten, raffiniertesten Verhältnisse übertragen. Heidnische Lebensauffassung.

Notizen für einen Waschzettel zu den *Göttinnen*
[siehe Materialien, Nr. 18]
in der Handschrift Heinrich Manns

fort, bis er blutig endet. – Eingeweihte werden unter den vielen Anekdoten des Buches, manche der römischen cronique scandaleuse entlehnte wiedererkennen, neben andern, die dem Wiener Hofklatsch oder der internationalen hohen Gesellschaft angehören.

In ihren stürmischen Träumen enttäuscht, und geistig gereift, findet man die Herzogin von Assy in ihrem *zweiten* Roman in Venedig als großartige Beschützerin der Kunst. Realistischen Grundlagen und genauem Studium von Kultur, Kunst und Leben Italiens entsteigen in der »*Minerva*«, wie in den beiden andern Bänden, so phantastische Ereignisse und Stimmungen, wie moderne Romane sie selten bieten... In dieser Umgebung von leidenschaftlicher Schönheit, entwickeln sich mächtige Leidenschaften, (namentlich die der großen Bildhauerin Properzia Ponti) – die schließlich auch die Herzogin selbst überwältigen.

So ist aus der keuschen Freiheitsschwärmerin und der prachtliebenden Kunstbegeisterten im *dritten* Roman eine unersättliche Liebhaberin geworden. Die brünstige Natur Neapels steigert ihre Erotik bis zum körperlichen Wahnsinn. Physiologisch betrachtet, ist »*Venus*« der Roman des Climacteriums. Und das Krankhafte, das dem Lebensalter der Heldin angehört, trägt einen bitteren Geschmack in ihre überhitzten Lüste. Die Herzogin geht, wie in allem was ihr Leben bewegt hat, auch in der Liebe bis zum Äußersten. Von Liebesgeschichten mit der Schlichtheit und Naturempfindung von Hirten-Idyllen gelangt sie bis zu Orgien, die starkes antikes Leben in die raffinirtesten modernen Verhältnisse übertragen und von einer kaum zu überbietenden Fleischlichkeit strotzen. Überall in diesem merkwürdigen Liebesroman strömen Landschaft und Menschen eine erstaunlich sinnliche Hitze aus.

Die Herzogin genießt bis zur Selbstzerstörung. Ihr Tod ist stürmisch wie ihr Leben; aber sie bereut nichts. Eine Freudigkeit um jeden Preis athmet aus all diesem Leben, so viel Tragik es auch hervorbringt. [folgt Unleserliches] Kein Pessimismus kommt auf, kein Drang nach Übersinnlichem wird empfunden: – ein fast antikes Vertrauen zur Erde, eine heidnische Dankbarkeit für jedes Schicksal, geben trotz aller modernen Ausschweifungen des Geistes und der Sinne diesem Buche eine sittliche Grundlage. Die Roman-Trilogie der Herzogin von Assy läßt eine Weltanschauung fühlen, die heute Bedürfniß ist und Zukunft hat. Deshalb wird man diese drei Bände aus ernstem Grunde lesen, wenn man es nicht schon darum thäte, weil sie ungewöhnlich gut unterhalten und in ihrer verdichteten Sinnlichkeit, fast möchte man sagen, berauschen.

Original: HMA 49. – Druck: *Dok.*, S. 93–95.

Heinrich Mann an Ludwig Ewers, 19
Riva, 5. Dezember 1902 [Auszug]:

Lieber Ewers,

schon lange hat mir kein Brief solches Vergnügen gemacht wie Deiner vom 30. November. Ich sehe, daß ich Dir schöne Eindrücke hervorgerufen habe und daß mein Buch, wenn der Leser nur disponiert ist, ungefähr alles erreichen kann, was ich wollte.

Minerva steht, was den Gegenstand – eben die Kunst als Objekt – anbelangt, natürlich auch mir am höchsten. Aber von meinem subjektiven Können steckt – ich versichere Dich – in *Venus* ebensoviel oder mehr. Ich habe überhaupt das Gefühl, daß Band 1 mit seinen Abenteuern, Band 2 mit seinem Ästhetizismus und Band 3 mit seiner Fleischlichkeit großen Stils eine beträchtliche Steigerung bilden. Ich habe das Gefühl, mich überboten zu haben und vorläufig nichts Neues und nichts von Belang mehr zu können. Pläne habe ich ja genug – sogar sehr weite; aber vorläufig drängt es mich doch viel mehr zum Erleben. Es ist glaube ich ein Instinkt, dem ich folgen muß. Es handelt sich darum, all die Empfindung wieder einzubringen, die ich in diesem Buch ausgegeben habe.

Was die Aufregung anbelangt, die nach Deiner Meinung Band 3 verursacht: ich habe sie nur beim 1. Kapitel empfunden. Allerdings arbeitete ich daran mit Hilfe von Photographien. Je weiter ich mich hineingearbeitet habe, desto tiefer ist mir diese zerstörerische Wollust (der Heldin) als tragischer Abschluß eines großen Lebens bewußt geblieben, und ich habe keinen persönlichen Kitzel mehr gespürt.

Das Haus mit dem Messinggeländer kann ja auch seine Tragik haben. – Ninos Tod ist, ich gestehe es – etwas absichtlich; er hätte ja auch auf andere Weise umkommen können. Aber, nicht wahr, »San Bacco« kommt *richtig* um, obwohl er, menschlich gesprochen, auch in seinem Bett hätte sterben können. So schien mir für Nino (»Ich bin schwach und abenteuersüchtig, und meine Abenteuer enden immer mit dem Weibe«. 3, Kap. 4) das Bordell sehr angezeigt. Es gehört zur Tendenz des ganzen Buches. Denn die Leidenschaft (es gibt nur *eine*) wird *ganz* gut geheißen. Wer sie nicht in ihrer Niedrigkeit fühlt, wird sich nie auf ihren Thron setzen. Eine mächtige sinnliche Erregung bei einer überwältigenden Malerei ist unmöglich für den, der nicht gelegentlich die gemeinste Dirne begehrt hat. Che son fatti sec. »Die gemacht sind aus den Schlünden jedes Abgrundes, aus den Sternen jedes Himmels«: das steht mit Recht über allen drei Bänden.

San Bacco ist auch mir einer der liebsten: ich bin froh, daß Du ihn gern hast, und bin sehr dankbar für alles Gute, das Du mir über mein Werk sagst. Ich denke, Du kriegst es nun von Langen. Die Besprechungen mache nur ganz nach Maßgabe Deiner Zeit und des gegebenen Raumes. Ich weiß schon, daß Du Opfer bringst, wenn Du Dich zu solchen Privatleistungen herbeiläßt, und weiß auch, daß

Du für mich so viel tun wirst, wie die andern Dir gestatten: das genügt mir und verpflichtet mich Dir aufrichtig. Daß in Band 3 ein Milieu für den Fall Krupp ist, könnte man nach meiner Meinung ruhig sagen: durch Kritiken soll ja weniger literarische Achtung erworben werden – die ist doch nur bei wenigen zu holen – als praktische Vorteile. Und wenn man augenblicklich den Namen Krupp mit einem Buche in Verbindung bringt, hat es, glaube ich, Aussicht, gekauft zu werden.

Wenn Du Prof. Köster, vielleicht auch in einem Privatgespräch, gelegentlich für die *Göttinnen* interessieren könntest, wäre es schon was sehr Schönes. Sage mir bitte per Karte Bescheid, wenn Du meinst, daß ich ihm ein Exemplar zugehen lassen soll: »Im Auftrage des Verfassers überreicht.« [...]

Das Buch ist also vor einigen Tagen erschienen. Wenn Dir irgend etwas darüber vor Augen kommt, sendest Du mir vielleicht gütigst den Ausschnitt.

In: *Ewers-Briefe,* S. 394–396 (Nr. 102).

»Che son fatti sec.«, das in jedem der drei Bücher der *Göttinnen* wiederholte erste Motto stammt aus Ada Negris Gedicht »Eppur ti tradirò...« in der Gedichtsammlung *Tempeste* (1894), das Heinrich Mann sich auf der Rückseite von S. 179 des Satzmanuskriptes von *Venus* abgeschrieben hat (HMA 29). – Zum »Fall Krupp« berichtete der sozialdemokratische ›Vorwärts‹ am 15. November 1902 unter der Überschrift »Krupp auf Capri« über das ausschweifende Leben Friedrich Alfred Krupps. Am 22. November starb der Industrielle unter mysteriösen Umständen. Der Artikel im ›Vorwärts‹ löste damals innenpolitische und gerichtliche Aktivitäten aus (nach dem Kommentar in: *Ewers-Briefe,* S. 543). – Mit »Prof. Köster« ist wohl Albert Köster, damals Ordinarius für Deutsche Literatur an der Universität Leipzig, gemeint.

20 Heinrich Mann an Ludwig Ewers,
Riva, 20. Dezember 1902 [Auszug]:

Lieber Ewers,

Deine Besprechung ist famos! So wohlabgewogen und auf den Erfolg berechnet, daß sicher gerade das bessere Publikum auf das Buch aufmerksam wird. Du hast Dich meines Interesses wieder einmal mit Liebe und Verständnis angenommen, ich kann Dir gar nicht warm genug danken.

In: *Ewers-Briefe*, S. 396f. (Nr. 103).
Die Rezension von Ludwig Ewers zu den *Göttinnen* konnte bislang noch nicht im Druck nachgewiesen werden.

21 Heinrich Mann an Ludwig Ewers,
San Vigilio, Lago di Garda, 7. Januar 1903 [Auszug]:

Auch die Kritik des ›B.[erliner] T.[ageblatts]‹ hat mich gefreut, schon darum, weil es überhaupt eine ist. Der Anfang ist auch ganz feinfühlig; nur ist es ungerecht, mir immer meine Schülerschaft d'Annunzio gegenüber als feststehend ins Gesicht zu sagen, während man sie doch nur vermuten kann. Ich habe der Feuilleton-Redaktion des ›B. T.‹ brieflich erklärt, daß ich d'Annunzio nie gelesen habe, es auch nicht eher zu tun gedenke, als bis ich jedem Verdacht einer Nachahmung entwachsen bin; daß aber in meiner Abstammung, in meinem Bildungsgang und in meiner körperlichen und geistigen Beschaffenheit vielleicht Momente sind, die bewirken, daß ich ganz selbständig auf ähnliche Sachen verfalle wie d'Annunzio. Ich habe ihm gesagt, es werde mir eine Genugtuung sein, wenn er die Leser seiner Kritik das wissen lassen wolle. Er wird es wohl nicht tun. Wenn doch, dann erfahre ich es hoffentlich durch Dich! Ich bleibe hier in S. Vigilio vielleicht bis gegen den 20. Dann schreibe ich Dir eventuell, wo ich bin.

Der Schluß der Kritik im ›B. T.‹ mit der mittelalterl. Hexe, der Lorelei etc. ist ein hanebüchener Unsinn. Ich habe darüber eine Notiz auf die Rückseite des Waschzettels geschrieben, sowie ich auch die andern Punkte notiert habe, die mir zu erwähnen [notwendig] scheinen. Von dem Waschzettel ist das erste, durch einen Strich abgeteilte Stück von Holm, das übrige von mir selbst. Das alles dient Dir hoffentlich für die 80 Zeilen in der ›T[ä]gl.[ichen] R.[undschau]‹.

Du bist wirklich ein guter Freund, daß Du auch *die* Arbeit noch übernehmen willst! Ich danke Dir aufrichtig und mit Rührung!

In: *Ewers-Briefe,* S. 397f. (Nr. 104).

D.: Heinrich Mann. *Die Göttinnen oder die drei Romane* 22
der Herzogin von Assy. Diana, Minerva, Venus. Drei Bände. München: Albert Langen [Rezension]:

Die drei Romane, die Heinrich Mann zusammen aussendet, stammen aus dem Zaubergarten der Sinne, aus Armidas Zaubergarten. D'Annunzio hat diesen Garten zuerst eröffnet; einer seiner befähigtsten Nachfolger ist Heinrich Mann. Er hat von seinem Meister die überquellende Fülle in der Schilderung der Natur, die Phantasie in der Verflechtung der Ereignisse; auch die märchenhafte Beleuchtung, in die die auftretenden Persönlichkeiten gerückt werden unter dem Anschein von psychologischen Analysen, erinnert an d'Annunzio ebenso wie der überall durchbrechende Kunstenthusiasmus. In mancher dieser Richtungen thut Heinrich Mann eher zu viel; über ist er d'Annunzio in dem Humor und der Satire, die er reichlich ausstreut, und die den Roman vielfach zu einer Versammlung von Grotesken machen. Die Heldin, die Herzogin von Assy, wird in den drei Bänden hinter einander als Verfech-

Der Schauplatz von *Diana:* Zara.
Ansichtskarte aus Heinrich Manns Sammlung

terin der Volksbefreiung (Diana), in dem phantastischen Königreich Dalmatien, als enthusiastische Kunstmäzenatin in Venedig (Minerva), als in Liebestollheit sich auslebende Bacchantin in Neapel (Venus) vorgeführt. Sie ist die letzte Nachkömmlingin eines gewaltigen Geschlechts normannischer Eroberer, auf italienisch-üppigen Boden verpflanzt. Sie nimmt das Leben voraussetzungslos, kein Gesetz anerkennend als das ihrer Empfindungen und Instinkte. Diese Frau, ausgestattet mit berückender Schönheit, unendlichem Reichthum, hohem Rang, überragendem Geist und Charakter, zwingt alle Männer in ihren Bann, ganz Neapel geräth schließlich über sie in Aufruhr. Doch endlich muß sie, erstickt in ihren bis zum Wahnsinn getriebenen Orgien, sterben. Auf ihrem Todesbett versucht es ein Priester, ihr ein Testament für die Kirche zu entreißen. Sie dagegen will drei große Vermächtnisse machen: eines für die Freiheitskämpfer aller Völker und für die Seltenen zwischen den Völkern, die den Geist befreien; das zweite für Kunstwerke, die verschwenderischen Ironien gleichen, und von denen der Bürger nichts wissen kann, also eben für Kunstwerke; das dritte für wunderbare Inseln der Lust, wo Menschen ohne Noth und beinahe ohne Sehnsucht vergessen dürfen, daß es einen Staat, eine Kirche und eine Menschheit giebt. Das waren die Ideale ihres Lebens, über die sie sich beim Abschied von ihm klar wird. Diana, Minerva, Venus – die Namen deuten auf die Antike – indessen, sie stimmen kaum. Diese Herzogin von Assy hat zu viel hinter sich für ein naives Götterkind, sie ist eher eine der Zauberinnen des Mittelalters, eine Loreley, eine Armide, eine alles bestrickende, verlorene, süße Hexe, wie sie auf der Felseninsel ihres Stammschlosses umgehen.

In: ›Berliner Tageblatt‹. 31. Jg., Nr. 646 vom 20. Dezember 1902, Abendausgabe, 1. Beiblatt, 1. Seite, ›Kleine literarische Chronik‹.

23 Heinrich Mann an den Rezensenten des ›Berliner Tageblatts‹, San Vigilio, ohne Datumsangabe [mit redaktionellem Vorspann]:

Der feinsinnige und feinsinnliche Verfasser des Romancyclus *Die Herzogin von Aßy* sendet uns mit Bezug auf eine Bemerkung in der Besprechung seines Buches (Literarische Rundschau vom 20. Dezember) folgende Zeilen, die für die Auseinanderhaltung der Begriffe »Schule« und Nachahmer ein besonderes Interesse bieten. Es geht daraus hervor, daß man zu einer »Schule« der Literatur gehören kann, selbst ohne deren hervorragende Meister zu kennen, indem die gleichen Anregungen auf ähnlich geartete Geister gewirkt haben. Die Zuschrift lautet:

»Hochgeehrter Herr... Gestatten Sie mir nur, endlich einmal einem meiner Kritiker zu versichern, daß d'Annunzio nicht mein Meister ist – allein darum, weil ich ihn nicht kenne. Schon bei meinem vorigen Buch verglich Heinrich Hart meinen Stil mit dem des d'Annunzio; und dabei war es eine Berliner Satire. Es versteht sich also, daß mein italienischer Romancyklus den *romanzi del giglio* noch merklicher ähneln muß. Aber *gelesen habe ich sie nicht*. Das einzige mir bekannte epische Werk des d'Annunzio ist *l'Innocente*, und das kannte ich bei Bourget schon besser. Seitdem ist d'Annunzio erst er selbst geworden, sagt man – aber gelesen habe ich ihn nicht: eben weil man mich mit ihm verglich. Ich möchte ihn erst dann kennen lernen, wenn ich, vielleicht später einmal, jedem Vorwurf der Nachahmung entwachsen sein sollte.

Wenn ich nichts von seinen Schriften weiß, habe ich dafür einiges über sein Leben gehört und entnehme daraus allerdings, eine gewisse Verwandtschaft. Es braucht wohl nicht, so oft ein Autor an einen anderen erinnert, ein Verhältnis von Schüler und Lehrer zu bestehen. Es ist ja möglich, daß die beiden eine parallele Entwickelung hinter sich haben. Ich bin Halbromane; meine Vorliebe gilt diesem Lande, für das ich nicht nach Art eines Fremden schwärme, sondern aus dem ich in vieljährigem Aufenthalt alles das gesogen habe, was ich an künstlerischer Kraft etwa habe. Kunstwerke als rein verdichtete Sinnlichkeit aufzufassen, wie wahrscheinlich d'Annunzio und auch ich es tun, dieser sinnliche Anarchismus des Künstlers ist wohl eine Folge einer geistigen und auch physiologischen Beschaffenheit, die heute nicht selten vorkommt. Es ist vor allem die Wirkung, die auf romanischer Erde *Nietzsche* zeitigen mußte. Warum sollte ich das nicht so gut selbständig erlebt haben wie d'Annunzio? Warum sollte nicht auch ich die französischen Stilisten verarbeitet haben?

Sie werden mir unschwer die Gerechtigkeit erweisen, zu glauben, daß ich nicht der Schüler eines einzigen Meisters bin. Wenn Sie Gelegenheit nehmen können, es auch die Leser Ihrer Kritik wissen zu lassen, wird es für mich eine Genugtuung sein. In ausgezeichneter Hochachtung

San Vigilio (Lago di Garda). Heinrich Mann.«

In: ›Berliner Tageblatt‹. 32. Jg., Nr. 43 vom 24. Januar 1903, Abendausgabe, 1. Beiblatt, 1. Seite, ›Literarische Rundschau‹ u. d. Überschrift: »Der Roman der Herzogin von Aßy [!]«.

Heinrich Mann: Eine Selbstcharakteristik [mit redaktionellem Vorspann]: 24

Der Dichter der in unserem Morgenblatte vom Mittwoch besprochenen *Herzogin von Assy* (*Göttinnen*) sendet uns aus Riva am Gardasee folgende Selbstcharakteristik:

»Der starke, sculpturale Stil des Flaubert – ich sehe unter seinen Worten sich Bilder formen wie unter Hammerschlägen – ist mir immer als sehr begehrenswert erschienen. Und am neidischsten habe ich immer gebebt angesichts der Hingerissenheit von Leidenschaft in den harten Sätzen des Stendhal. Es ist selbstverständlich, daß ich den ungewöhnlichen Stil der *Göttinnen* nicht aus einem Stück gebildet habe. Ich habe mich unter die Meisterschaften gebeugt, die meinen Sinn für ungezähmte Empfindungen freimachten und meiner Lust zu sinnlicher Charakteristik, zu hochgefärbten Schilderungen Nahrung versprachen.

Ich habe keine blaue Romantik erfinden wollen, sondern eine Wirklichkeit, intensiver gesehen als man sie sieht. Aber solche Überspanntheiten bringen Unglück unter den Bewohnern des neuen Deutschlands, wahren Snobs des gesunden Menschenverstandes. Man muß heute im Roman recht nützliche Beobachtungen alltäglicher Gegenstände – Arbeiterfrage, Frauenbewegung, Agrarnot, Glaubensbedenken – in gemeinplätzlicher Sprache ausbreiten. Oder man muß das Recht erwerben, sich darüber hinwegzusetzen. Also habe ich mich vorerst einmal an der Gesellschaft und dem geltenden Geschmack belustigt. Das war *Im Schlaraffenland, ein Roman unter feinen Leuten*: er ist da, um zu zeigen, daß ich die glatte Realistik nicht aus Mangel an Wirklichkeitssinn liegen lasse, sondern aus Geringschätzung.

Schon aus den matten Stimmungen dieser Berliner Satire habe ich, ich konnte nicht widerstehen, manchmal ein Stück heißeren, tönenderen Stils hervorbrechen lassen. Ein feinhöriger Kritiker nannte gleich damals den Namen d'Annunzio. Zur Belohnung für meinen italienischen Romancyklus bekomme ich ihn jetzt natürlich von allen Seiten zu hören. Es ist der bequemste Irrthum, der sich bei dieser unwichtigen Gelegenheit (den *Göttinnen*) begehen ließ. Ich kenne d'Annunzio gar nicht und vermeide es, ihn zu lesen, so lange als ich dem Verdacht der Abhängigkeit noch nicht entwachsen bin. Wenn d'Annunzio eine verwandte Persönlichkeit zu rechtfertigen hat, wenn er bei den nämlichen Meistern seiner selbst inne geworden und auf gleichen Wegen hergekommen ist, werden wir wohl ähnlich schreiben.

Das Leben einer mit Leidenschaft lebenden Frau habe ich mit drei starken Motiven erfüllt: Freiheit, Kunst, Liebe. Die Herzogin von Assy ist nacheinander Diana, Minerva, Venus. Sie ist Göttin, weil die Glut ihrer Träume, ihrer Begeisterungen und ihrer Begierden sich alles unterwirft: die Landschaften, die fiebern, die Menschen, die in heftigerem Licht stehen, die Kunstwerke, die mitleben, die Abenteuer, die durcheinander taumeln, die Parteigänger, die Künstler und die Liebenden, die sich ihr darbringen. Und sie ist antik, ein modernes Kind der Antike, weil sie den Glauben an ihre Persönlichkeit hat, und ihrem Schicksal, bis ins Verderben hinein, unerschütterlich recht gibt. Sie thut es mit Nerven, die manchmal versagen – so gut wir's eben thun können. Aber ich wünschte, daß diese Figur und dieses Buch – in beide habe ich alle meine Liebe verdichtet – als ein Werk der neuen Renaissance gelten, die wir erleben, und der Rückkehr aus langer Weltfeindlichkeit, die in der Literatur beginnt.

Heinrich Mann.«

In: ›Die Zeit‹. Wien. Nr. 122 vom 30. Januar 1903, Abendblatt, S. 2. – Ebenso in: *Dok.*, S. 74–76 (dort versehentlich falsch auf den 13. Januar datiert).

Thomas Mann an Heinrich Mann, 25
München, 15. September 1903 [Auszug]:

Noch Eins. Richard Schaukal hat in der ›Rheinisch-Westfälischen Zeitung‹ einen Artikel über mich veröffentlicht und ist so taktfest gewesen, darin (übrigens Deine »Begabung« betonend) einen Angriff auf die *Göttinnen* einzuflechten. Da ich nicht wissen kann, ob Dir das Blättchen nicht irgend einmal zu Gesichte kommt, so möchte ich Dir ausdrücklich versichern, daß ich dem Verfasser niemals Veranlassung gegeben habe, sich einzubilden, ich könnte, besonders wenn von mir die Rede ist, an einer Herabsetzung Deiner Leistungen Wohlgefallen haben oder sie irgend billigen. Da er sich vorher, gelegentlich einer nahezu verliebten Personal-Schilderung (er spricht sogar von meiner »feinen, nervösen Nase«!) meinen »Freund« nennt, so habe ich der Mitwelt gegenüber, soweit sie die ›Rh. W. Z.‹ liest, theil an der Verantwortung für diese Dummheit und bin sehr versucht, der Redaktion meinen Unwillen zur Veröffentlichung kund zu thun. Jedenfalls hat Schaukal sich für diesen Freundschaftsdienst von mir keines sehr warmen Dankes zu versehen.

In: *TM/HM*, S. 28.

Der Artikel von Richard Schaukal »Thomas Mann« erschien in: ›Rheinisch-Westfälische Zeitung‹. Essen. Nr. 645 vom 9. August 1903, Zweites Blatt zur Sonntagsausgabe; darin heißt es: »Thomas Mann ist vielleicht der feinste deutsche Prosaautor der Jetztzeit. Seine Manier – und welcher Dichter hätte keine – ist absolut germanisch, beziehungsweise nordisch. Nichts Französisches, woran so sehr unser Schrifttum krankt, ist an ihm zu entdecken. (Ganz im Gegenteile hat seinen sehr begabten Bruder *Heinrich* die romanische Macht unterworfen. Man sehe seinen, in schlechten d'Annunziogewändern affektiert stolzierenden Roman *Die drei Göttinnen oder die Romane der Herzogin von Assy* [!] daraufhin an; schon sein *Schlaraffenland* verriet die Wirkung des von ihm gut interpretierten Capus.)«

26 Thomas Mann: Das Ewig-Weibliche [Rezension zu Toni Schwabes *Die Hochzeit der Esther Franzenius*] [Auszug]:

Ich las – und fühlte mich gefesselt. Wodurch? O, auf die sanfteste Weise! Nichts von Atemlosigkeit. Nichts von wütenden und verzweifelten Attacken auf des Lesers Interesse. Ein beseeltes Wort, das betroffen und glücklich aufhorchen ließ. Ein lebendiges Detail, das plötzlich irgendwo zart erglänzte und vorwärts lockte. Und bei jeder Zeile verstärkte sich die Gewißheit, daß dies etwas sei. Und zwar Kunst. Und zwar auserlesene Kunst... [...] Da ist zunächst die Sprache, eine leise und innig bewegte Sprache von sanfter Gehobenheit, die in außerordentlichen Momenten das gehaltene Pathos der Bibel streift. Eine zarte Eindringlichkeit der Wirkungen wird erzielt, die, um es näher zu bezeichnen, ungefähr das Gegenteil ist von jener Blasebalg-Poesie, die uns seit einigen Jahren aus dem schönen Land Italien eingeführt wird. [...] Uns armen Plebejern und Tschandalas, die wir unter dem Hohnlächeln der Renaissance-Männer ein weibliches Kultur- und Kunstideal verehren, die wir als Künstler an den Schmerz, das Erlebnis, die Tiefe, die leidende Liebe glauben und der schönen Oberflächlichkeit ein wenig ironisch gegenüberstehen: uns muß es wahrscheinlich sein, daß von der Frau *als Künstlerin* das Merkwürdigste und Interessanteste zu erwarten ist, ja, daß sie irgendwann einmal zur Führer- und Meisterschaft unter uns gelangen kann. Ist das kleine Frauenbuch, von dem ich rede, nur ein zartes und schwaches Anzeichen dafür? Habe ich ihm vielleicht gegeben, was nicht sein ist? Manchmal beim Schreiben fürchtete ich's. Aber es könnte mich nicht beirren. Es ist nichts mit dem, was steife und kalte Heiden »die Schönheit« nennen. Das Endwort des ›Faust‹ und das, was am Schlusse der ›Götterdämmerung‹ die Geigen singen, es ist Eins, und es ist die Wahrheit. Das *Ewig-Weibliche zieht uns hinan.*

In: ›Freistatt‹. Kritische Wochenschrift für Politik, Literatur und Kunst. München. 5. Jg., 21. März 1903, S. 1010f.
Im Brief vom 23. Dezember 1903 gesteht Thomas Mann dem Bruder: »Gewisse Spitzen in meiner kleinen Buchbesprechung

in der ›Freistatt‹ waren sachlich bewußt gegen Dich gerichtet; dies muß ich der Wahrheit zu Ehren feststellen.« (vgl. *TM/HM;* S. 41) – Im vorausgehenden Brief an den Bruder vom 5. Dezember 1903 hatte Thomas Mann die gleichen Vorwürfe mit den gleichen Ausdrücken, die in der Schwabe-Rezension auf die *Göttinnen* gemünzt waren, gegenüber Heinrich Manns Roman *Die Jagd nach Liebe* erhoben (siehe *TM/HM,* S. 32).

27 Thomas Mann an Heinrich Mann,
München, 5. Dezember 1903 [Auszug]:

In Riva, im Ruderboot, haben wir schon einmal einen Anlauf zu einer Auseinandersetzung über diesen unangenehmen Gegenstand genommen. Im Laufe von allerlei philosophisch-psychologischen Disputen, in denen wir unsere entgegengesetzten Standpunkte vertraten, hatte ich Dir von meinem Plane erzählt, einen Roman *Die Geliebten* zu schreiben. In den *Göttinnen* fand ich den psychologischen Inhalt dieser Gespräche in oberflächlicher und grottesker Weise verwerthet, vor Allem aber den Gegensatz »Die Geliebten – die Ungeliebten« wie etwas Gegebenes und allgemein Gebräuchliches wiederholt wörtlich benützt. Auf meinen Vorhalt, daß damit mein Titel unmöglich sei, hast Du, wie es scheint, »Die Geliebten« gestrichen; aber mit einer Art später Naivetät, die Dich ebenfalls nicht sonderlich kleidet, hast Du »Die Ungeliebten« – stehen lassen! Weiter. In *Tonio Kröger* sind als Gegensatz des Künstlers, wie ich ihn verstehe, »die Gewöhnlichen« genannt. Es ist von den »liebenswürdig Gewöhnlichen«, von den »Wonnen der Gewöhnlichkeit« die Rede. Und in der *Jagd nach Liebe* finde ich den Ausdruck »die Gewöhnlichen« als Bezeichnung für das Gegentheil des Künstlers wiederholt benützt. Kleinlicher Geiz, nicht mehr, der vor seinen kümmerlichen Schätzen eifersüchtig Wache hält. Sehr gut! Aber dann könntest Du an die Geschichte von dem reichen Manne denken, der dem Armen sein einziges Schaf wegnahm; und ich von meiner Seite wäre zu stolz und zu skrupulös, um Schlagwörter eines Anderen, in denen sich eine ganze Anschauung, ein ganzes Pathos und Erlebnis ausspricht, ohne Weiteres als Gemeingut zu behandeln. Du hast mich bereits versichert, daß Du den Stoff *Königliche Hoheit* natürlich genau so vollkommen in Dir trügest, wie ich. Und was soll ich thun, wenn Du nun eines Tages in einem neuen Werk ganz beiläufig und gelegentlich einmal von der »Königlichen Hoheit« des Künstlers sprichst? Es wäre pedantisch, die Sache dann noch weiter ausführen zu wollen. [...]

Auch mit dem Historischen willst Du wohl fertig sein. Auch die Überwindung des Historischen gehört wohl zu Deinem Künstlerthum. Ich habe von Dir gehört, daß Du des Historischen müde seist, daß nun doch das ganz Moderne, Gegenwärtige und – o mein Gott! – Lebendige Dich interessire; während meiner Überzeugung nach die historische Novelle Dein eigentliches Gebiet ist. Die *Göttinnen*, die neben gellenden Geschmacklosigkeiten ganz wundervolle Schönheiten enthielten, habe ich nicht nur gegen Schaukal vertheidigt. Ich habe auf den großartigen äußeren Reichthum und die sinnliche Schönheit dieses Werks, vor Allem aber auf seine historische Tiefe hingewiesen, die wie ein kunstvoller Gobelin den grottesken Ereignissen als Folie dient.

In: *TM/HM*, S. 34f. und 36.

Heinrich Mann: Autobiographische Skizze [Juni 1904]: 28

Man kennt meine Herkunft ganz genau aus dem berühmten Roman meines Bruders. Nachdem wir zwei dicke Bände lang hanseatische Kaufleute gewesen waren, brachten wir es endlich kraft romanischer Blutmischung – laut Nietzsche bewirkt so etwas Neurastheniker und Artisten – bis zu Künstlertum. Ich ging, sobald ich konnte, heim nach Italien. Ja, eine Zeitlang glaubte ich zu Hause zu sein. Aber ich war es auch dort nicht; und seit ich dies deutlich spürte, begann ich etwas zu können. Das Alleinstehn zwischen zwei Rassen stärkt den Schwachen, es macht ihn rücksichtslos, schwer beeinflußbar, versessen darauf, sich selbst eine kleine Welt und auch die Heimat hinzubauen, die er sonst nicht fände. Da nirgends Volksverwandte sind, entzieht man sich achselzuckend der üblichen Kontrolle. Da man nirgends eine Öffentlichkeit weiß mit völlig gleichen Instinkten, gelangt man dahin, sein Wirkungsbedürfnis einzuengen, es an einem Einzigen auszulassen; wodurch es gewinnt an Heftigkeit. Man geht grelle Wege, legt das Viehische neben das Verträumte, Enthusiasmen neben Satiren, koppelt Zärtlichkeit an Menschenfeindschaft. Nicht der Kitzel der andern ist das Ziel: wo wären denn andere. Sondern man schafft Sensationen für einen Einzigen. Man ist darauf aus, das eigene Erleben reicher zu fühlen, die eigene Einsamkeit gewürzter zu schmecken.

In: *Albert Langens Verlagskatalog 1894–1904.* München 1904, S. 92. – Ebenso in: *Dok.*, S. 76f.

29 Thomas Mann an Ida Boy-Ed,
München, 19. August 1904 [Auszug]:

Dieses *Ethos* persönlicher Hingabe (die mit Liebe sehr verwandt ist) fehlt den Schriftstellern, die mit ihrer Kunst weniger auf Erkenntnis, als darauf aus sind, was sie die »Schönheit« nennen, und zu ihnen gehört mein Bruder. Haben Sie geglaubt, daß ich ein Verhältnis zu seinen Sachen habe? Wegen seines letzten Buches haben wir uns beinahe überworfen. Dennoch ist die Empfindung, die seine künstlerische Persönlichkeit mir erweckt, von Geringschätzung am weitesten entfernt. Sie ist eher Haß. Seine Bücher sind schlecht, aber sie sind es in so außerordentlicher Weise, daß sie zu leidenschaftlichem Widerstande herausfordern. Ich rede nicht gern von der *langweiligen* Schamlosigkeit seiner Erotik, von der geistlosen und unseelischen Betastungssucht seiner Sinnlichkeit. Was mich empört, ist die aesthetisirende Grabeskälte, die mir aus seinen Büchern entgegenweht, und die mir in der selben Weise widersteht, wie die Atmosphäre in Hofmannsthals *Elektra.* Die Kunst dieser Leute ist agaçant ohne intensiv zu sein, sie geht einem fürchterlich auf die Knochen, ohne einem seelisch das Allergeringste zu hinterlassen... [...] eine Verwandtschaft, eine gewisse natürliche Familienähnlichkeit besteht trotz aller tiefen Gegensätze zwischen meinem Bruder und mir, übersehen Sie das nicht. Der dualistische Bruch zwischen Kunst und Leben ist bei mir so gut vorhanden, wie bei ihm, – nur daß es bei mir noch Problem und Leidenschaft und bei ihm dies eben nicht mehr ist. Er hat sich entschieden; und zwar für die Kunst. Und man darf nicht zweifeln, daß er als Künstler außerordentlich stark empfindet. Ich habe es aus seinem eigenen Munde, daß er an gewissen Stellen der *Herzogin von Assy Thränen* vergossen hat – ich glaube ihm das unbedingt. Er *ist* ein Künstler, in seinem Sinne, das ist gewiß. Ich glaube Sie thäten unrecht, seine Entwicklung nicht weiter zu verfolgen.

In: Thomas Mann: *Briefe an Otto Grautoff 1894–1901 und Ida Boy-Ed 1903–1928.* Hg. von Peter de Mendelssohn. Frankfurt am Main: S. Fischer 1975, S. 150f.

30 Heinrich Mann an Ludwig Ewers,
Riva, 23. Dezember 1904 [Auszug]:

Lieber Ewers,

nun sollst Du einen Weihnachtsgruß haben, erstens überhaupt, und dann als Dank für Deinen Brief. So einen guten und herzlichen Brief hatte ich schon längst nicht mehr bekommen. Wenn einem die Sachen, die Du mir über meine Novellen und besonders über die *Herzogin von Assy* sagst, so in Aufrichtigkeit gesagt werden, dann hat man das Gefühl, nicht umsonst gelebt zu haben und daß getrost wieder sieben bis fünfundzwanzig schlechte Kritiker anrücken dürfen. Es kann sich doch immer nur darum handeln, denen etwas zu sagen, die mit ähnlichen nervösen Bedürfnissen in ein Buch sehen. Für die andern ist es tot; ich begreife nicht, warum sie überhaupt darüber schreiben. Es muß Rache sein: weil sie nicht mitempfinden konnten.

Ich persönlich scheine zu denen zu gehören, die mit dem großen Publikum nicht in Berührung kommen können, aber um die sich ein Kreis von Liebhabern bildet. Meiner scheint in der Bildung.

In: *Ewers-Briefe,* S. 410 (Nr. 107).

31 Heinrich Mann: Autobiographie
[1910]:

Meine Bildungsmittel waren französische Bücher, Krankheit, das Leben in Italien, und zwei Frauen. Jetzt bin ich 39 Jahre alt und sehe hinter mir den Weg, der, durch sechs Romane hindurch, von der Behauptung des Individualismus zur Verehrung der Demokratie geführt hat. In meiner *Herzogin von Assy* habe ich einen Tempel errichtet für drei Göttinnen, für die dreieinige, freie, schöne und genießende Persönlichkeit. Meine *Kleine Stadt* aber habe ich dem Volk erbaut, dem Menschenthum.

Original: HMA 471. – Druck: Autobiographische Vorbemerkung zu: ›Frankreich. Aus einem Essay.‹ [später: ›Voltaire – Goethe‹] – In: *Freiheit und Arbeit. Kunst und Literatur.* Sammlung. Herausgegeben vom Internationalen Komitee zur Unterstützung der Arbeitslosen. Leipzig. Xenien-Verlag 1910, S. 3. – Ebenso in: *Dok.*, S. 122.

Thomas Mann: *Betrachtungen eines Unpolitischen.* 32
›Ästhetizistische Politik‹ [Auszug]:

»Ruchlos«: das Wort wurde uns zuerst durch Schopenhauer lebendig, und zwar auf durchaus negative Art, als stärkste moralische Verurteilung, als strafendes Attribut jedes Optimismus, welchen der Verkünder der Willensumkehr als erlösungswidrige Unempfindlichkeit gegen das ungeheuere Leiden der Welt verstand. – Das Wort begegnete uns wieder bei Nietzsche, aber wie sehr in seinem Sinn und Klange gewandelt! »Ruchlos« oder auch »unbedenklich«, »*bedenklich*-unbedenklich«: das war nicht länger ein moralisches Urteil, das Wort war »moralinfrei« nunmehr und höchst positiv, höchst zustimmend, ja geradezu als Verherrlichung gemeint: »Ruchlos« – ein dionysisches Wort, ein Lob und Preis von fast feminin-entzückter Art auf das Leben, das starke, hohe, mächtige, unschuldig-sieghafte, gewalttätige und namentlich *schöne* Leben, das Cesare-Borgia-Leben, wie der Schwache, auf ewig von diesem Leben Getrennte es sich in hektisch-sentimentalischer Sehnsucht erträumte... Ja, vornehmlich als *schön*, als die Schönheit selbst war hier das ›Leben‹ in seiner amoralischen und überschwenglich-männlichen Brutalität empfunden, gefeiert, umschmeichelt und umworben; es war ein ästhetizistisch gedeutetes, eine ästhetizistisch geschaute Schönheit, und »ruchlos« wurde das Leib- und Lieblingswort alles von Nietzsche herkommenden Ästhetentums.

Es ist der Augenblick, bekennend festzustellen, daß ich mit diesem unzweifelhaft auf Nietzsche's ›Lebens‹-Romantik zurückgehenden Ästhetizismus, welcher zur Zeit meiner Anfänge in Blüte stand, niemals, mit zwanzig Jahren sowenig wie mit vierzig, das Geringste zu schaffen gehabt habe, – womit nicht gesagt ist, daß er mir nicht ›zu schaffen gemacht‹ hätte. Das hatte sich damals mit Überzeugung und hinlänglicher Ruchlosigkeit den Sinnen ergeben, das schwärmte für dick vergoldete Renaissance-Plafonds und fette Weiber, das lag mir in den Ohren mit dem »starken und schönen Leben« und mit Sätzen etwa des Inhalts: »Nur Menschen mit starken, brutalen Instinkten können große Werke schaffen!« – während ich doch wußte, daß Werke wie das *Jüngste Gericht*, das ich in Rom gesehen, und der Roman *Anna Karenina*, der mich stärkte, während ich an *Buddenbrooks* schrieb, aus höchst moralistischen, leidenswilligen und christlich skrupulösen Konstitutionen hervorgegangen waren. »Du hältst dich zu lange bei der Kritik der Wirklichkeit auf«, so hörte ich aus nächster Nähe. »Aber du wirst schon auch noch zur Kunst gelangen.« Zur Kunst? Aber Kritik des Wirklichen, plastischen Moralismus, eben dies empfand ich als Kunst, und ich verachtete die programmatisch ruchlose Schönheitsgeste, zu der die Tugend von heute mich damals ermutigen wollte.

Ja, in Jahren, die zur Verachtung sonst wenig geschickt machen, hatte ich den ästhetizistischen Renaissance-Nietzscheanismus rings um mich her zu verachten, der mir als eine knabenhaft mißverständliche Nachfolge Nietzsche's erschien. Sie nahmen Nietzsche beim Wort, nahmen ihn wörtlich. Nicht er war es, was sie geschaut und erlebt hatten, sondern das Wunschbild seiner Selbstverneinung, und mechanisch kultivierten sie dieses. Sie glaubten ihm einfältig den Namen des ›Immoralisten‹, den er sich beigelegt; sie sahen nicht, daß dieser Abkömmling protestantischer Geistlicher der reizbarste Moralist, der je lebte, ein Moralbesessener, der Bruder Pascals gewesen war. Aber was sahen sie denn überhaupt! Sie versäumten kein Mißverständnis, zu dem sein Wesen nur immer Gelegenheit bot. Das Element romantischer *Ironie* in seinem Eros, – weit gefehlt, daß sie ein Organ dafür gehabt hätten. Und wozu sein Philosophieren sie denn also begeisterte, das waren recht nüchterne Schönheits-Festivitäten, Romane voll aphrodisischer Pennälerphantasie, Kataloge des Lasters, in denen keine Nummer vergessen war.

So falsch es wäre, Nietzsche als Vater überhaupt des europäischen Ästhetizismus hinzustellen, so gewiß bleibt, daß unter den geistigen Strömen, die von ihm ausgehen, ein nichts-als-ästhetizistischer ist, daß man in der Tat durch Nietzsche zum Ästheten erzogen werden konnte. Es war das jener Ästhetizismus, welcher, da er bei aller Gier nach ›Plastik‹ nichts weniger als naiv, sondern höchst analytisch veranlagt war, sich selbst den treffendsten Spottnamen zu geben vermochte: Er nannte sich die »hysterische Renaissance«. Diese Bereitwilligkeit zur Selbstkritik versöhnte. Das Lebenswidrige, das sich selbst erkennt, mag leben und sich so farbig es immer kann entfalten; es wird nicht schaden; die Selbsterkenntnis hindert es im Grunde daran, aggressiv zu sein. Etwas anderes, wenn es sich ernst nähme und unverschämt würde, wenn es sich für die Wahrheit, das Leben, die Kunst selber und am Ende gar für die Tugend auszugeben und das Widerstrebende zu infamieren versuchte! Die »hysterische Renaissance« tat das nicht. Sie wußte und vergaß nicht, daß sie im Grunde leblos und lieblos, daß sie gestenreichhochbegabte Ohnmacht selbst zum Leben und zur Liebe war, und ihre geistige Würde bestand in dem Schmerz eben hierüber: es war eine tragische Würde, welche abhanden kommen mußte, sobald infolge irgendeiner scheinbaren ›Entwicklung‹ und neuen Namengebung die Selbsterkenntnis und Selbstbezweiflung abhanden kam...

Ich wiederhole, daß ich mit dem Renaissance-Ästhetizismus gewisser ›Nietzscheaner‹ innerlich nie irgend etwas zu schaffen gehabt habe.

In: Thomas Mann: *Betrachtungen eines Unpolitischen*. Nachwort von Hanno Helbling. Frankfurt am Main: S. Fischer 1983 (= Gesammelte Werke in Einzelbänden. Frankfurter Ausgabe. Hg. von Peter de Mendelssohn), S. 539–542.

33 Thomas Mann an Georg Martin Richter,
München, 15. Januar 1902 [Auszug]:

Die Gegenüberstellung von d'Annunzio und mir ist mir jedes Mal eine besondere Genugtuung. Daß meinesgleichen im Grunde ernster zu nehmen ist, als dieser falsche Dionysos, ist das, was ich hören will.

Zit. nach: *Die Briefe Thomas Manns. Regesten und Register.* Hg. von Hans Bürgin und Hans-Otto Mayer. Bd. I: 1889–1933. Frankfurt am Main: S. Fischer 1976, S. 43.

Thomas Mann bezieht sich hier auf einen Artikel von Leopold Schönhoff, der unter dem Titel »Morituri« in ›Der Tag‹, Berlin, Nr. 17 vom 11. Januar 1902 über *Buddenbrooks* und d'Annunzios *Phantasie von den Jungfrauen am Felsen* erschien.

34 Thomas Mann: *Lebensabriß*
[Juni 1930] [Auszug]:

Zu untersuchen, welche Art von organischer Einbeziehung und Umwandlung Nietzsche's Ethos und Künstlertum in meinem Falle gefunden hat, bleibt einer Kritik überlassen, die sich dazu bemüßigt findet. Auf jeden Fall war es eine komplizierte Art, die sich zur Mode- und Gassenwirkung des Philosophen, allem simplen ›Renaissancismus‹, Übermenschenkult, Cesare Borgia-Ästhetizismus, aller Blut- und Schönheitsgroßmäuligkeit, wie sie damals bei groß und klein im Schwange war, durchaus verachtungsvoll verhielt.

In: Thomas Mann: *Über mich selbst.* Autobiographische Schriften. Nachwort von Martin Gregor-Dellin. Frankfurt am Main: S. Fischer 1983 (= Gesammelte Werke in Einzelbänden. Frankfurter Ausgabe. Hg. von Peter de Mendelssohn), S. 111.

Thomas Mann: *Vom Beruf des deutschen Schriftstellers in* 35
unserer Zeit. Rede an den Bruder
[gehalten am 27. März 1931 anläßlich der Feier von Heinrich Manns 60. Geburtstag in der Preußischen Akademie der Künste zu Berlin] [Auszug]:

Das wirkliche brüderliche Gegenstück zu den *Buddenbrooks* aber, das als ihr Gegenstück die ganze Variationsfähigkeit des Grundbrüderlichen erkennen ließ, war erst das große Werk, an das du damals noch nicht dachtest oder kaum zu denken begannst: die kunstglühende, gestaltenschäumende, rausch- und farbenvolle, zugleich barocke und strenge Romantrilogie der *Herzogin von Assy* – diese Talentexplosion, die manchem jungen Menschen von damals ein neues, aufwühlendes Erlebnis der Prosa vermittelte und deinen Ruhm begründete. [...] und dir wird ähnlich dabei [bei den Glückwünschen durch den Präsidenten der Akademie, den Maler Max Liebermann] zumute sein, wie damals, als dir, du warst noch jung, der bewunderte Steinlen für den Umschlag deiner *Göttinnen* das wunderschöne Frauenbild gezeichnet hatte, in dem du mit Ergriffenheit das vollendete Porträt deiner Heldin Violante erkanntest.

In: *TM/HM*, S. 150 und 157.

36 Gottfried Benn: *Heinrich Mann. Zu seinem 60. Geburtstage* [Auszug]:

Wieviel Stellen aus seinem Werk, wieviel Gestalten aus seinen Büchern müßte man rufen, um den Zauber dieses Tages zu beschwören. Nino: hier ist der weichste Rasen, die lieblichste Sonne, der laueste Schatten, der widerspenstige Fels spürt auf ewig das Siegel seines Traums. Propertia: nichts dringt bis zu seiner Schönheit, sie ist ganz unerbittlich; die Engel singen, rote Fahnen schlagen hinter ihnen zusammen um weiße Säulen, was für ein Fest! Ein Herz des Vollendeten schlägt, ein Leben nackt und unerschöpflich: – es ist Violante: die Mänade taumelt, die Nymphe lacht und ein Widerschein ihres ewigen Prangens fällt auf die vergängliche Hand.

In wieviel Lagern müßte man ihn suchen, in wieviel Gesichter blicken, aus denen alle seine Züge sehen. Überall am Mittelmeer wächst der Lorbeer und überall die Zypresse – sieh, ich will dir folgen in den Wald, so finster, auf das Meer, so treulos, durch Hellas und selbst zu den Barbaren. Zum Norden, aus dem Björn Jerside kam, bis nach Schloß Assy, einen Büchsenschuß von der Küste im Meer; von Düren bis zum Posilipp, von den Hochöfen der Ruhr bis zu dem Flecken im Sabinergebirge –: überall seine Spuren, seine Glieder, seine Ketten: diese Helden, die dunklen und die hellen, die Untertanen und Tyrannen, die Hirten und Heiligen, Kardinäle und Komödianten, immer dies Gemisch aus Kälte und Brand, Gemisch aus Bewußtheit und Trieben: glühend und eisig, süß und bitter wie die Tränen der Liebenden. [...]

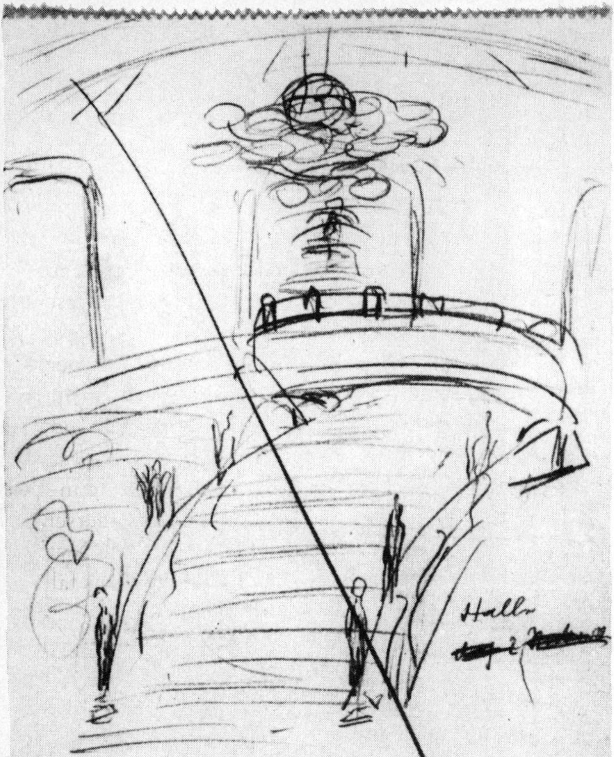

Zeichnung Heinrich Manns
der Halle des Palazzo Assy
aus den Notizen und Entwürfen zu den *Göttinnen*

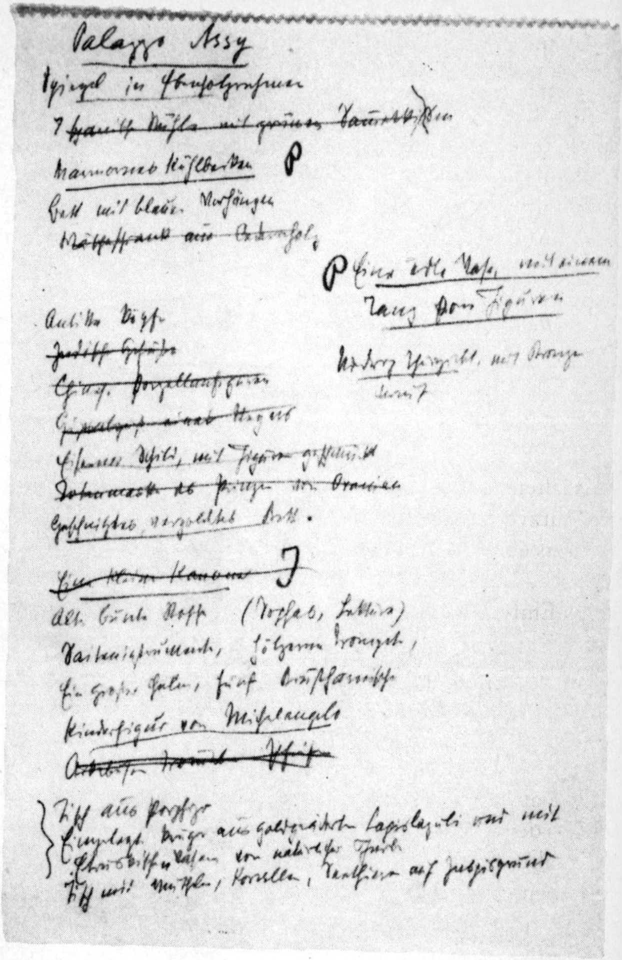
Palazzo Assy

Notizen für die Ausstattung des Palazzo Assy
in der Handschrift Heinrich Manns

Tempi peccavi, pater passati – dieser Art sind die grotesken, die cleveren, die animalisch mechanisierten Typen, der dunklen, der kämpfenden, der schattenvollen sind mehr. Die Blà, aschblond ihre Flechten über einem Kragen von Rosen, die frei ist, wenn sie leiden darf, das besorgt ihr dann gründlich Piselli, übertrieben spannkräftig, schmallendig wie eine Herme, Erpresser und rollt große süße Augen.

In: ›Die Literarische Welt‹. Berlin. 7. Jg., Nr. 13 vom 27. März 1931, S. 1. – Ebenso in: Gottfried Benn: *Gesammelte Werke in acht Bänden*. Hg. von Dieter Wellershoff. Band 3: Essays und Aufsätze. Wiesbaden: Limes 1968, S. 691 f.

Gottfried Benn: *Rede auf Heinrich Mann* 37
[gehalten am 28. März 1931 auf dem Festbankett des ›Schutzverbandes deutscher Schriftsteller‹ zu Heinrich Manns 60. Geburtstag in Berlin] [Auszug]:

Der Einbruch der Artistik –: Worte, Vokale! Also wohl eine Kunst ohne sittliche Kraft, ohne nationalen Hintergrund, stark intellektuell, sagen wir es ruhig: leichte Ware, rein technisch und dabei nicht einmal aufs Vergnügen aus! Was birgst du für ein Mysterium, o Kunst, sagte Violante, aber in Deutschland fand man das nicht. Die Allgemeinheit hatte den Zusammenhang noch nicht erfühlt zwischen dem europäischen Nihilismus und der dionysischen Gestaltung, der skeptischen Relativierung und dem artistischen Mysterium, zwischen dem Verklärten, Verschwärmten, Schwammigen des deutschen Geistes und dieser Oberflächlichkeit aus Tiefe, diesem Olymp des Scheins; die Allgemeinheit sah noch nicht, aus welchen Wogen Violante eigentlich stieg, über welche Art von Leben ihr weißes Gesicht hinwegsah, im Verscheiden, über welche großen Träume von Jahrhunderten.

In: ›Vossische Zeitung‹. Berlin. Nr. 76 vom 29. März 1931, Post-Ausgabe, Unterhaltungsblatt Nr. 75, S. 1. – Ebenso in: Gottfried Benn: *Gesammelte Werke in acht Bänden.* Hg. von Dieter Wellershoff. Band 4: Reden und Vorträge. Wiesbaden: Limes 1968, S. 977.

Zeitgenössische Rezensionen
(Auswahlbibliographie)

D.: Heinrich Mann. *Die Göttinnen oder die drei Romane der Herzogin von Assy.*
In: ›Berliner Tageblatt‹. 31. Jg., Nr. 646 vom 20. Dezember 1902, Abendausgabe, 1. Beiblatt, 1. Seite, ›Kleine literarische Chronik‹ [siehe Materialien, Nr. 22].

Redakt.: [Vorbemerkung zu Heinrich Manns Brief an die Redaktion über die Rezension vom 20. Dezember 1902].
In: ›Berliner Tageblatt‹. 32. Jg., Nr. 43 vom 24. Januar 1903, Abendausgabe, 1. Beiblatt, 1. Seite, ›Literarische Rundschau‹ [siehe Materialien, Nr. 23].

Salten, Felix: Heinrich Mann und seine Herzogin von Assy.
In: ›Die Zeit‹. Wien. 2. Jg., Nr. 120 vom 28. Januar 1903, S. 1 f.

Kl.: *Die Göttinnen oder die drei Romane der Herzogin von Assy.*
In: ›Hamburger Nachrichten‹. Belletristisch-Litterarische Beilage, Nr. 13 vom 29. März 1903, S. 4.

C. K.: Ein Kraftroman.
In: ›Norddeutsche Allgemeine Zeitung‹. Berlin. 42. Jg., Nr. 78 vom 2. April 1903, Beilage, 1. Seite.

Jacobs, Monty: Die Herzogin von Assy.
In: ›Die Nation‹. Wochenschrift für Politik, Volkswirthschaft und Litteratur. Berlin. 20. Jg. (1902/03), Nr. 32 vom 9. Mai 1903, S. 506–508. – Dass. [Auszug]: In: ›Das litterarische Echo‹. Halbmonatsschrift für Lit-

teraturfreunde. Berlin. 5. Jg., Heft 17 vom 1. Juni 1903, Sp. 1198 f., ›Echo der Zeitschriften‹.

Hart, Heinrich: [Rezension zu *Die Göttinnen.*] In: ›Velhagen & Klasings Monatshefte‹. Bielefeld und Leipzig. 17. Jg. (1902/03), 2. Bd., Heft 10, Juni 1903, S. 475 f., ›Neues vom Büchertisch‹ [Sammelbesprechung].

Rath, Willy: Vom neuen Heidenthum. In: ›National-Zeitung‹. Berlin. 56. Jg., Nr. 416 vom 29. Juli 1903, Morgenausgabe, S. 1–3, ›Feuilleton‹.

Busse, Carl: Heinrich Mann, *Die Göttinnen oder die drei Romane der Herzogin von Assy.* In: ›Deutsche Monatsschrift für das gesamte Leben der Gegenwart‹. Berlin. Bd. IV (April–September 1903), Juni 1903, S. 467–469, ›Literarische Monatsberichte‹ [Sammelbesprechung].

Wengraf, Richard: Eine Romantrilogie. In: ›Das litterarische Echo‹. Halbmonatsschrift für Litteraturfreunde. Berlin. 5. Jg. (1902/03), Heft 24 vom 15. September 1903, Sp. 1675–1677.

Eßwein, Hermann: Zu H. Manns neuestem Roman. In: ›Freistatt‹. München. 5. Jg., Heft 17 vom 25. April 1903, S. 332 f.

Fred, W.: Die Herzogin von Assy. Von Heinrich Mann. In: ›Die Zukunft‹. Berlin. 11. Jg., 43. Bd., Nr. 39 vom 27. Juni 1903, S. 509 f., ›Anzeigen‹.

Friedrich, Paul: Heinrich Mann. Phantasien über einen Phantasten. In: ›Die Gegenwart‹. Berlin. 34. Jg., Bd. 68, Nr. 32 vom 12. August 1905, S. 89–91. [Über: *Im Schlaraffenland, Die Göttinnen, Die Jagd nach Liebe.*]

Behrend, Walter: Heinrich Mann, ein Künstlerproblem. In: ›Neue Revue‹. Halbmonatsschrift für das öffentliche Leben. Berlin. 1. Jg. (1907/08), Heft 6, 2. Januarheft 1908, S. 448–454.

[Über: *Die Göttinnen, Professor Unrat, Zwischen den Rassen, Flöten und Dolche, Pippo Spano.*]

Levinson, A.: Genrich Man. Diana. Roman. IV-yi tom sobranija socineij. K-vo »Sovremennyja problemy«. In: Sovremennyi mir. Ežemesjačnyi literaturnyi, naučnyi i političeskij žurnal. Dvadcatyi god izdanija, Janvar' 1910. St. Petersburg 1910, S. 124f. [Rezension von Bd. 4 der russischen Gesamtausgabe in 9 Bänden, Moskau 1909–1912, in russ. Sprache.]

Redakt.: [Auszüge aus Rezensionen zu *Die Göttinnen.*] In: Prospekt ›Heinrich Mann‹ des Paul Cassirer Verlags. Berlin. ca. 1911.

Stein, Friedrich: [Rezension zu *Die Göttinnen.*] In: ›Nord und Süd‹. Berlin. 37. Jg., Bd. 144, Heft 461, Februar 1913, S. 260f.

Redakt.: [Auszüge aus Rezensionen zu *Die Göttinnen.*] In: ›Der neue Roman. Ein Almanach‹. Leipzig: Kurt Wolff 1917, Verlagsanzeigen zu ›Der neue Roman‹ und ›Die neue Dichtung‹, S. 13f.

Benson, E. M.: Diana. By Heinrich Mann. In: The Outlook and Independent. An Illustrated Weekly of Current Life. New York. Bd. 152, 1. Mai 1929, S. 36 [Rezension zur englischen Übersetzung durch Erich Posselt und Emmet Glore. New York: Coward-McCann 1929].

Zeittafel

1870/1871	Deutsch-Französischer Krieg. Gründung des Deutschen Reiches unter preußischer Vorherrschaft (18.1.1871). Bismarck Reichskanzler
1871	Luiz Heinrich Mann am 27. März als erster Sohn des Senators Thomas Johann Heinrich Mann und seiner Ehefrau Julia, geb. da Silva-Bruhns, in Lübeck geboren
1875	Geburt des Bruders Thomas
1877	Wahl des Vaters zum Senator von Lübeck
1878–1890	Sozialistengesetz
1884	Reise nach St. Petersburg
Seit 1885	Erste erzählerische, seit 1887 erste poetische Versuche
1889	Abgang vom Gymnasium aus Unterprima. Buchhandlungslehrling in Dresden
1890	Entlassung Bismarcks. Heinrich Manns erste Veröffentlichung einer Erzählung in der ›Lübecker Zeitung‹
1891–1892	Volontär im S. Fischer Verlag, Berlin. Studien an der Friedrich-Wilhelms-Universität
1891	Tod des Vaters (geb. 1840). Liquidierung der Firma Johann Siegmund Mann. Erste Rezensionen in ›Die Gesellschaft‹
1892	Sanatoriumsaufenthalt nach Lungenblutung in Berlin; danach Kuraufenthalte in Wiesbaden, im Schwarzwald und in Lausanne. Rezensionen in ›Die Gegenwart‹

1893	Übersiedlung der Familie nach München Reisen nach Paris, Italien
1894	*In einer Familie*, Roman
1895–1896	Herausgeber der Monatsschrift ›Das Zwanzigste Jahrhundert. Blätter für deutsche Art und Wohlfahrt‹
1895–1898	Aufenthalt in Rom und Palestrina, teilweise zusammen mit dem Bruder Thomas *Im Schlaraffenland* begonnen Erste Notizen zu den *Göttinnen*
1897	*Das Wunderbare und andere Novellen*
1898	*Ein Verbrechen und andere Geschichten*
1899–1914	Ohne festen Wohnsitz. Aufenthalte in München, Berlin, meistens in Italien, oft in Riva am Gardasee im Sanatorium von Dr. von Hartungen
1900	*Im Schlaraffenland. Ein Roman unter feinen Leuten*
1903	*Die Göttinnen oder Die drei Romane der Herzogin von Assy* *Die Jagd nach Liebe*, Roman
1905	*Flöten und Dolche*, Novellen *Professor Unrat oder Das Ende eines Tyrannen*, Roman *Eine Freundschaft: Gustave Flaubert und George Sand*, Essay Übersetzung von Choderlos de Laclos' *Gefährliche Freundschaften* Bekanntschaft mit Inés (Nena) Schmied
1906	Erste Notizen zum *Untertan* Drei Novellenbände: *Schauspielerin, Stürmische Morgen, Mnais und Ginevra*
1907	*Zwischen den Rassen*, Roman
1908	*Gretchen*, Novelle aus dem Stoffkreis des *Untertans*. *Die Bösen*, Novellen

1909	*Die kleine Stadt*, Roman
1910–1913	Jährliche Uraufführungen der Schauspiele Heinrich Manns in Berlin
1910	*Französischer Geist* (später *Voltaire – Goethe*); *Geist und Tat*, kulturpolitische Essays
	Das Herz, Novellen
	Freitod der Schwester Carla (geb. 1881)
	Variété, Einakter
1911	*Die Rückkehr vom Hades*, Novellen
	Schauspielerin, Drama
1912	Bekanntschaft mit der Prager Schauspielerin Maria (Mimi) Kanová während der Proben zu *Die große Liebe* im Deutschen Theater, Berlin
	Beginn der Niederschrift von *Der Untertan*
1913	*Madame Legros*, Drama
1914	*Der Untertan* als Fortsetzungsroman in ›Zeit im Bild‹
	13. August: Abbruch des Vorabdrucks nach Beginn des Ersten Weltkrieges. Weiterer Abdruck der russischen Übersetzung bis Oktober in Petersburg (›Sowremennij Mir‹)
	12. August: Heirat mit Maria (Mimi) Kanová. Wohnsitz in München
1915	Russische Buchausgabe des *Untertan*
	Konflikt mit dem Bruder. Abbruch der Beziehungen nach dem Erscheinen von Thomas Manns *Gedanken im Kriege*
	Zola, Essay; in ›Die Weißen Blätter‹, hg. von René Schickele
1916	*Der Untertan*, Privatdruck in etwas mehr als 10 Exemplaren
	Geburt der Tochter Henriette Maria Leonie

1917 *Die Armen*, Roman
Brabach, Drama
Madame Legros an den Münchener Kammerspielen und am Lessing-Theater in Berlin uraufgeführt
Grabrede auf Frank Wedekind
Versuch einer Versöhnung mit Thomas Mann

1918 Ende des Ersten Weltkrieges. Abdankung Wilhelm II. Novemberrevolution in Deutschland
Mitarbeit Heinrich Manns im ›Politischen Rat geistiger Arbeiter‹ in München
Der Untertan, Roman
Beginn der Arbeit am Roman *Der Kopf*

1919 Ermordung Karl Liebknechts und Rosa Luxemburgs. Friedrich Ebert Reichspräsident. Beginn der Weimarer Republik (Weimarer Reichsverfassung).
Macht und Mensch, Essays (Gewidmet *Der deutschen Republik*)
Gedenkrede für Kurt Eisner, den ermordeten Ministerpräsidenten der bayerischen Räterepublik

1920 *Der Weg zur Macht* im Residenz-Theater München uraufgeführt. In den folgenden Jahren wachsende publizistische Tätigkeit
Die Ehrgeizige, Novelle

1921 *Die Tote und andere Novellen*

1922 Aussöhnung mit Thomas Mann
Bekanntschaft mit dem französischen Germanisten Félix Bertaux
Rapallo-Vertrag zwischen Deutschland und der UdSSR

1923 Ruhrbesetzung, Generalstreik. Putschver-

1923 such der Nationalsozialisten in München. Hitler in Festungshaft. Inflation und erster Nachkriegsbesuch Heinrich Manns in Frankreich (Teilnahme an den Entretiens de Pontigny)

Rede bei der Verfassungsfeier in der Staatsoper Dresden

11. März: Tod der Mutter Julia (geb. 1851). *Diktatur der Vernunft*, Reden und Aufsätze

1924 Reise in die Tschechoslowakei, Begegnung mit Thomas G. Masaryk auf Schloß Lana bei Prag

Abrechnungen, Novellen

Der Jüngling, Novellen

Das gastliche Haus, Komödie

1925–1932 *Gesammelte Werke in 13 Bänden* im Paul Zsolnay Verlag, Wien

1925 Zweite Frankreichreise nach dem Krieg, erste Impulse für den *Henri Quatre* in den Pyrenäen und in Pau

Der Kopf, Roman

Kobes, Novelle

Tod Friedrich Eberts. Hindenburg zum Reichspräsidenten gewählt.

Zusammenfassung der Romane *Der Untertan, Die Armen, Der Kopf* zur *Kaiserreich-Trilogie*, der *Romane der deutschen Gesellschaft im Zeitalter Wilhelms II*.

1926 Wahl zum Mitglied der Preußischen Akademie der Künste zu Berlin, Sektion Dichtkunst am 27. Oktober

Liliane und Paul, Novelle

1927 Verstärktes Wirken für eine Verständigung zwischen Deutschland und Frankreich.

1927 Rede im Trocadéro, Paris, zum 125. Geburtstag von Victor Hugo
Begegnungen Gustav Stresemanns mit Aristide Briand
Freitod der Schwester Julia (geb. 1877)
Mutter Marie, Roman

1928 Trennung von Maria Mann, Übersiedlung nach Berlin
Vorsitzender des Volksverbandes für Filmkunst
Eugénie oder Die Bürgerzeit, Roman

1929 Bekanntschaft mit Nelly Kröger, seiner späteren zweiten Frau
Sie sind jung, Novellen
Sieben Jahre. Chronik der Gedanken und Vorgänge (1921–1928), Essays
Weltwirtschaftskrise

1930 Scheidung von Maria Mann
›Der blaue Engel‹, Verfilmung des Romans *Professor Unrat*
Die große Sache, Roman

1931 Wahl zum Präsidenten der Sektion Dichtkunst bei der Preußischen Akademie der Künste. Feier in Berlin zu Heinrich Manns 60. Geburtstag mit Reden von Gottfried Benn, Lion Feuchtwanger, Adolf Grimme, Max Liebermann und Thomas Mann. Teilnahme an einem internationalen Schriftstellerkongreß in Paris. Gespräch mit Aristide Briand. Rede im Admiralspalast zur deutsch-französischen Verständigung
Geist und Tat. Franzosen 1780–1930, Essays

1932 Wiederwahl Hindenburgs zum Reichspräsidenten

1932 *Ein ernstes Leben*, Roman
Das öffentliche Leben, Essays
Das Bekenntnis zum Übernationalen, Essay
Beginn der Arbeit am *Henri Quatre*

1932/1933 Unterzeichnung von Aufrufen zur Aktionseinheit von KPD und SPD gegen die Nationalsozialisten, gemeinsam mit Käthe Kollwitz und Albert Einstein

1933 30. Januar: Hitler Reichskanzler
15. Februar: Ausschluß mit Käthe Kollwitz aus der Akademie der Künste
21. Februar: Flucht nach Frankreich über Frankfurt am Main, Kehl am Rhein und Straßburg
25. August: Aberkennung der deutschen Staatsbürgerschaft
Der Haß. Deutsche Zeitgeschichte, Essays

1933–1940 Wohnsitz in Sanary-sur-Mer, dann in Nizza. Reisen nach Prag, Genf und Zürich. Politische Artikel in der ›Dépêche de Toulouse‹
Vorsitzender des Vorbereitenden Ausschusses der deutschen Volksfront, Ehrenpräsident des SDS. Antifaschistische Flug- und Tarnschriften

1934 10. Mai: Heinrich Mann Präsident der Deutschen Freiheitsbibliothek
Der Sinn dieser Emigration, Essays

1935 Juni: Rede auf dem Internationalen Schriftstellerkongreß zur Verteidigung der Kultur in Paris
Die Jugend des Königs Henri Quatre, Roman

1936 Heinrich Mann wird tschechoslowakischer Staatsbürger

1936 Beginn des spanischen Bürgerkriegs
Es kommt der Tag. Deutsches Lesebuch, Essays

1937 10./11. April: Volksfrontkonferenz in Paris, Eröffnungsansprache Heinrich Manns

1938 Münchner Abkommen
Die Vollendung des Königs Henri Quatre, Roman

1939 *Mut*, Essays; *Nietzsche* (Kommentar zu einer Auswahl)
9. September: Heirat mit Nelly (Emmy) Kröger in Nizza
Hitler-Stalin-Pakt. Ausbruch des Zweiten Weltkriegs
Verschleppung Maria Manns ins KZ Theresienstadt

1940 Kapitulation Frankreichs vor den Hitlertruppen
Flucht über Spanien und Portugal in die USA. Aufenthalte in New York, Princeton, Hollywood, Wohnsitz in Los Angeles und Santa Monica bis zum Tod

1941 Beginn der Arbeit am Roman *Empfang bei der Welt*

1943 Ehrenpräsident des Lateinamerikanischen Komitees der Freien Deutschen
Lidice, Roman

1944 17. Dezember: Freitod Nelly Manns (geb. 1898)

1945 Bedingungslose Kapitulation Deutschlands
Ein Zeitalter wird besichtigt, Autobiographie
Klaus Mann bringt die gesundheitlich schwergeschädigte Maria Mann aus dem KZ Theresienstadt nach Prag zurück

1947	Ehrendoktor der Humboldt-Universität Berlin Tod Maria Manns in Prag (geb. 1886)
1949	Nationalpreis I. Klasse für Kunst und Literatur der DDR Tod des Bruders Viktor (geb. 1890) *Der Atem*, Roman
1950	Berufung Heinrich Manns zum ersten Präsidenten der neugegründeten Akademie der Künste zu Berlin/DDR. Vorbereitung zur Rückkehr mit dem polnischen Dampfer ›Batory‹. 12. März: Tod Heinrich Manns in Santa Monica bei Los Angeles
1951	DEFA-Verfilmung von *Der Untertan*
1955	Thomas Mann stirbt am 12. August
1956	*Empfang bei der Welt*, Roman
1958/1960	*Die traurige Geschichte von Friedrich dem Großen*, szenisches Romanfragment
1961	Überführung der Urne Heinrich Manns von Kalifornien nach Prag. 25. März: Überführung der Urne nach Berlin und Beisetzung auf dem Dorotheenstädtischen Friedhof in Anwesenheit von Leonie Mann

Herausgeber und Verlag danken dem Heinrich-Mann-Archiv der Akademie der Künste der DDR, Berlin, und dem Deutschen Literaturarchiv, Marbach am Neckar, für vielfältig gewährte Unterstützung durch Auskünfte und Bereitstellung von Abbildungsvorlagen; dem Aufbau-Verlag, Berlin und Weimar, und dem Claassen Verlag, Düsseldorf, für die gegebenen Abdruckgenehmigungen.

Thomas Mann

Die Essaybände

Essays
Band 1: Ausgewählte Schriften zur Literatur
Begegnungen mit Dichtern und Dichtung
In Zusammenarbeit mit Hunter Hannum herausgegeben von Michael Mann
Band 2: Politische Reden und Schriften
Ausgewählt, eingeleitet und erläutert von Hermann Kurzke
Band 3: Schriften über Musik und Philosophie
Ausgewählt, eingeleitet und erläutert von Hermann Kurzke
3 Bände: 1906, 1907, 1908

Goethe's Laufbahn als Schriftsteller
Zwölf Essays und Reden zu Goethe
Band 5715

Wagner und unsere Zeit
Aufsätze, Betrachtungen Briefe
Herausgegeben von Erika Mann
Mit einem Geleitwort von Willi Schuh
Band 2534

Die Briefbände

Thomas Mann Briefwechsel mit seinem Verleger Gottfried Bermann Fischer 1932–1955
Herausgeben von Peter de Mendelssohn
Band 1566

Briefe
Herausgegeben von Erika Mann
Band 1: 1889–1936
Band 2136
Band 2: 1937-1947
Band 2137
Band 3: 1948-1955 und Nachlese
Band 2138

Eine Chronik seines Lebens
Zusammengestellt von Hans Bürgin und Hans-Otto Mayer
Band 1470

Fischer Taschenbuch Verlag

Elias Canetti
Nobelpreisträger

»Canetti verfügt noch über jene Magie, die wesentliche Botschaft der Menschen und Dinge zu hören, und es geschieht dies ohne Mystik, da er imstande ist, sie von innen her zu verstehen. Seine Kunst ist eine sorgfältig versteckte Kunst des Erkennens.«
Wolfgang Kraus

Das Gewissen der Worte
Essays. Band 5058

Die Blendung
Roman. Band 696

Die Fackel im Ohr
Lebensgeschichte 1921 bis 1931
Band 5404

Die gerettete Zunge
Geschichte einer Jugend
Band 2083

Die Provinz des Menschen
Aufzeichnungen 1942 bis 1972
Band 1677

Die Stimmen von Marrakesch
Aufzeichnungen nach einer Reise
Band 2103

Masse und Macht
Band 6544

Der Ohrenzeuge
Fünfzig Charaktere
Band 5420

Dramen
Hochzeit / Komödie der Eitelkeit / Die Befristeten
Band 7027

Fischer Taschenbuch Verlag

fi 185/1

Max Horkheimer
Gesammelte Schriften

Herausgegeben von Alfred Schmidt
und Gunzelin Schmid Noerr

Die Bände der »Gesammelten Schriften« erscheinen gleichzeitig in gebundener Ausgabe und als Taschenbuch.

Band 1:
Aus der Pubertät
Novellen und Tagebuchblätter (1914–1918)

Band 2:
Philosophische
Frühschriften 1922-1932

Band 3:
Schriften 1931–1936

Band 4:
Schriften 1936–1941

Band 5:
›Dialektik der Aufklärung‹
und Schriften 1940–1950
(bereits erschienen)

Band 6:
›Zur Kritik der
instrumentellen Vernunft‹
und Notizen 1950–1969

Band 7:
Vorträge und
Aufzeichnungen
1949–1973 *(bereits erschienen)*

Band 8:
Vorträge und
Aufzeichnungen
1949–1973 *(bereits erschienen)*

Band 9:
Nachgelassene Schriften
1914–1931 *(bereits erschienen)*

Band 10:
Nachgelassene Schriften
1914–1931

Band 11:
Nachgelassene Schriften
1914–1931

Band 12:
Nachgelassene Schriften
1931-1949 *(bereits erschienen)*

Band 13:
Vorlesungsnachschriften
1953–1961

Band 14:
Nachgelassene Vorträge
und Aufzeichnungen
1950–1970

Band 15:
Briefe 1913–1939

Band 16:
Briefe 1940–1949

Band 17:
Briefe 1950–1973

Band 18:
Bibliographie und
Register

S. Fischer · Fischer Taschenbuch Verlag

fi 486 / 4